Carrie Ryan
John Parke Davis

Map of Magic

Das Mysterium der sinkenden Stadt

Aus dem Amerikanischen
von Wolfram Ströle

FISCHER Taschenbuch

Alle Bände der Serie ›Map of Magic‹:

Band 1 – Die Karte der geheimen Wünsche
Band 2 – Das Geheimnis der sinkenden Stadt
Band 3 – Das Mysterium des leuchtenden Orakels
Band 4 – Die Prophezeiung des magischen Stroms

FSC
www.fsc.org
MIX
Papier aus verantwortungsvollen Quellen
FSC® C083411

Erschienen bei FISCHER Kinder- und Jugendtaschenbuch
Frankfurt am Main, Juni 2018

Dieses Werk wurde vermittelt durch die Literarische Agentur
Thomas Schlück, Garbsen.
Die amerikanische Originalausgabe erschien 2015
unter dem Titel ›City of Thirst‹ bei Little, Brown, New York

Lektorat: Carla Felgentreff
Satz: Dörlemann Satz, Lemförde
Druck und Bindung: CPI books GmbH, Leck
Printed in Germany
ISBN 978-3-7335-0019-1

Für Esmé und Audrey
Keine Mauer ist zu hoch

Inhalt

Mein Freund Fin

Von Marrill Aesterwest

Ich, Marigold Mae Aesterwest, habe ein Geheimnis. Für die anderen in der Schule sehe ich wie ein ganz normales Mädchen aus. Niemand würde je drauf kommen, dass ich auf dem Piratenstrohm gefahren bin! Mein Freund Ardent der Zauberer sagt, dass das Wasser zu hundert Prozent magisch ist und irgendwo und irgendwann durch alle Welten fließt.

Glaub mir, das tust du nicht.

Rechtschreibung gilt auch für erfundene Namen.

Ich und Karni sind die Einzigen aus unserer Welt, die je auf diesem Fluss gefahren sind!^

Karni und ich

Ist das dein Ernst, Marrill?

Im Sommer war ich zusammen mit Ardent und seinem Kapitän Coll auf dem Segelschiff *unternehmungslustige Krake* auf dem Piratenstrohm unterwegs. Coll ist nur ein bisschen älter als ich, aber ein richtig guter Seemann, und die Mannschaft des Schiffs besteht aus

Schiffsnamen bitte großschreiben

Piratenstrom

Du meinst wohl Piraten?
den Piratten, die zu viele Beine haben, und dem Tau-
Das ergibt keinen Sinn.
knochenmann, aus dem die Takelage besteht. Wir
mussten gegen Piraten und Zauberbäume kämpfen und
Originelles Wort
die Teile der Überallkarte zusammensuchen, bevor der
böse Zauberer Serth sie zusammensetzt und damit das
???
Tor zur verlorenen Sonne von Dzannin öffnet, die den
ganzen Piratenstro~~h~~m zerstören würde!

Aber das Beste am Piratenstro~~h~~m ist mein Freund
Fin. Niemand bemerkt ihn, und niemand erinnert sich
Aha, du hast dir also einen Freund ausgedacht.
an ihn, nur ich. Fin ist ein Meisterdieb, der alles stehlen
kann, aber er ist kein böser Dieb, obwohl er viel
mit Piraten zusammen ist. Er braucht Hilfe bei der
Suche nach seiner Mutter und dem Ort, von dem er
kommt, und ich wünschte, ich könnte ihm helfen.
Er ist mein bester Freund, und ich vermisse ihn so
sehr.

Marrill, du solltest dich mit den
Kindern aus deiner Klasse verabreden.
Vielleicht sind sie ja nett?

Das Beste, was mir passieren könnte (außer dass

☹

Mom wieder gesund wird), wäre, zum Piratenstro~~h~~m

zurückzukehren. Aber wenn das je möglich wäre,

Das Wort gibt es nicht.

würde es bedeuten, dass etwas Megaschlimmes pas-

Regeln müssen sein, Marr

siert, weil es in unserer Welt zu viele Regeln gibt.

Bei zu viel Magie würden wir kaputtgehen. Ich kann

Was ist mit deinen Hausaufgaben?

also nichts tun, außer an Fin, Ardent, Coll und die

Krake zu denken und zu hoffen, dass es ihnen gutgeht.

Marrill, das war eine Hausaufgabe in <u>Mathe</u>, nicht in kreativem Schreiben. Ich brauche dir keine Nachhilfe zu geben, wenn du nicht mitmachst, du Tröte.

Remy

Kapitel 1

Die Nachricht auf dem Stoppschild

Karnelius J. Mausington gehörte nicht zu den Katzen, die sich so einfach ignorieren ließen. Er zog an seiner Leine, die sich daraufhin fester um Marrills Arm wickelte und sie aus ihren Gedanken riss. Marrill machte eine ungeduldige Handbewegung. Karni sollte Ruhe geben. Ihr Blick blieb unverwandt auf die drei kleinen Jungs gerichtet, die vor ihr standen. Der Kleinste von ihnen hielt einen Gegenstand in der Hand, den es eigentlich gar nicht gab.

Zumindest nicht in *ihrer* Welt.

»So was hab ich noch nie gesehen«, sagte Tim und gab ihn ihr. Dabei wurde er rot.

Marrill musste das Zittern ihrer Finger unterdrücken, als sie den Gegenstand in ihren Händen wendete. Es handelte sich um eine Art Netz oder besser um eine Art Spinnwebe aus Seifenfilm, die mit einem einzelnen Faden an einem dünnen Stab aus Glas befestigt war. Das Gebilde wirkte so zart, dass sie fürchtete, es könnte sich auflösen, wenn sie es zu fest anfasste. Dabei hielt es sogar der Gewalt eines Hurrikans stand, hatte Fin einmal gesagt.

Die Hatch-Jungs blickten erwartungsvoll zu ihr auf. Sie hatten Marrill an diesem Tag schon zum dritten Mal zu dem leeren Grundstück am Rand der Wohnsiedlung gerufen, weil sie angeblich die bei der jüngsten Überschwemmung angespülten Schätze von Atlantis gefunden hatten. Bisher hatten diese »Schätze« allerdings nur aus der Hälfte eines alten Reifens, zwei Glasflaschen und einem Stein bestanden, der zwar stärker glänzte als andere Steine, aber auch wieder nicht so viel stärker.

Meist dachte Marrill sich für die Jungs eine entsprechende Geschichte aus – dass der alte Knochen einer Kuh in Wirklichkeit von einem Drachenbaby stammte oder eine verrostete Kaffeedose der Antrieb eines abgestürzten außerirdischen Raumschiffs war.

Diesmal brauchte sie nichts zu erfinden.

»Das ist ein Wolkenfängernetz«, erklärte sie.

Sie kaute auf ihrer Lippe. Auf dem Piratenstrom wäre ein solcher Fund nichts Ungewöhnliches. Im Gerümpelturm des Griesgrams in der Eiswüste hatte sie einen ganzen Haufen davon entdeckt.

Der Piratenstrom war allerdings auch ein mit reiner Magie gefüllter, endloser Fluss voller phantastischer magischer Gegenstände und verrückter magischer Orte. Aber hier war Arizona – und wohl kein anderer Ort hatte so wenig mit Magie zu tun. Entsprechend selten waren Wolkenfängernetze.

Marrill starrte das Gespinst an, und eine unbehagliche Mischung aus Aufregung, Furcht und Verwirrung stieg in ihr auf. »Wo genau habt ihr das gefunden?«, fragte sie.

»Unten in der Schlucht. Da liegen jede Menge tolle Sachen rum. Komm, wir zeigen sie dir!« Der mittlere Hatch marschierte über das leere Grundstück, dicht gefolgt von seinen Brüdern.

Es hatte erst vor ein paar Stunden geregnet, für Wüstenverhältnisse eine Menge, und der Boden war noch mit Pfützen übersät. Marrill nahm Karnelius auf den Arm und eilte den anderen über die feuchte Erde nach.

Die fragliche »Schlucht« war in Wirklichkeit eher ein großer, tiefer Graben, der am Ende des Grundstücks entlangführte und in einen schmalen Abzugskanal unter der Straße mündete. Meist war er knochentrocken, doch nach dem morgendlichen Regen schlängelte sich als letzter Rest der Überschwemmung ein dünnes Rinnsal über den Boden.

Die Hatch-Brüder führten Marrill zu einigen rostigen Metalltrümmern, die sich am Eingang des Kanals quergestellt hatten. Ted streckte die Hand aus. »Dort haben wir es gefunden. Sieh mal, was da noch alles ist!«

»Hm …« Marrill setzte Karni ab, ohne seinen Protest zu beachten, und stocherte vorsichtig in dem Metallschrott. Was sie entdeckte, verwirrte sie noch mehr:

einen gesprungenen Schild gegen Albträume, der immer noch die Zähne bleckte, um die bösen Träume fernzuhalten; eine abgebrochene Angelrute, in die eine Möggelkrabbe geschnitzt war, und einen Gegenstand, der verdächtig wie ein Hoffnungskristall aussah. Alles Dinge, die es nur auf dem Piratenstrom gab.

Marrill begann, tiefer zu wühlen, und ihr Herz schlug schneller. Ein Klumpen, der aussah wie der wabbelige Schirm einer Qualle, rutschte zur Seite und plumpste hinunter, und darunter kam die untere Hälfte eines eingedellten Stoppschilds zum Vorschein, das sich im Kanal verkantet hatte. Das Schild trug eine Aufschrift in dicken, schwarzen Buchstaben:

»Was um alles in der Welt …« Sie räumte einen sperrigen Ast zur Seite, zog das Schild heraus und las den Text noch einmal. Dann drehte sie es um. Auf die Rückseite hatte jemand mit denselben dicken, schwarzen

Strichen ein Bild gezeichnet: einige gezackte Dreiecke in einem Kreis und darunter einen Drachen.

Marrill spürte einen Knoten im Magen. Jemand hatte ihr eine Botschaft geschickt: Sie wurde auf dem Piratenstrom gebraucht!

Aber sie konnte nicht zum Strom zurückkehren, das hatte Ardent ihr beim Abschied klargemacht. In ihrer Welt gab es Regeln, in der Zauberwelt des Stroms hingegen keine. Zu viel Kontakt zwischen den beiden Welten konnte ihre Welt zerstören.

Marrill schluckte. Ihr Hals war wie zugeschnürt. Sie musste an Ardents letzte Worte denken. *Der Strom wird deine Welt wieder berühren.* Der Zauberer hatte todernst geklungen. *Sollte er deiner Welt so nahe kommen, dass du praktisch über ihn stolperst, ist etwas ziemlich schiefgegangen.*

»Was ist der Piratenstrom?«, fragte Tim und blickte ihr über die Schulter. »Kennst du Piraten? Von denen musst du uns erzählen.«

Marrill schüttelte langsam den Kopf. »Äh, nein ... das ist nur eine Nachricht von Remy.« Sie sagte einfach den ersten Namen, der ihr einfiel.

»Deine Babysitterin schickt dir eine Nachricht auf einem Stoppschild?«, fragte Tom.

Marrill lachte, aber es klang künstlich. »Ich weiß schon, sie ist manchmal ziemlich schräg drauf! Aber sie will mich nur an meine Hausaufgaben erinnern. Über Piraten.«

Sie klemmte sich das sperrige Schild mit einiger Mühe unter den Arm und zog mit der freien Hand an Karnis Leine. Doch der war inzwischen im Tunnel verschwunden, um sich dort umzusehen. »Komm schon, Tigerchen«, rief sie in das dunkle Loch und zog erneut.

Die einzige Antwort war ein tiefes Knurren. Marrill seufzte, legte das Schild weg, kniete sich hin und kroch in den Tunnel, um den Kater zu holen.

Die Schwärze dort überraschte sie. Es war so dunkel, dass sie kaum Karnis Umrisse vor sich erkennen konnte. Er hatte Schwanz- und Nackenhaare gesträubt und fauchte.

Eine Gänsehaut überlief Marrill. Etwas stimmte hier nicht.

»Karni?«, flüsterte sie. Vorsichtig legte sie ihm die Hand auf den Rücken. »Alles okay?«

Da ertönte plötzlich die Stimme einer Frau – so laut und nah, dass Marrill zusammenzuckte. »Die Eiserne Flut kommt. Ihr müsst sie aufhalten! Haltet die Ei-MMMPFFF!«

Karni drückte sich ab und sprang. Es folgte ein kurzer Kampf mit einem Wesen, das Marrill nicht sehen konnte. Dann Stille.

»Hallo?«, flüsterte Marrill.

Ein unbestimmter Laut antwortete ihr, dann streifte Fell an ihrem Handgelenk vorbei. Fell und etwas Kaltes. Sie packte Karni am Nacken, hob ihn hoch und schleppte ihn nach draußen ins Licht.

Karni hing schlaff an ihrem Arm und starrte sie mit seinem einen Auge böse an. In seinem Maul hing genauso schlaff ein aufgedunsenes, weißbraunes Geschöpf.

»Igitt, ein Frosch!«, rief einer der Hatch-Jungs.

Es handelte sich tatsächlich um einen Frosch. Sein dicker, weißer Bauch glänzte und zeigte in der Mitte ein seltsames Muster aus schwarzen Linien.

»Ach, Karni«, seufzte Marrill. Sie befreite das arme Tier aus dem Maul des Katers und hoffte gegen alle Wahrscheinlichkeit, dass es nicht schwer verletzt war und sie ihm helfen konnte.

»Wer war da drin?«, fragte ein anderer Hatch. Bei dem Gedanken an die Stimme überlief Marrill ein Schauder, und sie blickte zu der Kanalöffnung zurück. Vielleicht war da ja noch jemand drinnen. Gesehen hatte sie allerdings niemanden.

Doch lag etwas Vertrautes in der Luft, ein salziger, belebender Geruch und das Gefühl, dass alles möglich sei. Eine plötzliche Sehnsucht stieg in ihr auf. Was sie roch, war der Piratenstrom – der Geruch von Magie.

»Niemand«, erwiderte sie. »Ich habe nur Karni angeschrien.«

Sie nahm das Stoppschild und Karnis Leine in die eine Hand und behielt den Frosch in der anderen. »Ich glaube, ich muss diesen Burschen verarzten.«

Der jüngste Hatch stellte sich auf die Zehenspitzen,

und seine Augen begannen zu leuchten. »Au ja, können wir dir helfen?«

»Äh … hat nicht gerade eure Mutter gerufen?«, fragte Marrill. Der phantastischen Welt des Stroms wollte sie die Hatches lieber nicht aussetzen.

Die Jungs sahen sie enttäuscht an. »Aber jetzt wird es doch gerade erst richtig spannend!«, protestierte der Älteste. Marrill zuckte in gespieltem Mitgefühl die Schultern. Mit hängenden Köpfen stiegen die drei die Böschung hinauf und machten sich auf dem Heimweg.

Auch Marrill ging nach Hause. Der Frosch auf ihrem Handteller zuckte. Sie kannte sich mit Amphibien nicht aus, hatte aber schon einige verletzte Tiere gerettet und verarztet und wusste deshalb, dass sein Bein gebrochen war. »Du Armer«, sagte sie tröstend, »das bringen wir gleich in Ordnung.« Der Frosch öffnete das Maul, um zu quaken, aber kein Laut kam heraus.

Es war gar nicht so einfach, eine wütende Katze, einen verletzten Frosch und ein Stoppschild nach Hause zu tragen, aber irgendwie schaffte Marrill es schließlich doch. So leise wie möglich schlüpfte sie durch die Haustür.

Remy schien allerdings die Ohren einer Fledermaus zu besitzen. »Marrill, bist du das?«, rief sie über den Lärm des Fernsehers in der Küche hinweg.

Marrill zuckte zusammen. »Ja, ich bin wieder da!« Sie schlich in den Flur. Ihre Babysitterin sollte sie möglichst nicht sehen.

»Dein Vater hat angerufen.«

Marrill erstarrte, und ihr Herz setzte einen Schlag aus. »Ach ja?« Ihre Fingerspitzen wurden taub, und sie musste das Schild fest gegen die Hüfte drücken, damit es nicht hinunterfiel. Der Frosch öffnete wieder das Maul. Diesmal war Marrill froh, dass er noch nicht wieder quaken konnte.

Der Lärm des Fernsehers wurde leiser. »Er sagte, die Besuchszeit sei um sieben zu Ende, falls du deine Mutter noch vor der Operation morgen anrufen willst.«

Marrill warf einen Blick auf die Uhr an der hinteren Wand. Zehn vor fünf, also noch viel Zeit, um den Frosch zu versorgen und ...

»Bostoner Zeit!«, fügte Remy hinzu.

Marrill hätte sich für ihre Dummheit ohrfeigen können. Wenn es in Arizona zehn vor fünf war, war es in Boston zehn vor sieben. Ihr blieben nur zehn Minuten! Sie rannte in ihr Zimmer. Obwohl sie mit ihren Eltern viel gereist war, war sie doch nie mit den verschiedenen Zeitzonen zurechtgekommen. Es war ja auch wirklich seltsam, dass etwas so Elementares wie die Zeit von Ort zu Ort verschieden sein sollte.

»Die Pizza kommt in einer halben Stunde!«, rief Remy noch, bevor Marrill die Tür zu ihrem Zimmer zuknallte. Sie lehnte das Schild an das Bett und befreite Karni von seinem Laufgeschirr. Dann schnappte sie sich ein Kissen, rannte zum Schreibtisch und klappte den Laptop auf. Mit der einen Hand öffnete sie den

Videochat, mit der anderen bettete sie den Frosch behutsam auf das Kissen. Anschließend schob sie das Kissen außer Sicht hinter den Laptop.

Ihr Vater antwortete fast sofort, und sein Bild füllte den Bildschirm. Er saß auf einer Bettkante und hielt den Computer im Schoß. Im Hintergrund sah Marrill die verschiedenen Apparaturen eines Krankenhauszimmers: leuchtende Monitore mit Schläuchen und Kabeln. Und dazwischen ihre Mutter. Ihr wurde schwer ums Herz.

»Hallo!« Sie winkte und zwang sich zu einem Lächeln. Ein zentnerschweres Gewicht hatte sich auf ihre Brust gelegt. »Wie geht's bei euch?«

Ihr Vater drückte die Hand ihrer Mutter, bevor er antwortete, und sofort wusste Marrill, dass etwas nicht stimmte. Das Gewicht wurde noch schwerer, und sie bekam keine Luft mehr.

Karnelius sprang auf den Schreibtisch, spazierte zu ihr und stupste mit dem Kopf an ihr Kinn. Sie drückte ihn zur Seite.

»Es ist alles in Ordnung, Schatz, wirklich.« Ihre Mutter lächelte. Doch dann begannen ihre Lippen zu zittern, und Marrill spürte, wie etwas in ihr zu zerreißen drohte. Ihre Mutter warf ihrem Vater einen Blick zu.

Und dann kam es. »Die Operation morgen wird etwas umfangreicher sein, als wir erwartet hatten«, sagte ihr Vater. »Das ist anscheinend nicht ungewöhnlich, und den Ärzten zufolge müssen wir uns keine Sorgen machen. Aber sie wollen sie … etwas länger hierbehalten, als wir gedacht hatten.«

»Ja?« Aus Marrills Stimme klang Panik. »Wie lange? Warum?« Ihre Augen begannen zu brennen, und sie wischte ungeduldig mit der Hand darüber, mit der sie Karnelius zurückgehalten hatte.

Karnelius spazierte über die Tastatur und setzte sich genau zwischen Marrill und den Bildschirm.

»Du brauchst dir wirklich keine Sorgen zu machen, Schatz«, sagte ihr Vater, während sie den Kater zur Seite schob. »Es ist nur eine Vorsichtsmaßnahme. Aber wir müssen mit mindestens einer Woche rechnen.«

Eine Woche?! Auf einmal schnürte ihr panische Angst den Hals zu. »Kann ich …« Sie musste schlucken, damit ihre Stimme nicht brach. »Kann ich nicht zu euch kommen?«

Ihre Eltern wechselten einen Blick, und Marrill wusste bereits, was sie antworten würden. »Du sollst dir keine unnötigen Sorgen machen, Liebes«, sagte ihre Mutter.

»Und wir wollen auch nicht, dass du Unterricht versäumst und in der Schule zurückfällst«, ergänzte ihr Vater.

»Aber so viel würde ich doch gar nicht versäumen«, protestierte Marrill. »Es kommt sowieso ein langes Wochenende.«

»Und das solltest du zu Hause verbringen, mit Freundinnen«, fügte ihr Vater sanft hinzu.

Marrill wusste, was das in Wirklichkeit bedeutete. Ihre Mutter durfte sich nicht aufregen. Eine ängstliche und überdrehte Marrill hätte alles nur schlimmer gemacht.

Deshalb musste sie hierbleiben, im langweiligen Arizona. Getrennt von ihrer Mutter. Sie biss sich in die Wange.

Karni saß geduckt an der Schreibtischkante und starrte unverwandt auf den verletzten Frosch. Sein Schwanz fuhr zuckend hin und her. Marrill schob ihn energisch weg, und er miaute wütend und sprang auf ihr Bett.

»Ich habe schon mit Remy und ihren Eltern gesprochen«, fuhr ihr Vater fort. »Sie wird sich weiter um dich kümmern.«

Ihre Mutter beugte sich vor, und ihr lächelndes Gesicht füllte den Bildschirm. »Ich verspreche dir, wir springen schon früher, als du denkst, wieder von den Klippen.«

Marrill blickte ihrer Mutter forschend in die Augen. Meinte sie das ernst? Ein Rascheln neben ihr lenkte sie ab. Sie blickte zum Bett. Dort saß Karnelius, der böse auf sie war, weil sie ihm die Beute weggenommen hatte, die doch ganz klar ihm zustand. Verächtlich stand er auf, stolzierte zum Nachttischchen und fegte mit der Pfote einen Stift auf den Boden.

»Karni!«, schimpfte Marrill. Dann wandte sie sich wieder dem Computer zu. In der oberen Ecke des Bildschirms leuchtete die Uhr. Es war fast fünf – in Boston sieben. Die Besuchszeit war gleich zu Ende. Und damit das letzte Gespräch mit ihrer Mutter vor der Operation.

»Mom …« Wieder war ihre Kehle wie zugeschnürt, und sie suchte krampfhaft nach den richtigen Worten. Wenn sie dort im Krankenhaus wäre, könnte sie ihren Kopf in den Schoß ihrer Mutter betten und sich von ihr über die Haare streichen lassen. Schon das würde sie trösten. Nur die Augen zu schließen und die beruhigende Gegenwart ihrer Mutter zu spüren. Einfach so zu tun, als würde alles gut werden.

Aber dazu war die Entfernung zwischen ihnen zu groß. Marrill konnte sich nirgendwo festhalten. Sie umklammerte die Kanten ihres Stuhls und wünschte, sie könnte etwas tun, damit es ihrer Mutter besserging. Am liebsten wäre sie zum Piratenstrom zurückgekehrt, wo sie nicht so hilflos und unbedeutend war.

»Ich habe Angst, Mom«, flüsterte sie. Sosehr sie sich auch dagegen sträubte, sie konnte nicht verhindern, dass ihr die Tränen über die Wangen liefen.

Ihre Mutter beugte sich mit ernstem Gesicht vor. »Ich auch, Kleines«, sagte sie leise. »Aber ein wenig Angst zu haben macht nichts. Man darf sich nur nicht davon überwältigen lassen. Und du musst daran glauben, dass alles gut wird.« Sie lächelte. »Aber jetzt erzähl doch erst mal, was hast du heute alles erlebt?«

Marrills Blick wanderte zu dem Schild auf ihrem

Bett, dann zu der Himmelsseglerjacke, die Fin ihr geschenkt hatte und die an einem Haken hinter der Tür hing. Ein Lächeln zuckte um ihre Lippen. *Also*, dachte sie, *vielleicht berührt ja wieder ein Fluss aus reiner Magie unsere Welt …*

Laut sagte sie: »Nichts Besonderes.« Bevor sie noch etwas hinzufügen konnte, hörte sie ein Krachen.

Sie fuhr herum und wollte Karni schon von dem Frosch wegscheuchen. Aber Karni saß nicht mehr auf dem Nachttisch. Und der Nachttisch stand nicht mehr neben dem Bett, sondern in der Ecke. Geduckt und mit einer vor Angst klappernden Schublade.

Das geht doch nicht mit rechten Dingen zu, dachte Marrill und öffnete und schloss die Augen ein paarmal. Dann erstarrte sie.

Auf dem Boden vor dem Nachttisch lag neben einem entkorkten und fast leeren Fläschchen ein nasses, zerknittertes Stück Pergament, über das mit Tinte gezeichnete Bilder wirbelten.

»Alles in Ordnung, Schatz?«, fragte ihr Vater.

»Äh … ja …« Ihr Herz begann zu hämmern. Das mit Zauberwasser aus dem Piratenstrom gefüllte Fläschchen war Fins letztes Geschenk an sie gewesen. Der Nachttisch, der bis zu diesem Tag keinerlei Anzeichen von Leben gezeigt hatte, schien drauf und dran, zur Tür zu stürzen und zu fliehen. Und bei dem Pergament, das fast ein halbes Jahr leer gewesen war, handelte es sich um die legendäre Überallkarte.

Marrill drehte den Laptop rasch so, dass ihre Eltern das auf Zehenspitzen durch das Zimmer eilende Nachtkästchen nicht sehen konnten. Dann zwang sie sich zu einem Lächeln. »Karni hat ein Glas Wasser umgeworfen. Ich wische es lieber auf, bevor es noch Flecken gibt! HabeuchbeideliebguteBesserungMomtschüs!«

»Wasser macht keine Flecken«, rief ihre Mutter.

Marrill hatte das Programm schon schließen wollen, doch sie konnte sich nicht überwinden. Die Stimme ihrer Mutter brach ihr das Herz. »Du weißt, dass ich dich lieb habe, Mom, ja?«

Ihre Mutter lachte. Es war vermutlich das schönste Geräusch auf der ganzen Welt. »Ich habe dich noch viel lieber. Gute Nacht, mein Schatz!«

Die Verbindung wurde beendet. Sofort stürzte Marrill zu der Karte, die seit ihrer Rückkehr vom Piratenstrom nur ein nutzloses, leeres Stück Pergament gewesen war, auch wenn Marrill sich noch so oft gewünscht hatte, darauf mehr zu sehen.

Aber jetzt … jetzt züngelten von unten schwarze Linien zur Oberfläche hinauf, ähnlich den aus der Tiefsee wachsenden Tentakeln eines Seeungeheuers. Marrill legte den Kopf schräg und suchte nach einer Bedeutung der Linien. Und dann begriff sie plötzlich und bekam große Augen. Sie sah eine Karte ihres Viertels, mit einem leuchtend roten Kreuz einige Kilometer entfernt. Auf dem verlassenen Parkplatz, auf dem sie damals der *Unternehmungslustigen Krake* begegnet war.

Sie wollte sich gar nicht ausmalen, was das womöglich bedeutete, aber schon beim kleinsten Gedanken daran schwebte sie unvermutet im siebten Himmel wie ein Himmelssegler hoch über Khaznot Quay.

Weil es eigentlich nur eins bedeuten konnte: Sie durfte zurückkehren. Wieder betrachtete sie das am Fußende des Betts lehnende Schild.

Ihr Herz raste. Sie *musste* sogar zurück. Was für eine Wahl hatte sie? Die Warnung der Frau aus dem Kanal ging ihr durch den Kopf:

Die Eiserne Flut kommt! Ihr müsst sie aufhalten!

Zugleich meldeten sich allerdings Bedenken. Bei ihrem letzten Aufenthalt auf dem Strom hatte sie es fast nicht mehr nach Hause geschafft. Wenn sie jetzt erneut aufbrach, kehrte sie vielleicht nie wieder zurück.

Der Nachttisch kroch langsam näher und stupste mit einer Ecke gegen ihr Knie wie ein Hund, der an der

Hand seines Herrchens schnüffelt. Abwesend strich sie mit den Fingern über die Oberfläche. Als sie die Ränder eines Astknotens berührte, zuckte eins seiner Beine.

Aber war das Risiko wirklich so groß? Das letzte Mal hatten die Koordinaten der Karte sie am Ende auch nach Hause geführt. Und was einmal funktioniert hatte, sollte doch wieder funktionieren, solange der Strom ihre Welt berührte. Wenn der Strom ihr so nahe war, dass sie zu ihm gelangen konnte, dann konnte sie auch umgekehrt hierher zurückkehren, richtig? Sie könnte also zum Strom aufbrechen, in Ordnung bringen, was in Ordnung gebracht werden musste, und wieder zu Hause sein, bevor jemand sich übermäßig Sorgen machte. Zumal ihre Eltern ja gar nicht da waren!

Sie holte tief Luft. Seit ihrer Rückkehr vom Strom hatte sie versucht, ein ganz normales Leben zu führen. Sie war zum ersten Mal ganz normal zur Schule gegangen. Sie hatte im Haushalt geholfen und sogar zusätzliche Arbeiten übernommen, um ihre Mutter zu entlasten. Sie hatte sich nicht beklagt, als ihre Eltern ohne sie nach Boston aufgebrochen waren, wo ihre Mutter behandelt werden sollte. Sogar einige Freundschaften hatte sie geschlossen. Allerdings war darunter kein Freund wie Fin. Oder Ardent oder Coll.

Und jetzt brauchte der Strom sie. Sie mussten die Eiserne Flut aufhalten, was immer das war.

Sie blickte auf die Bilder, die an der Wand ihres Zimmers hingen, und biss sich auf die Lippen. In der Mitte hing ihr Lieblingsfoto. Es zeigte, wie sie und ihre Mutter Hand in Hand von einer Klippe in kristallblaues Wasser sprangen. Davor hatte ihre Mutter noch gesagt, dass man sich manchmal ins kalte Wasser stürzen müsse.

Marrill stieß sich vom Bett ab und hob die Überallkarte vom Boden auf. »Das wäre also beschlossen«, erklärte sie mit einer entschiedenen Handbewegung. »Karnelius, nimm deine Leine. Frosch, pack deine Sachen. Himmelsseglerjacke, mach dich bereit, wieder zu fliegen. Wir kehren zum Piratenstrom zurück!«

Kapitel 2

Der ewige blinde Passagier

Fin landete mit einem schmatzenden Geräusch auf der Straße. Ihm war, als sei er auf einen alten Schwamm gefallen, und er ruderte mit den Armen, um das Gleichgewicht zu halten. Über ihm neigten sich Pilztürme, die in der modrig riechenden Brise schwankten. Feuchtkalte Nässe durchweichte seine Schuhe und Socken.

Er verabscheute Tiefenstadt. Für einen Dieb war es hier schrecklich. Aufgrund des Schleims, den die Pilztürme ständig absonderten, konnte man nicht an ihnen hinaufklettern, wie er soeben festgestellt hatte. Ganz zu schweigen von der kränklich grünen Sonne dieser Welt, die alles in ein böses Licht tauchte (ganz buchstäblich: Er war seit seiner Ankunft am Morgen mit keinem einzigen »unschuldigen Missverständnis« durchgekommen). Wenigstens konnte er immer hinter dem Hut eines Pilzes verschwinden und vergessen werden, sonst säße er bestimmt schon in einem Schleimpilzgefängnis.

Und dazu kam noch die Feuchtigkeit.

Die »berühmte« Feuchtigkeit von Tiefenstadt war ausgesprochen ... aggressiv. Fin spürte, wie ständig Tropfen an seinen Beinen *hinauf*liefen, sich in den Kniekehlen sammelten und von dort den Hosenbund bedrohten. Er rieb sich fortwährend die Waden und war insgeheim froh, dass er bald wieder draußen auf dem Strom sein würde. Müde marschierte er weiter in Richtung des schlammigen Teichs, in dem die *Krake* ankerte, und schüttelte dabei immer wieder Batzen klebrigen Schleims von seinen Händen.

Wieder einmal hatte er keine Spur von seiner Mutter gefunden. Auch Tiefenstadt war eine Sackgasse, genau wie alle anderen Orte, an denen die *Krake* im vergangenen halben Jahr gehalten hatte. Zwar wollte er nicht aufgeben, schließlich ging es um etwas sehr Wichtiges, nämlich darum, herauszufinden, wer er war und warum er von den anderen ständig vergessen wurde. Doch allmählich beschlichen ihn Zweifel, ob er seine Mutter überhaupt je finden würde.

Er war so mit seinen Gedanken beschäftigt, dass er das Mädchen nicht kommen sah. Eben war er noch durch den quatschenden Morast gestapft, der hier als Marktplatz galt, und hatte notgedrungen ein Tänzchen aufgeführt, um seine Achselhöhlen trocken zu halten. Im nächsten Moment lag er schon rücklings auf dem nassen Boden, das Wasser stieg in seinem Hemd hinauf und sammelte sich an den Schultern.

»He, Vorsicht«, schimpfte er. Ein ungefähr gleichaltriges Mädchen rappelte sich neben ihm auf. Es schien sich genauso erschreckt zu haben wie er. Was nicht weiter ungewöhnlich war, schließlich wurde er ständig übersehen. Er wäre schon längst zu Tode getrampelt worden, wenn er nicht so gut darin gewesen wäre, anderen auszuweichen.

Und das war nun wirklich seltsam – dass er mit dem Mädchen zusammengestoßen war. Anderen auszuweichen war ihm zur zweiten Natur geworden, selbst wenn er nicht aufpasste. Kopfschüttelnd sprang er auf. *Liegt bestimmt am Licht*, dachte er und musterte das Mädchen kurz.

Sie war ohne Frage ein Dieb wie er, auch wenn sie sich – sogar nach den Maßstäben von Khaznot Quay – gut verkleidet hatte. Von den meisten wäre sie mit ihren schwarzen, verfilzten Haaren, dem dreckverschmierten Gesicht und den nicht zusammenpassenden Schuhen lediglich für ein Straßenkind wie viele andere gehalten worden. Es waren Kleinigkeiten, die sie verrieten: Sie hatte saubere Nägel und Ohrlöcher, in denen sie offenbar Ohrringe getragen hatte. Und unter der Manschette eines zerknitterten Ärmels blitzte etwas silbern auf. Eine Bettlerin war sie nicht, das stand fest.

Wie um seinen Eindruck zu bestätigen, wurden unter den Marktbesuchern die Rufe »Diebin!« und »Ihr nach!« laut. Das Mädchen wollte in eine Gasse fliehen, aber ein Wust aus Farnzäunen und herunterhängendem

Moos versperrte ihr den Weg. Besorgt blickte sie sich um.

Drei wütend aussehende Wächter, denen der Schweiß über die Schnauzengesichter strömte, bahnten sich einen Weg durch die Menge. Die ersten Schaulustigen blieben stehen.

Fin grinste. Wie oft war er selbst in der selben Situation des Mädchen gewesen. Es war bestimmt interessant, einmal einem anderen Profi bei der Arbeit zuzusehen. Dabei konnte er etwas lernen. Und wer weiß, wenn sie ihn inspirierte, würde er ihr vielleicht sogar helfen.

Er an ihrer Stelle würde natürlich einfach auf einen ahnungslosen Passanten zugehen, ihn als Dieb beschuldigen und im anschließenden Durcheinander verschwinden. Wenn sich dann alles aufgeklärt hatte, würden seine Verfolger sich schon nicht mehr an ihn erinnern. Fin verschränkte die Arme.

Doch da tat das Mädchen etwas überaus Merkwürdiges. Sie erwiderte seinen Blick und zwinkerte ihm zu.

Fin erschrak darüber so sehr, dass er sich nur mühsam beherrschen konnte. Sonst sah ihn nie jemand an. Er wurde ja gar nicht bemerkt. Es sei denn, er tat etwas besonders Schlimmes. Was in diesem Moment aber ausnahmsweise einmal nicht der Fall war.

»Da ist er, Leute!«, schrie sie und zeigte mit dem Finger auf ihn, während die Wachen sie umzingelten. »Das ist der Dieb!«

»Was?«, rief Fin fassungslos. Das sagte doch sonst *er*!

Ein Wächter musterte die beiden Kinder misstrauisch. »Dieser hier der Dieb ist?«, fragte er in der umständlichen Sprechweise der Tiefenstädter.

»Na klar«, sagte das Mädchen. »Erinnern Sie sich nicht? Ich stand doch neben Ihnen, als Sie ihn gesehen haben.«

»Ach so, ja«, sagte ein zweiter Wächter. »Mir kommt bekannt vor sie.« Er trat von einem Bein auf das andere, was ein hässlich schmatzendes Geräusch verursachte. »Wie darauf komme ich, dass der Dieb war ein Mädchen?«

»Moment mal, Leute«, protestierte Fin. »Das ist ein Missverständnis. Ich habe nichts geklaut!« Er straffte sich. »Noch mal zum Mitschreiben«, fügte er hinzu. »Ich habe das, was ihr sucht, nicht gestohlen. Das wollte ich nur sagen.«

Das Mädchen runzelte die Stirn und schürzte die Lippen. »Neee«, sagte sie gedehnt. »Es war ganz bestimmt ein Junge. Erinnern Sie sich nicht an seine schwarzen Haare?« Sie sah Fin mit einem Blick an, als wollte sie sagen: *Gib's doch endlich zu.*

Fin hob die Hände. »Also ich war's nicht.«

Der erste Wächter näherte sich ihm. »Dieb«, knurrte er.

Fin wich einen Schritt zurück. Sein Herz hämmerte. Er konnte nicht glauben, was da geschah. »Moment«, rief er und fuchtelte mit den Händen. »Sie war das! Nicht ich!«

»Netter Versuch«, sagte das Mädchen und zwinkerte ihm wieder zu. »Aber die Wächter haben den Dieb ganz deutlich erkannt. Und ich kann es nicht gewesen sein, weil sie mich nämlich noch nie in ihrem Leben gesehen haben.«

Fin schluckte. War das, was sich auf seiner Stirn sammelte, Angstschweiß oder nur Tiefenstädter Moder? »Aber das ist doch vollkommen …« *Unmöglich*, hatte er sagen wollen, doch das Wort blieb ihm im Hals stecken. Weil es eben doch möglich war. Vollkommen möglich. Hatte er nicht eben erst daran gedacht, wie oft er selbst diese Nummer schon aufgeführt hatte?

Die Erkenntnis traf ihn wie ein Schlag. Das Mädchen war … »vergessbar«, genau wie er. Plötzlich passte alles zusammen. Deshalb hatte er sie nicht bemerkt und war mit ihr zusammengestoßen. Weil sie nicht auffiel, genauso wenig wie er.

Er holte Luft. In seinem ganzen Leben war er so jemandem noch nicht begegnet. Jemandem, der auch vergessbar war. Er hatte nicht einmal daran gedacht, dass es das überhaupt geben könnte.

»He, warte!«, rief er, als der Wächter ihn am Arm packte, doch zu spät. Das Mädchen war bereits die aufgeweichte Straße entlanggerannt und verschwunden. Als ob sie das schon zigmal getan hätte, genau wie er.

Fin steckte die freie Hand in seine Diebestasche und blickte zu den Wächtern auf. Er musste dem Mädchen folgen und diese Schwachköpfe deshalb schleunigst loswerden. Tief unten aus der Tasche holte er einen kleinen Stein aus Glas, den er genau für einen solchen Anlass dabeihatte, und zerdrückte ihn zwischen den Fingern. Rauch stieg auf und verdichtete sich zur Gestalt eines Riesen.

»Hilfe!«, rief ein Wächter. »Ein Nebelmann das ist!«

Die Schaulustigen sahen mit zurückgelegten Köpfen ehrfürchtig zu, wie der Gigant aus Rauch immer größer wurde. Das heißt mit Ausnahme von Fin. Er entwand sich dem Griff des Wächters so mühelos, wie er sich aus den Gedanken der Anwesenden stahl. Es war sein allerletzter Rauchköder, und er verbrauchte ihn nur ungern, aber so war ihm der Erfolg wenigstens sicher.

Er folgte dem Mädchen zwischen den Zuschauern hindurch in Richtung Hafen. Jetzt ging es nicht mehr um Heimlichkeit, sondern nur noch um Schnelligkeit. Der Morast zog schmatzend an seinen Schuhen.

Außer Atem kam er am Pier an. Er fand schnell heraus, wohin das Mädchen verschwunden war. Ein Schiff hatte gerade abgelegt und fuhr nach draußen, dorthin, wo der große Strom sich in diese Welt ergoss. Und tatsächlich stand das Mädchen am Heck und blickte zum Ufer zurück.

Fin hatte das Schiff bei seiner Ankunft nicht bemerkt, er hätte es sonst sofort erkannt. Seine Silhouette war unverkennbar, auch wenn es viel kleiner und schlanker war als die große Galeone, die einmal vor seinen Augen als Tintenzeichnung über die Überallkarte gefahren war.

Nein, es bestand kein Zweifel. Dieses Schiff sah genauso aus und gehörte vielleicht sogar zur selben Flotte wie das Schiff, das die Karte ihm gezeigt hatte. Das Schiff mit seiner Mutter.

»Halt!«, schrie er, so laut er konnte.

Das Mädchen sah ihn, winkte und grinste breit. »Danke für die Ablenkung, Bruder Phantom!« Er hörte ihre Stimme aufgrund der Entfernung nur ganz leise, aber sie schien es ernst zu meinen. Glaubte sie etwa, er habe ihr absichtlich geholfen?

Hastig sah er sich nach der *Unternehmungslustigen Krake* um und fand sie ganz in der Nähe. Er rannte zu ihr. Der Steg wackelte unter seinen Füßen wie alte Gelatine.

»Alle Segel setzen, Tauknochenmann!«, rief er in die Takelage hinauf und sprang an Deck. »Anker lichten, Piratten!« Er beugte sich vor, darauf gefasst, dass das Schiff gleich losfahren würde.

Doch nichts geschah. Die *Krake* schaukelte sanft, legte aber nicht ab. Drei Nager, die im Schatten des Vordecks saßen und mit kleinen Zähnen auf eine Kupfertasse warfen, blickten auf.

»Wir müssen losfahren!«, rief Fin ihnen zu. Er stampfte mit den Füßen auf, um sie aufzuscheuchen. Doch die drei gähnten nur und hüpften weg, um anderswo zu faulenzen.

Fin begann vor Ungeduld, Verzweiflung und Enttäuschung am ganzen Leib zu zittern. Es hatte keinen

Zweck. Natürlich folgten sie seinem Befehl nicht. Er war ja ein Fremder für sie. Die Besatzung der *Krake* hatte ihn schon wieder vergessen, wie alle anderen auch.

Er ließ einen langen, zittrigen Atemzug entweichen und ging mutlos nach achtern. Flüsterlianen schlangen sich um die Heckreling und wiederholten seine Worte, während er dem Schiff des Mädchens nachsah, das sich immer weiter entfernte.

»Wer bist du?«, fragte er, an niemanden gerichtet. Die Lianen echoten:

werbistduwerbistduwerbistdu

Er schloss resigniert die Augen. Das Mädchen war die einzige andere vergessbare Person, der er je begegnet war, und sie fuhr auf einem Schiff wie dem, das die Karte ihm gezeigt hatte. Das Schiff war die Spur, auf die er so lange gewartet hatte, und jetzt fuhr es vor ihm davon.

Es näherte sich in diesem Moment dem offenen Wasser des Piratenstroms und wandte Fin seine Breitseite zu. Darauf prangte ein gezacktes Symbol aus Metall, das in dem grünlichen Licht fahl leuchtete. Fin kniff die Augen zusammen. Vielleicht konnte er erkennen, was es bedeutete. Doch bevor er es noch genauer betrachten konnte, schluckte der Horizont das Schiff. Es hatte den Strom erreicht, und das Mädchen war endgültig verschwunden.

Auch die fahlgrüne Sonnenscheibe näherte sich dem Horizont, und das Licht ihrer Strahlen wirkte noch kränklicher. Der Tag neigte sich dem Ende zu. Die Lianen um Fin nahmen sein Schniefen auf, bis es klang, als weine das ganze Schiff. In ihm kämpften die gegensätzlichsten Gefühle – die Freude darüber, jemanden getroffen zu haben, der war wie er, und der Kummer, dass er nicht wusste, wie er das Mädchen wiederfinden sollte.

In dem Moment ging mit einem Knall die Luke der *Krake* auf, und Licht fiel auf Deck. Ein Schatten trat heraus und schlurfte schwerfällig näher. Er hatte einen eidechsenähnlichen Kopf, vier Arme und einen dicken Schwanz, der hinter ihm über die Planken schleifte. Der Griesgram rülpste geräuschvoll, steckte sich einen Finger ins Ohr und kratzte sich mit den Fingern einer anderen Hand den Rücken. An der dritten Hand hing eine Gießkanne, an der vierten eine halb gegessene Möggelkrabbe.

Als das Ungetüm sich dem Heck näherte, runzelte es die Stirn. »Schluss mit dem Gejammer«, sagte er und schwang die Gießkanne. »Ich komme, um euch zu gießen.«

gejammerschlussjetztgießen

echoten einige der wie Münder geformten Knospen.

Fin wischte sich mit dem Ärmel über die Nase. »Das bin nur ich«, sagte er.

Der Griesgram tat einen überraschten Schrei, den die Lianen vergnügt nachäfften. Er starrte sie böse an und wandte sich dann Fin zu. »Wer bist du noch mal?«

»Der, den man immer vergisst«, sagte Fin traurig.

»Das schränkt die Auswahl nicht gerade ein«, grunzte der Griesgram unwirsch. »Probier doch mal was Neues, und mach dich nützlich.« Er drückte Fin die Gießkanne in die Hände und ging wieder.

Seufzend hob Fin den Blick und suchte am dämmrigen Himmel nach einem Stern. Genauer nach dem Stern, den seine Mutter ihm gezeigt hatte und der bedeutete, dass jemand an ihn dachte. Doch an diesem Abend wurden die Sterne von Wolken verdeckt.

Er hob die Gießkanne und stieß dabei gegen seine Diebestasche. Etwas darin klirrte, und auf einmal erinnerte er sich wieder. Er grinste. Richtig, da war ja noch was!

Vorsichtig steckte er die Hand in die Tasche und holte einen silbernen Reif heraus. Den Armreif des Mädchens, den sie unter dem Ärmel versteckt hatte. Er hatte ihn ihr unbemerkt abgenommen, als er versucht hatte, sie festzuhalten.

Fin kicherte in sich hinein, warf den Reif in die Luft und fing ihn wieder auf. Das Mädchen mochte selbst eine hervorragende Diebin sein, aber niemand konnte es mit dem Meisterdieb aufnehmen. Zumindest nicht, ohne dabei Federn zu lassen.

Er hielt den Reif in das letzte Licht des zur Neige

gehenden Tages. In der Mitte war dasselbe Symbol eingraviert, das er an der Seite des Schiffs gesehen hatte. Und diesmal konnte er es in aller Ruhe betrachten. Es zeigte einen Drachen unter einem Kreis, in dem eine Art Gebirge zu sehen war.

Und auf einmal spürte er trotz allem Hoffnung. Zum ersten Mal seit Marrill den Strom verlassen hatte, hatte er wieder eine Spur.

Kapitel 3

Fangzähne und andere Autopannen

Am Anfang lief Marrills Plan wie am Schnürchen. Sie wartete, bis ihr Vater anrief und sagte, ihre Mutter sei operiert worden und die Ärzte seien optimistisch (puh!). Dann erzählte sie, sie sei über das lange Wochenende zu einer Campingfahrt eingeladen worden – natürlich an einen Ort, an dem es keinen Handyempfang gab. Aber weil ihren Eltern so viel daran lag, dass sie Freunde kennenlernte, konnte ihr Vater schlecht nein sagen.

Danach hatte sie auf einen Zettel geschrieben, dass es ihr gutgehe und sie bald wieder zurück sei. Zwar rechnete sie fest damit, dass sie den Zettel gar nicht brauchen und rechtzeitig zurück sein würde, aber nur für den Fall …

Jetzt musste sie nur noch an Remy vorbeikommen. Von Natur aus misstrauisch und auf ihren Ruf als beste Aufpasserin des Schulbezirks bedacht, hatte das ältere Mädchen es sich zur Aufgabe gemacht, eine Wiederholung des »Wüstenvorfalls«, wie Marrills wochenlange Abwesenheit im Sommer inzwischen genannt wurde, zu verhindern. Marrill war überzeugt, dass ihre Eltern Remy vor allem deshalb engagiert hatten, auch wenn sie es nicht zugaben.

Trotzdem machte sie sich keine Sorgen. Remy konnte ihr nicht verbieten, was ihr Vater ihr erlaubt hatte. Sie brauchte nur zu dem alten Parkplatz zu laufen, an dem sie »für den Ausflug abgeholt« wurde, und schon war sie wieder auf dem Piratenstrom unterwegs!

»Moment … warst du nicht auch damals vor dem Wüstenvorfall auf diesem Parkplatz?«, fragte Remy. Und ab da ging alles schief.

Zehn Minuten später bog Remy mit ihrem Auto auf den Parkplatz des verlassenen Einkaufszentrums ein. Marrill saß auf dem Beifahrersitz. »Lass mich einfach da drüben raus«, sagte sie und zeigte auf den rissigen Gehweg, der an der Ladenfront entlanglief. »Die anderen Kinder kommen sicher gleich.«

Die Runzeln auf Remys Stirn vertieften sich, und sie wurde langsamer. »Sind wir hier auch ganz bestimmt richtig?« Sie klang skeptisch.

Marrill nickte und tat ganz unbefangen. »Wir sollen uns hier treffen, und Mrs Mullen holt uns dann ab.«

Das Auto kam knirschend zum Stehen, und Marrill vergewisserte sich, dass Karnis Laufgeschirr gut befestigt war. Mit der anderen Hand packte sie den Rucksack, der zwischen ihren Füßen auf dem Boden stand.

In ihm befanden sich Fins Jacke, Wechselwäsche und ein alter, mit Gras gepolsterter Meerschweinchenkäfig, in dem der Frosch saß.

Remy glaubte ihr nicht. »Und warum willst du eigentlich Karni mitnehmen?«

»Na ja, damit du ihn nicht zu füttern brauchst?« Marrill drückte die Tür auf, und ein Windstoß fuhr herein. »Danke fürs Bringen! Dann bis nächste Woche!« Sie stieg hastig aus.

»Warum die Eile?« Beeindruckend reaktionsschnell schnappte Remy nach Marrills Rucksack, während sie noch den Parkgang einlegte. Kurz darauf standen sie beide auf dem leeren Parkplatz und starrten sich an. In der Ferne donnerte es. Am Horizont waren Gewitterwolken aufgezogen, die rasch näher kamen.

»Mrs Mullen kommt bestimmt bald, Ehrenwort. Du kannst ruhig schon fahren«, drängte Marrill. »Wirklich.«

Der Wind warf Remys langen, blonden Pferdeschwanz hin und her. »Ich lasse dich auf keinen Fall allein hier warten, auf gar keinen Fall.« Wieder grollte Donner, wie um ihre Aussage zu unterstreichen.

Bei den ersten Regentropfen zuckte Marrill zusammen. Ein Schauer prasselte auf den Parkplatz nieder. Karni fauchte und stellte die Schwanzhaare auf. Marrill hob ihn hoch und legte schützend die Arme um ihn. »Ups, das dauert womöglich noch«, sagte sie. »Fahr du doch schon mal nach Hause. Ich warte da drinnen auf die anderen.« Sie zeigte mit dem Daumen auf einen leeren Laden. Hinter dem schmutzigen Schaufenster hing noch der Name ROSEBERGS in verblichenen roten Buchstaben.

Remy schüttelte den Kopf so heftig, dass er ihr fast von den Schultern sprang. »Du spinnst, wenn du glaubst, dass ich dich bei einem Gewitter in einer solchen Todesfalle zurücklasse. Der Laden kann blitzschnell mit Wasser volllaufen, Marrill, blitzschnell!«

Die brodelnden schwarzen Wolken über ihnen ließen Remys Furcht als nicht unbegründet erscheinen. Andererseits hoffte Marrill genau auf eine solche Sturzflut.

»Das ist doch nicht schlimm.« Marrill musste die Stimme heben, um den Wind zu übertönen. »Nur ein paar Tropfen! Als wir in Costa Rica gewohnt haben, hat es jeden Tag so geregnet!« Ein dicker Tropfen traf sie ins Auge, und sie musste zwinkern.

Doch Remy wollte davon nichts hören. »Marrill Aesterwest, du kommst jetzt sofort ...« Sie sprach den Satz nicht zu Ende. Stattdessen starrte sie mit aufgerissenen Augen und offenem Mund über Marrills Schulter. »Ach du grüne Neune!«

Marrill drehte sich um. Jede Faser ihres Körpers war zum Zerreißen gespannt, und sie hatte die Lippen zu einem Lächeln verzogen, halb in der Erwartung, dass die *Unternehmungslustige Krake* in diesem Augenblick wieder auf den Behindertenparkplatz fuhr.

Doch statt eines Schiffs kam eine drei Stockwerke

hohe Wand aus Wasser auf sie zu, deren oberes Ende schäumte und golden leuchtete, erfüllt von einer mächtigen, tödlichen Magie.

»Das ist der Strom!«, rief sie erschrocken.

»Sofort ins Auto!«, brüllte Remy. Sie packte Marrill am Rucksack, schob sie und Karni auf den Beifahrersitz und stieg hastig ebenfalls ein. Sie konnte die Tür gerade noch schließen, bevor die Welle sie traf.

Der Aufprall fühlte sich an, als hätte ein Riese das Auto aufgehoben und in einen See geworfen. Metall knirschte unter der Gewalt des Wassers. Remy schlang die Arme um Marrill und drückte sie auf den Sitz. Marrill ihrerseits drückte Karni an die Brust. Jetzt konnten sie nur abwarten.

»Uns passiert schon nichts«, versicherte Remy ihr. »Das ist nur eine Sturzflut. Das Wasser versickert so schnell, wie es gekommen ist. Wir müssen einfach ruhig bleiben und, äh, positiv denken.« Sie versuchte zu lachen, aber ihre Stimme zitterte.

Marrill wusste, dass im Wasser unterzugehen ihre kleinste Sorge war. Denn das Wasser, das sie umgab, hatte diesen vertrauten goldenen Schimmer, der bedeutete, dass das Auto jeden Moment in Flammen aufgehen, zu singen anfangen oder sich in ein Holzscheit, eine Wolke, ein Sandwich oder alles drei zugleich verwandeln könnte.

In Marrills Nacken breitete sich ein Kribbeln aus, das Gefühl des Möglichen – der reinen Magie. Karni fauchte und seine Schwanzspitze zuckte. Er befreite sich aus ihren Armen und sprang auf das Armaturenbrett.

»Findest du auch, dass es hier drin nach Donnerstag schmeckt?«, fragte Remy. »Warum schmeckt es nach Donnerstag?« Plötzlich klang Panik aus ihrer Stimme. *»Wie kann Donnerstag überhaupt einen Geschmack haben?«*

Marrill richtete sich auf und sah sich um. Sie schwammen jetzt, zum Glück. Aber die Wüste war verschwunden. Stattdessen umgab sie eine endlose Fläche goldenen Wassers. Eine kleine Welle schwappte über die Kühlerhaube und um den Fuß der Antenne. Die Aluminiumstange explodierte mit einem Lichtblitz und setzte einen Schwarm kleiner, wie Tintenfische geformter Vögel frei, die wie zwitschernde Kolibris um das Auto schwirrten. Karni schlug mit der Pfote nach ihnen, traf aber nur das Fenster.

Remy fiel der Unterkiefer herunter. Sie zitterte am ganzen Leib und umklammerte das Lenkrad, als könnte das helfen. »W-was war das?«

Marrill breitete hilflos die Arme aus. »Willkommen auf dem Piratenstrom.«

Remy starrte sie mit großen Augen an. »Wo ist der Parkplatz und alles?«, flüsterte sie.

»Okay«, sagte Marrill und überlegte angestrengt. »Die gute Nachricht ist: Wir leben noch. Und sind noch Menschen.« Im selben Augenblick begann das Auto heftig zu schwanken. Die Karosserie ächzte, und aus der

Kühlerhaube vor ihnen wuchsen durchsichtige Schuppen. »Die schlechte Nachricht ist, dass wir das vielleicht nicht bleiben …«

Über ihnen faltete sich das Schiebedach zu einer Spitze auf, die verdächtig einer Haifischflosse ähnelte. Marrill nahm Karni und drückte ihn an sich. Dann sah sie Remy an. »Egal, was passiert, pass auf, dass du nicht mit dem Wasser in Berührung kommst! Und halt dich fest!«

Die Kühlerhaube sprang auf, und lange, krumme Fangzähne wuchsen heraus. Im Auto wurden die Matten unter ihren Füßen ganz weich und schwammig. Entlang des Türrahmens erschienen lange Reihen schmaler Zähne. Offenbar verwandelte das Auto sich gerade in ein Meeresungeheuer, und sie saßen in dessen Maul.

Die Kotflügel wölbten sich und wurden immer durchscheinender, je mehr das Metall sich streckte und je dünner es wurde. Das eigenartige Geschöpf blähte sich auf, bis es größer war als ein Heißluftballon und auf den Wellen des Stroms auf und ab hüpfte.

Remy schrie. Marrill konnte sich noch einen Augenblick länger beherrschen, dann schrie sie ebenfalls. Von irgendwo hinter ihnen kam aus dem aufgedunsenen Rumpf des Ungeheuers, vormals bekannt als Remys Auto, ein tiefes, hohlklingendes Stöhnen.

Das Stöhnen ging Marrill durch und durch, und um sie begann sich alles zu drehen. Es klang so verzweifelt und einsam, dass in Marrill Mitgefühl erwachte.

Allerdings nur für einen kurzen Moment. Dann wurden sie gründlich durcheinandergeschüttelt, und sie fiel auf den Rücken. Eine dicke, widerwärtig stinkende Flüssigkeit bedeckte ihre Arme und verklebte ihre Haare. Remy wurde gegen sie geschleudert und traf sie mit dem Ellbogen in die Hüfte. Marrill stöhnte schmerzerfüllt auf.

»Wir gehen unter«, schrie Remy. »Halt dich an mir fest, Marrill!«

»Ich kann dich ja gar nicht loslassen!«, schrie Marrill zurück. Sie lagen jetzt auf einer großen, schwammigen Zunge. Das Ungeheuer bewegte sich. Sie tauchten in den Piratenstrom ein!

»Alles wird gut«, sagte Marrill, um sowohl sich selbst als auch Remy zu beruhigen. Sie befanden sich gleichsam im Leib einer riesigen Qualle. Einer Qualle mit einem Gebiss voller hässlich krummer Zähne. Aber solange das Wesen sein Maul geschlossen hielt, konnte ihnen eigentlich nichts passieren. »Coll sagt, der Tiefstrom bestehe in Wirklichkeit aus mehreren verschiedenen, einander überlappenden Flüssen. Wenn wir untertauchen, bedeutet das also vielleicht nur, das wir einer anderen Abzweigung folgen.«

»Ich habe nicht die geringste Ahnung, wovon du sprichst«, erwiderte Remy unwirsch.

Karnelius wand sich in Marrills Armen und miaute laut. Sie drückte ihn beruhigend an ihre Schulter. »Ist ja gut, Karni«, flüsterte sie und küsste ihn auf den Kopf.

»Natürlich, alles ist ganz prima«, sagte Remy. Marrill sah sie an und musste grinsen. Die Panik stand Remy ins Gesicht geschrieben, und die blonden Haare klebten von der Spucke des Ungeheuers an ihrer Stirn. »Oder eben überhaupt nicht«, murmelte sie.

Marrill reckte das Kinn. »Ich finde, du bist mir eine Entschuldigung wegen meiner Matheaufgabe schuldig.«

»Finde ich nicht«, erwiderte Remy streng. »Mathe ist Mathe, Marrill. Aber gut, das mit diesem Zauberfluss hat wohl gestimmt. Wie kommen wir von hier weg?«

Das Ungeheuer drehte den Kopf zuerst in die eine und dann in die andere Richtung, aber Marrill sah durch die durchsichtige Haut nur die goldenen Strudel des Wassers, durch das sie glitten.

Ein heftiger Ruck warf sie unvermutet zurück, und Karni rutschte von ihrem Schoß. Das Ungeheuer stieg zappelnd in die Höhe. Das goldene Wasser wich blauem Himmel, und Marrills Ohren gingen zu. Die Kreatur tauchte aus dem Strom auf, und ließ ein lautes Rülpsen hören.

»Halt dich an mir fest!«, schrie Remy und zog Marrill an sich. Das Ungeheuer blieb in der Luft stehen. Es schwang hin und her, stieg aber nicht weiter auf.

»So was mussten die Kinder in *Narnia* nicht aushalten«, stellte Remy fest. »Konntest du uns nicht einen schönen Kleiderschrank zum Durchgehen suchen?«

Das Maul ging auf, und sie stürzten auf das harte hölzerne Deck eines Schiffs.

»Auaaaa«, jammerte Marrill und rollte auf den Rücken. Das Geschöpf schwang über ihnen hin und her. Es hing mit einem seltsamen Flossenfuß an einem Netz, das seinerseits an einem Mast hing, der hoch über ihnen aufragte. Und noch darüber flatterte eine schwarze Flagge. Eine schwarze Piratenflagge.

»Na prima«, ächzte Marrill.

Im nächsten Moment wurden sie von einer Gruppe bedrohlich aussehender Gestalten umzingelt – von Menschen, menschenähnlichen Wesen und Wesen, die eher keine Ähnlichkeit mit Menschen hatten. Ihre Haut war tief von der Sonne gebräunt, wenigstens bei denen, die eine Haut hatten. Einige hatten auch ein Fell oder Schuppen oder was immer diese pinkfarbenen stachligen Dinger waren. Ihre Kleider waren von der harten Arbeit auf See an den Säumen verschlissen, und alle hielten Waffen in den Händen. Und kein Einziger lächelte.

»Hallo?«, sagte Marrill zögernd. »Schön, euch kennenzulernen.«

Die Piraten wichen zur Seite, und ein Mann trat vor und blickte finster auf sie herunter. Er war hochgewachsen und mager, seine knielange Hose und seine Weste bestanden aus glänzendem Leder. So gut wie jeder Zentimeter der sichtbaren Haut war mit Narben oder Tätowierungen bedeckt.

»Der gehört vermutlich euch«, sagte er und hielt Karni am Nacken hoch. Sogar der sonst immer so grantige Kater schien sich in sein Schicksal ergeben zu haben.

»Bitte tötet uns nicht«, redete Remy drauflos. »Ich mache in, äh, einem Monat die Zulassungsprüfung zur Universität und wollte mir gerade verschiedene Colleges ansehen ...«

Da musste Marrill plötzlich lächeln. Weil vor ihnen nicht irgendein beliebiger böser Piratenkapitän stand.

»Stavik!«, rief sie und sprang auf. Und bevor er sich wehren konnte, hatte sie sich schon an den in Drachenleder gekleideten Piratenkönig geworfen.

»Also ...« Marrill legte die Finger aneinander, eine Geste, die sie sich bei Ardent abgeschaut hatte. Er tat das immer, wenn er über etwas Wichtiges nachdachte. Hoffentlich sah es bei ihr auch so aus.

Sie verstummte, in der Hoffnung, dass einer der Piraten einsprang und sie nicht zugeben musste, dass sie keine Ahnung hatte, was sie sagen oder wo sie anfangen sollte. Sie saßen um einen verschrammten Holztisch in Staviks Kajüte, Marrill Stavik gegenüber. Die anderen Piraten waren auch anwesend, saßen aber etwas weiter hinten als ihr Chef. Jeder hielt ein Glas in der Hand, das mit einer bernsteingelben, stark riechenden Flüssigkeit gefüllt war. Marrill hielt stattdessen einen Becher mit warmer Milch. Remy saß neben ihr. Sie hatte die Arme verschränkt und zitterte ein wenig.

»Er sieht fies aus«, flüsterte sie Marrill ins Ohr.

»Er ist der Piratenkönig«, erwiderte Marrill. »Da muss er fies aussehen. Aber innerlich ist er ein Kätzchen.«

Stavik schnaubte. »Kätzchen haben scharfe Krallen und spitze kleine Zähne.« Die Piraten wechselten unruhige Blicke. »Der Erste von euch, der mich Kätzchen nennt, verliert einen Finger«, warnte Stavik. Die Piraten starrten auf ihre Becher.

»Keine Sorge, er ist mir was schuldig«, flüsterte Marrill Remy zu. »Schließlich habe ich seine Leute von einem Zauber befreit und von einem sinkenden Schiff gerettet. Piraten haben ein ausgeprägtes Ehrgefühl.« *Glaube ich zumindest*, fügte sie stumm hinzu.

Remy kniff die Augen zusammen und musterte Stavik mit ihrem Wehe-du-tust-mir-was-Blick, sagte aber nichts.

»Also …«, setzte Marrill erneut an. »Die *Purpurrote Schlange* ist ein schönes Schiff.« Sie sah sich um. »Ist sie neu?«

Im Raum wurde es totenstill, und die Blicke aller Piraten wandten sich Stavik zu. Marrill fragte sich, ob der Piratenkönig den Verlust seines letzten Schiffes, des *Schwarzen Drachen*, womöglich noch nicht ganz verkraftet hatte.

Sie räusperte sich und machte einen neuen Anlauf. »Ich meine, äh, wie … läuft es mit der Arbeit?« Die Piraten wechselten Blicke, und sie meinte von irgendwo her ein »nicht schlecht« zu hören, aber Stavik schwieg. Er starrte sie nur mit seinen kalten Augen unverwandt an und hatte das Gesicht zu einer verächtlichen Grimasse verzogen.

Marrill trank einen großen Schluck Milch und nahm ihren ganzen Mut zusammen. »Habt ihr zufällig die *Unternehmungslustige Krake* irgendwo in der Nähe gesehen? Mit Kapitän Coll, dem Zauberer Ardent und noch einem Jungen, den ihr wahrscheinlich vergessen habt?«

Einige Piraten schienen sich zu erinnern, aber Stavik tat keinen Mucks. Er zwinkerte nicht einmal mit den Augenlidern.

»Weil ich die nämlich suche«, fuhr Marrill fort. »Aus einem wichtigen Grund.«

Stavik lehnte sich langsam zurück, hob die Füße an und legte sie auf den Tisch. Das Drachenleder seiner Hose knarrte. »Die *Krake*, ja? Meine mich zu erinnern. Seltsames Schiff mit seltsamer Besatzung und seltsamen Vorkommnissen. Decks, die sich verändern, Ratten mit zusätzlichen Beinen und was noch alles.« Er zuckte mit den Schultern. »Kein schlechtes Schiff.«

Die anderen Piraten murmelten zustimmend.

Marrill nickte eifrig. Das war ihre *Krake*! »Weißt du, wo sie ist?«

Stavik hob die Schultern. »Ich weiß viel.«

Marrill strahlte ihn an. »Kannst du mich zu ihr bringen?«

Der Piratenkönig betrachtete angestrengt seine Fingernägel. »Ich kann viel.« Er erwiderte ihren Blick. »Die Frage ist, warum sollte ich?«

Marrill biss sich auf die Lippen und spürte einen Knoten im Magen. Ein berechtigter Einwand. Schließlich waren sie gerade erst im Maul eines Seeungeheuers aus dem Strom aufgetaucht. Es stand ihr nicht zu, Forderungen zu stellen. »Weil es sehr wichtig ist?«

»Ich habe jede Menge wichtige Dinge auf meiner Liste stehen.« Stavik zuckte mit den Schultern und wandte sich mit einem Fingerschnippen an den Piraten hinter ihm. »Was steht morgen auf dem Programm?«

Der Pirat sah ihn mit großen Augen an, und seine Nase verfärbte sich zu einem beunruhigend knalligen Rot. »Äh …« Er sah sich nervös um und schluckte. »Wir, äh, haben da … Dingsda. Also diese Sache. Du weißt schon, wovon ich spreche, ja?« Er wand sich wie in Erwartung einer Ohrfeige.

Doch Stavik grinste nur und verschränkte die Hände hinter dem Kopf. »Na bitte. Ich bin leider ausgebucht.«

Marrill seufzte. Das war ja beinahe so schwer, wie eine bestimmte Information aus Ardent herauszukriegen. *Fin wüsste, was zu tun ist*, dachte sie. Er hatte schließlich jahrelange Erfahrung mit Dieben und anderen Tunichtguten. Aber er konnte natürlich auch einfach aus dem Zimmer gehen, bis die anderen ihn vergessen hatten, und dann zurückkehren und ganz cool so tun, als wüsste er, was Sache ist. Er wäre ruhig und selbstbewusst und müsste nur ganz wenig schleimen.

Selbstbewusstsein war zwar nicht gerade ihre Stärke, aber sie tat ihr Bestes. Sie atmete ganz langsam aus und versuchte sich zu konzentrieren. *Nur Mut*, dachte sie, *nur Mut*.

Remy neben ihr lachte. »Der weiß doch gar nichts.«

Marrill starrte sie an. »Was fällt dir ein?«, zischte sie.

Staviks selbstzufriedenes Grinsen erlosch. Alle Blicke wandten sich ihm zu. Er nahm die Füße vom Tisch und knallte die Vorderbeine seines Stuhls auf den Boden. Marrill unterdrückte ein Zucken. Die Narben in seinem Gesicht verfärbten sich purpurrot und tanzten beim Sprechen auf und ab. »Glaub mir, ich weiß ganz genau, wo die *Krake* ist.«

Remy hob die Augenbrauen. »Na klar.«

Die Piraten am Tisch wurden unruhig. Stavik fuhr sich mit der Zunge über die Zähne. In seine Augen war ein wissender Blick getreten.

»Dabei hat er null Ahnung«, sagte Remy und warf ihren Pferdeschwanz zur Seite.

Eine scheinbar endlose Stille folgte, dann lehnte der Piratenkönig sich zurück. »Also gut«, sagte er. »Wir nehmen Kurs auf die *Unternehmungslustige Krake*, Leute. Volle Kraft voraus.«

Kapitel 4

Piraten ahoi

»So etwas habe ich noch nie gesehen«, gestand Ardent. Er war mit einem weißem Morgenmantel und großen, knallroten Pantoffeln bekleidet, und der Wind wehte seinen langen Bart nach hinten. Über ihren Köpfen flatterten an einer Leine, die der Tauknochenmann eigens gespannt hatte, sein Mantel und seine Mütze, beide noch nass vom Auswaschen des Tiefenstädter Schleims.

Fin nahm den silbernen Armreif rasch wieder an sich, bevor der Zauberer vergaß, woher er ihn hatte. »Aber du musst das Symbol doch schon mal irgendwo gesehen haben«, drängte er. Mit dem Daumen fuhr er über die Umrisse des Drachens und des Kreises darüber.

Die *Unternehmungslustige Krake* glitt umgeben von Wolken über den Strom. Dieser Zweig des Zauberflusses führte durch die Luft, als folgten sie einem Regenbogen. Wobei Fin keine Ahnung hatte, warum sie nicht hinunterfielen – was ihm aber natürlich sehr recht war.

Ardent schüttelte den Kopf. »Der Strom ist groß. Endlos im Grunde. Kenne ich den größten Teil davon? Möglich. Mehr als alle anderen, die je gelebt haben? Natürlich. Aber selbst ich kann nicht alles kennen. Der Ort, von dem dieser Reif kommt, ist entweder vollkommen unbekannt oder sehr, sehr abgelegen.«

Fin nickte, als wüsste er genau, was das bedeutete. »Tjaaaa ...«, sagte er gedehnt. »Wie finden wir dann heraus, wo er liegt?«

In diesem Augenblick kam zischend und zirpend eine flache, wabbelige Kreatur auf sie zugeschossen, die aussah wie eine Kreuzung aus Teufelsrochen und fliegendem Pfannkuchen.

»Ich sagte doch, wir wollen keine!«, rief Coll vom Steuerrad des Schiffs. Er fuchtelte mit einer langen Holzstange, die sie eigens zu diesem Zweck herausgeholt hatten, und die Kreatur zirpte enttäuscht und verschwand in den Wolken.

Fin schüttelte den Kopf und wandte sich wieder an Ardent. Der Zauberer musterte ihn misstrauisch. »Wie finden wir dann heraus, woher es kommt?«, drängte Fin.

»Was?«

Fin warf die Hände in die Luft. »Das Symbol! Wir müssen es finden, weil es uns zu meiner Mutter führt!« Ardent wollte etwas sagen, aber Fin kam ihm zuvor. »Bevor du fragst, ich heiße Fin.« Er hatte gemerkt, dass der Zauberer ihn vergessen hatte. Schon wieder.

Ardent runzelte die Stirn. »Wir nehmen keine Bewerbungen von blinden Passagieren entgegen, tut mir leid. Momentan sind wir ausgebucht.« Sein Blick wanderte zum Griesgram, der gerade zu den unteren Decks hinunterstieg.

Fin spürte, wie sich die Muskeln seiner Schultern vor Ungeduld spannten. »Aber *ich* bin es doch«, sagte er.

Ardent sah ihn verständnislos an.

»Es hängen überall im Schiff Zettel, die dich daran erinnern sollen.« Fin riss einen Zettel vom Großmast und hielt ihn dem Zauberer vor die Nase. Er war von Wind und Wetter zerknittert und eingerissen und die Tinte an einer Stelle verschmiert, an der Fin etwas falsch geschrieben und ausgestrichen hatte. Das aufgemalte Gesicht war kreisrund und bestand aus einem breit grinsenden Mund und zwei Punkten für die Augen.

Ardent betrachtete es. »Das bist du? Ich dachte, das sei der Tauknochenmann!« Er lachte. »Coll«, rief er zum Achterdeck hinauf, »weißt du was? Mit den Bildern ist der Junge hier gemeint, nicht der Tauknochenmann!«

Coll kam näher und betrachtete das Bild mit zusammengekniffenen Augen. »Ich habe es für eine Jolle gehalten. Ich dachte, es sollte mich daran erinnern, die Beiboote immer einzuholen.«

Fin machte ein wütendes Gesicht. Zugegeben, er konnte nicht so gut zeichnen wie Marrill. Aber ihre Originale waren ja auch noch da. »An euren Ärmeln hängen auch Bilder«, erinnerte er die beiden zum zigsten Mal.

Sie sahen an sich hinunter. An Colls Hemd hingen nur noch einige Fetzen schmutzige Segelleinwand. »Oh«, brummte er, »muss ich damals im Skelettgarten verloren haben.«

Fin sah Ardent an, der an seinem Zettel leckte. Der ganze Zettel war fleckig grau. »Krötenbutter«, sagte der Zauberer und machte eine Grimasse. »Eindeutig Krötenbutter. Wann habe ich denn Krötenbutter gegessen?«

Fin knirschte mit den Zähnen. »Auf dem Zettel steht, dass ich zur Besatzung gehöre. Dass ich geholfen habe, Serth zu besiegen, und dass ich Marrills Freund bin und …«

Ardents Miene hellte sich auf, und er lächelte. »Wie es wohl Marrill geht? Ich vermisse sie, du auch, Coll?«

Coll nickte. »Sie hat auf jeden Fall Leben in die Bude gebracht. Weißt du noch, wie sie den Pfefferstreuer in den Strom geworfen und er sich in einen Kraken verwandelt hat?«

Fin schloss die Augen. Für die beiden hatte er im Grunde nie existiert. Dabei hatte doch *er* den Pfefferstreuer in den Strom geworfen. *Er* hatte Coll im Plapperhain gerettet, und *er* hatte Serth durch eine List dazu gebracht, in den Strom zu springen, und dadurch die ganze Welt gerettet.

Und er vermisste Marrill noch viel mehr als die beiden.

»Ihr zwei helft mir sowieso nicht, stimmt's?«, fragte er.

Ardent runzelte die Stirn und legte ihm die Hand auf die Schulter. »Wir sind auf der Suche nach einer guten Freundin von mir, junger Mann. Einer Freundin, die vielleicht in größter Gefahr schwebt. Deshalb können wir leider nicht jedem blinden Passagier helfen, so gern wir das tun würden.«

»Aber ...« Fin brach ab. Es hatte keinen Zweck. Er konnte die beiden vielleicht dazu überreden, ihm zu helfen – sie an Marrill erinnern und an die Zettel und daran, dass er eben nicht irgendein blinder Passagier war. Sie würden ihm glauben und auch wirklich helfen wollen. Doch dann, zwei Sekunden später, würden sie alles wieder vergessen. Was nicht ihre Schuld war. Alle vergaßen ihn. Weil er niemand war.

»Egal«, sagte er leise. Er wandte sich ab und ging rasch in Richtung Heck, bevor er noch in Tränen ausbrach.

Zu den Flüsterlianen zurückgekehrt, ließ er seinen Gefühlen freien Lauf. Wenn doch Marrill noch da wäre! Sie würde ihm helfen und dafür sorgen, dass Ardent und Coll bei der Stange blieben.

Wieder einmal rief er sich ins Gedächtnis, dass Marrill für immer weggegangen war. Dass es gut war, dass sie nach Hause zu ihrer Familie zurückgekehrt war, die Überallkarte mitgenommen hatte, auch wenn er sie dringend selbst gebraucht hätte. Bei ihr war sie einfach am sichersten.

Er tastete mit der Hand nach dem vertrauten Gewicht

in seiner versteckten Hemdtasche. Dort hatte er die Kartenlegende, den Teil, mit dessen Hilfe man die Karte lesen konnte, verstaut. Doch was nützte ihm die Legende ohne die Karte? Er ballte die Finger zur Faust, dann ließ er den Arm fallen.

Er schloss die Augen und spürte, wie die ohrenähnlichen Blätter der Lianen über seine Hände krochen. »Ich wollte, Marrill wäre hier«, flüsterte er, an niemanden gerichtet.

wollteMarrillwärehierwollteMarrillwärehier

raunten die Lianen.

MarrillwärehierwollteMarrillwärehier

MarrillwärehierwollteMarillwärehier

Eine lange Zeit verging, bis Fin die Augen wieder öffnete. Im selben Moment bemerkte er das andere Schiff.

Es war schwarz und flach und flog hinter ihnen den Bogen aus leuchtendem Wasser hinauf. Und wenn es auch nur ein wenig größer und solider gebaut gewesen wäre, hätte er es ganz bestimmt für Staviks altes Schiff gehalten, den *Schwarzen Drachen*, den sie damals versenkt hatten. War er wieder aufgetaucht, um die *Krake* erneut zu verfolgen?

Sein Blick fiel auf die schwarze Flagge, die an der Gaffel des Kreuzmasts wehte, und da wurde ihm klar, warum das Schiff ihm so bekannt vorkam. »Piraten«, murmelte er leise. Dann erst spürte er den Schrecken.

»PIRATEN!«

PIRATENPIRATENPIRATEN!

riefen die Lianen. Ihr misstönendes Geschrei war ohrenbetäubend.

Dann standen auch schon Coll, Ardent und der Griesgram neben ihm. Das Schiff hielt geradewegs auf sie zu. Und auf dem schmalen Wasserband, auf dem sie fuhren, gab es keine Möglichkeit, zu fliehen.

»Vielleicht ... könnten wir sie ... einfach vorbeilassen?«, schlug Ardent vor.

»Klar«, sagte der Griesgram. »Wenn du eine schöne, feste Wolke findest, auf der wir parken können, dann winke ich das andere Schiff an uns vorbei.«

Da ertönte Colls Stimme. »Zur Abwehr des Gegners bereitmachen!«, befahl er. »Netze bereithalten, Tauknochenmann! An die Waffen, Piratten! Ardent, sei darauf gefasst, dass du gleich zaubern musst. Sieht so aus, als bräuchten wir heute eine ordentliche Portion Magie.«

Die Lianen nahmen seine Worte auf.

andiewaffenpirattenzurabwehrdesgegnersbereit-
machenandiewaffen

Ardent ließ die Knöchel knacken, während die Piratten hin und her rannten, Luken dichtmachten und Leinen belegten. Eine Piratte legte sich eine leere Konservendose als Brustpanzer an. Fin schluckte und blickte wieder zu dem Piratenschiff zurück.

Je näher es kam, desto mehr sah es aus wie der *Schwarze Drache*. Er kniff die Augen zusammen. Auch der Mann, der so selbstbewusst breitbeinig am Bug stand, und der Schnitt seiner Ledermontur kamen ihm bekannt vor. Offenbar hatte Stavik sich ein neues Flaggschiff beschafft.

Es war niedriger als die *Krake*, Fin konnte die Männer auf dem Deck deshalb gut sehen. Ihrem Geschrei konnte er allerdings auch entnehmen, dass sie sich zum Entern vorbereiteten.

Er strich sich übers Kinn und überlegte. Von Piraten gekapert zu werden war in der Regel ziemlich unschön. Auch wenn die Piraten deine Freunde waren. Erst recht, wenn keiner dieser Freunde sich an dich erinnerte.

Andererseits, fiel ihm ein, konnte er Ardent und Coll wahrscheinlich nicht dazu bringen, dem Mädchen zu folgen, an das sich niemand erinnerte. Die beiden hatten ihre eigenen Ziele und Missionen. Stavik hingegen würde jedem Schiff folgen wie ein Schweißhund einem schwitzenden Reh, solange auch nur die geringste Aussicht auf Beute bestand. Und Fin verstand sich hervorragend darauf, anzudeuten, dass es eine solche Beute geben könnte.

Er grinste. Vielleicht war das Zusammentreffen mit den Piraten doch nicht so schlimm. Natürlich musste er ihnen ausreden, die *Krake* zu kapern, aber auch das traute er sich zu. Und sie zu überreden, ihn auf ihrem Schiff aufzunehmen, war noch viel leichter.

Das war seine Gelegenheit, entschied er. Er würde gehen.

Es war eine spontane Idee, doch war er sofort entschlossen. Er musste es tun. Als das Piratenschiff mit der *Krake* gleichauf lag, warf er einen letzten, langen Blick auf das Schiff, das im vergangenen halben Jahr sein Zuhause gewesen war. Der Abschied tat weh, vor allem nach der schönen Zeit, die er hier mit Marrill verbracht hatte. Marrill würde er nie wiedersehen, das wusste er, aber vielleicht würde er eines Tages, wenn er endlich in Ordnung gebracht hatte, was mit ihm nicht stimmte, und andere sich an ihn erinnerten, zur *Krake* und ihrer Besatzung zurückkehren.

Doch bis dahin schien ein Leben als Pirat das Beste für ihn zu sein. Die Piraten waren inzwischen auf Sprungweite herangekommen und klinkten ihre Enterhaken klirrend an der Reling ein. Da hob Fin die Hand zum traditionellen Gruß der Diebe. »Ich grüße euch, lichtscheue Gestalten«, begann er. Doch dann blieben ihm die Worte im Hals stecken.

Denn ein besonders kleiner Pirat war vorgetreten, ein Pirat mit einem Rucksack und einer einäugigen, orangefarbenen Katze auf dem Arm.

»Fin!«, schrie der Pirat und winkte.

Er starrte ihn an, zwinkerte und rieb sich die Augen. Das war doch nicht möglich. »Marrill?«, flüsterte er.

»Fin!«, rief sie wieder. Ohne zu zögern, drückte sie Stavik die Katze in die Hand, packte ein Tau und schwang sich auf die *Krake*. Und bevor Fin wusste, wie ihm geschah, verschwand er mit dem Gesicht voraus in ihrer Umarmung.

In einem einzigen Moment explodierte und verschwand seine ganze Verzweiflung darüber, ständig vergessen zu werden; die Angst, womöglich nie herauszufinden, wer er war; und die Trauer über seine Einsamkeit. Eine Träne lief über seine Wange. Er hatte zum ersten Mal in seinem Leben das Gefühl, nach Hause zu kommen.

»Du bist zurückgekehrt«, flüsterte er und schlang die Arme um sie. »Du bist wieder da!«

Marrill machte sich von ihm los und sah ihn mit einem strahlenden Lächeln an. Ihre Augen glänzten feucht. Sie drückte seine Hand. »Ja, das bin ich«, sagte sie.

Fin nickte nur. Sie fuhren auf einem magischen Regenbogen über den endlos blauen Himmel. Rochen-Pfannkuchen flogen wabbelnd an ihnen vorbei, die Sonne schien hell auf das Deck, und seine beste Freundin stand vor ihm.

Einige Wünsche gingen offenbar doch in Erfüllung.

Kapitel 5

Das Zwiegespräch des Knülle Grütz

Marrill konnte nicht anders, sie zog Fin noch einmal an sich und umarmte ihn. »Ich hab dich so vermisst, Fin.« Freudentränen stiegen in ihr auf. Am liebsten hätte sie sich in den Arm gekniffen, um sicherzugehen, dass sie nicht nur träumte. Sie konnte immer noch nicht glauben, dass sie zum Piratenstrom und zu ihrem besten Freund zurückgekehrt war.

Mit geschlossenen Augen nahm sie die Umgebung in sich auf: den salzigen, in der Nase kribbelnden Geruch des Stroms, das Schaukeln der *Krake* auf den Wellen und das Knarren und Quietschen der Takelage.

Ihr war, als sei sie nach Hause zurückgekehrt.

»Ich hätte nie gedacht, dass du einmal unter die Piraten gehst«, sagte eine freundliche Stimme ein wenig spöttisch. Marrill hob den Kopf. Am Mast lehnte ein hochgewachsener, schmaler Junge mit lose verschränkten Armen. Er grinste über das ganze Gesicht.

»Coll!«, rief sie und warf sich an ihn.

Wenn der gewöhnlich so wortkarge Kapitän der *Krake* überrascht war, zeigte er es jedenfalls nicht. Stattdessen umarmte er sie. »Willkommen an Bord. Einen tüchtigen Ersten Offizier können wir gut gebrauchen. Wir sind schon seit einiger Zeit unterbesetzt.« Fin, der neben Marrill stand, räusperte sich, und Coll sah ihn an. »Du hast einen Freund mitgebracht?«, fügte er hinzu. »Hoffentlich versteht er etwas vom Segeln.«

Fin seufzte verärgert, doch Marrill musste trotzdem lächeln. Und ihr Lächeln wurde noch breiter beim Anblick des knochigen Alten, der in einem nassen purpurroten Gewand steckte und eine schlaff herunterhängende Zipfelmütze auf dem Kopf trug. »Diese Piraten stellen sich wirklich nicht besonders geschickt an«, bemerkte Ardent. »Der legendäre Korsar Glasskin Jill hätte inzwischen schon das Schiff gekapert und die halbe Mannschaft an den Rahen aufgeknüpft.«

Er zupfte an seinem struppigen weißen Bart und beugte sich gefährlich weit über die Reling. »Beeilt euch, los!«, rief er zu dem anderen Schiff hinüber. »Einige von uns haben noch zu tun!«

»Wir wollen euch gar nicht entern, Alter«, brüllte Stavik vom Deck der *Purpurroten Schlange* zurück. »Aber wenn du weiter so redest, ändern wir unsere Pläne vielleicht noch.«

In diesem Augenblick schob Remy ihn zur Seite.

Von den Piraten kam ein kollektives Aufstöhnen, und einige zuckten sogar erschrocken zusammen.

»Marrill Aesterwest, du kommst sofort hierher zurück!«, rief Remy, die Fäuste wütend in die Hüften gestützt. »Du kannst nicht einfach so wegrennen! Zauberstrom hin oder her, ich – muss – auf – dich – aufpassen!«

Als Ardent Marrills Namen hörte, ging ein Ruck durch ihn. Er fuhr zu Marrill herum und schleuderte mit einer heftigen Kopfbewegung den Zipfel seiner roten Mütze aus den Augen, um besser sehen zu können.

»Marrill?«, flüsterte er. Sie winkte ihm zu. Er starrte sie einen Moment lang fassungslos an, dann erschien ein Grinsen auf seinem Gesicht. »Du bist es!« Er breitete die Arme aus.

Marrill rannte zu ihm und umarmte ihn stürmisch.

Der Zauberer gab ein dumpfes »Uff« von sich. »Das ist ja eine schöne Überraschung …« Er verstummte und schob sie einen Schritt zurück. »Du bist wieder da«, sagte er. »Auf dem Strom«, fügte er hinzu.

Marrill nickte, und ihr Lächeln wurde immer breiter. Sie platzte schier vor Freude. Endlich war sie wieder bei ihrer Mannschaft, dort, wo sie hingehörte.

Doch dann presste Ardent die Lippen zusammen. »Was eigentlich nicht sein sollte«, sagte er leise. »Ich meine, nicht möglich sein sollte. Natürlich freue ich mich, dich zu sehen, auf jeden Fall, nur …«

Marrill holte tief Luft. »Es ist kein gutes Zeichen, ich weiß. Aber ich werde hier gebraucht, stimmt's?« Sie blickte von Fin zu Coll und zu Ardent. Die drei nickten nacheinander, besonders Fin.

Doch sie wirkten aufrichtig überrascht und in höchstem Maße verwirrt. Nichts deutete darauf hin, dass sie die Nachricht auf dem Stoppschild geschrieben hatten. Aber wer dann?

Das Schiffsdeck unter Marrills Füßen neigte sich plötzlich zur Seite, und sie verlor das Gleichgewicht. Rasch ging sie ein wenig in die Knie, wie Coll es ihr einst gezeigt hatte. »Der Strom fließt wieder an meiner Welt vorbei«, sagte sie. »Ihr habt euch das wahrscheinlich schon gedacht, weil ich ja hier bin. Aber ich muss euch noch etwas anderes erzählen.« Rasch fasste sie zusammen, was sie erlebt hatte, vom Wolkenfängernetz bis zum Stoppschild, der seltsamen Stimme im Tunnel und dem Erwachen der Karte.

Ardent strich sich über den Bart. »Die Eiserne Flut«, murmelte er.

In diesem Augenblick schob sich ein kahler, nur von einigen Haarsträhnen bedeckter Schädel zwischen sie, unmittelbar gefolgt von einem gedrungenen, rötlichblauen Rumpf. »Auf die Seite, Platz da, habt ihr keinen besseren Platz zum Rumstehen?«, schimpfte der Griesgram. Er drängelte an Coll vorbei und stieß mit seiner massigen Schulter unsanft gegen Ardent. An einer seiner vier Hände baumelte eine Gießkanne.

Marrill musste unwillkürlich grinsen. »Ich freue mich auch, dich zu sehen, Griesgram«, flötete sie.

Der Griesgram blieb stehen und musterte sie von oben bis unten. »Oha«, sagte er, »hm. Wo warst du denn?«

Marrill lachte. »Hm, ich war …«

»Interessiert mich gar nicht.« Er drängte sie mit einer fleischigen Pranke zur Seite, schlurfte zur Reling und schnaubte. »Und die Piraten, vor denen wir solche Angst hatten, habt ihr wirklich prima abgehängt. Bestimmt werfen sie gleich ihre Enterhaken und kommen rüber, um uns herzlich ins Jenseits zu verabschieden. Aber ihr steht hier munter rum und quasselt.«

Wie zur Bestätigung seiner Worte flogen einige eiserne Enterhaken mit scharfen Spitzen auf die Reling der *Krake* zu. Marrill blickte zur *Purpurroten Schlange* hinüber. Sie hätte es besser wissen müssen und den Piraten nicht vertrauen dürfen!

»Du hättest es besser wissen müssen und den Piraten nicht vertrauen dürfen«, sagte Fin.

Sie rannten zur Reling.

hättestesbesserwissenmüssenhättestesbesserwissen-
müssenhättestesbesserwissenmüssen

echoten die Flüsterlianen.

Marrill verdrehte die Augen und mühte sich ab, einen mit Widerhaken versehenen Enterhaken aus dem Holz zu ziehen. »Ist ja gut!«

»Prima, Jungs«, knurrte Stavik drüben auf der *Purpurroten Schlange*. Sein Schiff war mit der *Krake* inzwischen durch mehrere Taue verbunden und kreuzte wie ein Wasserskifahrer im Slalom über das Band des

Stroms. Die wütend zappelnde Remy hatte der Piratenkönig sich unter den Arm geklemmt. »Holt die Leinen ein. Lasst den Wal nicht entkommen! Und du hörst gefälligst auf, mich zu beißen!«

»Reizender Bursche«, grunzte der Griesgram. »Wenn mich jemand braucht, ich bin unten im Laderaum und übe die Rede, mit der ich kapitulieren werde.«

Ardent, der hinter Marrill stand, wirkte abwesend. »Hast du noch mehr über diese Eiserne Flut gehört?«, fragte er. »Irgendwelche Details?«

Marrill zerrte noch heftiger am Enterhaken. »Nein, da war nur diese Stimme aus dem Nichts, die mich warnte, die Flut würde kommen, und wir müssten sie aufhalten.« Der Enterhaken löste sich, und sie hätte fast das Gleichgewicht verloren. Dann warf sie ihn mit aller Kraft zur *Schlange* zurück, traf aber weit daneben. Spritzend tauchte der Haken in den Strom ein und explodierte im nächsten Moment in einer Fontäne aus leuchtend buntem Herbstlaub. Marrill bildete sich ein, Eierpunsch zu riechen. Das Wasser lief ihr im Mund zusammen. »Hast du sie schon einmal gehört?«

Ardent zuckte mit den Schultern. »Die Stimme? Eher nicht, obwohl ich oft Stimmen höre.« Er hielt inne, lauschte mit schräggelegtem Kopf, schüttelte ihn und fuhr fort. »Dafür habe ich von der Eisernen Flut gehört. Sie spielt in der ersten Strophe der meressianischen Prophezeiung eine große Rolle.«

Marrills Herz setzte einen Schlag aus. »Der meressianischen Prophezeiung?«, rief sie aufgeregt. Hinter ihr nahmen die Flüsterlianen ihre Worte auf:

prophezeiungprophezeiungprophezeiungprophezeiung

Marrill zwang sich zur Ruhe. Die meressianische Prophezeiung hatte sich erledigt, als das verrückte Orakel Serth in den Piratenstrom gefallen war und die Legende zur Überallkarte mit sich in die Tiefe gerissen hatte. Denn die Legende war der Schlüssel, mit dessen Hilfe man die Karte in das Tor zur verlorenen Sonne von Dzannin verwandeln konnte, die den Piratenstrom zerstören konnte. Jetzt, ohne Serth und die Legende, war die verlorene Sonne für immer eingesperrt, und niemand brauchte die meressianische Prophezeiung mehr zu fürchten.

Ein Enterhaken flog über sie hinweg und schlug auf das Deck. Er zog ein langes Tau nach. Ardent runzelte die Stirn. »Hier draußen ist es mir zu unruhig. Unterhalten wir uns doch in meiner Kajüte weiter. Ich habe einige Dinge herausgefunden, die euch auch interessieren dürften!«

»Äh, Ardent?«, brummte Coll und deutete mit dem Kopf in Richtung der vielen Taue, die sie mit ihren Verfolgern verbanden. Eine eifrige Piratin hangelte sich bereits an einem Tau entlang auf die *Krake* zu. »Vielleicht sollten wir zuerst das hier erledigen?«

Der Zauberer wirkte geradezu überrascht. »Ach richtig. Tut mir leid, aber heute haben wir leider keine Zeit für einen Kampf gegen die Piraten.« Er schnippte mit den Fingern, und die Enterhaken wurden weich und wabbelig wie Fruchtschlangen. Die Taue, an denen die Piraten zogen, fielen davon ab, und die Piraten schrien empört. Als Marrill vorsichtig über die Reling spähte, sah sie, wie die übereifrige Piratin an der Seite der *Schlange* hinaufkletterte und von ihren Kameraden vollends an Bord gezogen wurde.

»Das hättest du auch gleich tun können«, brummte Coll.

Ardent zuckte mit den Schultern. »Schon, aber das wäre nicht so lustig gewesen. Doch jetzt erfordert die Eiserne Flut unsere ganze Aufmerksamkeit.« Er wandte sich zum Gehen. »Ab ins Lernatorium!«

Fin fing Marrills Blick auf. »Wir werden gleich erfahren, was er uns mitzuteilen hat«, sagte er und bedeutete ihr, vorauszugehen.

Aber Marrill musste zuerst noch ein anderes Problem lösen. »Äh, meine Babysitterin und die Katze sind noch auf der *Purpurroten Schlange*«, sagte sie zu Coll. »Könnten wir die beiden wohl noch holen?«

Coll seufzte. »Ich kümmere mich darum.« Er schlenderte über das Deck wie ein ganz normaler sechzehn- oder siebzehnjähriger Junge, der in seiner Highschool unterwegs ist. Mit einem kurzen »Hopsa!« sprang er über die Reling, und im selben Moment senkte sich von oben ein Tau herunter, hielt ihn fest und trug ihn über das Wasser zur *Schlange*. Wenige Augenblicke später hörte man das Klappern von Metall auf Metall und Kampflärm.

»Siehst du?«, sagte Fin, nahm Marrills Hand und zog sie nach achtern. »Alles unter Kontrolle. Jetzt komm!«

Marrill vergaß ihre Sorgen, als Fin die Tür zum Wohnquartier des Zauberers aufdrückte, das den größten Teil des Achterschiffs einnahm. In der Kajüte herrschte ein heilloses und zugleich überwältigendes Durcheinander. Vollgestopfte Bücherschränke säumten die Wände, außerdem Regale mit Körben voller Kuriositäten, darunter eine ganze Armee nicht größer als Marrills Handteller, mit winzigen Dudelsackspielern, zwergenhaften Soldaten und sogar einigen Miniaturpferdchen. Es gab Krüge mit verschiedenen Würzessenzen, einige davon mit verlockenden Namen wie *Sommerabend*, andere mit abstoßenden Namen wie *Morgendlicher Mundgeruch*, außerdem ein Fläschchen mit der ominösen Aufschrift *Zehenskunk*. In einer Ecke stapelten sich mit Schnur umwickelte Kartons mit warnenden Beschriftungen, und überall stapelten sich Bücher.

Inmitten des Chaos' kniete Ardent und wühlte in einer großen Truhe. Ihr Deckel war von Fangzähnen gesäumt, die aber bestimmt nicht echt waren, wie Marrill sich hastig einredete. Sie nahm ihren Rucksack ab und sank auf einen Stuhl, der von selbst an den Tisch in der Mitte der Kajüte glitt. Fin blieb einen Moment abwartend stehen, dann verdrehte er die Augen, zog scharrend einen Stuhl über den Boden und setzte sich mit einem hörbar verärgerten Schnaufen neben sie.

Ardent schien es nicht zu bemerken. »Ich muss gestehen, dass die Nachricht von der Eisernen Flut mich sehr interessiert«, sagte er. »Meine frühere Gefährtin Annalessa war auf der Suche nach Serth, als sie verschwand. Um ihn zu finden, hat sie womöglich versucht, Teile der meressianischen Prophezeiung zu entschlüsseln.«

Als Marrill den Namen der Zauberin Annalessa hörte, bekam sie ein schlechtes Gewissen. Sie musste an Ardents Porträt von Annalessa mit ihren ein wenig scharfen, aber hübschen Gesichtszügen auf einer der Karten denken, die er immer bei sich trug. Annalessas Verschwinden war überhaupt erst der Grund gewesen, warum Ardent sich auf die Suche nach der Überallkarte gemacht hatte ... und offenbar suchte er seine Gefährtin immer noch. Marrill war so mit ihren eigenen Problemen beschäftigt gewesen, dass sie die von Ardent darüber völlig vergessen hatte. Dieser Gedanke versetzte ihr einen Stich.

»Du hast also auch versucht, aus der Prophezeiung schlau zu werden?«, fragte sie. »Um Annalessa zu finden?«

Ardent nickte. »Und das führt uns zur Eisernen Flut.« Er beugte sich so weit in die Truhe, dass er fast verschwand. Marrill hätte schwören mögen, dass der Deckel Speichel absonderte.

Doch da richtete der Zauberer sich auch schon wieder auf. In der Hand hielt er ein Bündel mit Schnur umwickelte Metallplatten. »Gefunden!«

»Äh, bevor wir uns jetzt weiter damit beschäftigen«, sagte Marrill, »ich hatte gehofft, dass du mir noch bei etwas anderem helfen kannst.« Sie öffnete ihren Rucksack und zerrte den Meerschweinchenkäfig heraus. Das Gras darin war ein wenig zerdrückt, und der Frosch wirkte ziemlich unzufrieden, doch er schien die Reise unversehrt überstanden zu haben.

Marrill atmete erleichtert auf und stellte den Käfig auf den Tisch. »Also, Karnelius hat diese Abneigung gegen Amphibien«, begann sie.

»Wer hat die nicht«, murmelte Ardent abwesend.

Fin nickte. »Und?«

Der Zauberer sah ihn verwirrt an. »Wer bist du noch mal?«

Marrill räusperte sich. »Ein Freund. Jedenfalls wurde der Frosch bei einem Unfall zu Hause verletzt, und ich hatte gehofft …« Sie biss sich auf die Lippen und dachte daran, wie Ardent einmal einige Kratzer auf ihrer Hand geheilt hatte. Was ihr Hoffnung gemacht hatte, er könnte eines Tages auch ihre Mutter heilen. »Könntest du ihn verarzten?«

Ardent beugte sich über den Käfig und spähte hinein. »Du hast ja gar nicht gesagt, dass es sich um einen Sprechfrosch handelt!«

»Einen … Sprechfrosch?«

»Natürlich.« Der Zauberer holte das kleine Tier heraus und hielt es ins Licht. »Das sind sehr gute Boten. Man sagt dem Frosch einfach, was er ausrichten soll, und er zieht los und tut es.«

»Also ein Frosch, der spricht«, wiederholte Marrill.

»Genaugenommen ein Salamander, der wie ein Frosch aussieht«, erklärte Ardent. Er deckte das Tier mit der anderen Hand zu. Ein warmer Luftzug wehte durch das Zimmer, und Marrill roch Honig und Donner.

Ardent setzte den Frosch auf den Tisch, wo er sofort zu quaken begann. »Die Eiserne Flut kommt! Ihr müsst sie aufhalten! Haltet die Eiserne Flut auf, bevor sie sich über den Hafen hinaus ausbreitet und *ups*! He, pass doch auf, wohin du ... Halt, komm sofort wieder her, du kleiner ...« Die Stimme brach ab, und im Zimmer wurde es still.

Marrill starrte den Frosch an. Er kroch in den Käfig zurück, schüttelte ein wenig Gras auf und machte es sich darauf bequem.

»Aha«, sagte Marrill, »das war die Stimme, die ich gehört habe. Und in etwa auch die Botschaft.«

»Das passt sehr gut zu dem, was ich dir zeigen wollte«, sagte Ardent. Er nahm die Metallplatten, die er aus der Truhe geholt hatte, und legte sie neben dem Käfig auf den Tisch.

Marrill beugte sich darüber. *Das Zwiegespräch des Knülle Grütz* stand auf der ersten. Darunter war das Porträt eines untersetzten Mannes mit einem vorspringenden Kinn und einer gewaltigen Nase eingraviert. Das Metall schimmerte im Kerzenlicht wie Öl.

»Cool«, sagte Fin neben ihr. »Was ist das?«

Ardent straffte sich. »Das, mein junger Nehmen-wir-mal-an-Freund, ist eine der ältesten Geschichten, denen ich auf dem Strom begegnet bin. Der Art der Gravierung und dem Geruch der magischen Rückstände nach ist sie mindestens siebentausend Jahre alt.«

In die Ecke war eine Zahl eingeritzt. »Da steht auch das Datum«, bemerkte Marrill.

Ardent schnaubte. »Solche Angaben sind notorisch unzuverlässig. Aber gut, ein Hinweis sind sie.« Er fuhr mit den Händen über die Platten, und sie breiteten sich gehorsam in einer Reihe über den Tisch aus. Marrill beugte sich darüber und las laut vor:

Das Zwiegespräch des Knülle Grütz

Sag, Knülle Grütz, wo ist er gwen?
An dem Ort, an dem die Strudelwasser stehn.
Sag, Knülle Grütz, wo ist er hingegang?
Ging am trümmrigen Archipel entlang.
Sag, Knülle Grütz, was hat er gsehn?
Die Stadt an ihrer hohen Wand,
Wo man besingt den König über Salz und Sand.
Und hab gesehn, wie nähert sich mit schleichend Schritt
Die schrecklich EISERN FLUT, die mich will reißen mit.
Ach Knülle Grütz, er ist ja sturzbesoffen,
Zu lauter Grütze ist sein hirn zerloffen.

»Hm«, brummte Fin.

»Hm«, stimmte Marrill ihm zu. Gut, die Eisernen Flut kam darin vor, aber ansonsten schien es sich um Unsinn zu handeln.

Ardent verschränkte die Arme und nickte wissend. »Wirklich höchst bemerkenswert. Euch ist die Bedeutung doch wohl klar?«

Marrill überlegte angestrengt. »Die Leute hatten früher keine Ahnung von Rechtschreibung und Grammatik?«, schlug sie vor.

Ardent machte eine wegwerfende Handbewegung, und die Platten schichteten sich wieder zu einem ordentlichen Stapel auf. »Ihr müsst euch natürlich das größere Bild vor Augen führen«, sagte er. »Freund Knülle Grütz mag der Erste gewesen sein, aber ich habe einige hundert Geschichten wie diese aus den verschiedensten Zeiten und von den verschiedensten Orten und Verfassern gesammelt. Und der Inhalt ist im Wesentlichen immer derselbe.«

Fin nickte. »So ähnliche Geschichten habe ich in Khaznot Quay die ganze Zeit gehört. Ein Seemann geht auf dem Strom verloren, kehrt verwirrt zurück und faselt von irgendwelchen verrückten Orten und so weiter.«

Ardent nickte. »So ist es. Genau deshalb bin ich auch erst vor kurzem auf diese Geschichten aufmerksam geworden. ›Wirres Gefasel von Betrunkenen und Verrückten‹, würde Coll dazu sagen. Aber all diese Geschichten haben einige wichtige Dinge gemeinsam.«

»Die Eiserne Flut?«, fragte Marrill.

Ardent nickte. »Richtig. Die Geschichten liegen Jahrhunderte, ja sogar Jahrtausende auseinander, aber alle handeln von denselben drei Themen: der Stadt an der Mauer, dem König über Salz und Sand und der Flucht vor der Eisernen Flut. Meistens klingt es, als sei die Flut den Verfassern unmittelbar auf den Fersen! Und keiner wollte an den Ort zurückkehren, an dem er sie gesehen hatte, aus Angst, die Flut könnte ihn vernichten.«

»Mich interessieren solche langweiligen alten Legenden natürlich schon«, sagte Fin. »Aber woher wissen wir, dass sie stimmen? Ich meine, bisher hat doch keiner diese Eiserne Flut gesehen, oder?«

Ardent schüttelte den Kopf. »Nein, tatsächlich nicht. Aber die vermissten Seeleute behaupten alle steif und fest, dass sie irgendwann in der Zukunft kommt.« Er legte die Finger aneinander und blickte sehr ernst an seiner Nase entlang auf Marrill hinunter, als habe soeben sie und nicht Fin gesprochen. »Ich schließe daraus, dass die Eiserne Flut ein Teil der Prophezeiung ist, der sich noch nicht erfüllt hat. Wenn der Strom jetzt deine Welt wieder berührt und die Karte dich vor der Flut gewarnt hat, muss das wohl so sein.«

»Und sie ist wohl eher nichts Spaßiges wie zum Beispiel eine Flotte von Marshmallows, die auf einem Fluss aus Schlagsahne fährt«, überlegte Marrill.

»Offen gesagt, weiß niemand so genau, was sie ist«,

erklärte Ardent. »Aber das Wort *Verhängnis* wird oft mit ihr in Verbindung gebracht.«

Marrill schluckte und starrte auf das in die schimmernde Metallplatte geritzte Bild von Knülle Grütz mit der großen, tief über das vorspringende Kinn hängenden Nase. Er sah aus wie auf ewig im Metall eingeschlossen. Am unteren Rand standen in kleinerer Schrift noch einige Worte, die sie beim ersten Mal übersehen hatte:

Gebt acht auf Freund und Kind und Frau,
Denn kommen wird die Flut gewiss,
Weiß nur nicht, wann genau.

Ein Schauer überlief Marrill. Es war zu gruselig.

»Tja«, fuhr Ardent ernst fort, »was immer die Eiserne Flut ist, sie wird mit größter Sicherheit verheerende Schäden auf dem Piratenstrom anrichten … und alles niederwalzen, was ihr im Weg liegt.« Er starrte eine längere Weile in die Ferne, dann klatschte er in die Hände. »Wer macht sich auf die Suche nach ihr?«

Kapitel 6

Verloren und gefunden

Fin folgte Marrill und Ardent auf das Hauptdeck und kniff die Augen gegen die Sonne zusammen. Die *Krake* fuhr wieder durch ein endloses goldenes Meer. Über dem Wasser trieben als einziger Überrest der Fahrt durch die Wolken faserige Gischtschleier. Ein salziger Wind blies ihnen ins Gesicht und brachte ein magisches Kribbeln und den Duft von Himbeeren mit sich.

»Lass mich runter!«, rief eine Stimme von oben. Ein blondes Mädchen mit Pferdeschwanz und einem höchst unzufriedenen Gesicht hing kopfüber in der Takelage. »Marrill, sag diesem Penner, er soll mich runterlassen!«

Der fragliche Penner stand am Steuerrad der *Krake* und lenkte das Schiff kundig durch die Wellen. »Ich habe mit den Piraten alles geregelt«, sagte Coll. »Sie waren bereit, auf einen Angriff zu verzichten, um die hier loszuwerden.« Er zeigte mit dem Finger auf das baumelnde Mädchen.

Fin musste lachen. Marrill schien zwar weniger erbaut, aber auch ihre Mundwinkel zuckten. »Lieber Tauknochenmann, lässt du bitte meine Babysitterin herunter?«, bat sie. »Sie gehört zu uns.«

Ein Flaschenzug quietschte und ließ das Tau, an dem Remy hing, behutsam zum Boden hinunter. Einen Augenblick lang spürte Fin eine merkwürdige heftige Eifersucht. Die lebendige Takelage hörte tatsächlich auf Marrill. Auf dieses Gefühl war er nicht vorbereitet. Zwar wünschte er sich schon lange, die anderen würden sich an ihn erinnern, aber eifersüchtig war er noch nie auf Marrill gewesen.

Am Anfang hatte Marrill die Besatzung länger gekannt als er, doch inzwischen war er schon viel länger auf der *Krake* als sie. Es kam ihm ungerecht vor, dass man ihn trotzdem immer noch vergaß, während man sich an sie erinnerte.

Kaum berührte Remy das Deck, rappelte sie sich auch schon auf und stürzte sich auf Coll. Leider hielt das Tau sie immer noch am Knöchel fest, und im selben Moment erfasste eine Strömung das Schiff. Die Segel füllten sich mit Wind, und das Deck neigte sich steil zur Seite. Remy wurde unsanft gegen Colls Brust geworfen. Er schlang den Arm um sie und hielt sich mit der freien Hand am Steuerrad fest, um nicht selbst zu stürzen.

»Na, sieh mal an«, knurrte der Griesgram, der in diesem Moment an den beiden vorbeiwatschelte. »Captain Kid hat sich eine Cheerleaderin eingefangen.«

»Ich bin keine Cheerleaderin.« Die knallrote Remy befreite sich von Coll. »Äh, danke.«

Coll zuckte mit den Schultern. »Kein Problem. Geh ein wenig in die Knie, dann kannst du das Gleichgewicht besser halten.« Er hustete und wandte sich wieder dem Steuer zu.

Da räusperte Ardent sich laut, um ihn auf sich aufmerksam zu machen. Coll schaute ihn mit seinen bernsteinfarbenen Augen an. Unter seinem Kragen lugte sein Tattoo hervor, ein verschlungenes Tau, das sich, wie Fin wusste, je nach Aufenthaltsort an einer anderen Stelle von Colls Körper befand.

»Was denn«, sagte Coll. Es war keine Frage.

»Wir müssen in eine Richtung fahren«, erklärte Ardent.

Coll zuckte mit den Schultern. »Tun wir doch. Tun wir doch immer.«

»Ja schon«, erwiderte Ardent. »Aber ich meine, in eine bestimmte Richtung. Zu dem Ort, von dem alle Legenden über die Eiserne Flut sprechen.« Er sah Marrill wissend an. »Demselben Ort, an dem Knülle Grütz und andere Seeleute verschwunden sind: dem Trümmerarchipel.«

»Trümmer-archi-was?«, fragte Fin.

»Archipel«, wiederholte Ardent. »Eine Gruppe von nebeneinanderliegenden Inseln. Knülle Grütz spricht davon und einige anspruchsvollere Reiseführer auch. Im Zentrum der Inseln liegt angeblich ein großer, alles verschlingender Strudel, der jedes Schiff in die Tiefe zieht, das sich zu nah an ihn heranwagt.«

Coll presste die Lippen zusammen. »Na toll.« Er klang nicht begeistert. »Und aus welchem dummen Grund, der uns vermutlich alle das Leben kosten wird, fahren wir da hin?«

»Wir suchen die Eiserne Flut, eine geheimnisvolle Kraft, die womöglich den ganzen Strom bedroht«, erklärte Ardent.

Coll nickte, und Fin sah, dass er das Steuer fester umklammerte. »Klingt einleuchtend. Und ihr seid alle fest entschlossen?« Er musterte sie der Reihe nach.

Marrill und Ardent nickten heftig, Fin zuckte mit den Schultern. Er war keineswegs davon überzeugt, dass sie das unbedingt tun sollten. Aber Coll schenkte ihm natürlich sowieso keine Beachtung.

»Also gut.« Coll seufzte. »Und wie kommen wir da hin?«

Ardent senkte verlegen den Blick. »Hm, Navigation ist ehrlich gesagt mehr dein Fachgebiet ...«

»Hm, verflixt«, sagte Coll gedehnt. »Dann muss der Schiffe verschlingende Strudel wohl einfach auf unseren nächsten Urlaub warten.« Er fasste das Steuerrad mit einer Hand, lehnte sich zurück und suchte den Horizont ab, wie er es beim Steuern zu tun pflegte. »Wir sind drei Tage vom Kuttelfisch-Khanat entfernt«, sagte er. »Dort können wir nach dem Strudel fragen. Kuttelfische haben bestimmt einen ausgezeichneten Orientierungssinn.«

»Drei Tage?«, fragte Remy. »Wir hängen hier drei Tage lang fest?«

»Ja, und dann fangen wir erst richtig an!«, sagte Ardent. »Bis wir dieses Rätsel gelöst haben, könnte es noch viel länger dauern. Vorausgesetzt, wir finden überhaupt eine Möglichkeit der Rückkehr für euch …«

Coll klopfte ihm auf den Arm und deutete mit den Augen auf Remys entsetztes Gesicht. Auch Marrill wirkte todunglücklich. »Ach so«, fuhr der Zauberer ein wenig lahm fort, »also das klappt schon irgendwie …«

»Tut mir leid«, sagte Marrill zu Remy. Sie sprach so leise, dass Fin sie kaum hörte. Tränen standen ihr in den Augen.

Fin trat unbehaglich von einem Bein aufs andere. Drei Tage mit Marrill an Bord der *Krake* zu verbringen und allerhand Unfug anzustellen klang eigentlich total großartig. Aber nicht, wenn sie und Remy so traurig waren.

Er legte Marrill vorsichtig die Hand auf die Schulter. »Alles wird gut«, sagte er. »Du hast ja die Überallkarte mitgebracht.« Er zeigte auf das zusammengerollte Pergament, das in ihrem Hosenbund steckte.

»Aber sie ist leer«, flüsterte Marrill. Sie zog die Karte heraus und zeigte sie herum. »Sie ist leer, seit wir zum Strom zurückgekehrt sind.«

Die Kristallsonne in Fins Brusttasche fühlte sich auf einmal zentnerschwer an. Er schluckte. »Wenn wir die Legende hätten, könnten wir sie vermutlich verwenden.«

Marrill zwang sich zu einem Lächeln unter Tränen. »Ist schon gut, Fin«, sagte sie, ohne zu verstehen, warum seine Stimme so gepresst klang. »Du musstest sie in den Strom werfen, du hattest keine andere Wahl.« Ihr beruhigender Ton verschlimmerte seine Gewissensbisse noch, erst recht, als sie ihn wieder an sich drückte. »Wenigstens habe ich meinen besten Freund zurück.«

Fin zuckte zusammen, als er das hörte. Er machte sich von ihr los und trat zurück. »Du meinst das hoffentlich ernst«, sagte er. Und bevor er es sich anders überlegen konnte, steckte er die Hand in seine Brusttasche und holte den Gegenstand heraus, den er dort seit Marrills Abreise in ihre Welt versteckte.

Zuerst starrten alle nur darauf. Die Kristallsonne auf Fins Handteller leuchtete. Instinktiv schob er die Finger durch die gewellten Strahlen.

»Äh, was ist das?«, fragte Remy.

»Die Legende!«, rief Marrill ungläubig.

Fin brachte keinen Ton heraus, und seine Hand zitterte. Als das letzte Mal andere Augen als seine die Legende der Überallkarte gesehen hatten, hatten er und Marrill auf dem *Schwarzen Drachen* Serth gegenübergestanden. Fin hatte so getan, als werfe er die Legende über Bord, und Serth war ihr in den Strom nachgesprungen und hatte dabei den Tod gefunden.

»Ich habe sie ausgetauscht«, erklärte er mit einem verschmitzten Lächeln. »Ein mit einem Hoffnungskristall ausgestopfter Tentalo sieht einem wie eine Sonne geformten, leuchtenden Kristall verdammt ähnlich. Ich wollte euch das schon damals sagen, aber dann …«

Er brach mitten im Satz ab. Dabei war er es doch gewöhnt, sich aus Schwierigkeiten herauszureden. Er hatte es schon so oft getan. Nur diesmal wollte ihm nichts einfallen. Krampfhaft überlegte er, wie er erklären sollte, dass er auch an sich denken musste, weil das sonst niemand tat. Und dass er auch nicht auf Marrill zählen konnte, selbst wenn sie geblieben wäre. Irgendwann wurde er von allen vergessen.

Aber das alles blieb ihm im Mund stecken und wollte nicht herauskommen. Sich Ausflüchte einfallen zu lassen war so leicht. Doch es war unerwartet schwer, jemandem, den man mochte, die Wahrheit zu sagen.

»Also … dieser seltsame Junge hat die Legende gefunden?«, fragte Coll. »Das verstehe ich nicht.«

Fin lächelte schwach. Das war der Vorteil, wenn man von den anderen vergessen wurde: Niemand erinnerte sich lange genug an ihn, um über ihn urteilen zu können.

Niemand außer Marrill jedenfalls. »Ach Fin«, seufzte sie. Es war der schrecklichste Seufzer, den er je gehört hatte. Weil er ihm ein Gefühl gab, das er ihr gegenüber noch nie gehabt hatte: Er schämte sich.

Ardent trat vor und nahm die Legende aus Fins Hand. Er betrachtete sie von allen Seiten, dann biss er in einen Strahl und zuckte zusammen. »Sie ist echt«, stammelte er und rieb sich den Kiefer. »Nun, ich wage zu sagen, dass die Legende unsere Aufgabe um einiges leichter macht. Aber auch komplizierter.« Er betrachtete Fin eingehend. »Wo, sagtest du, hast du sie her, junger Mann?«

Fin trat von einem Bein auf das andere. »Äh ... aus Khaznot Quay«, sagte er zögernd. Im Zweifelsfall konnte er immer den Dieben und Piraten die Schuld in die Schuhe schieben. Er sah Marrill an, wandte den Blick aber sofort wieder ab, bevor sie ihn erwidern konnte. In dem kurzen Moment, in dem er sie sah, wirkte sie verwirrt, ja am Boden zerstört.

Ardent nickte weise. »Gut, es heißt, dass man dort alles kriegt.« Er schnippte mit den Fingern, und ein Tisch glitt über das Deck zu ihnen. Dann nahm er mit einer Verbeugung die Karte aus Marrills Hand und entrollte sie.

Anschließend blickte er zwischen Karte und Legende hin und her. »Wie verwendet man die denn nun?«, murmelte er.

»Berühre die Karte damit und frage nach dem gesuchten Ort«, sagte Fin leise. Der Zauberer sah ihn erstaunt an. »Also ich meine, so stand es in der Anleitung. Die war nämlich dabei, nur habe ich sie dann verloren.« Fin lächelte sein unschuldigstes Lächeln.

»Also ... worum geht es hier eigentlich?«, fragte Remy, die neben ihm stand.

»Um die Überallkarte«, flüsterte Marrill und zeigte auf das entrollte Pergament. »Wenn du sie richtig verwendest, zeigt sie dir jeden Ort, an den du willst. Aber wenn du sie falsch verwendest, verwandelt sie sich in ein Tor, und dieses Tor führt zu einer verlorenen Sonne, die Laserstrahlen schießt und die Welt zerstören will.«

»Na toll«, sagte Remy. »Gut, dass ich gefragt habe.«

Ardent hielt die Legende über die Karte. Und auf einmal begann der Kristall so hell zu leuchten wie die Sonne, der er so sehr ähnelte. Fast im selben Augenblick erschienen in der Mitte der Karte Inseln und Kontinente, Wälder und Städte, die sich in alle Richtungen ausbreiteten, miteinander zusammenstießen und sich neu ordneten.

Die mit Tinte gezeichneten Linien der Karte gerieten in Fluss, sobald Ardent die Legende darüber bewegte. Sie folgten den Bewegungen der Legende wie ein unter der Wasseroberfläche hin und her schießender Schwarm von Fischen. Neue Kontinente tauchten an der Oberfläche auf und versanken wieder.

Ardent holte tief Luft und senkte die Legende auf die wimmelnde Kartenfläche hinunter. »Also gut, Karte, zeige uns den Weg zum Trümmerarchipel.«

Die Bilder wirbelten und flogen so schnell über die Karte, dass Fin ihnen nicht mit den Augen folgen konnte. Ihm war, als falle er in den Strom, und eine vertraute Übelkeit überkam ihn. Er biss die Zähne zusammen. »Das mit der Übelkeit habe ich ganz vergessen«, brachte er gerade noch heraus.

»Okay«, sagte Coll gepresst.

»O nein. Das ist die Seekrankheit«, stöhnte Remy. »Stimmt's?«

»Oder besser die Sehkrankheit«, verbesserte Fin.

Die Tinte wirbelte immer schneller im Kreis und aus dem Wirbel wurde eine Spirale. Fin glaubte schon, die Karte sei kaputt. Doch dann wurden die Konturen schärfer, und überall tauchten seltsam geformte Klumpen auf. Die Spirale war nicht nur ein Übergangsphänomen, sondern ein Ort.

Ardent warf Coll einen Blick zu. »Wirst du daraus schlau?«

Coll betrachtete die Karte mit zusammengekniffenen Augen und kratzte sich an dem verknoteten Tattoo, das sich über seinen Nacken zog. »Hm«, überlegte er, »ich weiß zwar nicht, wo genau das liegt ... aber ...« Er kratzte sich wieder an seinem Tattoo, und es bewegte sich kaum merklich unter seinen Fingern. »Doch, ich glaube, ich kann uns hinbringen.«

Marrill klatschte aufgeregt in die Hände. »Dann können wir ja aufbrechen!«

»Juhu!«, sagte Remy. »Das ist gut, oder?«

Doch Fin konnte den Blick nicht von der Karte abwenden. Etwas machte ihm noch zu schaffen. Beim letzten Mal hatte sie ihm die Galeone gezeigt, auf der seine Mutter fuhr. Die Galeone, an die ihn das Schiff des vergessbaren Mädchens erinnert hatte.

Es wäre ein Leichtes für ihn, Legende und Karte zu klauen, wenn niemand hinsah. Zu verschwinden und mit Hilfe der Karte weiter nach seiner Mutter zu suchen. Niemand würde sich an ihn erinnern. Günstigere Umstände konnte es nicht geben.

Wäre da nicht Marrill gewesen. Er sah sie an, und sie erwiderte seinen Blick strahlend. »Wir erleben ein neues Abenteuer zusammen, ist das nicht wunderbar?«, rief sie mit glänzenden Augen. »Und jetzt weiß ich, dass ich auch wieder nach Hause komme.« Alles, so schien es, war vergeben.

Da wusste er, dass er niemals etwas tun konnte, das ihr weh tat. »Ja«, sagte er und ließ sich von ihrer Begeisterung anstecken. »Das ist wirklich wunderbar.«

Plötzlich war ihm, als sei die Temperatur um zwanzig Grad gesunken. Vielleicht war sie das ja tatsächlich, denn als er ausatmete, stand vor seinem Mund eine weiße Wolke. Marrill begann mit den Zähnen zu klappern, und der Mast neben ihnen überzog sich mit Eis.

»Ardent«, sagte Coll. Es klang fragend und bestimmt zugleich. Der Zauberer hielt die Legende fest an die Karte gedrückt. Doch die zeigte lediglich das Bild eines Vogels aus einigen hingekritzelten Strichen, die Kompassrose der Karte, die verloren über dem leeren Strom kreiste wie auf der Suche nach etwas, das selbst sie nicht finden konnte. »Das hat vermutlich nichts zu bedeuten«, meinte Coll.

Ardent riss wortlos die Karte vom Tisch, drehte sich auf dem Absatz um und marschierte zu seiner Kajüte. Kaum hatte er die Tür hinter sich zugeknallt, normalisierte sich die Temperatur auf dem Schiff wieder. Von den eben noch vereisten Rahen über ihren Köpfen ging ein Schauer von Tautropfen nieder.

»Wow«, sagte Remy. »Sachen gibt's.«

Fin sah Marrill mit gerunzelter Stirn an. »Wonach hat er denn gesucht?«

Marrill wiederholte die Frage so laut, dass auch Coll sie hörte. Der Kapitän schüttelte den Kopf. »Annalessa.«

Den Rest des Tages begleitete Fin Marrill, die Remy das Schiff zeigte. Ardents Kajüte ließ er dabei nicht aus den Augen. Schließlich hatte der Zauberer immer noch Karte und Legende. Fin konnte es kaum erwarten, den wie eine Sonne geformten Kristall wieder in der Hand zu halten und die große Galeone und seine Mutter wenigstens als Tintenzeichnung zu sehen.

Doch während Coll Kurs auf den Trümmerarchipel nahm und der Strom Ufer mit langen Armen bekam, die das vorbeifahrende Schiff und seine Passagiere mit Papierkügelchen bewarfen, blieb die Tür zu Ardents Kajüte fest verschlossen.

Inzwischen war es Nacht, und das über den Strom gleitende Schiff knarrte leise. Obwohl die anderen zu Bett gegangen waren, war Fin auf Deck nicht allein. In der Takelage quiekten die Piratten der Nachtschicht. Am Himmel standen viereinhalb Monde, die mit ihren Spiegelbildern silberne Löcher in das goldene Wasser stanzten. Und Marrill war bei ihm auf dem Strom.

Endlich hatte er seine beste Freundin wieder.

»Ich glaube nicht, dass Ardent in nächster Zeit aus seiner Kajüte kommt«, sagte Marrill hinter ihm. Fin zuckte überrascht zusammen und drehte sich hastig weg, um es zu verbergen. Marrill näherte sich ihm kopfschüttelnd. Eine Hand hielt sie hinter ihrem Rücken verborgen.

»Ich wollte nichts klauen«, protestierte Fin.

Sie hob die Augenbrauen. »Habe ich ja auch nicht behauptet, du Spinner. Hier, ich hab dir was mitgebracht.« Sie holte die Hand hinter dem Rücken hervor. Darin hielt sie einen braunen, schon ziemlich verschlissenen Mantel genau in Fins Größe. Aus den Ärmeln hing jeweils eine Schnur.

»Meine Himmelsseglerjacke!«, rief Fin und nahm sie erfreut entgegen. »Du hast sie mir zurückgebracht!« Er schlüpfte hinein. Sie saß ein wenig enger als damals, als er sie ihr gegeben hatte, fühlte sich aber auch nach so langer Zeit immer noch vertraut an.

Er lachte, zog an den Ärmeln und ließ die Segel spielen, und Marrill stimmte in sein Lachen ein. Nach einer Weile wurden sie wieder ernst. Schulter an Schulter standen sie nebeneinander und blickten über den im Mondlicht glänzenden Strom.

»Kann ich dich was fragen?«, sagte Marrill schließlich.

Fin machte sich auf alles gefasst und nickte. Er hatte eine ziemlich genaue Vorstellung, wie die Frage lauten würde.

»Warum hast du mir das mit der Legende nicht gesagt?« Ihr Blick schnitt ihm wie ein Messer durch Mark und Bein. Das war der Nachteil davon, wenn jemand sich an einen erinnerte, dachte er. Der Betreffende vergaß nicht, dass man ihn hintergangen hatte.

Er wusste nicht, wie er seine Beweggründe beschreiben sollte. Ablenkung würde diesmal jedenfalls nicht funktionieren. »Ich hatte Angst.«

Marrill legte überrascht den Kopf schräg. »Du? Angst? Ach komm. Du hast bösen Orakeln die Stirn geboten und mit Kraken Fangen gespielt!«

Fin zuckte mit den Schultern. »Wirklich?«, sagte er ironisch. »Da bin ich ja ein richtiger Held.«

Marrill schlug ihn im Spaß auf den Arm, und er lachte, aber seine Wangen wurden heiß. Ach, wenn er sich doch wirklich wie ein Held fühlen könnte. »Ich wollte nur unbedingt meine Mutter finden«, sagte er. »Herausfinden, was mit mir nicht stimmt, und es beheben. Du bist ja nach Hause zurückgekehrt, und ich hatte Angst, dass ich dann ... wieder allein sein würde.«

Marrill schwieg. Einen Moment lang waren nur das Quietschen der sich drehenden Segel und das Rauschen der goldenen Wellen am Bug zu hören. Dann schob sie ihre Finger durch seine, und die Wärme ihrer Finger durchströmte ihn. Er hatte schon ganz vergessen, wie es war, von einem Menschen angefasst zu werden, der ihm wohlgesinnt war, und nicht nur von wütenden Wachen.

Sie redeten die halbe Nacht und erzählten sich gegenseitig von ihren Erlebnissen. Als Marrill erzählte, dass die Krankheit ihrer Mutter sich verschlimmert habe, drückte er sie ungeschickt an sich. Umgekehrt klopfte sie ihm tröstend auf die Schulter, als er ihr von dem vergessbaren Mädchen und ihrem Schiff erzählte.

Marrill beugte sich über die Reling. »Wir müssen also irgendwie deine Mutter finden und meine wieder gesund machen. Dann erinnert man sich an dich, meiner Mutter geht es gut, und wir können fahren, wohin wir wollen und wann wir wollen!«

»Vergiss die Eiserne Flut nicht!«, erinnerte er sie.

Marrill grinste. »Komm schon. Sich mit alten Prophezeiungen zu beschäftigen und gegen Gefahren zu kämpfen, die die Welt bedrohen, das gehört doch zum Spaß dazu!«

Fin musste lachen. Ihre Freude war so ansteckend, dass er sich nicht dagegen wehren konnte. »Na gut«, sagte er. »Wir bräuchten nur eine Art Wunschmaschine, dann wären wir für alles gewappnet.«

Kapitel 7

Verquere Schwerkraft

»Land ahoooooi!«

Marrill fuhr aus dem Schlaf hoch. Colls Stimme drang über die Wendeltreppe nach unten, hallte durch die leere Kabine und setzte ihren Weg zu den unteren Decks fort. Offenbar waren sie am Ziel ihrer Reise … wo immer das war.

Sie sprang aus dem Bett. Ihr Schlafplatz war diesmal mit einer großen, weichen Decke, flauschigen Teppichen und Wärme spendenden Feuerschalen ausgestattet, die gedämpftes Licht verbreiteten. Rasch zog sie frische Kleider aus ihrem Rucksack an und öffnete die Tür. Draußen lehnte Fin bereits wartend am Türrahmen. »Guten Morgen! Auch schon wach, du Frühaufsteher?« Er warf ihr eine Pampelsuse zu. Marill biss dankbar hinein und klopfte an Remys Tür.

Als niemand antwortete, öffnete sie die Tür einen Spalt. Remy lag unter einem Berg von Decken. In den Zimmerecken häuften sich weiße Schneewehen, die Wände flackerten und leuchteten wie das Nordlicht. »Kommfu?«, fragte Marrill mit vollem Mund.

Der Deckenberg bewegte sich kaum merklich. »Ist noch Wochenende«, kam die gedämpfte Antwort. »Ich brauche noch fünf Minuten.«

Marrill schluckte den Rest der Pampelsuse. »Klar«, sagte sie und ging leise rückwärts aus dem Zimmer.

»Mach keine Dummheiten, bis ich aufgestanden bin«, sagte Remy ein wenig lauter.

»Nie im Leben.« Marrill schloss die Tür leise, dann eilte sie auf Zehenspitzen Fin nach, der bereits auf dem Weg zur Treppe war. Ihr Kichern hallte durch die Gänge. Sie stiegen zum Hauptdeck hinauf und traten wenige Augenblicke später durch die Luke in die Sonne hinaus und in eine Welt, die so bizarr war, dass Marrill davon schwindlig wurde.

Überall schwammen unförmige Inseln, als hätte jemand einen Kontinent zerstückelt, die einzelnen Teile gemischt und sie wie Würfel auf dem Strom ausgeschüttet. Vor ihnen ragte ein Berg kopfüber aus dem goldenen Wasser. Sein schmaler Gipfel wurde nach oben hin immer breiter, der von Wurzeln bedeckte Fuß des Berges hing schwankend in der Luft. Unter einem Felsenturm, der frei am Himmel schwebte, erstreckte sich ein mit Pilzen bewachsener Sumpf. Im Abstand von Zentimetern, Metern oder auch Kilometern trieben Erdklumpen auf dem Wasser, die verschieden geformt waren und in keinerlei Zusammenhang miteinander standen.

»Du liebes bisschen«, sagte Fin leise. Neben ihnen löste sich eine Nebelbank auf, dann war sie plötzlich wieder da.

Marrill sah sich um. »Wo sind wir?«

»Im Trümmerarchipel«, rief Ardent vom Vorschiff. Er betrachtete die Landschaft durch ein langes Fernrohr. Dann richtete er es auf die beiden Kinder, und sein Auge sah durch das Ende des Fernrohrs so winzig aus, dass Marrill lachen musste.

Ardent legte das Fernrohr weg und verschränkte die Hände auf dem Rücken, seine Lieblingshaltung, wenn er eine Geschichte erzählen wollte. »Erinnerst du dich, dass ich einmal gesagt habe, zu viel reine Magie würde eine fertig ausgeformte Welt wie deine zerstören?«

Marrill nickte. Wie hätte sie sich *nicht* daran erinnern können, wo der Strom ihrer Welt doch erneut so nahe gekommen war.

Ardent zeigte auf die bizarre Insellandschaft. »Genau das ist vermutlich hier passiert. Hier war einmal eine vom Strom unabhängige Welt wie deine, vielleicht waren es sogar mehrere Welten. Aber irgendwann vor langer Zeit wurde sie – ich weiß nicht, wie ich es ausdrücken soll – in den Strom hineingezogen. Und diese Inseln sind die einzigen Überreste des Zusammenstoßes.«

Ein bemooster Felsenpfeiler auf der Backbordseite gab eine Dampffontäne von sich und spuckte geschmolzene Lava aus. Anschließend formte er sich neu und war gleich wieder mit Moos überzogen. »Wie du siehst, haben die Inseln aufgrund dieses Ereignisses einige … ungewöhnliche Eigenschaften«, fuhr Ardent fort. »Ich erinnere mich an eine kleine Insel, auf der Dinge, die kaputtgingen, sich sofort selbst wieder reparierten. Auf einer anderen Insel blieb ein Ball, den man hochwarf, entweder in der Luft hängen oder flog ohne ersichtlichen Grund weiter.«

»Seltsam«, sagte Fin.

»Oh, sieh mal, ein Einheimischer!«, rief Ardent.

»Er gehört zu mir«, erinnerte Marrill ihn.

»Ja, natürlich!« Ardent wandte sich wieder dem Trümmerarchipel zu. »An einem solchen Ort empfiehlt es sich, vorsichtig zu sein«, sagte er abwesend. »Man weiß nie, was man vorfindet. Oder was einen findet.«

Auch Marrill blickte hinaus. In einiger Entfernung hatte eine seltsame Bewegung das Wasser erfasst, eine Strömung, die alles im Kreis herumwirbelte. Offenbar handelte es sich um den Beginn eines Strudels.

»Seht mal dort!« Fin stand mit einem Fuß auf dem Bugspriet und hatte die Hand ausgestreckt. Marrill ging zu ihm und blieb an der Reling stehen.

Vor ihnen erstreckte sich die üppigste, grünste Wiese, die Marrill sich vorstellen konnte. Genauer gesagt erstreckte sie sich nach oben, denn sie hing senkrecht vor ihnen.

»GRASBERG!«, brüllte Coll. Dann rief er in die Takelage hinauf: »Anhalten!« Der Tauknochenmann trimmte die Segel, die Piratten huschten über die Rahen und justierten die entsprechenden Knoten. Trotz ihrer Anstrengung trieb die *Krake* mit unverminderter Geschwindigkeit auf die grüne Wand zu.

Marrill lehnte sich über die Reling. Sie fühlte sich von der Wiese vor ihnen seltsam angezogen, als könnte sie jederzeit darauf fallen. Und da rutschte sie auch schon über die Reling und purzelte durch die Luft.

»Hilfe!«

Im nächsten Moment landete sie mit einem Plumps im weichen Gras.

»Marrill!«, rief Fin von irgendwo über ihr. Sie schüttelte den Kopf, setzte sich auf und versuchte sich zu orientieren. Grashalme kitzelten sie an Handflächen und Kniekehlen. Vor ihr wuchs eine Wand aus leuchtendem Wasser aus dem Boden. Jetzt war es der Piratenstrom, der senkrecht in der Luft stand, und nicht mehr die Wiese.

Marrill machte sich auf das Schlimmste gefasst. Bestimmt würde das Wasser gleich in einer gewaltigen Flutwelle über sie hereinbrechen. Aber der Strom stand nur plätschernd und sich kräuselnd vor ihr. Sie sah sogar den Strudel, an dessen äußerstem Rand das Schiff langsam entlangfuhr. Abgesehen davon, dass das Wasser senkrecht stand, was es ja in der Regel nicht tut, war alles normal. Es war, als hätte jemand die Welt genommen und auf die Seite gedreht.

»Hoppla?«, sagte sie laut.

»Marrill!«, rief Fin wieder über ihr. Sie hob den Kopf und sah ihn durch die Luft fliegen und auf dem Boden neben ihr landen. »Das hätte ich wirklich voraussehen müssen«, murmelte er.

»Ach ja?« Marrills Blick war an der *Krake* hängen geblieben. Das Schiff schwebte über ihnen und kam auf der Wand aus Wasser auf sie zu wie eine Spinne, die in ihrem Netz nach unten kriecht.

Verwirrt machte Marrill die Augen ein paarmal auf und zu. Nicht die Welt stand senkrecht, sondern *sie*.

»Anhalten, sagte ich!«, brüllte Coll über ihr. Aber die *Krake* fuhr trotzdem weiter – oder fiel hinunter und auf sie drauf!

Marrill rollte im letzten Moment zur Seite, bevor der Bugspriet der *Krake* sich genau an der Stelle, an der sie eben noch gesessen hatte, in die Erde bohrte. Das Schiff erzitterte, dann blieb es schwankend stehen.

»Hm.« Ardent ging an der Reling auf und ab, zupfte an seinem Bart und blickte zu ihnen herunter. Nur dass er senkrecht zu ihnen stand und wie das Wasser des Stroms und das Schiff der Schwerkraft trotzte. Marrill musste den Kopf in den Nacken legen, um ihn zu sehen.

Er zog einen kleinen gelben Ball aus einer Tasche seines Gewands und ließ ihn fallen. Der Ball flog zur Seite und auf das Deck der *Krake*, als hätte Ardent ihn nicht fallen lassen, sondern geworfen.

Er prallte von den Planken ab, und Ardent fing ihn wieder. Dann trat er näher an die Reling, streckte die

Hand aus und ließ ihn erneut los. Diesmal fiel er senkrecht nach unten, wie es sich gehörte. Fin fing ihn grinsend auf.

»Wir scheinen hier ein Problem mit verquerer Schwerkraft zu haben«, erklärte der Zauberer. »Oder genauer, die verquere Schwerkraft *ist* das Problem!« Er grinste sichtlich stolz über seine Erkenntnis. »Wirklich interessant, wenn man es sich recht überlegt«, fügte er hinzu.

»Nicht so viel überlegen, sondern handeln!«, rief Coll. »Auf dem Strom nähert sich ein Unwetter. Wir müssen uns von dieser … *Wiese* befreien und von hier verschwinden, bevor es uns einholt!«

Marrill legte den Kopf in den Nacken und blickte an der *Krake* vorbei zum Horizont. Tatsächlich, dort ballten sich schwarze Wolken, die rasch näher kamen. Der Trümmerarchipel war an sich schon ein unübersichtliches Labyrinth. Sie wollte sich gar nicht ausmalen, wie es hier erst während eines Hurrikans sein würde.

Hastig sah sie sich nach etwas um, egal was, das ihr in dieser Situation helfen konnte. Der Grasberg war gar nicht so groß. Auf der einen Seite grenzte er an den endlosen Strom, auf der anderen endete er im Leeren, und dahinter schloss sich der Himmel an, als könnte sie einfach hinüberspazieren. Dort schwebten einige andere Inseln durch die Luft, angetrieben vom auffrischenden Wind des näher kommenden Unwetters. Nicht weit von ihr entfernt floss ein Bach, der sich krümmte und wand wie eine Schlange.

»Wir treiben«, murmelte Marrill und sah Fin an. »Die Strömung bewegt die ganze Insel!«

Fin hob die Hand und saß bewegungslos da, um die Bewegung zu spüren. »Hm«, sagte er schließlich. Er zeigte auf die Wasserlinie. »Der Grasberg reicht wahrscheinlich nicht tief unter die Wasseroberfläche.«

Im selben Augenblick ertönte ein lautes Ächzen. Der Boden – oder die *Krake* – verschob sich, und der Bugspriet wühlte sich durch die Erde. Das Schiff darüber neigte sich gefährlich zur Seite.

»Äh«, sagte Fin, »ich will ja nicht den Teufel an die Wand malen, aber fällt der Strom gleich auf uns drauf?«

Marrill sah, was er meinte. Nicht nur das Schiff stand schräg, sondern *alles*. Die Wasserwand neigte sich auf sie zu und drohte über ihnen zusammenzustürzen. Der Horizont mit den schwarzen Wolken, der senkrecht über ihnen gestanden hatte, bewegte sich langsam und zog wie eine Sonne über den Himmel.

Marrill schluckte. Zwar wusste sie, dass im Grunde nicht der Strom auf sie fiel, sondern sie auf den Strom. Aber auch in diesem Fall stießen Schiff und Land zusammen. Und für die dazwischen festsitzenden Kinder war das eine schlechte Aussicht, wenn sie nicht rasch handelten.

»Okay«, sagte Fin, »so wie ich das sehe, müssen wir entweder den Bugspriet zum Schiff hinaufklettern oder zum anderen Ende der Insel laufen. Deine Meinung?«

Marrill holte tief Luft und überlegte angestrengt. Sich

vor dem Grasberg in Sicherheit zu bringen reichte nicht. Er würde immer noch auf die *Krake* stürzen. Das mussten sie irgendwie verhindern.

»Na los, Marrill, Entscheidung!«, rief Fin und winkte ihr, ihm zu folgen.

Sie sah sich ein letztes Mal um und biss sich auf die Lippen. Auf der Seite zum Strom hin hob sich der Rand der Insel aus dem Wasser. Die Insel war offenbar nirgends verankert, sie schwebte jetzt frei in der Luft und drehte sich langsam unter dem Gewicht der *Krake*.

Da hatte Marrill plötzlich eine Idee.

»Spring!«, brüllte sie. Fin sah sie an, als hätte sie den Verstand verloren, aber Marrill wusste genau, was sie tun mussten. Sie begann hochzuspringen und ließ sich jedes Mal mit voller Wucht auf den Boden fallen. »Der Grasberg fliegt!«, rief sie. »Wir müssen ihn nur von der *Krake* lösen!«

Fin schüttelte den Kopf, tat aber, wie geheißen, und begann ebenfalls, wie wild auf und ab zu hüpfen. Sie sprangen wie zwei Verrückte auf einem Trampolin. Marrill hoffte inständig, dass sie zusammen schwer genug waren.

Die *Krake* über ihnen protestierte lautstark, als sollte sie auseinandergerissen werden. Dann begann sich alles um Marrill zu drehen, und ihr Magen drehte sich mit.

»Und noch mal!«, schrie sie. Der Schatten des Schiffes fiel über sie, und sie sprang noch einmal, so hoch sie konnte, und landete mit aller Wucht und so hart wie möglich auf dem Boden.

Ein durchdringendes Wimmern ertönte, und ihr Puls dröhnte ihr in den Ohren. Dann

kehrte

Stille

ein.

Sie riskierte einen Blick zur Seite. Fin kauerte mit aufgerissenen Augen neben ihr. Vorsichtig sah sie sich nach der *Krake* um, aber das Schiff war verschwunden.

»Wo ist sie?«, fragte Marrill. Fin schüttelte nur mit offenem Mund den Kopf.

Etwas tropfte ihr auf die Haare. Sie blickte auf und sah direkt in die Augen von Ardent. Er hing kopfüber an der Spitze des Großmasts der *Krake*. Denn das ganze Schiff stand kopfüber in der Luft.

Oder umgekehrt, Fin und sie hingen mit dem Kopf nach unten. Der Piratenstrom befand sich jetzt über ihnen, eine goldene Wasserfläche dort, wo eigentlich der Himmel hätte sein sollen.

»Gut gemacht, Erster Offizier Marrill«, sagte Ardent. »Schlauer Einfall im letzten Moment. Mit deiner Hilfe und vielleicht ein wenig Magie, äh, von jemandem, der in solchen Dingen bekanntlich einiges Talent hat, konnten wir den Grasberg offenbar abschütteln.«

Marrill sah sich um. Tatsächlich, nur noch eine Rabatte von in Sekundenschnelle erblühten Blumen zeigte, wo die Wiese eben noch das magische Wasser berührt hatte. Marrills Anspannung löste sich in Erleichterung und Staunen auf. Sie stand auf der Unterseite einer fliegenden Insel.

Aber bevor sie sich vollends entspannen konnte, donnerte es in der Ferne. Nach wie vor war ein Unwetter im Anmarsch.

»Steigt jetzt am besten ein!«, schlug Ardent vor. Es klang einigermaßen dringend. Marrill sah, wie der Strudel hinter ihm sich immer schneller drehte, während die *Krake* tiefer in den Trümmerarchipel hineinfuhr. Dazu kam der auffrischende Wind. Das Schiff nahm Fahrt auf und drohte den Zauberer außer Reichweite zu tragen.

»Das sollten wir tun«, sagte sie zu Fin. Doch sie bekam keine Antwort. Sie sah sich um. Fin war zum anderen Ende der Insel gekrochen und spähte mit dem Kopf über den Rand hinunter. *Hinauf*, rief sie sich ins Gedächtnis.

»Fin!«, rief sie. »Komm! Die anderen fahren sonst ohne uns!«

»Ich habe etwas gefunden«, rief er zurück.

Die *Krake* war im Begriff, sich vom Ende der kleinen Insel zu entfernen. »Beeilt euch!«, drängte Ardent. Marrill sah der *Krake* nach. »Spring! Jetzt oder nie!«

»Fin!«, brüllte Marrill. »Wir müssen gehen!« Sie machte sich zum Sprung bereit, und Ardent streckte die Hände aus, um sie zu fangen.

»Pass gut auf«, mahnte er. »Denk dran, wenn die Schwerkraft sich umkehrt, fällst du, und ich kann dich nicht mehr halten. Der Wind und ich, wir sprechen nicht mehr miteinander.«

Marrill schluckte. Es war eine lange Strecke nach unten. Oder, aus seiner Perspektive, nach oben. *Auf drei*, nahm sie sich vor. *Eins*. Sie blickte noch einmal zu Fin zurück. Er hing jetzt mit dem ganzen Oberkörper über den Rand. *Zwei*. Er würde es nicht mehr schaffen.

Drei!

Sie ließ die Hände sinken. »Fahrt im Kreis um die Insel!«, rief sie Ardent zu. »Ich muss Fin holen!« Sie wandte sich ab und rannte über das Gras.

»Sie sagt, wir sollen im Kreis fahren«, hörte sie Ardent in der Tiefe unter ihr wiederholen. »Das habe ich nicht richtig verstanden. Es gibt bei ihr offenbar Finnen. Etwa Grashaie? Aber doch wohl nicht in dieser Klimazone.«

Sie erreichte den Rand im selben Moment, in dem Fin ganz verschwand. Bestimmt würde er gleich fallen. »Fin!«, schrie sie atemlos und packte einen Zipfel seines Mantels.

Er drehte sich nach ihr um. Obwohl er kopfüber in der Luft hing, fielen ihm seine schwarzen Haare weiter in die Stirn. Und auch die Schöße seines Mantels hingen nicht nach unten. Es war, als würde er gar nicht nach unten hängen.

Er grinste, machte noch einen Schritt und verschwand ganz. Marrills Herz tat einen Satz. Aber er stürzte nicht ab.

»Sieht aus, als sei die Oberseite zugleich auch eine Unterseite!«, rief er.

Marrill schüttelte den Kopf. »Seltsam«, sagte sie. »Aber komm jetzt, wir müssen zur *Krake* zurück.«

Die *Krake*, die weiter über ihr auf dem Kopf fuhr, wendete gerade. Sie fuhr um einen Strand herum, der sich in eine Milliarde Sandkörner auflöste und im nächsten Moment einschließlich verschiedener Sandburgen neu bildete. Doch das Schiff kämpfte jetzt offenbar gegen die Strömung an, die stärker war, als Marrill gedacht hatte. Sie wollte gar nicht daran denken, dass sie hier zurückbleiben könnten.

»Probier das auch mal«, sagte Fin und winkte ihr. Marrill verdrehte die Augen, tat aber, wie geheißen.

Als sie den Kopf über den Rand der Insel schob, erfasste sie ein seltsamer Schwindel, und plötzlich war das, was unten gewesen war, oben. Zumindest für ihren Kopf. Ihre Beine lagen noch auf dem Gras der Wiese. Für Kopf und Augen befand der Himmel sich jetzt über ihr, Beine und Füße hingegen fühlten sich weiterhin in Richtung Himmel gezogen.

Mit einem Kopfschütteln kämpfte sie gegen dieses Gefühl an und sah sich um. Die Unterseite (Oberseite?) der Insel bestand ausschließlich aus Erde und losen Steinen. In der Mitte stand ein großer, viereckiger Pfeiler aus schwarzem Stein mit einer Spitze – ein Obelisk, wie Marrill wusste. Dem Aussehen nach war er uralt. Am interessantesten aber war eine Art Inschrift, die jemand in großen Buchstaben in die Seiten eingemeißelt hatte. In den Buchstaben schien gleichsam ein verstecktes Feuer zu brennen. Vor allem die ersten Worte sprangen ins Auge:

AB HIER
KEINE GARANTIE AUF ANSCHLUSS

Kapitel 8

Ab hier keine Garantie auf Anschluss

Fin starrte die Buchstaben an, die wie Kohlen auf der Oberfläche des Obelisken glühten. Er hatte keine Ahnung, was »Anschluss« in diesem Zusammenhang bedeutete oder warum eine Garantie desselben wichtig sein könnte. »Was, glaubst du, heißt das?«, fragte er.

Marrill zog sich über den Rand und kauerte sich neben ihn. Der Wind riss an den Ärmeln seines Mantels und fuhr ihm wie mit Fingern durch die Haare. »Ich habe das schon gehört!«, sagte sie. »Das, äh, braucht man beim Fernsehen ...« Er sah sie mit hochgezogenen Augenbrauen an. Zum Fernsehen brauchte man vor allem ein Fernrohr, aber er wusste nicht, was das mit der Inschrift zu tun haben sollte.

»Egal«, sagte Marrill. »Anschluss bedeutet beim Film, dass alles in der richtigen Reihenfolge passiert und alle Details von einem Moment zum nächsten stimmen. Also etwa bei einem zeitlichen Ablauf.«

Fin brummte etwas. »Und wenn wir hier weitergehen,

ist das vielleicht nicht mehr so?« Marrill verwirrtes Gesicht passte zu seinen eigenen Gefühlen. Doch war die Nachricht mit dem ersten Satz noch nicht zu Ende. Sie traten näher, um auch den Rest zu lesen.

AB HIER
KEINE GARANTIE AUF ANSCHLUSS
BITTE BEACHTEN

IM HERZEN DIESER TRÜMMERWELT
LIEGT DER SIPHON VON MONERVA
DAS VERMÄCHTNIS DES SALZ- UND-
SANDKÖNIGS
DIE GROSSE UND MÄCHTIGE MASCHINE

VORSICHT
DER SIPHON ERFÜLLT WÜNSCHE
Z. d. M.

Fin wandte sich Marrill zu. »Siehst du, was ich sehe?«, fragte er.

Der Blick ihrer Augen sagte ihm, dass dem so war.

»Dieser sogenannte Siphon erfüllt Wünsche.« Marrill streckte die Hand aus und klopfte ganz leicht gegen einen Buchstaben, als fürchtete sie, er könnte heiß sein.

Fin wusste nur, dass man mit einem Siphon Flüssigkeiten umfüllen oder entleeren konnte. Stavik hatte ihn einmal beauftragt, nur mit Hilfe eines zwei Meter langen

Strohhalms und einer besonders durstigen Schluckkrähe fünfzehnhundert Liter Stolperfruchtsaft aus dem Frachtraum eines Handelsschiffes zu pumpen. Bei der Erinnerung musste er lächeln, allerdings hatte diese Krähe bestimmt keine Wünsche erfüllt, schon gar nicht, nachdem sie den vielen Saft getrunken hatte.

Aber vielleicht handelte es sich hier ja um etwas anderes, eine ganz andere Art von Siphon. »Die große und mächtige Maschine«, las er laut vor.

»Glaubst du, die gibt es wirklich?«, fragte Marrill. »Eine Maschine, die Wünsche erfüllt? Denn das steht da.«

Die Vernunft warnte Fin davor, sich Hoffnungen zu machen. Zugleich hatte er spontan das Bedürfnis, diese Warnung zu ignorieren. Und er handelte am liebsten spontan, zumindest wenn er nicht so genau darüber nachdachte.

Ein aufgeregter Schauder durchlief ihn von den Zehenspitzen bis zu den Ohrläppchen. Er nickte.

»Meine Mutter«, sagte Marrill und packte ihn am Arm. Er spürte, wie sie zitterte. »Ich könnte mir wünschen, dass sie wieder gesund wird, Fin.«

»Ich weiß!«, sagte er und packte seinerseits ihren Arm. »Und ich ...« Ihm war ganz schwindlig vor Möglichkeiten. Er könnte sich wünschen, dass er das Mädchen auf dem Schiff fand. Nein, halt – dass er seine Mutter fand. Oder nein, auch nicht. Er könnte sich wünschen, dass er nie wieder vergessen würde!

Diese Vorstellung überwältigte ihn. Gemeinsam mit Marrill hüpfte er ausgelassen auf und ab. Der Boden unter ihnen begann zu schwanken.

Er hörte auf und spreizte die Beine, um das Gleichgewicht zu halten. Er hatte ganz vergessen, dass sie auf einer fliegenden Insel standen.

»Vielleicht fliegen wir dem Wind ja voraus, wie man bei uns in Khaznot Quay sagt«, meinte er.

Marrill streckte einen Arm aus, um sich auszubalancieren. »Wäre schön ... wenn das bedeutet, was ich glaube, dass es bedeutet.« Sie lächelte ihn an. »Vielleicht steht auf dem Stein ja noch mehr ...«

Sie ging um den Obelisken herum und betrachtete ihn von oben bis unten. Und dann hielt sie plötzlich entgeistert inne. Fin eilte neben sie. Als er sah, worauf sie starrte, stockte auch ihm der Atem. Mechanisch griff er nach dem silbernen Armreif in seiner Tasche und fuhr mit dem Daumen über das in dessen Oberfläche eingravierte Symbol. Dasselbe Symbol, das auch in den schwarzen Stein eingemeißelt war.

Ein Drache unter einem Kreis, in dem ein Gebirge zu sehen war.

Marrill zeigte darauf. »Ich kenne das!«, sagte sie. »Dasselbe Symbol war auf das Schild gemalt, auf dem stand, ich solle zum Piratenstrom zurückkehren.«

Fin starrte sie ungläubig an. »Ich kenne es auch!« Er zog den Armreif aus der Tasche und zeigte ihn ihr. »Den habe ich dem vergessbaren Mädchen geklaut.«

Marrills, presste die Lippen zusammen, als sie »geklaut« hörte, schwieg aber.

»Und dasselbe Symbol war auf die Seite ihres Schiffes aufgemalt«, fügte er hinzu. Er legte die Hand auf den glatten, schwarzen Stein. »Ich glaube, es besteht eine Verbindung zwischen diesem Symbol und meiner Mutter.«

Marrill holte tief Luft. »Was bedeutet es?«

Fin hatte nicht die geringste Ahnung.

»Und was hat der Siphon von Monerva damit zu tun?«

Sie betrachteten den Obelisken. Ein warmes Gefühl stieg in Fin auf. Es war so schön zu wissen, dass er nicht allein vor diesen Fragen stand.

»Wahrscheinlich sollten wir zuerst einmal versuchen, wieder auf die *Krake* zu kommen, was meinst du?«, schlug Marrill vor.

Fin lächelte. »Wahrscheinlich.« Immer noch beflügelt von dem Gedanken an die Wunschmaschine und die mögliche Verbindung zu seiner Mutter, hüpfte und sprang er übermütig zum Rand der kleinen Insel. Als er dort ankam, frischte der Wind auf. Es roch nach Regen und außerdem irgendwie metallisch, wie Nasenbluten oder als hätte er sich auf die Lippe gebissen.

»Fin«, flüsterte Marrill hinter ihm.

Er legte die Hand über die Augen. »Warte kurz«, erwiderte er. Von hier konnte er endlich den großen Strudel in seiner ganzen Pracht sehen. Er war gewaltig, eine riesige Spirale leuchtenden Wassers, als hätte ein Riese den Stöpsel des ganzen Stroms gezogen. Überall tummelten sich Inseln. Einige trieben auf dem Strom, andere flogen durch die Luft und wieder andere sprangen wie Wale aus dem Wasser und tauchten anschließend wieder darin ein. Nur die *Krake* war nirgends zu sehen.

»Fin!«, sagte Marrill wieder. Er drehte sich um. Sie stand wie gelähmt da und blickte dem heraufziehenden Unwetter entgegen. Ihr Gesicht war leichenblass, ihre Hände zitterten.

Am Horizont zuckte ein roter Blitz aus den Wolken.

Fin schluckte. Der letzte rote Blitz, den er gesehen hatte, hatte schreckliche Dinge mit sich gebracht – ein gusseisernes Geisterschiff mit einer Besatzung von Schatten und einem von Kopf bis Fuß in schwarzes Eisen gekleideten Kapitän. Er hörte wieder Serths Stimme und erschauerte: *Ich fürchte das Eiserne Schiff und halte mich von ihm fern.*

Er schüttelte den Kopf. Das Eiserne Schiff gab es nicht mehr. Es war im Strom untergegangen und hatte seine Besatzung und seinen grausamen Kapitän mit sich in die Tiefe genommen. Einen solchen Untergang überlebte niemand.

Oder doch?

»Wir müssen so schnell wie möglich hier weg«, sagte er zu Marrill.

Ein gewaltiger Windstoß schnitt ihm das Wort ab, und er fuchtelte mit den Armen, um nicht das Gleichgewicht zu verlieren. Marrill lehnte sich dem Wind entgegen. Die Insel, auf der sie standen, schlingerte heftig und flog langsam über den Trümmerarchipel. Dann wurde der Wind noch stärker und trieb sie mit noch wütenderen Stößen vor sich her.

Fin kehrte vorsichtig an den Rand der Insel zurück und ging dabei instinktiv in die Knie, um die Windstöße auszubalancieren. Der Wind war zugegebenermaßen heftig, aber er war schon auf den Winden gesegelt, die vom Khaznot Mountain herunterkamen. Verglichen damit war das hier ein Kinderspiel.

»Was siehst du?«, rief Marrill. Sie folgte ihm zögernd einen Schritt, doch dann wurde sie von einer Bö getroffen und musste sich am Obelisken festhalten.

Leider sah Fin die *Krake* immer noch nicht. Doch dann fiel ihm etwas ein. Sie flogen ja. Wenn das Schiff sich nun direkt unter ihnen befand? Womöglich flogen sie ja auch über andere Inseln, die aus weichen Kissen bestanden oder praktische Leitern hatten, die man hinuntersteigen konnte. Er musste sich einen besseren Überblick verschaffen.

»Halt dich fest«, sagte er zu Marrill. »Ich klettere auf die andere Seite!« Und schon schwang er sich über den Rand der fliegenden Insel.

Die Schwerkraft drehte sich um, Schwin

del erfasste

ihn, und aus wurde wieder oben.

unten

Die Schwerkraft zog ihn um den Inselrand, und er landete wieder auf der Wiese.

Benommen versuchte er sich zu orientieren. Der Strom hing jetzt über seinem Kopf, und sie hatten sich dem großen Strudel genähert. Zwischen dem Strudel und dem Unwetter wirbelten die Inseln des Trümmerarchipels herum wie ein Bienenschwarm um einen Bienenstock. Und dort, mitten unter ihnen, sichtete er auch den Großmast der *Krake*. Sie war weiter entfernt, als er erwartet hatte, denn sie kreuzte am äußersten Rand des großen Strudels, um nicht in ihn hineingezogen zu werden. Doch sie versuchte, zu ihnen zurückzukehren.

»Sie kommen in unsere Richtung!«, rief er zu Marrill hinauf. »Wir müssen nur warten, bis sie hier sind …«

Unter ihnen zogen die Ruinen eines alten Gebäudes vorbei. Es war aus einer Art Schlamm erbaut und stand auf einem aus dem Strom ragenden Lehmklumpen. Im nächsten Moment hatten sie es schon hinter sich zurückgelassen und überquerten eine einsame, arktische Tundra, von der eisige Nebel aufstiegen.

»Blasenwinde«, murmelte er. Die Böen wurden immer heftiger. Wenn die *Krake* hier eintraf, würden sie schon wieder woanders sein.

Er kehrte zu Marrill zurück. Diesmal sprang er
mit einem
gewaltigen
Salto
über den Rand der Insel.

Dann war unten wieder unten. Der ganze Grasberg schwankte, als

er darauf landete.

Marrill schien eher erschrocken als beeindruckt. Sie klammerte sich noch fester an den Obelisken, und der Wind schlug ihr die Haare um das Gesicht. Aus den schwarzen Wolken brach ein blutroter Blitz.

»Die *Krake* versucht uns zwar zu erreichen, aber wir treiben in Richtung Strudel«, sagte er. »Und wenn die anderen noch näher an den Strudel heranfahren, werden sie hineingezogen.«

Marrill zitterte vor Wind und Kälte. »Was sollen wir also tun?«

Fin zuckte mit den Schultern. Mit seinen Himmelssegeln hätten sie zum Schiff hinunterfliegen können. Aber seine Jacke befand sich noch auf der *Krake*. Beim Anziehen hatte er nicht daran gedacht, dass eine fliegende Wiese ihn vom Schiff ziehen könnte. »Keine Ahnung«, sagte er.

Marrill biss sich nachdenklich auf die Lippen. »Okay, überlegen wir.« Sie hob den Kopf. »Die *Krake* fährt also um den Strudel herum, ja?« Fin nickte. »Und wir überqueren ihn?«

Fin dachte ihren Gedanken zu Ende. »Dann könnten wir sie auf der anderen Seite treffen!«, rief er. Marrill nickte. In der Ferne donnerte es.

»Bin gleich wieder da«, sagte Fin. Er drehte sich rasch um, ließ sich über den Rand

fallen oben.

und unten wurde wieder

Unter ihm breiteten sich Gewitterwolken am kopfstehenden Himmel aus wie eine Steppdecke. Er schüttelte den Kopf und stolperte. Der Wechsel der Schwerkraft stieg einem doch immer wieder zu Kopf.

Doch im nächsten Moment konnte er schon wieder klar denken. Sie überquerten gerade den eigentlichen Strudel. Über ihm wirbelte das Wasser wie ein umgekrempelter Tornado. Bald würden sie über dem Zentrum stehen und dann auf die andere Seite zusteuern.

Die *Krake* war inzwischen hinter ihnen vorbeigefahren. Er konnte Ardent auf dem Deck sehen. Der Zauberer fuchtelte aufgeregt mit den Händen. Das Schiff fuhr zwischen den schaukelnden Inseln hindurch und am äußeren Rand des Strudels entlang, war dem Zentrum aber immerhin so nahe, dass Fin Coll fluchen hören konnte. Doch es war ausgeschlossen, dass das Schiff zur selben Zeit wie Fin und Marrill auf der anderen Seite ankommen würde.

Es sei denn, er fand eine Möglichkeit, den Kurs der Insel zu ändern. Wenn er sie etwas mehr nach rechts steuerte, könnte es vielleicht klappen. Aber wie steuerte man einen fliegenden Klumpen aus Stein und Gras?

Seine Gedanken wurden durch einen grellroten Blitz unterbrochen, der durch die Luft nach oben aufstieg und funkensprühend in die goldene Wasseroberfläche über ihm einschlug. Fin hob den Kopf. Im ersten Moment begriff er gar nicht, was er da sah. Etwas Dunkles eilte am Rand seines Blickfelds dahin. Dann wurde es ihm schlagartig klar.

Das Schiff lag tief im Wasser und war schwarz, genau wie er es in Erinnerung hatte. Es hatte gezackte Kanten aus kaltem Metall und schnitt mit seinem Kiel wie mit einem rostigen Messer durch den Strom. Fin wurde es eng um die Brust. Das Schiff war noch zu weit entfernt, um die Schattenmannschaft oder die Gestalt des Kapitäns zu erkennen. Aber es handelte sich ganz zweifellos um das Eiserne Schiff. Und es hielt geradewegs auf sie zu.

Fin erinnerte sich, wie es damals gegen das Heck des *Schwarzen Drachen* gekracht war, und meinte wieder zu spüren, wie der Boden unter seinen Füßen erzitterte. Die schrecklichen Schatten waren über das Deck geschwärmt und hatten gegen Serths weinende Piraten gekämpft. Und der Kapitän hatte vom Bug aus Blitze auf die *Krake* geschleudert.

»Na prima«, murmelte er.

Und ohne noch länger zu warten, warf er sich
über den Rand
der Insel und
spürte,
wie die Schwerkraft
sich umkehrte
und er auf der Oberseite landete.

Die Insel schwankte unter seinem Aufprall, und Marrill hielt sich wieder am Obelisken fest. Sie hatte die Lippen zusammengepresst und die Augen aufgerissen, und ihre Haare flatterten wie wild im Wind. Ganz offensichtlich hatte auch sie das Schiff gesehen.

»Aber es ist doch gesunken«, protestierte sie. »Damals auf dem Piratenstrom. Wir haben gesehen, wie es unterging.«

Wieder zuckte ein Blitz über den Himmel. Die ersten dicken Regentropfen fielen kalt auf Fins Wangen. »Schon«, sagte er beklommen. Die Insel schwankte unter ihm, und er ging instinktiv in die Knie, um nicht zu stürzen.

Da hatte er plötzlich eine Idee. *Die Insel schwankte unter ihm.* Sie bewegte sich immer noch als Folge seines letzten Sprungs. Wenn das so leicht ging, konnten sie gemeinsam womöglich noch mehr bewirken. Vielleicht konnten sie die Insel auf diese Weise sogar in eine andere Richtung lenken.

»Hör zu, ich habe eine Idee«, sagte er zu Marrill. »Wir haben die Insel doch vorhin zum Kippen gebracht, als wir gesprungen sind.« Marrill sah ihn verwirrt an. »Lass uns das wieder tun und sie in die Richtung der *Krake* lenken!«

»Wie bitte?«

Er winkte sie aufgeregt zu sich. Widerstrebend ließ sie den Obelisken los und taumelte gegen den Wind und den zunehmenden Regen zu ihm. Er nahm sie an der Hand.

»Stell dir vor, du wirfst eine Münze«, erklärte er. »Wenn du sie auf den Daumen legst, fliegt sie senkrecht hoch und kommt wieder zurück. Wenn du sie aber nur am Rand mit dem Daumen berührst –«

»– kannst du sie durch das ganze Zimmer schießen!«, fiel Marrill aufgeregt ein. »Das ist genial, Fin!«

Er grinste und ging mit ihr am Rand der Insel entlang, um die richtige Stelle zu finden.

»Also, wir schaffen das«, sagte Marrill, »Wir müssen nur überlegen, wie schnell die anderen sind, wie schnell wir sind und welche Entfernung wir jeweils in derselben Zeit zurücklegen müssen. Dann nehmen wir … äh … den Radius des Kreises und … teilen ihn durch …« Sie kniff die Augen zusammen. »Hypotenuse … wie bei der Rechenaufgabe mit den zwei Zügen …«

»Oder wir schätzen nach Augenmaß«, schlug Fin vor und blickte über den Rand der Insel nach unten. Sie flogen inzwischen tatsächlich über den Strudel. Ein Fehltritt, und sie würden in den Tod stürzen. Am Rand der Spirale konnte er die *Krake* erkennen, die versuchte, sie einzuholen, und in der Ferne das Eiserne Schiff.

Regen lief ihm in die Haare und an der Nase entlang. Jetzt oder nie! »Bereit?«, rief er. Noch bevor Marrill antworten konnte, sprang er schon mit aller Kraft vom Rand der Insel hoch und zog sie mit sich.

Marrill schrie.

»Jetzt heizen wir der Insel ein!«, rief er.

Die sich umkehrende Schwerkraft zog sie
hinunter,
h
i
n
ü
b
e
r
und wieder hinunter
und
SCHLEUDERTE SIE
mit den Füßen voraus in das weiche Gras der Wiese.

Die ganze Insel erzitterte unter ihrem Aufprall
und kippte und
drehte
sich um
sich
selbst.
Oben oben. Himmel Wolken.
wurde wurde wurde zu wurde zu
unten Wellen
Marrill kreischte, und Fin torkelte wie wild hin und her. Er hätte nicht sagen können, in welcher Richtung die Schwerkraft wirkte und ob sie überhaupt wirkte.

Er fiel durch das Gras (das Gras hinauf?), über den Rand (um den Rand?) und über den steinigen Boden (unter dem steinigen Boden hindurch?). Als die Insel erneut kippte, hielt er sich am Obelisken fest.

Die Schwerkraft spielte keine Rolle mehr. Jetzt ging es nur noch darum, zu verhindern, dass sie abgeworfen wurden. Er klammerte sich an den Stein. Wie hatte es nur so weit kommen können? Seine Beine hingen baumelnd zum Horizont hinunter, der in ständiger Bewegung war. Er wagte einen Blick über die Schulter.

Tatsächlich, sie hatten die Richtung geändert und flogen der *Krake* entgegen. Er musste sich nur weiter festhalten, dann …

»Uuuhuhund jehehetzt?« Marrills Stimme kam von irgendwo unter oder vielleicht auch über ihm. Er schluckte. Wie hatte er ernsthaft glauben können, sie könnten das improvisieren?

»Maaaarrill!« Colls Stimme stieg zu ihm auf. Er blickte zum Strom, und sofort wurde ihm schwindlig, aber er sah die *Krake* durch das wirbelnde Wasser auf sie zukommen. Sie hatten es fast geschafft. Er hatte allerdings keine Ahnung, wie sie von der sich drehenden Insel herunterkommen sollten.

»WeeerftunsssseinSSSeilzuuuu!«, brüllte Marrill ganz in der Nähe. »Tauuuuknochenmann!!!«

»Los!«, hörte er Ardents Stimme rufen. Im nächsten Augenblick schleuderte der Tauknochenmann seine seilartigen Arme in ihre Richtung. Ein Arm kam geradewegs auf Fin zu, doch es reichte nicht ganz, er bekam ihn nicht zu fassen. Wieder überschlug sich die Insel.

Auf der anderen Seite sah er den kreiselnden und alles einsaugenden Strudel, das rasch näher kommende Unwetter und das Eiserne Schiff, das in diesem Augenblick in den Archipel hineinfuhr. Die Insel kippte wieder.

Da schossen aus dem Nichts plötzlich von überall Taue auf die Insel zu. Deren Schwerkraft zog sie an, so dass sie straff in der Luft hingen. Marrill rutschte bereits auf einem davon in Richtung Schiff. Fin schluckte und streckte sich nach einem anderen. Er bekam es zu fassen und hielt sich daran fest.

Als Nächstes stürzte er in die Tiefe.

Er schrie gellend auf. Das Tau straffte sich und schwang ihn über das Deck der *Krake*.

Die Strömung zerrte am Schiff, es schlingerte und drehte sich. Das Tau schlenkerte hin und her, und Fin klammerte sich verzweifelt daran. Seine Kräfte ließen bereits nach, da packte ihn eine fleischige Hand am Knöchel und hielt ihn fest. Er spürte eine zweite Pranke und eine dritte. Im nächsten Augenblick lag er zappelnd auf dem krängenden Deck.

»Wolltest du den?«, rief der Griesgram in die Takelage hinauf. Fin umarmte ihn. Er hatte sich noch nie so sehr gefreut, die alte Echse zu sehen.

»Jawohl!«, hörte er Marrills Stimme. Sie hing wohlbehalten über ihm in einem Netz aus Tauen des Tauknochenmanns. Sie hatten es beide geschafft.

In gewisser Hinsicht jedenfalls. Die *Krake* schaukelte

und schlingerte auf der immer stärker werdenden Strömung. Überall zuckten Blitze und tauchten die Umgebung in blutrotes Licht. Das Eiserne Schiff ragte über ihnen auf. Der schwarzmetallene Bug schnitt durch die Gischt, und der Kapitän starrte kalt auf sie herunter. Zwischen seinen Fingern tanzten knisternd rote Funken.

Fin schluckte und rappelte sich auf. Er war sich auf einmal gar nicht mehr so sicher, ob es klug gewesen war, den Grasberg zu verlassen. Um sich sah er nur schäumendes Wasser. Es kreiste um den bodenlosen Schlund, der das Herz des Trümmerarchipels ausmachte.

IM HERZEN DIESER TRÜMMERWELT LIEGT
DER SIPHON VON MONERVA

Die Aufschrift des Obelisken bekam auf einmal eine neue Bedeutung. Seit ewigen Zeiten verschwanden im Trümmerarchipel Seeleute wie Knülle Grütz und tauchten wieder auf. Es gab nur einen Ort, an den sie gefahren sein konnten.

»Da unten im Strudel befindet sich die Wunschmaschine«, flüsterte er.

»Leinen anholen, Piratten!«, rief Coll. »Wir dürfen dem Strudel nicht zu nahe kommen!«

Fin sprang zu ihm. »Nein!«, schrie er. »Fahr da rein, bitte! Marrill, der Siphon liegt unten im Strudel!«

»Tut, was er sagt!«, rief Marrill. »Das Eiserne Schiff

hat uns gleich eingeholt!« Hinter ihnen hob der Kapitän des Eisernen Schiffes die Hand, um das Zeichen zum Angriff zu geben.

Fin sah Ardent an. Der Zauberer stützte sich an den Mast, sein Kiefer arbeitete. Dann nickte er mit seinem bärtigen Kinn Coll zu.

Coll, der auf seinem Platz auf dem Achterdeck stand, nickte zurück. »Alle Mann festhalten«, rief er. »Wir gehen runter!«

Umzuckt von gleißend roten Blitzen, nahm die *Krake* Kurs auf den Strudel. Fin hielt sich am Griesgram fest. Und ausnahmsweise wehrte sich der Griesgram nicht dagegen. Der Moment war zu schrecklich. Denn vor ihnen klaffte im Wasser ein Schlund, der nur darauf wartete, sie zu verschlingen.

Kapitel 9

Die schlimmste Achterbahnfahrt

Sie schossen durch einen aus Wasser geformten Tunnel, und Marrill hatte das Gefühl, in einem Freizeitpark mit einer Wildwasserbahn zu fahren. Nur dass man sich hier, wenn man vom Wasser nass gespritzt wurde, womöglich in einen Pinguin mit fünf Köpfen, schwedischem Akzent und Stepptanzschuhen verwandelte.

»Festhalten!«, rief Coll, als das Schiff auf der Wasserrinne abwärtssauste. Marrill umklammerte die Taue, so fest sie konnte, und schaukelte in ihrem Netz wie in einer Wiege hin und her. Unter ihr ließ der Tauknochenmann weitere Taue auf Deck fallen und schlang sie um die Besatzungsmitglieder.

»Nein, nicht schon wieder!«, schrie Remy und schlug nach einem Tau. Doch dann fiel der Tunnel ohne Vorwarnung noch steiler ab, und das Schiff kippte entsprechend. Einen Moment lang hing Marrill in der Luft, ein Gefühl, das sie allmählich schon viel zu gut kannte.

»Macht nichts!«, japste Remy. »Halt mich ruhig fest,

Tauknochenmann!« Die Worte gingen in einem allgemeinen Aufschrei unter. Das Schiff richtete sich ein wenig auf und wurde mit einem heftigen Ruck nach links geschleudert.

»Mmpf«, schnaufte Marrill. Ihr Magen drehte sich um und ordnete sich wieder. Leuchtendes Wasser wirbelte tosend und spritzend um sie herum. Vielleicht drehten ja auch sie selbst sich im Kreis – es war schwer zu beurteilen. Ihr war, als würden sie durch eine mit Luft gefüllte, durch das Herz des Stroms führende Röhre nach unten gesaugt. Und diese Röhre wurde zunehmend enger.

Marrill wurde heiß vor Aufregung, und ihr Herz hämmerte. Immer näher kam das Wasser. Sosehr sie das Eiserne Schiff fürchtete, was ihr hier drohte, war genauso schlimm. Denn wenn der Tunnel zu eng wurde, ging als Erstes der Mast über Bord und sie mit ihm.

Sie drehte sich zappelnd, so dass sie nach vorn blickte, aber das war auch nicht besser. Der Tunnel schien vor ihnen an einer Wand aus Wasser zu enden. Und die *Krake* stürzte im freien Fall darauf zu. Bestimmt würde sie beim Aufprall vollkommen zerstört werden.

»Zieh die *Krake* hoch, Coll!«, brüllte Ardent. »Zieh sie hoch!«

»Schiffe fahren nicht nach oben!«, rief Coll zurück. Er kurbelte am Steuerrad, als könnte das ihren Fall verlangsamen.

Marrill legte sich hin, packte ein Tau und machte sich

auf den Aufprall gefasst. Die Piratten neben ihr klammerten sich verzweifelt an die Rahen. Ihre Doppelschwänze zuckten.

Ardent auf dem Deck unter ihnen wirkte als Einziger völlig unbeeindruckt. Er stand mit ausgebreiteten Armen und angewinkelten Knien am Bug, und der Zipfel seiner Mütze flatterte wie ein Windsack. »Huiiiiiii!«, rief er.

Da wurde Marrill plötzlich wie von einer unsichtbaren Hand nach unten gegen das Netz gedrückt, in dem sie lag. Sie bekam keine Luft mehr und hätte nicht einmal sagen können, ob ihr Herz noch schlug.

Die Planken der *Krake* ächzten, und aus der Takelage kamen knackende und knallende Geräusche. Ein Ruck lief durch das Netz, dann fiel es zwei, drei Meter nach unten und straffte sich wieder.

»Durchhalten, mein braves Mädchen«, feuerte Coll das Schiff an. »Du schaffst das!«

Marrill schloss daran ein stummes Gebet an. Der Piratenstrom umtoste sie, und alles wurde golden. Ein magisches Summen durchlief sie, und ihre Haare stellten sich auf. Sie kniff die Augen zu und biss die Zähne zusammen. Die Spannung war schier unerträglich.

Dann knallte es noch einmal laut, und über ihr öffnete sich der Himmel. Das Schiff schlidderte seitlich über die Oberfläche des Stroms wie ein über das Wasser hüpfender Kiesel. Das schreckliche Tosen ließ nach, und Marrill konnte endlich wieder atmen. Sie hatte das

Gefühl, dass sie stundenlang keine Luft bekommen hatte.

»Alle Mann auf ihre Plätze!«, befahl Coll, als das Schiff wieder mehr oder weniger normal auf dem Wasser lag. Die Piratten huschten quiekend an Marrill vorbei und überprüften die Rahen auf Schäden.

Vorsichtig öffnete Marrill ein Auge. Der riesige Wassertunnel war verschwunden. Dasselbe galt für die fliegenden Inseln des Trümmerarchipels. Um sie erstreckte sich ein merkwürdig glatter und ruhiger Strom, darüber wölbte sich ein wolkenlos blauer Himmel.

Marrill kroch über das Netz zum Mast. »Ist bei euch unten alles in Ordnung?«, fragte sie. Ein Tau schlang sich um ihre Hüften und ließ sie behutsam auf das Deck hinunter. »Danke«, sagte sie nach oben. Das Tau klopfte ihr auf die Schulter und verschwand in der Takelage.

Fin stand mit zerzausten Haaren am Bug. »Das war ja besser als Khaznot Quay bei Sturm!«, meinte er grinsend.

Neben ihm hockte Remy an der Reling, die Wange fest an die hölzerne Stange gedrückt. Sie nickte, richtete sich langsam auf, ohne das Geländer loszulassen, und sah sich um. »Äh, Leute, wo ist das andere Schiff geblieben? Das so gruselig aussah?«

Marrill blickte zurück – kein Eisernes Schiff. Eigentlich hätte sie erleichtert sein müssen, aber stattdessen fühlte sie sich noch unbehaglicher. Das Eiserne Schiff war wieder aufgetaucht, obwohl es vor ihren Augen im

Strom untergegangen war. Wenn es diesen Untergang überlebt hatte, konnte es ihnen bestimmt auch hierher folgen, mochte der Strudel noch so schrecklich sein. Demnach konnte es jeden Augenblick neben ihnen auftauchen. Auf jeden Fall waren sie nicht vor ihm sicher.

Neben ihr rappelte sich der Griesgram auf. »Toll gemacht«, bemerkte er höhnisch. Karnelius saß auf einem seiner Arme und blickte finster in die Runde. »Könnte nicht sagen, was besser war, ständig aufs Deck zu knallen oder durch die Luft zu fliegen. Ich habe die Nase von euch gestrichen voll und hätte nicht übel Lust, im nächsten Hafen auszusteigen.«

»Dann ist heute dein Glückstag«, sagte Coll und starrte geradeaus. Marrill folgte seinem Blick und riss den Mund auf.

In der Ferne riegelte ein undurchdringlicher Gebirgszug unvorstellbar hoher Berge den Strom ab. Undurchdringlich bis auf eine breite Lücke zwischen den beiden höchsten Gipfeln. Und in dieser Lücke erstreckte sich über ein weites Sumpfgebiet voller Müll eine Mauer, die so hoch war, dass Marrill trotz der Entfernung den Kopf in den Nacken legen musste, um das obere Ende zu sehen.

Die Mauer erinnerte sie an die Hoover-Talsperre, nur dass sie noch viel, viel höher war. Und während die Talsperre nur aus glattem Beton bestand, war diese Mauer von einem Gewimmel von Häusern bedeckt, einer gleichsam aufeinandergestapelten, senkrechten Stadt.

Die Straßen bildeten ein Labyrinth aus langen Leitern, Flaschenzügen und Rutschen. Überall waren halb in die Mauer eingelassene Zahnräder in verschiedensten Formen und Größen zu sehen. Vom Fuß der Mauer erstreckte sich eine ganze Batterie von Anlegestegen ins seichte Wasser hinaus, die sich bei jeder Welle hoben und senkten. Und ganz oben auf der Mauerkrone, hoch über der Stadt, ragte inmitten einer dicken schwarzen Rauchwolke, die von irgendwo hinter der Mauer aufstieg, ein einsamer, düsterer Turm schief zum Himmel auf.

»Na ja«, knurrte der Griesgram, »nicht wirklich mein Ding.«

»Was ist das für eine Stadt?«, fragte Marrill staunend.

Ardent, der auf dem Vordeck stand, war ganz in den Anblick vor ihnen versunken. *»Die Stadt an ihrer hohen Wand«*, zitierte er. »Ich wette, das ist die Stadt, in die es Knülle Grütz vor vielen Jahrtausenden verschlagen hat. Und hier hat er die Eiserne Flut erlebt.«

»Faszinierend«, bemerkte Coll trocken. »Hat außer mir noch jemand die vielen zerstörten Schiffe gesehen?« Er zeigte mit der Hand auf das Sumpfgebiet. Und tatsächlich, bei dem, was Marrill zunächst für Müll gehalten hatte, handelte es sich in Wirklichkeit um Schiffe, um eine ganze Flotte. Schiffe jeder Art und Größe und in unterschiedlichen Stadien des Verfalls schaukelten auf dem matt leuchtenden Wasser des Stroms, von riesigen Galeonen, neben denen die *Krake* sich ausnahm wie ein Zwerg, bis zu Ruderbooten für eine Person. »Dasselbe wird mit uns passieren, wenn das Eiserne Schiff uns erwischt. Ich bin dafür, so schnell wie möglich Land anzusteuern.«

»Ich stimme zu«, sagte Remy hastig. Sie sah sich um, als wäre sie unsicher, ob sie hier überhaupt ein Stimmrecht hatte. Dann runzelte sie die Stirn. »Obwohl es so aussieht, als würde die Strömung uns sowieso in Richtung Land treiben.«

Coll presste die Lippen zusammen. »Der Kapitän bestimmt den Kurs, nicht die Strömung«, teilte er ihr mit und befahl halbe Segel. Die Piratten holten die Leinen ein, und der Tauknochenmann ließ die Segel ein wenig herunter. »Aber stimmt«, fügte Coll hinzu, »die Strömung ist hier ziemlich stark.«

Während sie sich einen Weg durch den schwimmenden Friedhof suchten, trat Fin unruhig von einem Bein aufs andere. »Findet es eigentlich niemand beängstigend, dass das Eiserne Schiff gesunken und dann von den Toten auferstanden ist?«, fragte er. »Oder bilde ich mir das nur ein? Wir haben den rostigen Kahn doch vor einem halben Jahr versenkt, stimmt's?«

Coll blickte zu ihm hinunter. »Wie kommst du denn darauf, Kamerad?«

Fin verschränkte die Arme. »Ich war dabei.«

»Du bist also auch ein Pirat? Vermutlich einer von Staviks Leuten. Mir schleierhaft, warum ich dem alten Vollhonk vertraut habe.« Er beugte sich über das Steuerrad und sah Fin wütend an. »Wie viele von euch sind an Bord?«

Fin straffte sich grimmig. »Ich gehöre zu dieser Mannschaft, ich muss doch sehr bitten!«, fauchte er.

Marrill zuckte zusammen. Sie wusste zwar, wie sehr es Fin kränkte, vergessen zu werden, aber sie war es nicht gewöhnt, dass er deswegen so wütend wurde.

»He!«, rief Remy und zeigte auf Coll. »Augen auf die Straße, Junge. Bevor wir es wieder mit diesem Teufelsschiff zu tun bekommen, müssen wir heil durch die Müllkippe kommen.« Coll wandte sich schuldbewusst wieder dem Steuer zu.

Fin wollte schon kichern, unterdrückte es aber, denn Remy wandte sich ihm zu. »Und du …« Ihr Stirnrunzeln wich einem verwirrten Ausdruck. »Äh … Marrills Freund oder wer immer. Also, mach keinen Ärger. Davon haben wir im Moment mehr als genug.«

Fin brummte etwas und starrte über die Reling. Marrill bekam Mitleid mit ihm und legte ihm die Hand auf den Arm. »Wo sind die Zeichnungen, die ich von dir gemacht habe? Die ich Coll und Ardent gegeben habe, damit sie sich an dich erinnern?«

Fin hob die Schultern, ohne sie anzusehen. Stattdessen blickte er unverwandt auf die skelettierten Rümpfe des Schiffsfriedhofs. Die *Krake* näherte sich unterdessen der Mauer. »Tinte verblasst, genau wie die Erinnerung.«

Marrill überlegte, was sie darauf sagen sollte, fand

aber nicht die richtigen Worte. Zum ersten Mal seit ihrer Rückkehr auf den Strom hatte sie das Gefühl, dass etwas nicht stimmte – das Schweigen zwischen ihnen war auf eine Weise angespannt wie nie zuvor.

Es schien fast so, als wäre Fin wütend auf sie, sie wusste nur nicht, warum. Weil sie nach Hause zurückgekehrt war? Oder nicht früher wiedergekommen war? Sie biss sich auf die Lippen und sah ihn an. Oder weil die anderen sich alle an sie erinnerten?

Sie lehnte sich mit der Schulter an ihn. »Wenn es diese Wunschmaschine wirklich gibt, wird bestimmt alles wieder gut.«

»Hoffen wir es. Oder sollte ich sagen: Wünschen wir es uns?« Er wackelte mit den Augenbrauen.

Marrill musste kichern. Es war so schön, wieder mit ihrem besten Freund zusammen zu sein.

Kapitel 10

Das Moderloch und die große Stadt

Auf dem Weg durch den schwimmenden Friedhof suchte Fin alle Wracks, die sie passierten, nach dem inzwischen vertrauten Symbol ab. Er bewahrte den Armreif des vergessbaren Mädchens in seiner Tasche auf und hatte sich angewöhnt, mit dem Daumen über den Drachen und den Kreis zu streichen.

In den Obelisken des Trümmerarchipels war dasselbe Symbol eingraviert gewesen, das konnte kein Zufall sein. Mit etwas Glück standen sie kurz vor der Lösung des Rätsels.

Fin schüttelte den Kopf und konzentrierte sich wieder auf das Gespräch der anderen. Marrill schilderte ihnen gerade eifrig, was sie auf dem Grasberg erlebt und über die Wunschmaschine herausgefunden hatten. »Glaubt ihr, so etwas gibt es wirklich?«

Ardent strich sich skeptisch über den Bart. »Möglich wäre es natürlich«, überlegte er. »In gewisser Weise geht es bei Magie ja immer um die Erfüllung von Wünschen – man nimmt das Potential des Piratenstroms und zwingt es in die gewünschte Realität. Aber je größer der Wunsch ist, desto mehr Magie braucht man zu seiner Verwirklichung. Um wirklich Wünsche zu erfüllen, müsste man den Piratenstrom in einem Maß nutzbar machen, wie es kein mir bekannter Zauberer kann.«

»Aber es könnte diese Maschine geben, ja?«, beharrte Marrill.

Ardent lachte. »Könnte, ja. Damals, als die Schöpfung noch keine Gestalt angenommen hatte, konnten die Dzane so etwas vollbringen. Aber sie sind längst tot.« Er tätschelte Marrill die Schulter und entfernte sich.

Fin erinnerte sich an das Wort: *Dzane* – die ersten Zauberer, die den Piratenstrom und die Überallkarte erschaffen hatten. Natürlich hatten sie auch die verlorene Sonne von Dzannin gemacht, die alles zerstören konnte. Er war nicht sicher, ob er wissen wollte, was sie sonst noch alles konnten.

Trotzdem, bei der Vorstellung, dass es eine Wunschmaschine geben könnte, durchlief ihn ein aufgeregtes Kribbeln. Er spürte, dass es Marrill ähnlich ging. Sie umklammerte die Reling und lehnte sich darüber, als könnte sie ihre Ankunft am Ziel dadurch beschleunigen. »Glaubst du, die Wunschmaschine ist irgendwo in dieser Stadt?«, fragte sie.

»Dem Obelisken nach muss sie hier irgendwo in der Gegend sein«, erklärte er. »Und ich denke, die Tatsache, dass es auf dem Grund des Strudels im Herzen des Trümmerarchipels eine Stadt gibt, ist ein vielversprechendes Anzeichen.«

Marrill biss sich auf die Lippen und warf einen besorgten Blick über die Schulter. Der Strom hinter ihnen war leer, der Himmel darüber wolkenlos und blau. »Wenn der Kapitän des Eisernen Schiffes uns nicht vorher noch erwischt.«

Fin zuckte mit den Schultern. »In all den Geschichten, die ich gehört habe, wurde sein Schiff nie in einem Hafen gesichtet. Wenn wir erst angelegt haben, sind wir bestimmt sicher.« Das war natürlich gelogen. Fin hatte keine Ahnung, ob man überhaupt irgendwo vor dem Geisterschiff sicher war. Aber warum sollte er die Wahrheit nicht ein wenig verbiegen, wenn es Marrill beruhigte?

Sie entspannte sich sichtlich, ließ die Schultern fallen und lächelte. »Sieht nicht schlecht aus, was?« Sie zeigte auf ihr Ziel.

Und sie hatte recht. Je näher sie der Mauer kamen, desto eindrucksvoller sah sie aus. Ihre Oberfläche leuchtete in der Sonne, ein Labyrinth aus poliertem Stein, funkelndem Glas und gelegentlich matt schimmerndem schwarzen Metall. Die Häuser waren senkrecht übereinander angeordnet. Ein Haus war auf das andere gebaut, ein Wolkenkratzer auf den anderen gestapelt, und die Stadt reichte so hoch hinauf, dass man die obersten Türme schon gar nicht mehr sehen konnte.

Überall ragten die riesigen Zahnräder aus der Mauer, wie auf einem alten Baum wachsende Pilze, zur Hälfte sichtbar, zur Hälfte in die Mauer eingelassen. Einige schienen aus Glas gefertigt, andere aus Stahl und Bronze. Wieder andere schienen sich mit jedem Windstoß zu heben und zu senken. Manche standen still und hielten üppige hängende Gärten und Reihen sorgfältig abgestützter Gebäude.

Doch die meisten bewegten sich. Einige drehten sich so schnell, dass ihre Zähne verschwammen, andere so langsam, dass sogar Häuser auf ihnen stehen konnten, die allerdings langsam gegen die Mauer gedrückt und zermahlen wurden. Die Trümmer fielen wie ein Wasserfall nach unten, wurden allerdings von langen Seilen und Kränen aufgefangen, bevor sie auf den am Fuß der Mauer schwimmenden Pier aufschlagen konnten.

Fin stellte erschrocken fest, dass die ganze Stadt dabei war, im Wasser zu versinken. Wenn er lange genug auf ein Gebäude starrte, bekam er mit, wie es langsam an der Wand nach unten rutschte und unten zerlegt und wieder nach oben verfrachtet wurde. Die Stadt war in ständiger Bewegung. Sie zerfiel unaufhörlich und wurde von oben her wieder aufgebaut. Nur die in der Mauer verankerten Zahnräder blieben.

Fin schüttelte den Kopf. Von allen seltsamen Orten, die er auf dem Piratenstrom kennengelernt hatte, war das der erstaunlichste.

Beim Näherkommen sah die Stadt allerdings nicht

mehr so spektakulär aus. So staunenswert der obere Teil war, die untere Hälfte war leer und kahl. Fin sah riesige Rahmen, die einst Fenster umschlossen hatten. Entlang der Kanten hingen noch einige bunte Scherben. An einer Stelle waren noch Reste eines einst prächtigen Freskos zu erkennen. Weiter unten und zweifellos auch unter der Wasseroberfläche waren von ehemals atemberaubenden Häusern nur noch einige nackte Stützbalken aus Fadholz übrig.

Fin pfiff durch die Zähne. »Sieh dir diesen Friedhof an.«

»Die schönen Sachen scheinen alle nach oben zu kommen«, sagte Marrill und zog die Nase kraus.

»Das ist … wow.« Remy betrachtete die Mauer mit großen Augen. »Ich glaube, ich muss mich setzen.«

»Ich kenne das.« Marrill lächelte sie an. »Keine Sorge, du gewöhnst dich dran.« Sie wandte sich an Fin. »Und jetzt?«

»Die Stadt ansehen?«, schlug er vor. »Spaß haben?«

»Und vor dem Todesschiff fliehen?«, fügte Remy hinzu. »Das Rätsel der Eisernen Flut lösen? Und dann, keine Ahnung, fahren wir nach Hause?«

Marrill schien ein wenig zusammenzusinken, und Fin spürte, wie seine Schultern beim Gedanken an Marrills Abreise absackten. »Also gut, all das.«

Ardent schwang ein Bein über die Reling. »Ich erkläre diesen Ort für eisenschifffrei … zumindest vorerst. Wir wollen uns umhören, was die Einheimischen über die Eiserne Flut wissen.« Er kletterte ein Stück an der Schiffswand hinunter und blieb stehen. »Eisernes Schiff … Eiserne Flut … du meine Güte, das ist schon ein Zufall. Oder eigentlich zu viel des Zufalls …« Er verstummte, schüttelte den Kopf und sprang auf den Anlegesteg.

Marrills Miene hellte sich auf. »Ich komme mit!«, rief sie und folgte ihm.

Remy sprang so schnell aus ihrem Stuhl, dass Fin ihr nicht mit den Augen folgen konnte. »O nein, das tust du nicht. Jedenfalls nicht ohne mich. Nicht, dass du wieder verlorengehst.«

Sie hielt inne und drehte sich um. »Und da war doch noch jemand«, murmelte sie. »Marrill und …« Ihr Blick landete auf Fin. »Äh …«

Fin stockte der Atem. Remy sah ihn an, sie nahm ihn wahr. Bisher hatte sie das noch nicht zu erkennen gegeben. Sein Herz klopfte. Konnten sich etwa alle Bewohner von Marrills Welt an ihn erinnern?

»Fin«, sagte er, »ich bin Fin. Du … erinnerst dich an mich?«

Remy zuckte mit den Schultern. »Bilde dir bloß nichts darauf ein, Junge. So beeindruckend bist du nun auch wieder nicht. Aber der besten Babysitterin von Nord-Arizona geht kein Kind verloren. Ich muss auf Marrill und noch jemanden aufpassen – mehr brauche ich nicht zu wissen.«

Fin konnte seine Aufregung nicht verbergen. Das war

doch schon ziemlich viel! »Gut«, rief er, »stürzen wir uns ins Abenteuer!«

Sie schwangen sich über die Reling, kletterten zum Steg hinunter und tauchten in die Stadt ein. Auf dem Gewirr von Fadholzstegen, die sich mit jeder Bewegung des Wassers hoben und senkten, herrschte lebhaftes Treiben. Der Hafen bildete eine eigene, schwimmende Stadt von Hütten und Buden, die man aus allen möglichen Materialien und Resten errichtet hatte. Auf den Gassen waren die verschiedensten Geschöpfe unterwegs von großen, schlaksigen Insekten bis zu krummbeinigen Dworks. Sogar ein paar ungeschlachte Plantimals waren zu sehen, grüne Wesen, die gierig die Sonne in sich aufsaugten.

Fin ging mit stolzgeschwellter Brust, überglücklich, dass sich jemand zumindest vage an ihn erinnerte. Sein Blick fiel auf einen geschuppten, orangefarbenen Kopf, der auf einem langen, spiraligen Hals saß und aus der Menge ragte, und er stieß Marrill an. »Sieh mal, ein Giraffelisk!«

Auch Ardent hatte das Wesen gesehen. Er blieb stehen und rieb sich den Bart. »Sonderbar«, murmelte er. »Die Giraffelisken sind schon vor Jahren durch eine besonders heftige Kopfgrippe ausgestorben. Eine verstopfte Nase kann tödlich sein, wenn man Feuer atmet.«

Auf dem Weg zur Mauer bemerkte Fin immer mehr sonderbare Wesen. Wie zum Beispiel ein gedrungenes, stacheliges Geschöpf, welches das Siegel des untergegangenen Reiches von Khesteresh in der Hand hielt. Oder den Schatten einer Frau, der auf einem umgedrehten Eimer saß und munter eine alte Melodie auf einem noch älteren, aus einem Löffel und einer Saite bestehenden Instrument zupfte, als seien Melodie und Instrument eben erst erfunden worden. Beide Wesen wirkten wie aus der Zeit gefallen.

Marrill versetzte Fin einen Rippenstoß. »Ist das ...?« Auf der anderen Seite eines schmalen Stegs saß in einen für ihn viel zu engen Stuhl gequetscht ein korpulenter Mann, der etwas durch einen langen Strohhalm schlürfte und auf den Sumpf hinausblickte. Sein massiger Körper quoll über die Armlehnen, und sein Gesicht wurde von einer gewaltigen Nase beherrscht.

Auch Fin erkannte die Nase und das vorspringende Kinn sofort. »Das ist doch Knülle Grütz!«, rief er.

Die Ähnlichkeit war unverkennbar, obwohl die Zeichnung auf den Metallplatten dem Mann überaus schmeichelte. In Wirklichkeit war er noch deutlich unförmiger, und auf seinem Kopf wuchsen nur einige spärliche Haarbüschel.

Sein schwammiger Körper hatte tatsächlich eine gewisse Ähnlichkeit mit einer Schüssel Grütze, überlegte Fin.

»Herr Grütz?«, rief Marrill und rannte zu ihm. Fin eilte ihr hinterher.

Knülle Grütz hob den Kopf. »Jawohl«, sagte er. Er

leckte sich die Hand und strich sich damit über die an seinen Schläfen sprießenden Haarbüschel. »Der bin ich.« Grunzend versuchte er aufzustehen, doch der Stuhl, in den er eingeklemmt war, ließ sich nicht von seinem Hinterteil abziehen.

Nach einigen weiteren schnaufenden Versuchen gab Grütz auf und ließ sich mitsamt Stuhl wieder auf den Steg fallen. »Sehr erfreut.« Er hielt ihr die Hand hin. Zwischen den ausgestreckten Fingern glänzten dicke Spuckefäden. »Wer ist sie denn?«

Fin hatte ganz vergessen, wie schnell Marrill reagieren konnte. Sie machte eine Art Knicks und wich gleichzeitig zurück, so dass er unversehens zwischen ihr und ihrem neuen Bekannten stand. »Ich bin Marrill, und das ist Fin. Ihn sollten Sie zuerst kennenlernen.«

Bevor Fin noch etwas sagen konnte, spürte er schon Grütz' schleimige Tatze an der Hand. »Pardon, junger Mann, hab gar nicht bemerkt, dass ihr zu zweit seid.« Fin lächelte ein wenig gezwungen und zog die Hand weg. Der Schleim roch nach Spargel.

Er sah Marrill wütend an, die tapfer versuchte, ihr Grinsen zu unterdrücken.

»Sie sind also tatsächlich Knülle Grütz?«, fragte Fin. »Der aus dem *Zwiegespräch des Knülle Grütz*?«

»Quatsch mit Soß!«, erwiderte Grütz unwirsch und drückte sich vom Boden ab, so dass der Stuhl auf zwei Beinen stand. »Ziergespräche führ ich grundsätzlich nicht. Wer das behauptet, ist ein dreckiger Lügner.«

»Nein, guter Mann«, fiel Ardent ein und trat mit raschelndem Gewand vor. »Zwiegespräche. Was dieser … junge Mann?« Er warf Fin einen Blick zu, als müsste er sich noch einmal vergewissern. »Junge Mann! Was dieser junge Mann meint, ist, dass Sie offenbar die Hauptperson einer sehr alten Geschichte sind.«

»Aha«, sagte Grütz, als sei damit alles erklärt. »Und er wär?«

Ardent straffte sich. »Ich bin der große Zauberer Ardent.« Er machte eine schwungvolle Verbeugung. »Sie haben vielleicht von mir gehört?«

Grütz kämpfte wieder mit seinem Stuhl, der jedoch fest mit seinem Hinterteil verbunden blieb. Er beugte sich vor und musterte Ardent. »Hanein«, sagte er. Der Zauberer fiel ein wenig in sich zusammen, und Fin musste ein Kichern unterdrücken.

»Wir haben Ihr Gedicht gelesen«, sagte Marrill hastig. »Wir sind auf der Suche nach der Eisernen Flut, von der Sie sprechen!«

Grütz rieb sich heftig die Nase, als müsse er darüber erst nachdenken. »Zweimal hanein, muss anderer Grütz gewesen sein. Dichtung ist nicht meins. Und von einer Eisernen Flut weiß ich leider gar nichts.«

»Aber … Sie waren doch an dem Ort, an dem die Strudelwasser stehen, stimmt's?«, versuchte es Fin. »Dem Trümmerarchipel?«

Grütz kratzte sich am Kinn und säuberte sich anschließend mit den Zähnen die Nägel. Fin unterdrückte einen Schauder. »So bin ich hergekommen, klar Sach.«

»Und Sie haben gesehen, wie nähert sich mit schleichend Schritt die Eisern Flut, die mich will reißen mit«, fuhr Marrill fort.

Grütz leckte sich wieder über die Hand und strich sich damit über den Kopf. »Da kann ich ihr nicht folgen. Obwohl ihre Reime mir gefallen.«

Fin runzelte die Stirn. Es konnte sich ganz unmöglich um dieselbe Person handeln – die Metallplatten waren schließlich viele tausend Jahre alt. Andererseits war es so gut wie ausgeschlossen, dass es zwei Knülle Grütz am selben Ort gab, die auf dieselbe Art hierhergekommen waren und dieselbe auffällige Nase hatten.

Ardent beugte sich vor und musterte den aufgedunsenen Mann genauer. »Wie lange sind Sie schon hier an … diesem Ort?«

»Im Moderloch?« Grütz sah sich im Hafen um. »Oder meint er das eigentliche Monerva?« Er zeigte zu der an der Mauer hängenden Stadt hinauf.

»Monerva«, flüsterten Fin und Marrill gleichzeitig. Wie in *Siphon von Monerva.*

Grütz zuckte mit den Schultern. »Länger schon. So lang, dass ich abwracken musste mein Schiff und verkaufen die meisten Teile. Aber da draußen hab ich noch Vorräte.« Er zeigte auf einen aus Balken gezimmerten Torbogen, der schon fast im flachen Wasser versunken war. »Würde sagen, es bleiben mir noch ein paar Wochen, bis ich gar nichts mehr hab. Aber ich will nicht andre anbetteln. Wir sitzen hier doch alle fest.«

»Du meine Güte«, sagte Ardent und zwirbelte die Finger.

»Bloß nicht«, flüsterte Marrill.

Fin blickte zu der gewaltigen Stadt über ihnen hinauf, zu den sich drehenden Zahnrädern und den unaufhörlich herunterfallenden Trümmern. »Hm«, meinte er. Offenbar wollte niemand anders die Frage stellen. »Ist das denn wirklich so?«

Grütz schlug sich klatschend aufs Knie und versuchte mitsamt dem Stuhl an seinem Hintern aufzustehen. Er breitete die Arme aus. »Natürlich ist das so. Sie sind neu hier, ja?«

Sie nickten.

»Tja dann, willkommen in Monerva«, sagte er. »Hoffentlich gefällt es ihnen. Weil von hier weg kommen Sie nicht mehr.«

Kapitel 11

Ein Wiedersehen (Über die Zeit)

Marrill spürte ein bedrohliches Kribbeln in sich aufsteigen. »Was soll das heißen, ›weg kommen Sie nicht mehr‹?«, fragte Remy, die neben ihr stand. »Doch nicht, dass wir hier nie mehr wegkommen? Wahrscheinlich ist das seine komische Art, uns einen schönen Aufenthalt zu wünschen.«

»Hanein, das heißt, dass sie für immer hierbleiben müssen«, krächzte Grütz. »Hat mich gefreut, Sie kennenzulernen, aber war gerade damit beschäftigt, das Wasser anzustarren, wenn Sie nichts dagegen haben.« Er zeigte mit dem Finger auf den Sumpf. Und ohne ein weiteres Wort zog er seinen Stuhl hoch und drehte sich auf einem wackligen Bein von ihnen weg.

»Ach so, natürlich«, sagte Ardent. »Wie unhöflich von uns.«

»Augenblick.« Remy stützte die Hände in die Hüften. »Nur ganz kurz noch. Wir sind für immer hier?« Doch sie bekam keine Antwort. Zu hören waren nur das Ächzen der sinkenden Stadt und der geschäftige Lärm der Menge.

Marrill schluckte. Für immer war eine schrecklich lange Zeit.

Ardent streckte die Hand zu Coll aus und drückte seine Schulter an der Stelle, an der das Ende seines verschlungenen Seil-Tattoos über dem Hemdkragen zu sehen war. »Wir finden schon eine Lösung, mein Freund.«

Coll machte ein seltsam starres Gesicht, seufzte und murmelte, er müsse zum Schiff zurück, nur für den Fall.

»Ich glaube das nicht«, sagte Fin und brach die Spannung. »Was weiß dieser Hanswurst denn?« Grütz fuhr auf seinem Stuhl herum. Fin zeigte hastig auf einen Mann mit sechs Beinen, der gerade mit schwingenden Rastalocken an ihnen vorbeispazierte. »Unglaublich, dass dieser Sechsfüßer Sie gerade Hanswurst genannt hat. Leute gibt's.«

Grütz runzelte die Stirn und murmelte etwas wie »mehr Beine als Verstand«.

Marrill schüttelte den Kopf. Sie vergaß manchmal, wie geschickt Fin sich aus jeder Situation herausredete. Und sie dachte, wenn man von Remy wie von einer Gefängnisaufseherin bewacht wurde, hatte es auch Vorteile, vergessen zu werden.

»Der Sechsbeiner hat vielleicht keine Manieren«, erklärte Ardent, »aber er macht uns auf etwas aufmerksam. Der Knülle Grütz der Legende muss Monerva verlassen haben, sonst gäbe es die Legende von Knülle Grütz ja nicht. Aber ob unser Freund hier nun dieselbe Person ist oder nicht, hier ist, bildlich gesprochen, mehr im Gange, als er weiß.«

Grütz grunzte. »Ah, zugegeben, ich weiß nicht viel. Ihr könntet es weiter oben an der Mauer versuchen. Dort wohnen kluge Leute, wie ich weiß. Vor ein paar Wochen ist sogar ein Zauberer gekommen und da raufgegangen.«

Ardent klatschte in die Hände. »Ein anderer Zauberer? Warum haben Sie das nicht gleich gesagt?« Er wandte sich mit einem zufriedenen Lächeln an Marrill und Remy. »Das ist eine hervorragende Nachricht. Wir Zauberer suchen nach Wissen und sammeln Geheimnisse. Selbst der Unwürdigste unter uns – Stagador der Kahle –«, Ardent hüstelte, »weiß noch viel mehr über diesen Ort und die Eiserne Flut als die Leute hier unten.«

Er wandte sich wieder an Knülle Grütz. »Wenn Sie uns bitte den Weg nach oben zeigen würden, dann stören wir Sie auch nicht mehr.«

Knülle Grütz sah sie misstrauisch an. Dann zeigte er langsam mit dem Finger in Richtung Himmel.

»Äh, nein …« Ardent rieb sich die Stirn. »Ich meinte, wie kommen wir von hier aus die Mauer hinauf?«

Grütz rutschte nachdenklich mit seinem Stuhl hin und her. »Natürlich, natürlich, das zumindest ist einfach. Nur ein Weg führt hinauf. Jemand von oben muss ihm ein Seil hinunterwerfen.«

»Und wie bringen wir jemanden dazu, das zu tun?«

Grütz überlegte wieder. »Da muss er wohl rauf und fragen.«

Marrill kratzte sich verwirrt am Kopf. »Aber wie kommen wir rauf, um jemanden zu finden, der uns helfen kann, wenn wir zuerst jemanden finden müssen, der uns raufhilft?«

Grütz nickte verständnisvoll. »Das ist wohl ein Dilemma.«

Remy hob ungeduldig die Arme. »Wir sitzen also doch hier fest.«

»Schluss mit dem Quatsch«, sagte Ardent und wandte sich zum Gehen. »Sehen wir uns die Mauer doch erst genauer an, bevor wir uns geschlagen geben. Ich wette, es führen tausend Wege hinauf, die Herr Grütz noch nicht in Betracht gezogen hat.«

Sie näherten sich der Mauer, und Marrill kam sich vor wie eine Ameise am Fuß eines Wolkenkratzers. Nur dass dieser Wolkenkratzer mehr aussah wie eine Kletterwand. Alles war mit nackten Balken und Brettern bedeckt, wie das Knochengerüst der Stadt darüber, das auf dem grauen Stein der Mauer auflag. Ein Gerüst, das vor ihren Augen stetig im Sumpf versank.

Am Rand des Hafens angelangt, betrachtete Ardent aufmerksam das wirbelnde Wasser. »Faszinierend. Sieht so aus, als hätten wir den Ursprung des Strudels im Trümmerarchipel gefunden. Etwas unter dieser Mauer saugt den Strom an!«

»Na prima«, bemerkte Remy trocken. »Die Stadt hat Durst. Aber wie kommen wir da jetzt rauf?«

Fin schlug die Hände aneinander und ließ den Blick über das nackte Holz wandern. »Mal sehen, raue Oberfläche, viele Haltegriffe für die Hände, viele Vorsprünge ... ja, ich hab's.« Er ließ die Knöchel knacken und nickte Marrill zu. Sie hob die Augenbrauen.

Dann legte er los. Er sprang auf das nächste Brett und von dort aus weiter, kurz bevor das Brett im Wasser versank. Marrill hielt die Luft an. Er war kaum mit dem Fuß aufgekommen, da drückte er sich schon wieder ab, landete auf einem Querbalken und dann auf einem nahen Sims. Er balancierte das Sims entlang. Marrill sah den Schweiß auf seiner Stirn.

Dann kletterte er einen Rahmen hinauf, der einmal eine Fensterscheibe umschlossen hatte, und sprang beherzt über einen breiten Spalt. Er schaffte es knapp und schlang auf der anderen Seite die Arme um den Stumpf einer Säule, die einst die Fassade eines herrschaftlichen Hauses geschmückt hatte.

Doch von dort sprang er wieder auf den Steg hinunter. Marrill streckte die Hand aus, und er ergriff sie keuchend. Sosehr er sich auch angestrengt hatte, er konnte kaum mit der sinkenden Stadt Schritt halten.

»Also«, sagte Remy. »Wie kommen wir da rauf?«

Ardent rückte seine Mütze zurecht. »Hm ... am besten ist wohl, ich nehme Kontakt zu diesem anderen Zauberer auf ...«

Bevor er zu Ende sprechen konnte, ertönte über ihnen ein lautes Rumpeln. Ein grell leuchtender Gegenstand explodierte an Ardents Schulter und überschüttete ihn mit einem zähen, orangefarbenen Schleim.

»Igitt, Schleim!«, rief er.

»Oder der andere Zauberer zu dir«, rief eine Stimme von oben.

Ardent riss ungläubig die Augen auf. »Unmöglich«, flüsterte er. Klumpen der breiartigen Masse tropften auf sein Gewand.

Eine Frau schwebte wie ein Löwenzahnsamen durch die Luft zu ihnen nieder. Sie sah nur wenig älter aus als Marrills Mutter, war aber größer und hatte lange, schlanke Glieder. Ihre Haut war von einem tiefen Bernsteingelb, die dunklen Augen über den hohen Wangenknochen blickten ernst und zugleich sanft. Die schwarzen Haare hingen ihr in Zöpfen über den Rücken. Sie trug ein Gewand mit einem hohen Kragen und einem fließenden Saum. Der Unterschied zu Ardents altbackenem, purpurrotem Kittel hätte nicht größer sein können. Trotzdem konnte kein Zweifel bestehen (nicht zuletzt, weil sie ja durch die Luft schwebte): Es handelte sich um eine Zauberin.

Fin beugte sich zu Marrill. »Kennen wir die?«, fragte er leise.

Schlagartig begriff Marrill, um wen es sich handeln musste. »Ich glaube, das ist –«

»Annalessa«, flüsterte Ardent atemlos.

Die Frau schritt auf ihn zu, und ein Lächeln breitete sich auf ihrem Gesicht aus. Als sie vor ihm stand, berührte sie mit dem Finger den von seinem Ärmel tropfenden Schleim und verwandelte ihn in einen Schwarm von Motten mit bunten Flügeln, die flatternd aufstiegen.

»Du bist außer Übung«, sagte sie. »Du bist langsam geworden.«

Ardents Stimme war kaum zu hören. »Du bist hier.« Und dann packte er sie, umarmte sie fest und schien förmlich mit ihr zu verschmelzen.

Auf dem Rückweg zur *Krake* erklärte Ardent Annalessa in aller Eile, was passiert war, und Marrill, Fin und sogar Remy ergänzten hin und wieder etwas. Sie erzählten von der Suche nach der Überallkarte, dem Kampf an Bord des *Schwarzen Drachen* und Serths Ende im Piratenstrom und schließlich ihrer jüngsten Begegnung mit dem Eisernen Schiff.

Annalessa hörte ihnen stumm zu, und als sie an Bord der *Krake* gingen, standen zwischen ihren Augen zwei steile Falten. Coll, der oben auf der Treppe zum Achterdeck saß und sein Tattoo betrachtete, hob den Kopf und starrte Annalessa ungläubig an. Hinter ihrem Rücken hob Ardent triumphierend den Daumen.

»Ihr habt ja lange gebraucht«, brummte der Griesgram. Er kam ihnen schlurfend entgegen und drückte Marrill Karnelius in den Arm. Dass er Karnelius so einfach hergab, sah ihm gar nicht ähnlich.

»Alles okay?«, fragte Marrill besorgt.

Der Griesgram grunzte nur »geschäftliches Treffen«, schwang ein Bein über die Reling und ließ sich schwerfällig auf den schwimmenden Steg hinunterfallen.

Marrill fing Fins Blick auf. »Hat er gerade ›geschäftliches Treffen‹ gesagt?«, fragte sie leise. Aber Fin war genauso ratlos wie sie. Mit einem Schulterzucken hob sie den Kater auf die Schulter und ging zu den anderen.

»Serth ist tot«, seufzte Annalessa und sank auf einen Stuhl. »Ich kann es nicht glauben. Ich habe ihn im Stich gelassen.«

Ardent machte eine unwillige Handbewegung. »Nein, ich habe euch beide im Stich gelassen. Ich hätte auf dich hören sollen, als du sagtest, er sei wieder aufgetaucht. Ich hätte dir helfen sollen, ihn aufzuspüren, und ich hätte versuchen sollen, ihn zu retten.«

Annalessa presste die Lippen zusammen, und ihr Blick verdunkelte sich für einen kurzen Moment. So freundlich die beiden auch miteinander sprachen, Marrill hatte den starken Eindruck, dass ihre letzte Begegnung nicht besonders erfreulich verlaufen war.

»Vielleicht«, sagte Annalessa. »Aber wenn das alles in den wenigen Monaten seit unserem letzten Gespräch passiert ist, war ihm wahrscheinlich nicht mehr zu helfen.«

Ardent erstarrte, und Marrill verlagerte unbehaglich das Gewicht von einem Bein auf das andere. Ihres Wissens suchte Ardent Annalessa schon viel länger als nur ein paar Monate.

»Monate?«, sagte er. »Es waren Jahre, Anna!«

Annalessa sah ihn überrascht an und klopfte sich nachdenklich mit den Fingernägeln an die Zähne. »Nein«, erwiderte sie. »Dass ich dir von den Gerüchten erzählt habe, ist erst wenige Monate her. Erinnere dich doch, ich habe dich gebeten, mir bei der Suche nach Serth zu helfen …«

»Jahre«, sagte Ardent leise. Er ging vor Annalessas Stuhl in die Hocke und nahm ihre Hände in seine. »So lange suche ich dich schon. Den halben Strom habe ich durchforstet.«

Annalessa sah ihn erschrocken an, doch dann hellte ein Lächeln ihr Gesicht auf. »Wirklich?«

Sonst hätte Marrill einen so berührenden Moment genossen, aber nicht an diesem Tag. Denn sie spürte genau, dass etwas ganz und gar nicht stimmte.

Warum glaubte Annalessa, dass nur Monate vergangen waren, wenn es doch Jahre gewesen waren? Marrills Blick wanderte zu Knülle Grütz, der unten auf seinem Stuhl saß und siebentausend Jahre alt war, aber keinen Tag älter als vierzig aussah. Und hatte Ardent nicht davon gesprochen, dass im Hafen ein angeblich ausgestorbenes Tier herumspazierte?

»Die Zeit vergeht hier anders«, murmelte sie und strich Karnelius abwesend mit der Hand über den Rücken.

Die beiden Zauberer sahen sie belustigt an. »Wie bitte?«, fragte Ardent.

Jetzt, wo sie es laut gesagt hatte, leuchtete es ihr auf einmal vollkommen ein. »Doch, im Ernst! Die Zeit vergeht hier anders. Deshalb sitzt Knülle Grütz auch noch da unten, obwohl er doch schon mehrere tausend Jahre alt sein muss. Und deshalb glaubt Annalessa, es seien nur einige Monate vergangen, obwohl wir doch wissen, dass es Jahre waren! Dieser Ort existiert sozusagen außerhalb der Zeit.«

Die anderen starrten sie schweigend an. Marrill spürte, wie ihr das Blut ins Gesicht schoss.

Doch dann lächelte Annalessa und ließ ein tiefes, volltönendes Lachen hören, das Marrill das Gefühl gab, alles sei, wie es sein sollte. »Natürlich!«, rief sie und sprang auf. »Du bist wirklich ein kluges Mädchen! Wie konnte ich das übersehen? Wesen, die eigentlich ausgestorben sind, Leute aus Königreichen, die schon vor meiner Geburt untergegangen sind … das erklärt alles.«

Ardent kicherte. »So ist es wohl.«

Coll und Remy wechselten einen vielsagenden Blick. »Wirklich?«, fragte Coll.

»Ja«, erklärte der alte Zauberer. »Wenn man sich von der Vorstellung löst, die Zeit würde überall gleich schnell vergehen. Sobald man in den Strudel im Herzen des Trümmerarchipels eindringt, scheint die Monerva-Zeit zu gelten.«

»Stimmt!«, fiel Marrill eifrig ein. »Nach der Zeitrechnung auf dem übrigen Strom ist Knülle Grütz bereits vor Tausenden von Jahren in den Strudel eingedrungen und hat ihn schon wenig später wieder verlassen. Aber der Knülle Grütz, dem wir begegnet sind, glaubt, er sei erst vor ein paar Monaten gekommen und noch nicht wieder gegangen. Dasselbe gilt für die anderen Leute hier!«

Remy schüttelte verwirrt den Kopf. »Moment ... also ... ein Tag draußen auf dem Strom könnte hier zum Beispiel eine Woche dauern?«

»Zum Beispiel.« Annalessa nickte. »Oder ein Jahr oder zehn Jahre. Vielleicht vergeht die Zeit auf dem Strom auch überhaupt nicht, während wir hier sind.«

Marrill drückte Karnelius an sich. »Und wir wissen jetzt, dass wir hier wieder wegkommen, weil Knülle Grütz das der Legende zufolge ja auch geschafft hat!«

Annalessa lachte. »Dein Lehrling hat einen guten Gedanken nach dem anderen, Ardent.« Diesmal lief Marrill knallrot an. »Du hast vollkommen recht – wenn das der Knülle Grütz ist, der der Sage nach mit dem Schiff hierhergekommen ist, wird er eines Tages auch wieder von hier abfahren. Alle hier versammelten Seefahrer werden das, und wir, meine Liebe, mit ihnen.«

Marrill wandte sich strahlend an ihre Babysitterin. »Verstehst du, was das bedeutet, Remy?« Deren Blick nach zu urteilen, war dem nicht so. »Wenn keine Zeit vergeht, während wir hier sind, vermisst uns auch niemand! Wir können so lange in Monerva bleiben, wie wir wollen!«

Coll, der auf der Treppe saß, knurrte unwillig. Remy bemerkte es nicht und beugte sich vor. »Moment, im Ernst? Also haben meine Eltern vielleicht noch gar nicht bemerkt, dass ich verschwunden bin? Und ich brauche keine Angst zu haben, dass sie sich Sorgen machen?«

Ardent zuckte mit den Schultern. »Wovor du Angst hast, ist deine persönliche Entscheidung. Ich habe keine Ahnung, wie die Zeit hier sich zur Zeit anderswo verhält. Aber klar, warum sollte es nicht so sein?«

Marrill nickte eifrig. »Und ich brauche mir um meine Eltern auch keine Sorgen zu machen!«

»Und ich nicht um meine«, fiel Fin ein. »Denn ich bin ja auch Mitglied der Besatzung und habe zumindest eine Mutter, und ihr kennt mich alle und mögt mich. Kurze Frage – wo ist das Eiserne Schiff? Als wir in den Strudel hineingefahren sind, war es hinter uns. Heißt das, es könnte jederzeit hier auftauchen?«

Wie zur Bekräftigung seiner Frage knallte ein Tau der Takelage in einer plötzlichen Bö. Kleine Wellen schlugen ans Ufer, und die Stege und die *Krake* begannen zu schaukeln. Karni versuchte, sich aus Marrills Griff zu befreien. Marrill setzte ihn auf den Boden, und er verschwand schnurstracks unter Deck. Sie verschränkte die Arme und fröstelte, aber nicht nur wegen des kühlen Winds.

»Wahrscheinlich schon«, antwortete Ardent. »Im

Grunde jederzeit. Es könnte sogar schon hier sein. Denn wer sagt, dass die Dinge hier in derselben Reihenfolge passieren wie draußen?«

Coll hustete und wies mit der Hand auf den Sumpf, der sie umgab. »Ich bin ja vielleicht etwas langsam von Begriff, aber wir hätten es doch wohl bemerkt, wenn hier irgendwo ein Totenschiff liegen würde.«

Marrill lächelte. Wenigstens hatte Coll seinen Humor nicht verloren.

Annalessa legte die Finger aneinander. »Was uns zu dem Grund führt, aus dem wir hier sind, ich eingeschlossen. Die Eiserne Flut.«

»Richtig.« Marrill lehnte sich gegen den Mast. Die Vorstellung, dass sie sich wegen ihrer Eltern keine Sorgen zu machen brauchte, hatte sie so beschäftigt, dass sie ganz vergessen hatte, warum sie überhaupt zum Piratenstrom zurückgekehrt war. »Irgendeine Idee, um was es sich dabei handeln könnte?«

Annalessa schüttelte den Kopf. »Leider nein. Nur dass in der meressianischen Prophezeiung gleich am Anfang von ihr die Rede ist.« Sie rezitierte:

Gefunden ist die verlorene Sonnen
Und alles endet, wie's hat begonnen.
Es sinkt in der Bucht das Schiff,
Die für treu gehaltenen Führer sind es nicht.
Die Stadt rutscht ab, es treibt mit Wut
Schiff gegen Schiff die Eiserne Flut!

Annalessa verstummte, aber Marrill fügte in Gedanken die letzten Zeilen hinzu, die sie weggelassen hatte: *Es öffnet der Schlüssel das Tor. Die Karte weiset den Weg davor. Und wenn Karte und Schlüssel mit mir sind vereint, ist das Ende da und die Sonne erscheint!*

»Besonders beunruhigend ist natürlich, dass die Eiserne Flut gleich zu Anfang in derselben Strophe wie die verlorene Sonne genannt wird«, fuhr Annalessa fort. Sie zeigte mit der Hand auf die Mauer. »Das ist bestimmt die Stadt, die abrutscht. Doch von der Eisernen Flut scheint hier niemand etwas zu wissen. Und wenn wir jetzt noch an euer Eisernes Schiff denken und daran, dass die Zeit offenbar nicht überall gleich schnell vergeht …« Sie seufzte. »Dann fürchte ich mehr denn je, dass die Eiserne Flut sich erst in der Zukunft ereignen wird.«

»Aber die anderen Ereignisse sind alle schon passiert«, protestierte Marrill. »Wir haben verhindert, dass Serth die verlorene Sonne befreit. Das meressianische Schiff ist in der Bucht von Khaznot Quay gesunken … Rose hat uns verraten … Das Eiserne Schiff und der *Schwarze Drache* sind zusammengestoßen …«

Ardents Gesicht wurde ernst. »Das Eiserne Schiff ist auch gesunken, und trotzdem hat es uns vor ein paar Stunden verfolgt. Die Dinge sind nicht immer, was sie scheinen, und Worte haben oft mehrere Bedeutungen, Marrill.« Er zwirbelte die Spitze seines Bartes zwischen zwei Fingern. »Knülle Grütz und viele andere haben bei ihrer Rückkehr nach Hause von der Eisernen Flut gesprochen, deshalb habe ich geglaubt, sie habe sich in der Vergangenheit ereignet. Aber die meressianische Prophezeiung ist eben eine, na ja, Prophezeiung. Wenn hier niemand von der Eisernen Flut gehört hat …«

»Dann kommt sie noch«, sprach Annalessa den Satz zu Ende. »Und das Eiserne Schiff hat höchstwahrscheinlich damit zu tun oder ist sogar die Ursache.«

»So ein Mist«, sagte Fin leise.

Marrill musste ihm zustimmen. In Gedanken sah sie wieder das kalte, metallische Gesicht des Kapitäns. Er war so mächtig, dass er Ardent in einem Zaubererduell fast geschlagen hätte. Und dann hatte er offenbar dem Tod ein Schnippchen geschlagen … wenn er überhaupt je gelebt hatte. Sie konnte sich nicht vorstellen, was hinter der grausamen, gesichtslosen Maske lag. Doch alles, was der Kapitän des Eisernen Schiffs entfesselte, musste unvorstellbar schrecklich sein.

Ardent nickte. »Das kannst du laut sagen.« Er drehte sich zu ihnen um und schob mit dem Fuß den Saum seines Gewands zur Seite. »Aber ich denke, unser Vorgehen ist klar. Erstens müssen wir herauskriegen, um was es sich bei der Eisernen Flut handelt, damit wir sie zweitens aufhalten können. Und wenn das nicht geht, greifen wir auf Plan B zurück.«

Marrill wusste nicht, ob sie die Frage überhaupt stellen sollte, aber jemand musste es tun. »Und Plan B wäre?«

»Zu überlegen, wie wir aus Monerva herauskommen, ohne dass die Eiserne Flut ebenfalls herauskommt.« Ardent straffte sich und warf den Zipfel seiner purpurroten Mütze über die Schulter. »Aber keine Angst! Wir sind ja jetzt zwei Zauberer. Und ich denke, es gibt nur ganz wenige Gefahren, denen zwei Zauberer nicht gewachsen wären. Stimmt's, Anna?«

Annalessa hatte bis dahin immer eifrig gelächelt. Doch jetzt wurde ihr Gesicht vollkommen ausdruckslos, so leer, dass Marrill eine Gänsehaut bekam. »Hoffen wir es«, sagte sie. »Hoffen wir es um unser aller willen.«

Kapitel 12

Was man tun kann, während Zauberer die Welt retten

Annalessas Wohnung stand schwankend auf langen, dünnen Stelzen, die ständig auf den Zähnen eines halb in die Mauer eingelassenen, sich langsam drehenden Zahnrads entlanghüpften. Sie lag auf halbem Weg zwischen den schwimmenden Stegen des Moderlochs und der glitzernden Stadt weiter oben und gerade so hoch, dass man die dreieinhalb Monde sehen konnte, die in diesem Augenblick über dem Sumpf aufgingen.

Ein Aufenthalt dort musste atemberaubend sein, dachte Fin. Umso ärgerlicher war es, dass sie nur vom Deck der *Krake* zu ihr hinaufblicken konnten.

Die Zauberer hatten die anderen auf dem Schiff zurückgelassen und waren allein zu Annalessas tanzendem Häuschen hinaufgegangen, angeblich um zu überlegen, wie sie gegen den Kapitän des Eisernen Schiffes kämpfen konnten, und um nach einer Lösung für das Geheimnis der Eisernen Flut zu suchen. Fin kannte

Ardent inzwischen gut genug, um zu wissen, dass das in der Sprache der Zauberer lediglich bedeutete, in alten Büchern zu blättern, sich übers Kinn zu streichen und Wörter wie »zwischenzeitliche Gleichzeitigkeit« zu verwenden, als bedeuteten sie etwas.

Anders ausgedrückt, langweiliges Zeug.

Coll schien das auch zu wissen, denn er und Remy waren als stellvertretende Erwachsene gleich übereingekommen, dass sie lieber auf dem Schiff warten wollten, als alten Leuten beim Lesen und Argumentieren zuzusehen.

Doch Fin hatte keineswegs vor, untätig herumzusitzen, während die Zauberer die Welt retteten. Nicht solange es hier irgendwo eine Wunschmaschine gab und er die Verbindung zwischen seiner Mutter und dem seltsamen Kreis-Gebirge-Drache-Symbol nicht verstand. In einem unbeachteten Moment wollte er sich in die Stadt schleichen, um dort nach Antworten zu suchen. Hier auf der *Krake* konnte er das nicht.

Es war Zeit für einen Ausbruch aus dem Gefängnis.

Er ging zu Marrill, die in einer zwischen zwei Masten aufgehängten Hängematte lag. Karni hatte sich in ihrem Schoß zusammengerollt, und sie hatte ihr Skizzenbuch auf den Knien und schon jede Menge Zeichnungen von der Mauer vor ihnen angefertigt. Obwohl ihr nur eine Kerze und der Schein des Piratenstroms leuchteten, hatte sie es geschafft, das Gewimmel der Stadt einzufangen. Unaufhörlich nahmen Arbeiter Häuser auseinander, drehten sich die Räder und sank das ganze Gewimmel nach unten.

Marrill konnte wirklich erstaunlich gut zeichnen, doch jetzt hing der Stift schlaff in ihrer Hand. Dem verlorenen Blick, mit dem sie die Mauer anstarrte, entnahm Fin, dass sie an dasselbe dachte wie er. Er rutschte neben sie, und auf seinem Gesicht breitete sich ein Grinsen aus.

»Soooo«, sagte er gedehnt. »Wer will mit mir die Wunschmaschine suchen? Wer meldet sich? Niemand? Wirklich niemand?«

Marrill schob ihr Buch beiseite. »Doch, ich!«, sagte sie. »Ich will mit! Nimm mich!« Ihre Augen funkelten aufgeregt. Doch dann sank sie mit einem Seufzer wieder zurück und zog Karni auf ihren Bauch. »Aber das ist sinnlos. Wir wissen nicht einmal, wo wir mit der Suche anfangen sollten.«

Fin lachte. Er war ihr in Gedanken bereits mehrere Schritte voraus. »Klar wissen wir das. Wir benutzen einfach diese, na, wie heißt sie gleich, Überallkarte?«

Marrill drehte Karnis Schwanz zwischen den Fingern. »Schön wär's, aber die leiht Ardent uns nie. Er hat viel zu viel Angst, dass bei ihrem Gebrauch gleich die ganze Welt untergeht.«

Fin lächelte. »Freiwillig gibt er sie uns bestimmt nicht«, stimmte er zu. Dann vergewisserte er sich rasch, dass die Luft rein war.

Remy und Coll saßen zusammen am Bug. Coll

brachte Remy gerade im Licht der Laterne die wichtigsten Seemannsknoten bei, und sie lauschte ihm aufmerksam. Auf dem Landungssteg schien der Griesgram eine Art Schwarzmarkt für Müll organisiert zu haben und hatte schon einen ganzen Berg von Trödel aus den Sümpfen um sich versammelt. Alle waren in ihre jeweiligen Tätigkeiten vertieft.

Fin schob Karnelius zur Seite und zog Marrill am Arm auf die andere Seite des Masts. Dann steckte er die Hand tief in seine Diebestasche und zog mit einer schwungvollen Bewegung einen Stern aus Kristall heraus. In der anderen Hand hielt er ein fest zusammengerolltes Pergament. »Gut, dass ich ihn nicht gefragt habe.«

Marrill unterdrückte einen Aufschrei »Die Karte! Und die Legende! Du hast beides geklaut!«

Fin verbeugte sich und versuchte, sich seinen Stolz nicht anmerken zu lassen. »Ich brauche keinen Beifall, ich bin ein Dieb, und das ist meine Arbeit.«

Marrill spähte mit besorgt gerunzelter Stirn um den Mast nach vorn. »Fin!«, flüsterte sie aufgeregt. »Du kannst anderen Leuten nicht einfach Sachen wegnehmen!«

»Klar kann ich das!« Fin lachte. Er warf den Kristall in die Luft, drehte sich und fing ihn hinter seinem Rücken auf.

Marrill sah ihn mit einem merkwürdig ernsten Blick an. »Das meine ich nicht«, sagte sie. »Ich meinte, du *solltest* es nicht tun. Es ist nicht richtig, Dinge an sich zu nehmen, die einem nicht gehören, verstehst du?«

Fin sah sie nur verständnislos an. Er nahm sich schon sein ganzes Leben lang Dinge, die ihm nicht gehörten. Ihm gehörte ja nichts. Wie sollte er sonst zu etwas kommen? Außerdem hatte er doch nie etwas genommen, das die Leute wirklich brauchten.

»Sieh mal«, sagte er, »die Dinge gehören einem doch nur, weil andere Leute so tun, als sei das so. Die Karte gehört Ardent nicht wirklich. Er hat sie, weil du sie ihm gestern gegeben hast. Und vorher wusste er nicht mal, dass es die Legende noch gibt. Warum soll er jetzt darüber bestimmen dürfen?«

Marrill zog die Nase kraus. »Ich weiß nicht ...«

»Also gut«, sagte Fin und stampfte mit dem Fuß auf dem Deck auf. »Klauen ist aus irgendeinem verrückten Grund schlecht. Aber wir brauchen die Karte ja gar nicht mehr zu klauen. Das ist schon passiert!« Er hielt ihr die Karte vor die Nase.

Marrill wollte wegsehen, aber ihr Blick wanderte unwillkürlich immer wieder zurück. Fin nutzte das sofort aus. »Willst du nicht auch etwas tun? Ich meine, es ist doch wichtig! Wenn wir die Wunschmaschine finden, können wir uns die Eiserne Flut wegwünschen! Und genauso das Eiserne Schiff ...« Er beugte sich vor, im Wissen, dass jetzt sein stärkster Trumpf kam. »Und du könntest dir wünschen, dass deine Mutter wieder gesund wird.«

Marrill sah ihn unverwandt an, und in ihren Augen glänzten Tränen. Sie schluckte, dann nickte sie. »Also gut. Aber nur, weil die Karte ja schon gestohlen ist und so. Und weil die Zeit zu Hause nicht vergeht und meine Eltern noch gar nicht auf mich warten.«

Sie beugte sich vor. »Aber du musst mir versprechen, dass wir die Karte danach zurückgeben.«

»Versprochen«, sagte Fin, als hätte er das sowieso vorgehabt. Was nicht unbedingt der Wahrheit entsprach.

Und bevor Marrill ihre Meinung ändern konnte, hatte er schon eine Laterne genommen und sich geduckt. Mit einem Ruck seiner Hand entrollte er die Karte. Während Marrill wieder um den Mast spähte und sich vergewisserte, dass niemand sie beobachtete, schob er die Finger zwischen die vertrauten Strahlen der Kristallsonne. Vorsichtig berührte er mit der Sonne die Oberfläche der Karte.

»Dann mal los«, flüsterte er. »Zeig uns, wie wir diese Wunschmaschine finden!«

Augenblicklich erwachte das Pergament zum Leben. Ein Energiestoß durchströmte Fin, hüllte ihn ein und entflammte seine Sinne. Er roch den süßen Kirschgeruch der Farbe Rot und spürte kribbelnd den Geschmack von Salz auf seiner Haut. Die Umgebung kam ihm entgegen und drehte sich um ihn, als sei er seekrank. Bilder rasten über die Karte und verschmolzen miteinander.

Dann endlich wurde das Bild auf der Karte scharf – eine mit schwarzer Tinte gezeichnete Ansicht der Mauer, wie man sie vom Wasser aus sah. Er erkannte die am Fuß der Mauer auf und ab hüpfende *Krake* und die Berge auf beiden Seiten. Und die an der Mauer hängende, riesige Stadt.

Das Bild kippte und wanderte so schnell die Mauer hinauf, dass ihm fast übel davon wurde. Endlich blieb es wieder stehen. Es zeigte einen schiefen Turm ganz oben auf der Mauerkrone. Um den Turm schwirrten dunkle Tintenkleckse.

Fin betrachtete das Bild eine Weile, dann nickte er. »Verrückt und gruselig und nicht ungefährlich. Ja, sieht aus wie der Ort, an dem ich eine Wunschmaschine unterbringen würde.«

Marrill legte nachdenklich den Finger an die Nase. »Absolut. Aber wie kommen wir da rauf? Jemand muss uns ein Seil herunterwerfen, erinnerst du dich?«

Fin hob den Kopf und suchte nach einer Lösung. Von oben war über dem Knarren der Stege und dem Ächzen der versinkenden Stadt das ferne Klingeln von Windspielen zu hören. Um sie leuchtete der Strom wie der Bauch eines Glühwürmchens sanft und gelb durch die Nacht. Fin betrachtete die Strömung, die das Wasser zur Stadt führte, konnte aber nicht erkennen, wohin das Wasser verschwand, wenn es die Mauer erreichte.

»Schade, dass wir den Grasberg nicht mehr haben«,

murmelte Marrill. »Wir könnten auf ihn steigen und dem Tauknochenmann sagen, er solle uns hochwerfen. Und dann würden wir bis nach oben treiben.«

Als Fin das hörte, kam ihm plötzlich eine Idee. Er grinste listig. »Du meinst, der Tauknochenmann könnte uns hochwerfen?«

Marrill schüttelte den Kopf. »Nein, ich weiß, worauf du hinauswillst.«

»Aber man kann ein Tau doch nicht nur nach unten werfen, sondern auch nach oben.«

Marrill streckte abwehrend die Hände aus. »Kommt nicht in Frage – wir würden gegen die Mauer prallen und sterben.«

»Ich habe meine Himmelsseglerjacke«, erklärte Fin. »Ich würde anschließend ganz sanft durch die Luft gleiten.«

Marrill verschränkte die Arme. »Und ich? Klar würde dir nichts passieren. Dir passiert nie was. Aber wo ist meine Jacke?« Sie brach ab. »Warte mal, ich glaube, ich habe eine Idee. Bleib hier.«

Sie rannte auf das Hauptdeck hinaus und gähnte geräuschvoll. »Gut«, sagte sie laut, »ich glaube, ich hole mir Laken und Decke und lege mich zum Schlafen aufs Deck. Das wäre doch cool, am Fuß der Mauer zu schlafen, was, Remy?«

Remy blickte auf. »Wie? Ja, klar, mach das. Aber bleib auf dem Schiff, okay? Ich schwöre dir, Marrill, wenn du auch nur daran denkst, den Fuß auf einen dieser Stege zu setzen, ziehe ich dir die Haut ab und trage sie als Schal. Verstanden?«

»Ich gelobe hiermit, dass ich den Hafen nicht betreten werde«, sagte Marrill. Fin musste ein Kichern unterdrücken. Es stimmte ja, sie würden den Hafen nicht betreten. Das gewaltige Räderwerk einige hundert Meter über ihnen war eine ganz andere Sache.

»Und das gilt auch für deinen Begleiter!«, ergänzte Remy. Fin, der gerade nach einem Tau griff, spürte, wie er rot wurde. Es fühlte sich so seltsam an, jemand anderen über sich sprechen zu hören. Auch wenn Remy ihn im Grunde nicht kannte.

Wenig später tauchte Marrill mit einem sorgfältig zusammengefalteten Laken wieder an Deck auf. »Geschafft«, sagte sie. »Ich wäre dann so weit.«

»Dann los!« Grinsend reichte Fin ihr ein Tau. »Wir müssen auf einem Zahnrad landen, sonst sinken wir nur zum Sumpf hinunter. Am besten zielst du etwas höher, damit wir Spielraum haben.« Er überprüfte die Schnüre an seinen Jackenärmeln. »Ach ja, und du gibst das Kommando. Mich vergisst der Tauknochenmann immer.«

Marrill legte den Kopf schräg. »Auf einem Zahnrad landen, aber etwas höher zielen«, flüsterte sie. »Verstanden. Bereit, Tauknochenmann? Wirf uns beide hoch, wenn ich es sage, so hoch wie möglich!«

Fin spürte, wie sich das Tau in seiner Hand straffte. Über ihren Köpfen quietschte es.

»Jetzt!«, schrie Marrill. Mit einem Ruck wurden sie von den Füßen gerissen. Und im nächsten Moment flogen sie so schnell durch die Luft, dass Fin überzeugt war, sein Magen sei auf der *Krake* zurückgeblieben.

»Was zum …«, rief Coll.

Remys Stimme wurde leiser, je weiter sie sich vom Hafen entfernten. »Marrill Aesterwest, ich komme dich hoooooooolen …«

Die Mauer raste ihnen entgegen, die Taue lösten sich und fielen hinunter. Immer höher flogen sie durch die Luft und kamen an dem Zahnrad vorbei, auf dem Annalessas Häuschen tanzte. Durch das von einer Kerze erleuchtete Fenster sah Fin Ardents rote Mütze heftig auf und ab hüpfen.

Und es ging immer noch höher.

Die Hütten des Moderlochs wichen Häusern aus Marmor und Holz. Arbeiter hingen wie Marionetten an der Mauer und waren damit beschäftigt, die Marmorplatten abzunehmen, bevor das zugehörige Haus zu tief nach unten sank. Fin lachte triumphierend und winkte, als sie an ihnen vorbeischossen.

Und noch höher.

Die Schwerkraft machte sich bemerkbar. Wieder flogen sie an einem Zahnrad vorbei. Dann wurden sie langsamer.

Und begannen zu fallen.

Fin zerrte an den Schnüren seiner Himmelssegel. Marrill, die neben ihm flog, verzerrte in Panik das Gesicht. Sie hatte Schwierigkeiten, das große Seidenlaken zu entfalten, damit es sich wie ein Fallschirm mit Luft füllen konnte. Zugleich rasten sie mit atemberaubender Geschwindigkeit auf die Mauer zu. Wenn es so weiterging, würden sie dagegen prallen und in den Tod stürzen.

Fins Plan drohte in einer Katastrophe zu enden.

»Ziel auf ein Zahnrad!«, schrie er und tastete nach den Klettermessern, die er hinten in den Gürtel gesteckt hatte. Noch während er damit beschäftigt war, streifte er eine Dachkante und fiel durch eine breite Lücke, in der einmal ein Gebäude gestanden hatte.

Eine Fläche aus glattem, grauem Stein kam auf ihn zu. Er hatte seine Flugbahn völlig falsch eingeschätzt und flog viel zu schnell und zu hoch. Dann prallte er mit einer solchen Wucht gegen die Mauer, dass er keine Luft mehr bekam. Trotzdem konnte er geistesgegenwärtig in letzter Sekunde die Messer heben und sie gegen den Stein schlagen.

Die Erschütterung wanderte durch seine Arme und breitete sich in seinen restlichen Gliedern aus, bis sein ganzer Körper von der Wucht des Zusammenstoßes vibrierte. Trotzdem hinterließen die Messer auf der Mauerfläche kaum einen Kratzer.

Er rutschte nach unten und landete mit einem Plumps auf einem dicken Zahnrad, das unter ihm aus der Mauer ragte. Im nächsten Moment landete Marrill elegant neben ihm. Ihre Wangen waren gerötet, und ihre Augen blitzten vor Aufregung. Sie zog ihren provisorischen Fallschirm nach unten.

»Das war ja Wahnsinn! Ist das zu glauben ...« Sie brach ab, runzelte die Stirn und legte lauschend den Kopf schräg. »Hörst du ...?«

Fin nickte, bevor sie den Satz zu Ende sprechen konnte. Er hörte es auch. Zuerst hatte er gedacht, es sei nur das Rauschen des Bluts in seinen Ohren oder das Zahnrad, das sich langsam unter ihnen drehte. Doch das Geräusch wurde immer lauter, bis er merkte, dass es nicht aus seinem Kopf kam.

»Was ist das?«, rief Marrill. Der Wind wurde stärker und zerrte an ihnen. Mit ihm kam ein Donnern wie von einer in Panik fliehenden Herde. Einer Herde, die senkrecht die Mauer hinunter und geradewegs auf sie zu raste.

»Was immer das ist, es klingt gefährlich. Wir müssen von hier weg!« Er sprang auf.

Marrill kletterte bereits über die breiten Zacken des Zahnrads.

Fin hastete ihr nach und machte dabei den Fehler, nach oben zu blicken. Die Lichter der Stadt über ihnen waren verschwunden, und es war ganz dunkel geworden. In der Luft rauschte es wie von hundert flügelschlagenden Vögeln. Die Finsternis über ihnen war von wuselndem Leben erfüllt.

»Schneller!«, brüllte er, aber es war zu spät. Jetzt konnte er sie sehen.

Sie waren schwärzer als schwarz und kamen kriechend und flatternd auf ihn zu. Statt Flügeln schlugen lange Spinnenfinger durch die Luft. Sie sahen aus wie schattenhafte Marionetten, deren Erbauer sich nicht zwischen Fledermaus und Spinne hatte entscheiden können.

Verzweifelt breitete Fin die Arme aus. Die seltsamen Wesen näherten sich zu schnell. Er konnte nur hoffen, sie wenigstens so lange aufzuhalten, bis Marrill in Sicherheit war.

Er kniff die Augen zusammen und suchte nach einem festen Halt für seine Füße. Dann hüllte der Schwarm ihn ein.

Kapitel 13

Das größte Vergnügen: an einer Schnecke zu hängen

»Fin!«, schrie Marrill, als der Schwarm ihn erreichte, und streckte die Hand nach ihm aus. Im nächsten Moment tauchte auch sie in das Gewimmel ein. Dunkel umgab sie. Tausend Hände krochen über ihren Leib, zehntausend Fingerspitzen betasteten ihre Haut. Bei jeder Berührung liefen kleine Wellen durch ihren Körper.

Bilder strömten auf sie ein, Erinnerungen einschließlich der zugehörigen Gerüche und Klänge. Sie entstammten zunächst ihrem eigenen Leben – sie sah ein Picknick mit ihren Eltern, einen Tanz der Indianer des Amazonasgebiets. Doch darauf folgten Bilder, die sie nicht kannte und in denen sie jemand anders war.

Zweigesichtige Männer in Gewändern aus schimmernder Seide tanzten mit Jungfrauen, die zur Hälfte Käfer waren und deren Panzer mit Edelsteinen und Gold ein-

gelegt waren. Der Duft von geröstetem Schmalzbraten lag in der Luft. Es war ein Freudentag, denn seit diesem Tag waren die Endlosen Ebenen vereint.

Weitere Erinnerungen stellten sich ein, Erinnerungen, die anderen gehörten. Sie kamen in so großer Zahl, dass Marrill förmlich von ihnen überwältigt wurde. Sie füllten ihr Bewusstsein komplett aus und verdrängten alles, was mit ihr selbst zu tun hatte.

Der König und der Zauberer der Morgendämmerung spazierten zusammen durch den Baumelnden Garten und bewunderten das Spiegelbild, das der Sonnenfarn an den Himmel warf. Der König hatte wirklich nicht damit gerechnet, dass der Zauberer so klein war. Er bestand praktisch nur aus Augenbrauen und Backenbart und sah aus wie ein vom Regen durchnässtes Kätzchen. Konnte man so jemandem trauen?

»Wünsche sind etwas Wunderbares, o mein König«, zirpte der Wicht. »Aber für jeden Wunsch, der Wirklichkeit wird, müssen tausend Möglichkeiten beendet werden. Seid Ihr bereit, eine Welt zu beenden, die Ihr noch nie gesehen habt?«

Der König atmete tief ein, und der sanfte Duft des Morgentaus beruhigte ihn. »Kannst du so etwas bauen?«, fragte er wieder.

Marrill taumelte. Ausschnitthafte Bilder bestimmter Momente brachen wie ein Wasserfall über sie herein. Sie spürte, wie sie mit dem Fuß vom Rand des Zahnrads abrutschte.

Der Arbeiter balancierte hoch in der Luft auf einem Balken. Eines Tages, hieß es, würde die Mauer so hoch sein, dass sie die Endlosen Ebenen vor dem Piratenstrom schützen könnte.

Die Baumeisterin hielt ein Rohr aus sonderbar glänzendem Glas hoch. »Das Wasser des Stroms wird durch solche Rohre hineinfließen«, sagte sie. »Wir brauchen also eine Menge davon. Ich weiß selbst nicht, ob das Glas dafür taugt, aber der Zauberer meint, es sei besser als Fadholz.«

Der Arbeiter wartete, bis sie in eine andere Richtung blickte, dann spuckte er über die Mauer, nur um die Spucke fallen zu sehen.

Marrill verlor das Gleichgewicht. Das sich drehende Rad gab unter ihr nach, und sie fuchtelte wie wild mit den Armen. Nicht die ekelhafte Spucke des Arbeiters fiel nach unten, sondern sie!

»Hilfe!«, rief sie schrill.

Da schlang sich ein langer Arm um ihre Hüften, und sie flog. Oder genauer, sie schwang hin und her, wie sie verspätet erkannte. Wie ein Gewicht am Ende eines Pendels.

»Hab ich dich!«, sagte eine fremde Stimme an ihrem Ohr. Sie war leise und sanft und sprach mit einem leichten Akzent. »Halt dich an mir fest.«

Das ließ Marrill sich nicht zweimal sagen. Sie umklammerte, was sie zu fassen bekam, schlang die Arme um ihren Retter und spürte Schnallen, einen groben Stoff und etwas Schwammiges, Gummiartiges. »W-was war das eben?«, stotterte sie. Beim Gedanken an die fledermausähnlichen Geschöpfe, die sie eingehüllt hatten und mit den Beinen über ihre Haut getrippelt waren, bekam sie eine Gänsehaut.

»Flatterlinge«, sagte ihre Retterin, während sie ihr eine Schnur aus grünem Gelee um die Hüften schlang. »Du bist offenbar neu hier. Solche wie dich sieht man hier oben nicht oft.« Die Frau hob die Hand und zog an einem über ihnen hängenden Seil, das unendlich weit in den Himmel hinaufreichte. Sie stiegen langsam auf. »Normalerweise bleiben sie oben in ihrem Turm und kommen nur raus, wenn Leute an der Mauer kratzen«, fuhr die Frau fort. »Die bringen sie dann auf die *andere* Seite.«

So wie sie die »andere« Seite betonte, wusste Marrill sofort, dass es sich um nichts Gutes handelte. »Danke, dass du mich gerettet hast«, brachte sie mit einiger Mühe heraus. Ihre Stimme klang gepresst und heiser. Sie schluckte und vermied es, nach unten zu blicken.

Aus den Augenwinkeln konnte sie ihre Retterin von der Seite sehen. Sie hatte eine glatte, graue Haut, aber etwas an ihren Gesichtszügen stimmte nicht. Im nächsten Moment wusste Marrill auch, was. Es lag an der Nase. Sie sprang in einem seltsam schrägen Winkel vor.

»Gern geschehen«, antwortete die Frau und sah sie an. »An den Häusern war sowieso nicht mehr viel zu holen.«

Marrill erschrak und musste sich zusammenreißen, um die Frau nicht anzustarren. Sie hatte zwei Gesichter, die in der Mitte durch eine tiefe Spalte voneinander getrennt waren. Zwei Nasen zeigten in verschiedene Richtungen, über zwei Kinnen bewegten sich zwei Münder, die sich in der Mitte trafen. Zu zwei seitlichen Augen kam ein drittes in der Mitte.

»Ich bin übrigens Slandy«, fuhr die Frau fort. »Gut für dich, dass ich gerade über dir gearbeitet habe, als die Flatterlinge kamen. Du kannst von Glück sagen, dass sie dich nicht mitgenommen haben. Sonst habe ich niemanden gesehen, sie kamen also vermutlich nur hier durch.«

Etwas von dem, was Slandy gesagt hatte, versetzte Marrills Gedanken in Aufruhr. Sie runzelte die Stirn. Die Flut fremder Erinnerungen, die ihr noch immer unablässig durch den Kopf gingen, erschwerte es ihr, sich auf das zu konzentrieren, was tatsächlich passiert war. Es hatte mit dem Kratzen an der Mauer zu tun. Sie hatte nicht an der Mauer gekratzt. Aber …

Ihr wurde ganz anders, und ein Schrei entfuhr ihr.

»Fin!« In ihrer Verwirrung und vor Angst, abzustürzen, hatte sie ihn ganz vergessen.

»Wie bitte?«, fragte Slandy.

»Mein Freund«, erklärte sie hastig. »Er stand auf dem Zahnrad neben mir.«

Slandy sah sie zweifelnd an, kehrte aber trotzdem mit ihr um. Doch als sie beim Zahnrad ankamen, war von Fin nichts zu sehen. Marrill schnürte es die Brust zusammen.

»Suchst du was?« Fin lehnte entspannt an einem nach unten sinkenden Säulenvorbau, der gerade in Sicht kam. Dem Schweiß auf seiner Stirn nach zu urteilen, hatte er versucht, ihr über die Häuser nachzuklettern. Marrill fühlte sich noch schlechter, weil sie ihn einfach zurückgelassen hatte.

Sie stieß einen Seufzer der Erleichterung aus. »Dir ist nichts passiert!«

Er grinste. »Mir passiert nie was.«

»Tut mir leid, Junge«, sagte Slandy. »Ich wollte dir nicht die Freundin wegnehmen, ohne dir Bescheid zu geben. Ich habe dich einfach übersehen.« Sie ruckte mit ihrem doppelten Kinn. »Aber da stehe ich und plaudere, wo doch heute Abend Gäste zu uns herunterkommen! Die Herrin wird sich schon fragen, wo ich bleibe.« Sie wollte wieder an dem Seil ziehen, doch dann hielt sie inne. »Wenn du mitkommen willst, steig auf!«

Keine Minute später hing Fin zusammengeschnürt neben Marrill, das Gesicht so fest an Slandys Bluse gedrückt, dass er kaum sprechen konnte. Die Füße der beiden baumelten nach unten, während das grüne Seil sie nach oben zog. Slandy spielte den Reiseführer.

»Das ist das sogenannte Glockenspiel!«, rief sie. Das Klingeln, das sie von unten gehört hatten, schwoll zu einem ohrenbetäubenden Geläut von Kirchenglocken an. Aus der Mauer vor ihnen ragten willkürlich verteilt hundert kleine Zahnräder. An ihnen hingen wie an Kronleuchtern Kristalle, die fortwährend klirrend aneinanderstießen. Dort, wo die Räder sich drehten, wurden die Kristalle irgendwann an der Mauer zerdrückt und fielen in einem klimpernden Wasserfall von Scherben in die Tiefe. Marrill hielt sich die Ohren zu, um den Lärm nicht hören zu müssen.

»Wenn man verschläft, weckt einen das Glockenspiel, bevor man zu tief nach unten sinkt«, erklärte Slandy, als der Lärm unter ihnen leiser wurde. »Selbst dann bleibt einem allerdings kaum Zeit, sich in Sicherheit zu bringen. Höchstwahrscheinlich landet man sowieso bei den anderen Gestrandeten im Moderloch. Wichtigste Regel in Monerva: nicht verschlafen.«

Je höher sie aufstiegen, desto besser wurde der Zustand der Stadt und desto dichter war sie bebaut. Zwischen den Häusern schlängelten sich mit Stromwasser gefüllte Rohre hindurch, die ein warmes, sanftes Licht verbreiteten. Marrill sah kaum noch Holz, sondern vor allem polierten Stein und kaltes Glas. Doch sogar hier waren Kräne damit beschäftigt, besonders große und schöne Gebäude zu demontieren und weiter nach oben zu befördern.

Slandy zeigte auf eine große, leere Halle vor ihnen. »Das ist die Galerie der verlorenen Königreiche«, sagte sie. »Sie hängt in diesem Jahr etwas tief, aber man wird sie sicher bald schon weiter oben wieder aufbauen.«

Marrills Blick fiel auf den gezackten Dachfirst aus schwarzem Eisen, und sie erschauerte unwillkürlich. Er erinnerte sie zu sehr an das Eiserne Schiff, das immer noch auf dem Strom der Zeit hinter ihnen her war.

»Faffinierend«, murmelte Fin erstickt an der Brust ihrer Führerin. Marrill drückte ihm die Hand, um ihm zu verstehen zu geben, dass sie ihn gehört hatte. Auch wenn sie ihn nur schlecht verstehen konnte.

Sie stiegen weiter auf, zwischen Zahnrädern hindurch und an Gärten vorbei, die wie Moos an silbernen Spalieren hingen, und an offenen Marmorbögen, die das Sternenlicht einsammelten. Gläserne Brunnen stürzten kreiselnd in die Tiefe und zeichneten Schnörkel aus leuchtendem Stromwasser in die Luft.

»Wie schafft man das eigentlich?«, fragte Marrill. Sie kamen an einem Turm vorbei. Auf seiner Spitze balancierte ein Haus, und darauf fielen von oben weitere Häuser. »Alles sinkt doch nach unten! Wie kann man sich, äh … dagegen behaupten?«

»Du meinst, wie kommt man nach oben?«, fragte Slandy. »Ups, wir müssen Platz machen.«

Sie schwang das Seil vorsichtig zur Seite, und im

nächsten Augenblick flog ein vollbesetztes Restaurant, das an fünf Kränen hing und in dem gerade das Abendessen serviert wurde, an ihnen vorbei. »Ganz einfach! Du sammelst ein, was du kriegen kannst, legst alles aufeinander und kletterst hinauf, bevor alles wieder einstürzt. Du baust dich sozusagen aus eigener Kraft nach oben!«

Marrill überlegte. Das klang, gerade in Anbetracht ihrer eigenen gegenwärtigen Fortbewegungsart, nicht besonders logisch. »Aber … wie kommt man überhaupt bis hierher?«, fragte sie. »Ich meine, braucht man dazu nicht jemanden, der einen hochzieht?«

Sie kamen an einem Freiluftmarkt vorbei. Die Stände hingen an Pfosten, die an höher liegenden Gebäuden befestigt waren. Gläserne Stege schlängelten sich durch die Luft und verbanden sie miteinander.

Slandy zuckte mit den Schultern. »Ja, klar. Aber du bringst ihm ja Material mit. Und dann kann *er* höher bauen und zieht dich mit. Und nach einiger Zeit ziehst *du* Leute nach oben, und sie bringen *dir* Sachen mit. Je höher du bist, desto höher kannst du hinaufkommen und desto mehr Leute kannst du nach oben ziehen. So kommt man bis ganz nach oben.«

»Aber … es sinkt doch alles ständig«, beharrte Marrill.

Slandy nickte nachdenklich. »Umso wichtiger ist es, so viel wie möglich nach oben zu schaffen!«

Das leuchtete Marrill ein, auch wenn sie es im Einzelnen nicht verstand. »Und … was ist mit den Leuten unten im Moderloch? Bei denen kommt ja nur noch Schutt an.«

»Na ja, daran hätten sie früher denken müssen.« Slandy schwang wieder zur Seite. Dort, wo sie eben noch gewesen waren, stieß ein aufsteigendes Klavier fast mit einem hinunterfallenden Fahnenmast zusammen. Bevor Marrill antworten konnte, schlang Slandy ihren langen Arm um die beiden Kinder. »Die Reise ist gleich zu Ende. Haltet euch bereit!«

Unmittelbar über ihnen näherte sich ein Schneckenhaus von der Größe einer Betonmischmaschine. Es drehte sich auch wie eine, und seine spiralige Form wanderte beständig nach innen. Die Wände waren mit einem bunt leuchtenden, sich unaufhörlich verändernden Muster bedeckt. Aus runden Löchern in den Wänden kamen schwammige grüne Seile wie das ihre und hingen an der Mauer nach unten.

»So ist es brav«, sagte Slandy und versetzte dem Schneckenhaus einen Klaps, als sie auf Reichweite herangekommen waren. Mit einem Bein zog sie die beiden Kinder auf eine Art Gerüst auf dem Rücken der Schnecke. Anschließend löste sie geschickt die Gurte, die Fin und Marrill hielten. Das schwammige Seil wurde mit einem schlürfenden Geräusch ins Schneckenhaus gezogen.

Slandy zog eine knollige, purpurrote Frucht aus einer Tasche an ihrer Hüfte. »Danke, altes Mädchen!«, sagte sie und warf die Frucht in die Luft. Eine warme, klebrige Zunge streckte sich danach aus. Sie streifte Marrills Wange und hinterließ eine schleimige Spur. Für einen kurzen Moment wurden hinter einem Maul ein Dutzend Augen sichtbar, dann zog der Kopf sich wieder in das Gehäuse zurück.

Marrill wischte sich den Schleim von der Wange und betrachtete die klebrige Masse. »Mir wachsen deshalb jetzt aber keine Federn, oder?« Es wäre nicht das erste Mal gewesen.

Slandy lachte. »Nein. Das ist nur eine alte Hubschnecke. Die ist völlig harmlos.« Sie tätschelte die Schnecke. »Sie sorgt dafür, dass wir oben bleiben, solange wir an ihr hängen.«

Marrill sah sich um. Die Stadt sank mit derselben Geschwindigkeit wie bisher, nicht aber sie selbst. Die Schnecke kroch gerade an einem Haus hinauf. Sie bewegte sich genauso schnell nach oben, wie das Gebäude sank.

»Wow«, flüsterte Marrill. Jetzt, wo sie wusste, nach was sie Ausschau halten musste, sah sie über das obere Drittel von Monerva verteilt viele hundert Schnecken. Von allen hingen Seile herunter, an denen Arbeiter wie Slandy baumelten. Die Arbeiter demontierten überall im Schein von Laternen die Häuser. Sie erinnerten Marrill an einen im Dunkeln leuchtenden Schwarm von Piranhas, der eine Kuh bis auf die Knochen abnagte. Sie fand allerdings selbst, dass sie den Piranhas mit diesem

Vergleich unrecht tat. Sie war schon mit Piranhas geschwommen, und die waren sehr viel rücksichtsvoller als die Monervaner.

Sie wandte sich wieder ihrer Schnecke zu und betrachtete sie genauer. »Du siehst ja schön aus«, sagte sie leise. Sie hatte Tiere schon immer über alles geliebt. »Wie heißt sie denn?«

Slandy zuckte mit den Schultern. »Wie sie heißt? Ich glaube, einer Hubschnecke hat noch nie jemand einen Namen gegeben.«

Marrill runzelte die Stirn. Diese Tiere arbeiteten so hart, da hatten sie doch wohl das Recht auf einen Namen. »Das ändern wir jetzt.« Sie hockte sich hin und strich vorsichtig mit der Hand über das Schneckenhaus. »Ein Name für eine Hubschnecke, hm ... Beatrix?« Das Tier zeigte keine Reaktion. Marrill biss sich auf die Lippen und überlegte weiter.

Und dann fiel ihr plötzlich einer ein. »Elle!«, rief sie triumphierend. »Elle, die Hubschnecke! Das ist perfekt!« Die lange Zunge der Schnecke erschien und fuhr Marrill über die Wange. Marrill verstand das als Zustimmung. »Also Elle!« Sie stand auf. »Kann ich so eine Frucht bekommen, Slandy?«

Die Monervanerin sah sie belustigt an. »Natürlich, mein Kind.« Sie warf Marrill eine der roten Kugeln zu, und Marrill verfütterte sie lächelnd an Elle. »Sieht aus, als hättest du eine Freundin gewonnen«, bemerkte ihre Führerin. »Ich wette, sie wird sich ihr ganzes Leben lang an dich erinnern. Hubschnecken sind für ihre Treue bekannt.«

Slandy trat an den Rand der Plattform und sprang von dort auf das Dach eines sinkenden Hauses. »Ich muss los«, rief sie über die Schulter. »Ich muss noch die Herrin treffen und will mich auf keinen Fall zur Party verspäten.«

Marrill sah Fin an, der dasselbe zu denken schien wie sie, und nickte. Sie sprangen Slandy nach. »Warte«, rief Marrill. »Können wir dich was fragen?«

»Sicher«, antwortete Slandy. Ohne langsamer zu werden, lief sie über einige miteinander verbundene gläserne Balken, die über eine Lücke führten, in der einmal ein großer Turm gestanden haben musste.

»Hast du je vom Siphon von Monerva gehört?«, fragte Marrill.

Slandy blieb in der Mitte einer Leiter stehen und sah die beiden mit ihrem rechten Gesicht verwundert an. Dann platzte sie lachend heraus. Marrill wurde rot und trat unbehaglich von einem Bein aufs andere.

»Aber natürlich!«, rief Slandy. »Was glaubt ihr denn, wo ihr euch befindet?«

Fin und Marrill wechselten ein verwirrtes Stirnrunzeln. Gegenwärtig standen sie auf einer Art Dach, das gerade abgedeckt wurde. »Äh, wie?«

»Ach ... wartet.« Slandy sah sich um und sprang von der Leiter auf ein breites, sich drehendes Zahnrad. Dann winkte sie ihnen. Sie sollten ihr folgen. Das Rad drehte sich einigermaßen schnell, und sie mussten darauf gehen, um nicht gegen die Mauer geschmettert zu werden. Slandy mit ihrer Größe von zweieinhalb Metern brauchte sich dabei nicht zu verausgaben, aber Marrill musste rennen.

»Technisch gesehen ist das hier der Siphon von Monerva.« Slandy stampfte mit dem Fuß auf das Rad. »Oder zumindest ein Teil davon. Die ganze Mauer ist ein Teil der großen Wunschmaschine, oder zumindest das Getriebe der Räder. Die eigentliche Mauer besteht aus Fels. Aber ihr wollt vermutlich wissen, wo man sich etwas wünscht. Das weiß leider niemand.«

Marrill sah sich um und passte gleichzeitig auf, dass sie nicht langsamer wurde. »Das Ganze hier soll die Wunschmaschine sein? Weißt du, wie sie funktioniert?«

»Ich weiß nur, was alle wissen. Wasser wird angesaugt, Räder drehen sich, noch mehr Wasser kommt, und noch mehr Räder drehen sich. Die Geschwindigkeit, mit der sie sich drehen, war eine Zeitlang ziemlich konstant. In den letzten Jahren sind sie jedoch schneller geworden, was die Leute, die auf ihnen gebaut haben, in Schwierigkeiten gebracht hat. Aber letztlich ist es doch gut so, denke ich.« Slandy zuckte mit den Schultern. »Wenn du mehr wissen willst, musst du den Zauberer der Morgendämmerung fragen. Er hat die Maschine gebaut.«

Fin zupfte Marrill am Ärmel. »Hat nicht Ardent gesagt, dass man sehr viel Wasser aus dem Piratenstrom braucht, um Wünsche zu erfüllen?«, flüsterte er. »Das passiert hier! Der Siphon saugt das Wasser an, damit es in Wünsche umgewandelt werden kann.«

Marrill nickte eifrig. Aber dann musste sie an die sonderbaren Erinnerungen denken, die die Flatterlinge ihr eingegeben hatten, und wurde langsamer.

Der König und der Zauberer der Morgendämmerung spazierten zusammen durch den Baumelnden Garten. »Wünsche sind etwas Wunderbares, o mein König«, zirpte der Wicht. »Seid Ihr bereit, eine Welt zu beenden, die Ihr noch nie gesehen habt?«

»Wäre das denn möglich? Also, mit dem Zauberer der Morgendämmerung zu sprechen?«, fragte Marrill und lief hastig ein paar Schritte, um die anderen einzuholen.

Slandy lachte wieder. »Natürlich nicht! Er war einer der Dzane – mächtige, verschlagene Leute, wie es heißt. Er war der Letzte von ihnen. Nachdem er das hier gebaut hat, hat man nie wieder von ihm gehört.«

Marrills Herz hämmerte. Der Siphon war von einem Dzane erbaut worden. Die Dzane waren laut Ardent als Einzige imstande, eine Maschine zu bauen, die Wünsche erfüllen konnte. Mehr Bestätigung brauchte Marrill nicht. Es gab die Wunschmaschine wirklich.

»Und selbst wenn es möglich wäre, würde ich davon abraten«, fuhr Slandy fort. »Er war ein Gauner und Betrüger. Deshalb dauert es ja auch so lange, bis der Salz-und-Sandkönig seinen letzten Wunsch erfüllt bekommt.« Sie streckte den Arm aus und packte ein Gitter, das in Reichweite gekommen war.

»Letzte Frage«, sagte Fin hastig. »Hat schon einmal jemand den Siphon gefunden und sich etwas gewünscht? Geht das überhaupt noch?«

Slandy drehte sich nach ihm um, sichtlich erstaunt über seine Anwesenheit. »Soweit ich weiß, hat niemand es je versucht.« Sie trat vom Rad herunter und begann zu klettern.

»Warum nicht?«, rief Fin ihr nach.

Sie sah sich um und betrachtete Marrill und Fin eingehend. »Wer will sich schon mit der Magie der Dzane anlegen? Ein altes Sprichwort besagt: ›Um zu bekommen, was du willst, musst du geben, was du hast.‹ Und wer sagt, dass man etwas Gleichwertiges bekommt? Der Legende zufolge durfte unser König sich drei Dinge wünschen, und er äußerte auch drei noble Wünsche. Zwei sind in Erfüllung gegangen. Seitdem sind die Endlosen Ebenen verloren und brennen, und Monerva ist vom Strom abgeschnitten.«

Slandy kletterte weiter. »Ich sage nur, das mit dem Wünschen kann auch danebengehen. Genau das war der Fall, als ein braver, kluger Mann wie der Salz-und-Sandkönig sich etwas wünschte. Und er hat die Maschine ja selbst in Auftrag gegeben. Wer weiß, wie es dir oder mir ergehen würde!«

Sie schwang das Bein über ein Geländer. »Aber auf zur Party.« Und damit verschwand sie.

Kapitel 14

Der Traum, in dem man fällt

Aufgeregt begann Fin, das Gitter hinaufzuklettern. Er streckte die Hand zu Marrill aus. »Hast du das gehört?«, fragte er.

Marrill kam nach. »Ja.« Sie rang nach Luft. »Klingt bedrohlich.«

Fin schüttelte den Kopf und lachte. »Alle halten immer alles für bedrohlich. Ich glaube, es bestätigt nur, dass wir auf der richtigen Spur sind.«

Marrill sah ihn fragend an.

»Wir wissen jetzt sicher, dass es den Siphon gibt und dass er Wünsche erfüllt«, erklärte er und kletterte weiter. »Das hat er doch beim Salz-und-Sandkönig getan. Zwei zumindest. Und wer sagt, dass der letzte Wunsch nicht auch erfüllt wurde? Bestimmt hat der König sich nur gewünscht, von hier wegzukommen und Monerva zu vergessen.«

Am oberen Ende des Gitters angekommen, fanden sie sich mitten in einer ausgelassenen Party wieder. Das

Timing hätte nicht besser sein können. »Na komm«, sagte Fin, »wir haben doch auch was zu feiern. Es gibt hier wirklich eine Wunschmaschine!«

Trotz der hereinbrechenden Dunkelheit war es auf der großen Terrasse taghell. Überall verliefen mit leuchtendem Stromwasser gefüllte Rohre: durch die gläserne Plattform unter ihren Füßen, entlang des Geländers und sogar über ihren Köpfen, wo sie sich verzweigten wie die Äste von Bäumen.

Aus allen Richtungen ertönte Musik. Einige Instrumente verdickten die Luft gleichsam, bis sie geradezu fest war und man förmlich durch sie hindurchwaten und die aufeinanderfolgenden Akkorde mit dem Fuß aus dem Weg schieben musste. Bei anderen überwog der Geschmack den Klang, und Fin meinte sie auf der Zunge zu spüren. Überall tanzten und lachten doppelgesichtige Monervaner, während die breite Terrasse langsam an der Mauer hinuntersank.

»Wow!«, sagte Marrill und sah sich staunend um. »Das ist ja Wahnsinn. Was feiern die wohl?«

Fin zwinkerte ihr zu. »Das finden wir raus.« Bevor sie ihn aufhalten konnte, sprang er auf einen Tisch, um den viele Monervaner standen. Er riss einem sehr überrascht wirkenden Geschöpf mit leuchtenden Haaren den Becher aus der Hand und lief auf dem Tisch entlang, bevor der Betreffende sich wehren konnte. Dann hob er den Becher. »Lasst uns anstoßen, alle zusammen!«, brüllte er. »Trinken wir auf …«

Die um den Tisch versammelten Monervaner hoben ihre Becher. »Auf die Räder. Auf dass sie sich weiterdrehen!«

»Auf die Räder!«, wiederholte Fin anfeuernd. »Denn …«

»Wenn auch das letzte Rad sich dreht, geht der letzte Wunsch des Königs in Erfüllung!«, riefen die Monervaner und hoben ihre Becher noch höher.

»Und Monerva kehrt wieder zum Strom zurück, und der König herrscht über alle Länder!«, rief ein Mann, an dem alles wabbelte.

Fin trank seinen Becher in einem Zug leer und verzog das Gesicht, denn was immer sich darin befand, schmeckte süßlich und bitter zugleich. Die Feiernden klatschten, und er vollführte ein kleines Tänzchen, nur um ein wenig anzugeben.

Mit einer abschließenden Verbeugung sprang er wieder vom Tisch hinunter und kehrte zu Marrill zurück. Sie lachte, und ihre Augen glänzten, und ihm wurde innerlich ganz warm, weil er sie aufgeheitert hatte. »Jetzt weißt du es«, sagte er. »Wenn die Räder sich drehen, bekommt der König seinen letzten Wunsch erfüllt, und alle kehren zum Strom zurück.«

Marrill wurde wieder ernst. »Deshalb kehren sie also zum Strom zurück. Weil es der letzte Wunsch des Salz-und-Sandkönigs ist.« Sie klopfte sich mit den Fingern an die Lippen und überlegte. Die Monervaner begannen unterdessen lärmend zu tanzen und zu singen.

Drei Wünsche hatte der König von Salz und Sand,
Und wer weiß schon, was er wünschenswert fand?
Ein Wunsch für die Armee, die nie soll fallen,
Der zweite, dass er Frieden kann bringen allen,
Der dritte, dass alle seien frei –
Dreht die Räder, dann erfüllt sich Wunsch drei!

Fin knurrte der Magen. Er sah sich verstohlen um und sein Blick fiel auf eine Frau, die ein Tablett trug, auf dem zwei mit einer grünen Suppe gefüllte Teller standen. Rasch trat er vor sie und klaute die Teller. Dann schlüpfte er um die Frau herum und tauchte auf der anderen Seite wieder auf. Die Teller versteckte er hinter seinem Rücken. »Er ist in diese Richtung gerannt«, sagte er mit seinem unschuldigsten Blick. Die Frau schimpfte und drängte sich durch die Menge dem nicht existierenden Dieb hinterher.

Kaum war sie verschwunden, da präsentierte Fin Marrill mit einer Verbeugung einen der Teller.

Sie nahm ihn mit einem Seufzer. »Aber du solltest wirklich nicht klauen.«

»Wie du mir schon wiederholt gesagt hast«, antwortete er mit einem Grinsen. Er kostete von der Suppe. Sie war scharf und explodierte förmlich auf der Zunge.

»Wenn sich erst andere Leute an dich erinnern, kannst du das nicht mehr tun«, sagte Marrill und probierte ebenfalls.

»Warum nicht?«

Sie zuckte mit den Schultern. »Weil es eben nicht mehr geht. Wenn die Leute sich an einen erinnern, bilden sie sich eine Meinung über dich, die sie nicht mehr so leicht ändern. Das musst du dann berücksichtigen.«

Fin wurde ernst. »Nein, musst du nicht. Sei einfach du selbst – wer dich nicht mag, hat auch nicht verdient, dass du dich mit ihm abgibst.« Er grinste. »Nimm dich als Beispiel – du erinnerst dich an mich und kommst trotzdem mit mir zurecht.«

Marrill schüttelte nur den Kopf, ohne zu widersprechen. »Ich wünschte, ich könnte manchmal wie du sein. Einfach tun, was ich will, und auf dem Piratenstrom tolle Abenteuer erleben.«

Fin nahm wieder einen großen Schluck Suppe, unschlüssig, wie er ausdrücken sollte, was er als Nächstes sagen wollte. Dann fasste er sich ein Herz und sagte es einfach. »Du könntest das doch. Bleib einfach auf dem Piratenstrom.« Er sagte es leichthin, wie im Scherz gemeint, aber der ernste Unterton seiner Stimme war nicht zu überhören.

Neben ihm fielen einige Schneckenseile herunter, schlangen sich um einen Abschnitt der Terrasse und beförderten ihn in die Höhe. Die Feiernden ließen sich dadurch nicht beirren. Sie setzten ihr Gelage fort, obwohl die Terrasse unter ihren Füßen schwankte.

»Wenn mein Wunsch nicht in Erfüllung geht, dann muss ich das vielleicht«, sagte Marrill. Ihre Stimme drohte zu brechen.

Fin entging nicht, wie unglücklich sie klang. Tief im Innern wusste er, dass sie nicht bleiben würde. Natürlich mussten sie zuerst die Eiserne Flut aufhalten und den Strom retten … vor was auch immer. Wenn alles klappte wie geplant, würden sich sogar ihre Wünsche erfüllen.

Aber anschließend würde Marrill zu ihrer wirklichen Familie nach Hause zurückkehren, wie sie es schon einmal getan hatte.

Wenigstens würde man sich dann an ihn erinnern, und er würde viele Freunde haben. Bis dahin galt, dass er nur auf sich selbst vertrauen durfte. Das hatte das Leben als Dieb in Khaznot Quay ihn gelehrt. Wer anderen vertraute, blieb hungrig und allein.

Es war schwierig, beides im Gleichgewicht zu halten – zu hoffen und trotzdem in der Realität zu leben. Wurde die Hoffnung übermächtig, konnte einen das lähmen. Ohne Hoffnung hingegen hätte er sich gar nicht erst auf die Suche nach seiner Mutter gemacht. Denn wenn ihm die Begegnung mit Marrill etwas gezeigt hatte, dann die endlosen Möglichkeiten des Gesehen- und Erinnertwerdens. Die daraus folgende Freude, aber auch die Schmerzen. Denn selbst wenn andere sich an einen erinnerten, konnte man sich nicht darauf verlassen, dass sie bei einem blieben. Irgendwann gingen sie trotzdem.

Er nahm Marrills Hand. »Keine Sorge«, sagte er, obwohl die Worte ihn schmerzten, »wir schaffen das. Wir finden die Wunschmaschine und machen deine Mom wieder gesund. Und dann kannst du nach Hause zurückkehren.«

Marrill blickte lächelnd zu ihm auf. Das Mondlicht fiel auf ihre Wangen, und ihre Tränen glänzten. »Danke, Fin.« Sie lehnte den Kopf an seine Schulter. »Du bist mein allerbester Freund.«

Fins Hals war wie zugeschnürt. Momente wie diese hatte er nach Marrills Abreise am meisten vermisst. Momente der Gemeinsamkeit. In denen man den anderen ansah und wusste, was er dachte. Und spürte, dass auch umgekehrt der andere wusste, was man selbst dachte.

Marrill gähnte, und er merkte, wie auch seine Lider schwer wurden. Er streckte sich. »Es ist schon spät«, sagte er. »Lass uns schlafen. Morgen früh überlegen wir, wie wir die Mauer raufkommen. Und dann suchen wir die Wunschmaschine und wünschen uns, dass das Eiserne Schiff zu Rost zerfällt.«

Marrill sah sich um. »Ich habe allerdings auf dem Weg nach oben keine Hotels gesehen.«

Fin grinste und legte die Hand auf die Brust. »Dann schätze dich glücklich, dass du den führenden Experten des Stroms für Essens- und Schlafplatzbeschaffung dabeihast«, erklärte er. Denn das wurde man immerhin, wenn man nie ein eigenes Zuhause gehabt hatte.

Lautlos wie der Wind schlüpfte Fin in den hohen Turm. Ein Schattengewirr umfing ihn. Draußen erstreckte sich das Lichtermeer von Khaznot Quay bis zur Bucht hinunter. In der Mitte des Zimmers wartete das vergessbare Mädchen. Über seinem Kopf erwachte in diesem Augenblick eine gewaltige Glocke zum Leben.

Ding!

»Erinnerst du dich an mich?«, fragte das Mädchen.

Dong!

Das Symbol auf ihrem Armreif ging in Flammen auf.

Ding!

Und er selbst hatte keine Hose an.

Dong!

Fin erwachte. Um ihn dröhnten und bimmelten Glocken. Er sprang auf und sah sich instinktiv nach Wachen um.

Dabei stand er am äußersten Rand einer senkrecht abfallenden Mauer und blickte auf ein mit Schiffen übersätes seichtes Gewässer hinunter. Die helle Sonne tat ihm in den Augen weh. Sie wurde von den vielen hundert Kristallen reflektiert, die um ihn herum von der Decke hingen. Von diesen Kristallen kam auch das lärmende Geläut.

»Marrill!«, rief er und eilte zu ihr. Sie schlief noch. »Steh auf! Die Glocken läuten!«

»MmmmichwillabernichtindieSchulegehen«, murmelte sie, »nochfünfMinutenschlafen …«

Fin schüttelte sie unsanft. »Aufstehen, Marrill!«

Slandy hatte recht, sie durften nicht verschlafen, sonst fielen sie wieder den ganzen Weg bis zum Moderloch zurück. Unglaublich, wie tief die Stadt gesunken war, während sie geschlafen hatten! »Wir müssen die Mauer hinauf, solange es noch geht!«

Marrill holte tief und geräuschvoll Luft und drehte sich zur Seite, bis unmittelbar an die Kante. Dann öffnete sie die Augen. Schlagartig war sie hellwach. »Huch!«, rief sie und rollte erschrocken zurück. »Also gut, ich komm ja schon!«

»Wird auch langsam Zeit«, brummte Fin und half ihr auf. Gemeinsam beugten sie sich vor und suchten nach einem Weg nach oben.

Klettern kam nicht in Frage, dazu sank die Stadt zu schnell in die Tiefe. Ein kleineres Zahnrad, das sich beim Aufwachen auf Höhe seiner Füße befunden hatte, stand jetzt schon fast auf Höhe seines Kopfes.

Doch neben dem Rad ragte ein zweites aus der Mauer und daneben noch eins und noch eins. Die Räder führten wie Trittsteine in einem Fluss quer über die sinkende Stadt zu einem sehr viel größeren Rad, einem der wenigen, die sich nicht drehten. Wenn sie es bis zu diesem Rad schafften, hatten sie einen Moment zum Überlegen.

Fin ergriff das kleine Rad neben ihm. Es war so klein, dass er sich gut mit der Hand daran festhalten konnte. Leider drehte es sich, es verschwand auf der einen Seite in der Wand und tauchte auf der anderen wieder auf. Er zog die Hand rasch weg, bevor sie eingeklemmt wurde.

Er holte Luft. Sie sanken unaufhörlich. Das Rad stand schon über seinem Kopf und stieg weiter auf. Bald war die Gelegenheit vorbei.

Er musste sich rasch entscheiden.

»Hör zu«, sagte er zu Marrill. »Ich halte mich an diesem Rad fest und schwinge dich an der Hand zum nächsten rüber. Wenn wir schnell sind, müsste die Zeit ausreichen, dass du dich daran festhältst, mich weiterschwingst und loslässt, bevor du dir die Finger einklemmst. Anschließend wiederholen wir das. Festhalten, weiterschwingen, loslassen, festhalten, weiterschwingen, loslassen. Verstanden?«

Marrill schüttelte heftig den Kopf. »Nein«, sagte sie. »Das … geht nicht.«

Fin blickte zu dem Rad hinauf. Er konnte es gerade noch erreichen. Jetzt oder nie! Sie hatten keine Alternative. »Das klappt schon. Tu einfach, was ich sage.«

Er sprang hoch, ergriff das Rad und schwang sich aus der Nische, in der sie übernachtet hatten.

»Los!«, rief er zu Marrill hinunter. »Ich schwinge dich weiter, und du packst das nächste Rad!« Er streckte die freie Hand nach ihr aus. »Vertrau mir!«

»Du spinnst doch!«, brüllte sie, und den Bruchteil einer Sekunde fürchtete er, sie würde ihm nicht folgen. Das Rad, an dem er hing, drehte sich. Die Zeit wurde knapp.

»Das ist doch Blödsinn!«, schrie sie, aber dann sprang sie ihm trotzdem nach. Sie bekam seine Hand zu fassen, und er zog sie aus der Nische und schwang sie mit aller Kraft an sich vorbei.

Marrill schlug mit den Füßen an die Mauer, ihr Gewicht zerrte an seinem Arm. Sein anderer Arm wurde von dem sich drehenden Rad in die Gegenrichtung gezogen. Sein Oberkörper verdrehte sich, und ihm war, als würde er auseinandergerissen. »Au!«, brüllte er.

»Ich hab's!«, rief Marrill triumphierend. Fin stöhnte erleichtert. Er umklammerte Marrills Hand, drückte sich mit den Füßen ab, schwang sich in ihre Richtung und ließ gleichzeitig das Rad los.

»Uff, was hast du denn gegessen?«, keuchte Marrill, als sie sein Gewicht spürte. Fin streifte mit den Füßen an Fenstersimsen und Mauervorsprüngen entlang. Dann streckte er sich, so hoch er konnte, und packte das nächste Rad. Anschließend betätigte er sich wieder als menschliches Seil.

Vier Schwünge weiter hatten sie es geschafft. Marrill landete wohlbehalten auf dem großen Rad, Fin zog sich unmittelbar nach ihr hinauf. Er massierte sich die schmerzenden Schultern. »Dem Tauknochenmann geht es wahrscheinlich die ganze Zeit so«, murmelte er.

»Bestimmt«, nickte Marrill. »Er tut mir irgendwie leid.«

Aber sie hatten keine Zeit zum Ausruhen. Auch wenn das Rad selbst sich nicht drehte, stürzte doch die Stadt um sie herum ein. Und laut der Überallkarte befand sich die Wunschmaschine noch viel weiter oben, im gruseligen Turm der gruseligen Flatterlinge.

»Was meinst du, ob wir eine zweite Slandy engagieren können? Wir müssen da rauf, nur wie … keine Ahnung.«

Marrill schien ihn nicht zu hören. Sie starrte gedankenverloren die Mauer hinauf.

»Hallo?«, versuchte Fin es noch einmal. »Irgendeine Idee?«

»Was?«, fragte sie. »Ach so. Ich dachte nur gerade, wir müssen da rauf.«

»Genau das habe ich eben gesagt.«

Marrill lächelte. »Entschuldige. Ich bin irgendwie durcheinander.«

Fins Wangen brannten. Eigentlich leuchtete ihm das vollkommen ein. Sie waren gerade zum wiederholten Mal dem Tod entronnen, und unter ihnen läutete immer noch das Glockenspiel. Und sie saßen inmitten einer fallenden Stadt, in der Zeit keine Bedeutung hatte, auf einem Zahnrad fest. Natürlich war Marrill durcheinander.

Trotzdem versetzte es ihm unwillkürlich einen Stich, dass sie ihm nicht zugehört hatte. Auch wenn das dumm war. Und obwohl es Marrill war. Oder gerade weil sie es war.

Er schob die Gedanken beiseite und blickte ebenfalls nach oben. Hoch über ihnen – hinter den sich drehenden Rädern und den hängenden Märkten; den Arbeitern, die Gebäudeteile als Stützen für die Häuser darüber nach oben schafften, bis auch die nach unten sanken; und den Schnecken, die die Arbeiter nach oben zogen, damit diese die Häuser nach oben ziehen konnten – mischte sich der dicke Rauch von jenseits der Mauer in das Dunkelgrau der Regenwolken, die scheinbar aus dem Nichts am Himmel aufgetaucht waren.

»Wir müssen uns beeilen«, sagte Fin. »Das Wetter sieht mir bedenklich nach Eisernem Schiff aus ...«

»Wellen«, sagte Marrill.

»Wie bitte?«

Sie zeigte nach unten. »Da sind Wellen!« Das Moderloch tief unter ihnen war nur als hässlich brauner Fleck auf der goldenen Dünung des Stroms zu erkennen. Einer Dünung, die immer stärker wurde, durch den Sumpf rollte und dabei die Schiffsgerippe abwechselnd bedeckte und wieder freigab. Selbst aus dieser Entfernung konnte Fin erkennen, dass die Anlegestege heftig aneinanderstießen.

»Die Wellen kündigen bestimmt das Eiserne Schiff an«, sagte Marrill ängstlich.

Im selben Moment bauschte der Strom sich auf wie ein Laken, das man in den Wind hält. Gewaltige, von weißem Schaum gekrönte Brecher rollten von draußen herein, gefolgt von einer Wand aus Wasser.

Fin schluckte. Die Wand war höher als die höchsten Masten der Schiffe, höher noch als die untersten Räder.

Sie war so hoch, dass ihre Krone sich genau auf derselben Höhe befand wie Marrill und er.

Einen kurzen Moment lang kehrte Totenstille ein.

Selbst das Glockenspiel schien sich zu beruhigen.

Als ob der Wind
plötzlich
w e g g e s a u g t
worden wäre.

Und dann war auf einmal die Hölle los.

»FLUUUUUUUUTWELLLLLLLLLLLE«

RufE und SchreiE
von oben
RufE von neben ihnen und *SchreiE*
von unten
RufE und SchreiE

Überall b S s
r c e
a h i
c n l
h e e
t c
e k
n e
n
die Arbeiter in Sicherheit.

»Los, klettern!«, schrie Marrill.

Fin warf sich an die Mauer.
Er sprang auf ein Sims,
zog sich zu einer Türöffnung hinauf und
kletterte wie verrückt
ein langes,
mit Strom-
wasser
gefülltes
Glas-
rohr
hinauf.
Marrill folgte
ihm im Abstand
von nur wenigen Zentimetern.
Trotz der sinkenden Stadt
gewannen sie an Höhe.
Fin blickte über die Schulter.
Und bereute es sofort.

Das gesamte Moderloch mit seinem Netz schwimmender Stege wurde von der Flutwelle nach oben getragen. Überall klammerten sich Menschen in Todesangst an Trümmern fest. Schiffe, die eben noch klein wie Spielzeug gewesen waren, waren auf einmal lebensgroß und kamen direkt auf sie zugeschossen.

Fin zog sich über eine Haustreppe und ein ramponiertes Gitter hinauf. Wider besseres Wissen wagte er es, sich noch einmal umzudrehen. Er blickte direkt in die Augen eines zu Tode verängstigten Mädchens, das sich an den Vormast eines Piratenschiffs klammerte.

Der Blick des Mädchens wanderte von Fin zu Marrill hinunter. Aus der Angst wurde Verwirrung, aus der Verwirrung Wut.

»Marigold Mae Aesterwest!«, schrie Remy. »Ich bringe dich um!«

Kapitel 15

Von Wellen umtost

Sämtliche Kristalle des Glockenspiels schlugen gegeneinander, als die Flutwelle gegen die Mauer prallte. Marrill kreischte, aber ihre Stimme ging in dem Brausen unter. Sie wusste nicht, wovor sie mehr Angst haben sollte – vor der Gischt aus reiner Magie, die durch die Luft spritzte, dem Eisernen Schiff, das bestimmt gleich drohend vor ihr auftauchen würde, oder ihrer wirklich sehr wütenden Babysitterin, die fast auf Reichweite an sie herangekommen war.

Dann wurde die Welle von irgendetwas unter der Mauer eingesaugt, und die *Krake* sank zusammen mit ihr wieder in die Tiefe. Pure Magie hing in der Luft wie kurz zuvor Remys wütender Schrei. Die Härchen auf Marrills Haut spielten verrückt, und an ihrem Knie hing ein Tropfen, der juckte. Er war aber zum Glück nicht so groß, dass aus ihrer Kniescheibe Schnurrhaare gewachsen wären.

Doch noch war es zu früh, um erleichtert aufzuatmen.

Es näherten sich weitere Wellen, die noch höher waren als die erste.

»Du musst weiterklettern, Marrill!«, rief Fin über dem Lärm des Glockenspiels. Sie war in kürzester Zeit zwei, drei Meter nach unten gesunken. Marrill kletterte rasch auf ein Rad, das sich nicht bewegte … und spürte im nächsten Moment, wie es unter ihr zum Leben erwachte.

»Was ist denn das?«, schrie sie, als das Rad sich zu drehen begann. Sie breitete die Arme aus, um das Gleichgewicht zu halten. Die Gebäude zogen noch schneller an ihr vorbei als zuvor. Überall an der Mauer hatten sich Räder in Gang gesetzt.

Der Klingeln des Glockenspiels tönte ihr so laut in den Ohren, dass ihre Zähne vibrierten. Am zunehmenden Luftdruck spürte sie, dass die nächste Welle sich näherte. Sie fühlte sich an die Zeit in Kenia erinnert, als sie mit ihren Eltern auf einem großen Felsen gestanden hatte und eine Herde von Gnus in wilder Flucht um sie herumgeströmt war. Nur dass die Welle hier sich vermutlich nicht vor ihr teilen würde.

Mühsam versuchte sie, das Gleichgewicht zu halten, während das Rad sich unter ihr drehte. Schon bald lief sie auf der Stelle, den Blick auf die näher kommende Wand aus Wasser gerichtet. Ein vertrauter Mast mit einem Krähennest tauchte daraus auf.

»Marrill!«, schrie Remy durch den Lärm von tausend gleichzeitig läutenden Weckern. Sie stand auf dem Vorschiff der *Krake* und hatte die Hände trichterförmig an den Mund gelegt. »Komm! Spring! Ich … bin wahrscheinlich doch nicht so wütend auf dich!«

Die Takelage quietschte, während der Tauknochenmann allen an der Mauer Taue zuwarf, die Hilfe brauchten, sie aus der Gefahrenzone holte und auf der *Krake* absetzte. Das Deck füllte sich zunehmend. »Willkommen an Bord, ihr Schnorrer«, schimpfte der Griesgram. »Fasst nichts an und zahlt, was ihr könnt. Also so viel wie möglich. Werft es auf den Haufen hier. Eure Beschwerden richtet ihr an den Cheerleader.«

Marrill überlegte fieberhaft. Es war das Beste, wenn sie sprang. Wenn nicht bei dieser Welle, dann bei der nächsten. Der Tauknochenmann würde sie fangen, und sie wäre in Sicherheit.

Sie wäre allerdings auch wieder unten im Moderloch, am Fuß der Mauer. Weit entfernt vom Turm und der dort versteckten Wunschmaschine und ohne Aussicht, je dorthin zu gelangen.

Und ihre Mutter zu retten.

Es musste noch eine andere Lösung geben. Verzweifelt sah sie sich um. Einige Arbeiter hingen neben ihr an Schneckenseilen und sammelten rasch einige Trümmer ein, bevor wieder eine Flutwelle zuschlug. Aber der nächste Arbeiter war immer noch einige Meter rechts von ihr und ein Dutzend Meter weiter unten.

Sie dachte an damals zurück, als sie mit ihrer Mutter auf der Klippe gestanden hatte und es so schrecklich weit zum Wasser hinuntergegangen war. Manchmal muss man einfach springen, hatte ihre Mutter gesagt. Und wenn sie auch in Zukunft noch Abenteuer mit ihrer Mutter erleben wollte, musste sie das jetzt tun.

Sie holte tief Luft und sprang vom Rad. Und stürzte im freien Fall in die Tiefe.

Die *Krake* erschien auf dem Kamm der nächsten Welle. »Nein, verdammt!«, hörte sie Remy rufen.

Der Arbeiter unter ihr blickte auf, sah entsetzt Marrill auf sich zu fliegen und zog verzweifelt an seiner Leine.

Er war nicht schnell genug. Marrill fiel auf ihn und klammerte sich an ihm fest. »He, nein!«, protestierte der Mann mit dem gespaltenen Gesicht.

Donnernd schlug die Welle gegen die Mauer, und das Glockenspiel begann unter der Wucht des Aufpralls misstönend zu scheppern. Marrill klammerte sich an das Schneckenseil und wurde zusammen mit dem Monervaner durch die Luft geschleudert.

»Hoch!«, rief ihr neuer Gefährte. »Zieh schon!« Marrill hörte über dem Getöse des Glockenspiels einen ausgelassenen Schrei. Im nächsten Augenblick kam Fin mit geblähten Himmelssegeln zu ihnen herunter. Er umkreiste sie, Marrill streckte die Hand aus, und er ergriff sie.

»Nicht noch einer!«, rief der Monervaner erschrocken. Das Schneckenseil zog sie himmelwärts. Fin suchte nach Halt und trat dem Monervaner dabei versehentlich mit dem Fuß in den Bauch. »Uff!«, schnaufte der Mann.

»Tut uns leid«, sagte Marrill, aber innerlich frohlockte sie. Sie hatte es geschafft! Sie hatten es beide geschafft!

»Gut gemacht.« Fin lachte. Der Monervaner brummte etwas.

Wenig später kletterten sie auf das Gerüst einer riesenhaften Hubschnecke.

Um sie herrschte ein einziges Chaos. Sie standen an einem hohen Mauerabschnitt, höher noch als die Terrasse, auf der am Abend zuvor die Feier stattgefunden hatte. Tief unter ihnen hoben und senkten sich die schwimmenden Stege wie die Gondeln einer Achterbahn. Über ihnen brachten Kräne große, mit Monervanern gefüllte Terrassen in Sicherheit.

»Hier lang«, rief Marrill, sprang auf eine Treppe und eilte hinauf. Sie hatte schon fast das obere Ende erreicht, da rief eine vertraute Stimme: »Keinen Schritt weiter, Marrill Aesterwest!«

»Das gibt Ärger«, sagte Fin warnend und zeigte auf eine Hubschnecke neben ihnen, die gerade ein Seil einholte. Am Ende des Seils hingen ein verstörter Monervaner, ein wütender Matrose und eine höchst unzufriedene Babysitterin.

»Bring mich sofort da rüber«, verlangte Remy.

»Mir geht's gut!«, rief Marrill und versuchte so zu tun, als sei das alles ganz normal. Sie stieg weiter die Treppe hinauf, obwohl ihre Beine brannten und ihr Atem stoßweise ging.

Doch Remy gab nicht so leicht auf. Sie kletterte eine Leiter hinauf, bis sie mit Marrill gleichauf war. »Bleib stehen!«, schrie sie.

Marrill allerdings wollte jetzt, wo sie es so hoch hinauf geschafft hatte, nicht gleich wieder nach unten sinken. Als der obere Treppenabsatz am unteren Ende eines gewaltigen, senkrecht stehenden Rads vorbeikam, sprang sie. Mit der Hand bekam sie einen riesigen Zahn zu fassen und ließ sich daran hinaufziehen. Sie fürchtete schon, den Sprung falsch berechnet zu haben – der Winkel war zu steil, und sie drohte mit der Hand abzurutschen. Mit den Füßen zappelnd, hing sie über dem Abgrund.

»Festhalten!«, rief eine Stimme. Aus den Augenwinkeln sah sie eine kleine Gestalt über ihr auf das Rad springen. Dann kletterte die Gestalt geschickt zu ihr herunter.

Marrills Arme begannen vor Anstrengung zu zittern. Sie wollte schon loslassen, da spürte sie, wie sich Hände um ihre Handgelenke schlossen. Sie hob den Kopf und sah einen Jungen, der kaum älter war als sie und dem die schwarzen Haare wild ins Gesicht fielen.

»Wenn du weiterhin so oft fast hinunterfällst, müssen wir dir eigene Himmelssegel beschaffen«, brummte er und zog sie auf den breiten Zahn, auf dem sie sicher war.

Marrill brauchte einen Moment, um zu verschnaufen, während sie auf dem Rad langsam nach oben wanderten. »Danke«, keuchte sie. »Du hast ziemlich viel riskiert, um mich zu retten.«

Der Junge sah sie sonderbar an und erwiderte ihren Blick einen Moment lang. Sie kniff die Augen zusammen. Bei dem Jungen handelte es sich um Fin! Warum bemerkte sie das erst jetzt?

Sie ließ den Kopf gegen seine Schulter fallen und hoffte, er würde nicht bemerken, dass sie vor Verlegenheit ganz rot geworden war. »Danke, dass du mir das Leben gerettet hast, Fin.«

Eine kurze Pause folgte, dann lachte Fin leise. Es klang allerdings ein wenig gezwungen. »Gern geschehen. Dazu sind Freunde doch da.«

»Ich komme!« Remy schwang sich an einer anderen Schneckenleine neben sie. Mit einem ächzenden Laut landete sie auf dem Zahn über ihnen. Sofort streckte sie den Kopf über den Rand. »Marrill«, sagte sie und ließ den Blick über ihren Schützling wandern. »Marrill plus Begleitung«, fügte sie mit einem zufriedenen Nicken in Fins Richtung hinzu. Offenbar konnte nicht einmal eine so verrückte Stadt wie Monerva Remy von ihren Aufgaben als Babysitterin ablenken.

Im nächsten Moment landete Coll neben Remy auf dem Zahnrad. »Was fällt dir ein?«, schimpfte er. »Was fällt euch beiden ein? Ich musste die *Krake* in der Obhut des Griesgrams zurücklassen.«

Remy erwiderte seinen Blick empört. »Kinder, auf die ich aufpasse, gehen nicht verloren«, knurrte sie.

Coll verschränkte trotzig die Arme, sagte aber nichts mehr. In angespanntem Schweigen ließen sie sich die restliche Strecke nach oben tragen wie eine wütende Familie in einem Riesenrad. Marrill genoss die Fahrt trotzdem. Sie war immer gern Riesenrad gefahren.

Oben angekommen, stiegen sie vom Rad auf einen schiefen Balkon. Die Fassade des zugehörigen Gebäudes war rissig und in der Mitte auseinandergebrochen. Die eine Hälfte rutschte etwas schneller an der Mauer hinunter als die andere. Offenbar hatten die Flutwellen sogar hier oben Schäden angerichtet.

Vor der Fassade waren angeseilte Arbeiter bereits damit beschäftigt, einige schöne Buntglasfenster abzunehmen. Zu ihnen gesellten sich mit jeder Minute weitere Leute, und die Luft war erfüllt von Geschrei und dem Lärm der Sägen, Hämmer und Meißel.

Remy legte Marrill die Hand auf die Schulter. »Du bleibst bei mir.« Marrill versuchte ein unschuldiges Lächeln, das Remy ihr allerdings nicht abkaufte.

»Wir sollten zur *Krake* zurückkehren«, erklärte Coll, den Blick auf den Horizont gerichtet. Inzwischen bedeckten schwarz dräuende Wolken den ganzen Himmel, wie Marrill unbehaglich feststellte. Zum Glück waren keine roten Blitze zu sehen. Und kein Eisernes Schiff.

Noch nicht.

»Du glaubst also, der Kapitän dieses Eisernen Schiffs könnte die Wellen geschickt haben?«, fragte Remy.

Coll hob die Schultern und zuckte leicht zusammen. Er rieb sich das Tattoo am Ansatz seines Halses. »Möglich. Aber es ist schwer zu sagen, wann er hier auftaucht.«

»Wo sind Ardent und Annalessa?«, fragte Marrill. »Haben sie etwas über die Eiserne Flut herausgefunden?«

Coll nickte. »Sie sind gestern Abend zum Schiff zurückgekehrt und meinten, sie hätten eine vielversprechende Spur gefunden. Heute früh sind sie mit etwas Proviant wieder aufgebrochen. Wir sagten ihnen, ihr würdet schlafen. Dafür schuldet ihr mir was. Sie erwiderten, wir sollten auf dem Schiff bleiben und uns möglichst in nichts einmischen.« Er sah Remy und Marrill vielsagend an.

Marrill senkte kleinlaut den Blick und fuhr mit dem Zeh an einem Riss im Balkon entlang. Sonst gehörte sie immer zu denen, die sich an die Regeln hielten, an die wichtigen zumindest. Aber sie hatte auch noch nie das Gefühl gehabt, so nahe an einer großen Sache dran zu sein.

»Gehen wir«, sagte Coll und ruckte mit dem Kinn in Richtung Moderloch. Von hier oben war die *Krake* nur ein kleiner Fleck auf der erneut steigenden Flut.

»Nein«, erwiderte Marrill und straffte sich. »Ich gehe nicht zur *Krake* zurück. Ich will ganz nach oben und den Siphon finden. Und dann wünsche ich mir, dass meine Mom wieder gesund wird.« Sie wusste, dass ihre

Mutter umgekehrt auch alle Hebel in Bewegung setzen würde, um ihr zu helfen.

Neben ihr räusperte sich jemand. Sie sah Fin an und wurde rot. »Ich meine, *wir* wollen ganz nach oben«, verbesserte sie sich. »Fin und ich, also wir beide, wir machen das gemeinsam. Ich zusammen mit Fin.«

Coll verschränkte die Arme. »Kommt nicht in Frage.«

Remy nickte. »Auf keinen Fall. Ihr bewegt euch jetzt augenblicklich an dieser Mauer zum Piratenschiff hinunter und geht auf euer Zimmer.«

Bevor Marrill widersprechen konnte, trat Fin vor Coll. »Marrill hat recht. Die Monervaner haben uns gestern Abend erzählt, dass erst der letzte Wunsch des Salz-und-Sandkönigs, also des Erbauers dieser Stadt, in Erfüllung gehen muss, damit Monerva wieder an den Strom angeschlossen werden kann. Wenn du eine andere Möglichkeit weißt, wie wir von hier wegkommen, gib mir Bescheid.« Sein Blick wanderte zu dem Tattoo, das sich um Colls Hals schlang.

Coll sah ihn erschrocken an und runzelte die Stirn. Marrill bemerkte zum ersten Mal, dass das Tattoo an seinem Hals sich enger zusammengezogen hatte. Der Aufenthalt in Monerva schien ihm überhaupt nicht zu behagen. »Wer bist du überhaupt?«, fragte er unwirsch. Er wandte sich an Marrill. »Man kann seine Probleme nicht einfach wegwünschen.«

Marrill biss sich auf die Lippen, aber sie erwiderte seinen Blick unerschrocken. »Und wenn doch? Wenn wir alle das können?« Sie senkte die Stimme. »Du hast doch bestimmt auch einen Wunsch.«

Coll starrte sie unverwandt an. Dann richtete er den Blick wieder zum Horizont.

»Also gut«, sagte er schließlich.

»Was?«, quäkte Remy.

Coll beachtete sie nicht. »Wohin müssen wir?«

»Zum Turm der Flatterlinge ganz oben auf der Mauer«, erklärte Fin. »Nur *wie* wir dahin kommen ...«

Marrill seufzte. Das war in der Tat die Frage. Das obere Ende der Stadt war unerreichbar, und das galt erst recht für die Mauerkrone. Selbst die Hubschnecken konnten sie nicht dorthin bringen.

Ihr Blick landete auf einem vollständigen Haus, das gerade von unten nach oben gezogen wurde. Das Haus wurde langsamer, um an ihnen vorbeizukommen. Marrill lächelte. Laut Slandy wurden die kostbarsten Baumaterialien immer in die höchstgelegenen Stadtteile gebracht. Und dieses Haus sah ziemlich vornehm aus.

»Alle Mann an Bord!«, rief sie munter und sprang zu der offen stehenden Tür des Hauses hinüber. Das Lachen erstarb ihr allerdings auf den Lippen, als sie hineinstolperte und sich umsah. Lange Reihen leerer Regale blickten ihr entgegen. Auf dem Boden lag die verstaubte Flasche eines Putzmittels, auf deren Etikett ein Teddybär mit Knopfaugen abgebildet war.

Die Brust schnürte sich ihr schmerzhaft zu. Hier stimmte etwas überhaupt nicht.

Die anderen kamen hinter ihr herein. »Igitt«, sagte Remy. »Das sieht irgendwie …« Sie verstummte und ging weiter ins nächste Zimmer.

»… bekannt aus«, sprach Marrill den Satz kraftlos zu Ende.

»Wow, dieses Haus hat auf jeden Fall schon bessere Zeiten gesehen«, bemerkte Fin. Er stand vor einem großen Fenster, dessen Scheibe völlig verdreckt war. »Es passt überhaupt nicht nach Monerva.«

Marrill war ganz durcheinander. Sie kannte das Haus! »Es gehört auch nicht hierher«, sagte sie leise. Ihr Herz raste, und Schwindel erfasste sie. Sie lehnte sich mit dem Rücken an die Wand und ging in die Hocke.

»Alles in Ordnung, Marrill?« Coll kniete sich neben sie.

»Dieses Haus …« Sie schluckte. »… ist ein Laden, der … aus meiner Welt stammt.« Ihre Stimme zitterte. »Von dem Parkplatz, der den Piratenstrom berührt.«

»Der Laden der Rosebergs«, fügte Remy hinzu. »Ich habe als Kind immer dort eingekauft. Bevor er dann zugemacht hat.« Sie reckte den Hals. »Aber wie« – sie fuhr mit der Hand durch die Luft – »kommt er hierher?«

Marrill schüttelte den Kopf. Sie hatte nicht die leiseste Ahnung, wie ein Gemischtwarenladen aus der Wüste von Arizona in eine zeitlose Stadt auf dem Piratenstrom gelangen konnte.

Coll seufzte und rieb sich den Nacken. »Der größte Teil dieser Stadt scheint mit der Flut hergeschwemmt worden zu sein. Jedes zweite Haus an der Mauer ist aus Schiffsteilen zusammengestückelt. Der Balkon, auf dem wir eben noch gestanden haben, war ein mit Marmor verkleidetes Krähennest. Und ich wette, dass die meisten schönen Sachen hier von gestrandeten Schiffen stammen.«

Remy zupfte an ihrem Pferdeschwanz. »Und?«

»Wenn dieser Strudel Schiffe aus den verschiedensten Zeiten verschlingen kann, dann womöglich auch Teile von ganz anderen Welten.«

Marrill dachte unbehaglich darüber nach. »Coll könnte recht haben. Wir haben auf dem Parkplatz des Ladens gestanden, als die Welle uns in den Strom spülte.« Sie erinnerte sich an die wilde Strömung, die sie mitgerissen hatte, und wie die Auto-Kreatur sich dagegen gewehrt hatte. »Offenbar hat sie auch den Laden erfasst.«

»Gut«, sagte Remy und sah alarmiert zwischen Marrill und Coll hin und her. »Aber was bedeutet das?«

Marrill überlegte wieder eine Weile, und ihr Unbehagen wuchs. Coll stand auf und drückte sich von der Mauer ab. »Es bedeutet, dass der Strom eure Welt berührt. Was wir schon wussten.« Er klopfte Remy auf die Schulter. »Es wird schon alles gut werden«, sagte er tröstend. Remy atmete tief aus und lächelte zaghaft.

»Ich wünschte, ich könnte das glauben«, murmelte Marrill.

»Wenn wir schon von Wünschen sprechen«, sagte

eine Stimme neben ihr. Sie hob erschrocken den Kopf. Fin hielt ihr die Hand hin. Sie hatte gar nicht bemerkt, dass er so dicht neben ihr stand. Er half ihr auf die Beine. »Wir suchen doch eine Maschine, die Wünsche erfüllt?« Marrill nickte. »Und die befindet sich doch angeblich auf dieser Mauer?« Sie nickte wieder.

Fin zog sie zur Tür und zeigte mit einer schwungvollen Armbewegung nach draußen. »Sieht so aus, als wären wir angekommen!«

Kapitel 16

Funkenflug

»Willkommen auf dem Funkenflug!«, begrüßten einige Monervaner sie, als sie aus dem Laden traten. Staunend sah Fin sich um.

Sie waren noch nicht ganz auf der Mauerkrone angelangt, aber doch fast. Die Kräne hatten den Laden der Rosebergs zwischen eine Reihe von Balkonen und Terrassen bugsiert, auf denen sich immer noch die Feiernden vom Abend zuvor drängten. Darüber war ein Dutzend Arbeiter eifrig damit beschäftigt, einige hohe, baufällig wirkende Türme anzuheben, um das neue Gebäude darunterzuschieben.

»So geht das also«, sagte Fin nachdenklich. »Sie heben die obersten Gebäude an und schieben etwas drunter, damit das, was oben steht, nicht nach unten sinkt.« Eine kluge Idee, musste er zugeben.

»Aber sie scheinen zu übersehen, dass die übrige Stadt wahrscheinlich noch schneller sinkt, wenn sie sie oben mit so viel Gewicht beschweren«, gab Remy zu bedenken. »Sollten sie nicht lieber die Fundamente verstärken?« Die anderen starrten sie an. »Was schaut ihr so?«, sagte sie. »Ich habe letztes Jahr an einem Technikprojekt teilgenommen, um meine Noten zu verbessern.«

»Wie kommen wir denn ganz rauf?«, fiel Coll ihr ins Wort. Er zeigte an den Balkonen und Terrassen und den Spitzen der dünnen Türme vorbei zum oberen Ende der Mauer. Auf dem breiten Sims aus glattem Stein, der eigentlichen Mauerkrone, erhob sich der schiefe Turm, der alles überragte. Der Turm der Flatterlinge.

Keine Treppe und keine Leiter führte zu ihm hinauf. Nichts überbrückte die Kluft zwischen den höchsten Türmen der Stadt und der Mauerkrone. Fin kribbelte es in den Fingern. Es gab doch nichts Schöneres als eine Kletterpartie, um den Kreislauf anzuregen. Nur woran sollte er hinaufklettern?

Remy erschauerte. »Da wollen wir rauf? Das sieht ziemlich gruselig aus.«

Coll zuckte mit den Schultern. »Ich habe schon gruseligere Dinge gesehen.«

Im selben Moment zuckte über der Mauerkrone ein orangefarbener Blitz auf, vor dem sich der schiefe Turm als schwarzer Schatten abhob. Ein Funkenregen ging über die Feiernden nieder, und sie kreischten ausgelassen. Fin verstand jetzt, warum der Stadtteil Funkenflug genannt wurde.

»Ich nehme das zurück«, sagte Coll.

Fin lachte. Was ihn betraf, handelte es sich nur um

eine weitere Herausforderung auf dem Weg zur Wunschmaschine. Sie waren schon so weit gekommen – jetzt konnte sie nichts mehr aufhalten. »Lasst uns einfach mal losgehen«, rief er den anderen zu. »Kommt!«

Er stürzte sich in die feiernde Menge und hörte noch, wie Coll brummte: »Wer ist dieser Junge?«

Er drängte sich weiter, ohne die Antwort abzuwarten. Er wollte sie gar nicht hören. Stattdessen tat er, was er am besten konnte: in der Menge untertauchen. Er schlüpfte zwischen Beinen hindurch, duckte sich hinter Rücken und genoss das geschäftige Treiben in vollen Zügen.

Hier war er ganz in seinem Element. Eine Menge wie diese war so lebendig, und man gehörte automatisch dazu, egal, ob die anderen einen kannten. Besser noch, je weniger Leute einen kannten, desto mehr gehörte man dazu.

Er gelangte an eine große Treppe und eilte sie, immer zwei Stufen auf einmal nehmend, hinauf. Als er sich dem oberen Ende näherte, spürte er ein Rumpeln unter den Füßen, das stärker wurde. Die ganze Stadt sackte ruckartig ein, zwei Meter ab, und es drückte ihm den Magen nach oben. Die Feiernden auf den Terrassen unter ihm kreischten entzückt und zugleich verängstigt auf. Wieder hatte eine Flutwelle die Mauer getroffen. Nur die Leute hier oben hatten ihren Spaß an dem dadurch ausgelösten Chaos. Und er selbst auch, wenn er ehrlich war.

Er lief weiter. Während die übrige Stadt aus einem Sammelsurium von Fundstücken und zweckentfremdeten Materialien zusammengesetzt war, waren die Türme hier oben aus perfekten Steinquadern erbaut. Oberhalb der Türme führte eine gläserne Treppe zu einer runden Plattform. Gefolgt von den anderen, stieg Fin sie hinauf. Durch die Treppe konnte er zur Stadt hinuntersehen, die mehr und mehr in den Fluten versank.

»Ich glaube, ich habe Höhenangst«, sagte Remy leise. Sie blieb allerdings nicht stehen, wahrscheinlich weil Coll hinter ihr ging und sie weiterschob.

Fin war auf der Plattform angekommen. Drei stämmige Monervaner traten ihm entgegen und versperrten ihm den Weg. Neun Augen musterten ihn misstrauisch. »Ah, Flüchtlinge«, rief einer. »Zutritt verboten.«

Coll ging um Fin herum und kratzte sich mit einer Hand an seinem Tattoo. Da stürzte ein Wächter die Treppe hinunter. Fin konnte ihm gerade noch ausweichen. Und bevor er sich den beiden übrigen Wächtern zuwenden konnte, lagen die schon auf dem ersten drauf.

Coll betrachtete seine Gefährten streng. »Gewalt ist keine Lösung«, sagte er. »Die Herren sind alle gestolpert.«

»Mit Coll darf ich es mir auf keinen Fall verscherzen«, murmelte Marrill. Fin wollte ihr schon zustimmen, da sah er, was die Wächter bewacht hatten. Schlagartig vergaß er alles andere.

Mitten auf der breiten Marmorplattform ragte ein

Dreieck aus schartigem schwarzen Eisen in die Luft. Fin begriff sofort, was das war. Die scharfen Kanten und der rote Streifen knapp über der Wasserlinie ließen keine Zweifel zu. Es handelte sich um Bergungsgut. Den Bug eines Schiffes.

Des Eisernen Schiffes.

»Das ist schlecht«, murmelte Coll. »Sehr, sehr schlecht.«

Marrill schüttelte den Kopf. »Das kann doch nicht wahr sein. Ich meine, es ist vollkommen unmöglich. Das Eiserne Schiff ist doch *hinter* uns gefahren.«

Fin hatte eine Idee dazu, bei der er allerdings ein sehr mulmiges Gefühl hatte. »Ardent hat das mal erklärt«, meinte er. »Es ist nicht gesagt, dass die Dinge hier in derselben Reihenfolge passieren wie draußen. Erinnert ihr euch? ›Das Eiserne Schiff könnte auch schon hier sein.‹«

Marrill presste die Hand an die Stirn. »Keine Garantie auf Anschluss«, stöhnte sie. »Wie es auf dem Obelisken stand.«

Coll massierte sich den Nacken. »Lasst uns weitergehen.« Er zeigte auf eine Leiter, die seitlich am Bug hinaufführte. »Mal sehen, ob wir da oben …« Er verstummte. »… irgendein Eisen schmieden können, solange es noch heiß ist.« Er grinste schwach, und Remy schlug ihm auf den Arm.

Obwohl seine Bemerkung nur mäßig witzig war, musste Fin lächeln. Und mit dem Lächeln kehrten seine

Kraft und Zuversicht zurück. Was für Herausforderungen sie auch erwarteten, sie würden ihnen gewachsen sein. Er stieg die eisernen Sprossen der wackligen Leiter hinauf zu einer runden Glasscheibe auf dem Bugspriet.

Coll und Marrill folgten ihm, während Remy sich weigerte, weiterzugehen. Fin verstand sie sehr gut. Die Scheibe hatte kein Geländer und hing ein wenig schief, so dass man sich in die Gegenrichtung lehnen musste, um nicht abzurutschen. Gelegentlich landete ein Funke auf seiner Haut und brannte kurz, bevor er ausging. Er durfte sich allerdings nicht zu heftig schütteln und konnte nur hoffen, dass seine Haare kein Feuer fingen.

Von weiter oben kamen Stimmen, die sich stritten. »Natürlich stehe ich am höchsten!«, rief eine Stimme. »Hast du dir mein Podest überhaupt angesehen?«

»Podest, von wegen! Mein Baldachin ist viel höher als dein Podest!«, erwiderte eine zweite Stimme barsch.

Fin hob den Kopf. Auf drei Säulen saßen oder standen drei Monervaner. Eine Frau balancierte auf einem merkwürdigen Sammelsurium von Trödel – Büchern, Flaschen und allem möglichen anderen Kram. Der Zweite, ein kleingewachsener Mann, stand auf einem schwankenden Gipssockel, der fast so hoch war wie die Säule darunter. Auf der dritten Säule saß eine große Frau, neben der die anderen beiden wie Zwerge wirkten. Über dem Stuhl, auf dem sie saß, wehte an einem kleinen Mast ein überaus schmutziger Lumpen.

Aber so hoch die Säulen auch waren, sie reichten nicht an den Turm der Flatterlinge heran.

»Baldachin?«, höhnte der kleine Mann und schwankte gefährlich auf seinem Podest. »*Baldachin?* Das ist nicht mal eine Fahne!«

»Äh, Entschuldigung?«, rief Marrill zu den dreien hinauf. »Wie kommen wir zum Turm der Flatterlinge?«

Die Frau mit der Fahne verschränkte die Arme. »Ich mache dir einen Vorschlag, Necarib, wir stimmen darüber ab. Jeder, der einen Baldachin hat, hat eine Stimme. Moment, habe nur ich einen? Dann ist es ein Baldachin, wenn ich es sage!«

»He, ihr da oben«, rief Remy und stieg die Leiter ein paar Sprossen hinauf. »Dürfte ich einen Moment um eure Aufmerksamkeit bitten?«

»Nur feste, stabile Konstruktionen zählen, Talaba!«, rief die Frau auf dem Trödelhaufen. »Ein Baldachin ist keine!«

Coll winkte mit den Armen. »Woher habt ihr diesen Bugspriet? He! Hallo?«

»Ach so, aber dein Müllhaufen schon?«, erwiderte Talaba höhnisch.

Marrill warf die Hände hoch. »He, seid doch mal still. Streitet ihr euch im Ernst darum, wer von euch am höchsten sitzt?«

Der Monervaner auf dem Gipssockel spähte zu ihr hinunter. »Natürlich. Woher sollen wir sonst wissen, wer hier bestimmt?«

Marrill runzelte die Stirn. »Aber was hat das mit der Höhe zu tun?«

Die Frau auf dem Trödelhaufen verschränkte die Arme. »Na, weil der Höchste eben der *Höchste* ist«, sagte sie, als liege das auf der Hand. »Und deshalb bestimmt.«

»Und das bin sowieso ich«, fiel der kleine Mann ein. »Ich bin der Höchste. Verbeugt euch ruhig vor mir, los.«

»Soll das ein Witz sein?«, rief die Frau unter der Fahne empört. »Das steht überhaupt noch nicht fest, du kleiner –«

»Habt ihr wirklich keine anderen Probleme?« Marrill hatte die Hände zu Fäusten geballt.

Die Frau mit der Fahne schnaubte. »Untersteh dich, mit uns zu sprechen, Fräulein. Wir sprechen mit dir. Denn wir sind die Höchsten der Hohen. Sieh doch, wie hoch oben wir sitzen!«

»Aber die Stadt unter euch ist in Gefahr«, protestierte Fin. »Sorgt ihr euch nicht um ihre Einwohner?«

Der kleine Mann schwankte auf seinem Podest. »Natürlich sorgen wir uns um sie. Wir sind nicht herzlos. Aber ihr müsst das große Ganze sehen.«

»Das große Ganze?«, fragte Fin. »Was ist das denn?«

Der Mann beugte sich vor und sah Marrill an, als hätte *sie* gesprochen. »Wir dienen einem wichtigen Zweck. Wir halten uns an den Befehl des Salz-und-Sandkönigs, dass die große Stadt Monerva niemals fallen darf.« Er reckte stolz das Kinn. »Dass sie für immer aus dem

Sumpf aufsteigen muss. Und dass die Monervaner in allen Belangen die Höchsten sein müssen, egal, was weiter unten passiert!«

Die Trödelfrau legte feierlich die Hand auf die Brust, und die Monervanerin unter der Fahne wischte sich eine Träne aus dem Auge. »O ja, das ist unsere Aufgabe, unsere heilige Pflicht«, murmelte sie. »Dass wir in allen Dingen die Höchsten sind.«

»Im Ernst?«, rief Remy. »Meine Mutter will das auch, aber mehr im übertragenen Sinn!«

»Ähm«, sagte die Monervanerin auf dem Trödelhaufen. »Dieses Gespräch ist unter unserer Würde. *Wie ihr auch.* Steigt wieder in eure Niederungen hinunter. Wir als eure Höheren haben wichtigere Dinge zu besprechen. Zum Beispiel, wer von uns der Höchste ist.« Sie begannen wieder zu streiten.

»Halt!«, rief Marrill. »Wir haben noch Fragen!«

Alle drei Monervaner sahen sie verächtlich an. »Wir lassen es euch wissen, wenn wir interessiert sind, wieder von euch zu hören«, erklärte die Trödelfrau. Und von da an unterhielten sie sich nur noch untereinander.

Fin schüttelte wissend den Kopf. Jetzt bekam Marrill einen Eindruck davon, wie es sich anfühlte, ständig ignoriert zu werden.

»Gib's auf«, sagte Coll. »Die hören uns nicht zu, weil wir tiefer stehen als sie. Und wir können nicht höher steigen. Wir schaffen es nicht in ihre Höhe.«

Fin sah sich um. Coll hatte recht. Sie standen am

höchsten Punkt der Stadt. Auch die neuen Materialien, die ständig nach oben geschafft wurden, wurden *unter* ihnen verbaut. Um sie war nichts, und es wäre auch nirgends Platz gewesen, um etwas hinzustellen.

Aber sie mussten eine Möglichkeit finden, noch höher zu kommen. Fin leckte an seinem Daumen und streckte ihn in die rauchige Luft. Eine warme Brise strich daran vorbei. Sie kam von der anderen Seite der Mauer, ein Aufwind, auf dem er fliegen könnte.

»Ich weiß was!«, rief Marrill. »Wir steigen einander auf die Schultern und bilden eine Pyramide, wie Cheerleader es tun.«

Aber Remy schüttelte den Kopf. »Ich bin kein Cheerleader und kenne mich damit nicht aus. Aber das klingt nach einer sehr schlechten Idee.«

»Was können wir sonst tun?«, fragte Marrill.

Fin straffte sich. »Ich kann hochfliegen«, schlug er vor.

Marrill sah ihn überrascht an, und zwischen ihren Augen erschien eine kleine Falte. Dann schüttelte sie den Kopf. »Die hätten dich gleich wieder vergessen, deshalb wäre ein Gespräch –«

»Also probieren wir das mit den Schultern«, fiel Coll ihr ins Wort. Er half der zitternden Remy die letzten Sprossen der Leiter nach oben und verschränkte die Hände, damit sie draufsteigen konnte. Remy wurde so blass, dass sie fast durchsichtig war, aber sie stieg trotzdem drauf.

Fin schnaubte. Die anderen hielten ihn offenbar für vollkommen unnütz. Gut, er brauchte sie auch nicht. Er war es gewohnt, Dinge auf eigene Faust zu unternehmen.

Er zog an den Schnüren seiner Himmelssegel und sprang in den von unten aufsteigenden, warmen Luftstrom. Die Luft trug ihn hoch, genau wie er vorausgesehen hatte. Er juchzte triumphierend. Die Strömung reichte zwar nicht annähernd aus, um ihn zum Turm der Flatterlinge hinaufzutragen, aber die Höhe der Monervaner erreichte er mühelos.

Er flog in einem Bogen zwischen ihren Säulen hindurch. »Also gut«, sagte er. »Jetzt sind wir alle gleich hoch, lasst uns also darüber sprechen, wie wir zur Mauerkrone hinaufkommen.«

Die drei Monervaner wechselten Blicke und begannen zu kichern. »Was ist so lustig?«, fragte Fin. Er hob die Arme und wendete, um wieder zwischen ihren Säulen hindurchzufliegen. Dabei musste er mit einer scharfen Kurve Marrill ausweichen, die soeben auf Remy gestiegen war, die ihrerseits auf Coll stand.

»Woher kommt dieser Bug?«, wollte Marrill wissen. Fin schnaubte verärgert und schlug wieder einen Bogen. Marrill hatte einfach das Gespräch an sich gerissen. Sah sie ihn denn überhaupt nicht?

»Ach, der«, sagte der kleine Monervaner. »Den haben wir geschenkt bekommen. Von einem Mann in Eisen.«

Fins Ärger verflog, und Angst stieg in ihm auf. Marrill

geriet vor lauter Schreck auf Remys Schultern ins Schwanken. Der Kapitän des Eisernen Schiffs war bereits eingetroffen!

Fin hatte Mühe, das Zittern seiner Arme zu unterdrücken, damit er gerade fliegen konnte. Doch als er hörte, was dann gesagt wurde, fiel er fast vom Himmel.

»Ja richtig«, erklärte die hochgewachsene Frau unter der Fahne. »Aber schon vor Jahren. Und direkt danach hat er sich auf die Suche nach dem Siphon von Monerva gemacht. Sein Wunsch müsste jetzt eigentlich jeden Moment in Erfüllung gehen.«

Kapitel 17

Das hätte wirklich besser klappen können

Eine Übelkeit stieg in Marrill auf, die noch schlimmer war als das Wackeln von Remy und Coll unter ihren Füßen. Es stimmte, damals auf dem Strom war das Eiserne Schiff nach ihnen in den Strudel gefahren. Trotzdem war es in Monerva bereits Jahre vor der *Krake* eingetroffen.

Keine Garantie auf Anschluss.

Der Kapitän des Eisernen Schiffes befand sich ebenfalls in Monerva. Und er war zur Wunschmaschine gegangen.

»Er muss den Siphon gefunden und hochgeschaltet haben«, fügte die Frau unter der Lumpenfahne, Talaba, noch hinzu. »Denn nach seiner Ankunft wurde das Wasser des Stroms in *wirklich* großen Mengen angesaugt. Und die Räder haben *wirklich* angefangen, sich zu drehen. Was ziemlich aufregend war, wie ihr euch denken könnt. Mit der Flut kam jede Menge neues Baumaterial.«

Der kleine Mann auf dem Podest nickte begeistert. »Seht euch die tollen neuen Sachen an!« Er zeigte zu einem ganzen Speichergebäude hinunter, das gerade von mehreren Kränen nach oben gehievt wurde. »Eine solche Ausbeute hat es seit der Zeit des Salz-und-Sandkönigs nicht mehr gegeben. Damals hat der Siphon eine kleine, rückständige Welt angesaugt und zerstückelt.«

»Den Trümmerarchipel«, flüsterte Marrill. Ardent hatte schon wieder recht gehabt. Es war tatsächlich eine Welt wie ihre in den Strom gezogen und von dessen purer Magie in Stücke gerissen worden. Und angesaugt hatte die Welt der Siphon von Monerva, wie Marrill jetzt wusste.

Eine Welt wie ihre eigene.

»Marrill?«, fragte Fin beunruhigt. »Was ist?«

Um sie schien sich alles zu drehen. Ihr Blick wanderte wie von selbst an der glatten Oberfläche der Mauer hinauf, zu dem schiefen Turm auf der Mauerkrone und zu den Rauchwolken und orangefarbenen Flammen, die dahinter aufstiegen.

Den Anfang hatte die geheimnisvolle Botschaft auf dem Stoppschild zu Hause in Arizona gemacht, gefolgt von der Sturzflut. Dann war der Laden der Rosebergs hier aufgetaucht und jetzt der Speicher.

Der Strom wird deine Welt wieder berühren. Sollte er deiner Welt so nahe kommen, dass du praktisch über ihn stolperst, ist etwas ziemlich schiefgegangen.

»Nein«, flüsterte sie, »bitte nicht.«

Remy hob die Hand und umklammerte ihr Bein. »Was ist denn? Was heißt ›bitte nicht‹?«

Marrill schlug die Hände an die Brust. Tränen waren ihr in die Augen getreten. »Diesmal ist unsere Welt dran, Remy«, sagte sie. »Der Strom überschwemmt unsere Welt – Arizona, Boston, alles!«

»Okay, das reicht«, sagte Remy bestimmt. »Lass uns runter, Coll. Teambesprechung!«

Coll ächzte. »Mit Vergnügen«, sagte er und ließ sie herunter. Fin landete neben ihnen.

»Rede«, sagte Remy zu Marrill. »Was soll das heißen?«

Marrill schluckte und unterdrückte das Zittern in ihrer Stimme. »Es geht um den Siphon«, sagte sie. »Der Kapitän des Eisernen Schiffes ist schon hier. Er hat dafür gesorgt, dass der Siphon das Wasser des Stroms schneller einsaugt, und jetzt ist der Sog so stark, dass unsere Welt in den Piratenstrom gezogen wird. Dort wird sie von der Magie zerrissen wie die andere Welt, aus der anschließend der Trümmerarchipel wurde!«

Remy bekam einen Schwächeanfall und musste sich an Colls Arm festhalten, um nicht zu stürzen. »Okay, tut mir leid, dass ich überhaupt gefragt habe.«

Fin räusperte sich. »Ich will ja nicht für noch mehr schlechte Laune sorgen, aber habt ihr schon darüber nachgedacht, *was* der Kapitän sich womöglich wünscht?«

Marrill stützte den Kopf in die Hände. Es kam immer schlimmer. »Die Eiserne Flut«, murmelte sie.

»Das ist auch meine Vermutung«, stimmte Fin zu.

»Okay.« Remy klatschte in die Hände. »Neuer Plan. Zuerst verhindern wir, dass die Wunschmaschine unsere Welt in den Strom zieht. Zweitens hindern wir den Kerl aus Eisen daran, sich etwas Schlimmes zu wünschen. Drittens sorgen wir dafür, dass der Wunsch des Salz-und-Sandkönigs in Erfüllung geht, damit alle von hier verschwinden können, und viertens kehren wir nach Hause zurück und kommen nie wieder. Seid ihr dabei?«

Marrill nickte und lächelte schwach. Remy hatte recht. Es musste doch eine Lösung geben. »Aber wie fangen wir an?«

»Ich bin dafür, mit Hilfe der Karte den schnellsten Weg nach oben zum Turm der Flatterlinge zu suchen«, schlug Fin vor. »Und sobald wir den Siphon gefunden haben, beenden wir das alles, bevor es noch schlimmer wird.«

Coll lachte, aber es klang nicht fröhlich. »Und du hoffst, der böse Zauberer und Kapitän ist damit einverstanden? Hör zu, Junge, ich kenne dich nicht, aber du siehst mir nicht wie ein Zauberer aus. Dass ich keiner bin, weiß ich. Gegen den Kapitän des Eisernen Schiffs würden wir keine zwei Sekunden durchhalten. Bevor wir etwas tun, müssen wir Ardent und Annalessa finden. Nur sie können sich gegen ihn behaupten.«

Marrill nickte. Sie hatte denselben Gedanken gehabt: Sie brauchten die mächtigsten Verbündeten, die sie kriegen konnten. »Coll hat recht. Wir müssen Ardent holen. Er wäre in der Lage, den Siphon rechtzeitig anzuhalten.«

»Das ist ja gut und schön, aber wir wissen nicht genau, wo Ardent und Annalessa sind«, fiel Remy ein. »Sie sind heute morgen aufgebrochen, um einem Hinweis auf die Eiserne Flut zu folgen, haben aber nicht gesagt, wohin.«

»Dann suchen wir sie einfach mit Hilfe der Überallkarte«, sagte Marrill und streckte die Hand zu Fin aus.

Fin umklammerte seine Diebestasche und wich einen Schritt zurück. »Lasst uns nichts überstürzen, Freunde«, protestierte er. »Wir sollten zuerst alle Alternativen durchgehen.«

»Die einzige Alternative ist, zu verhindern, dass der Siphon ganz hochschaltet«, sagte Marrill entschieden. »Und dazu brauchen wir Ardent und Annalessa.«

»Nein.« Fin zeigte zum Turm der Flatterlinge. »Seht doch, wir sind schon fast da!« Er zog die Karte aus seiner Jacke. »Wir müssen nur noch herausfinden, wie wir das letzte Stück hinaufkommen.«

Marrill schüttelte den Kopf, und Ärger stieg in ihr auf. Sie stritten sich bestimmt schon zum dritten Mal an diesem Tag darüber, wie sie vorgehen sollten. »Wir dürfen das nicht allein versuchen, dazu geht es um zu viel.« Sie wollte die Karte nehmen, aber Fin zog sie weg und streckte die Hand nach hinten.

»Wir können jedenfalls nicht einfach hier stehen bleiben«, sagte er. Er warf Remy und Coll einen Blick zu. »Stimmt doch, oder?«

»Ich bin für das, was uns am schnellsten aus Monerva wegbringt«, meinte Coll. Seine Stimme klang heiserer als sonst.

Marrill konnte nicht fassen, dass Fin so widerspenstig war. »Fin, wir sprechen hier von meiner Welt, meiner Heimat.« Die Stimme versagte ihr, und sie holte zitternd Luft. »Es geht nicht mehr nur um die Eiserne Flut. Wir müssen die Wunschmaschine anhalten, bevor meine Welt genauso endet wie der Trümmerarchipel.«

»Aber wenn wir die Wunschmaschine finden, können wir das alles regeln«, erwiderte Fin. »Dann können wir uns wünschen, dass alles wieder in Ordnung kommt.«

»Und wenn das nicht klappt? Wenn der Kapitän uns zuvorkommt? Das Risiko ist zu groß.« Sie wollte um ihn herumgehen, aber er hielt sie an der Hand fest.

»Wir schaffen das«, sagte er. »Wir haben einen bösen Zauberer unschädlich gemacht, und wir haben das Eiserne Schiff versenkt. Gemeinsam schaffen wir das.«

Marrill sah ihn forschend an. Ihr Hals war wie zugeschnürt. Sie wusste nur, dass man sie zum Strom geholt hatte, um ihre Welt zu retten. Und das genau würde sie tun, koste es, was es wolle.

Mit einem säuerlichen Geschmack im Mund nickte sie. »Du hast recht. Dann soll die Karte uns eben den Weg zum Turm zeigen.«

Fin grinste schief, und ihr wurde dabei ganz eng um die Brust, aber sie zwang sich zu einem Lächeln. Sie sah zu, wie er die Karte entrollte. Seine Handbewegungen waren unnötig theatralisch, aber das war eben Fin, der ewige Schauspieler.

Er holte die Legende aus seiner Diebestasche, kniete sich hin, hielt sie über die Oberfläche der Karte und begann: »Zeige uns, wie ...«

Blitzschnell legte Marrill ihre Hand über Fins Hand mit dem Kristall und hielt sie fest. »Zeig uns, wo wir Ardent finden«, rief sie hastig.

»Was tust du da?«, rief Fin erschrocken. Er wollte ihre Hand abschütteln, aber sie ließ nicht los.

»Ich rette meine Heimat«, fauchte sie mit zusammengebissenen Zähnen. »Ich tue nur das, was richtig ist.«

»Ich auch«, erwiderte Fin. Er drückte die Legende wieder auf die Karte. »Wie gelangen wir zum Turm?« Tinte stieg wirbelnd zur Oberfläche auf und zog in Schlieren darüber.

»Nein, zu Ardent!«, verbesserte Marrill. Die Bilder auf der Karte verblassten und formten sich aus einem Gewirr von Strichen neu. Marrill schob den Kristall in die eine Richtung, Fin in die andere. Er legte seine freie Hand auf Marrills und drückte die Legende wieder nach unten. Marrill tat dasselbe und legte ihre Hand auf seine.

Sie sprachen beide zur selben Zeit und versuchten sich gegenseitig zu übertönen.

»Wir müssen
eine Möglichkeit finden,
den Siphon aufzuhalten!«,
sagte Marrill.

»Wir müssen
einen Weg finden,
wie wir zum Siphon
gelangen!«, sagte Fin.

Die Karte wölbte sich unter ihren Händen, und Marrill sauste das Blut in den Ohren. Schwer atmend starrten sie einander an. Keiner wollte die Legende loslassen.

Fin kam ihr vor wie ein Fremder, nicht wie ihr bester Freund. Als wäre ihnen nie wichtig gewesen, dass es dem anderen gutging.

Von irgendwo kam das Quietschen von Scharnieren.

»He, Leute«, sagte Remy.

Marrill beachtete sie nicht. »Was fällt dir ein?«, zischte sie Fin an. Ein vertrauter Geruch stieg ihr in die Nase. Es roch wie im letzten Moment vor einem Blitz.

»Im Ernst, Leute?«, sagte Remy, diesmal drängender.

Fin riss die Augen auf. »Mir? Was fällt dir –«

Im selben Moment wurde Marrill zurückgerissen. Ein lauter Knall wie von einer zuschlagenden Tür ertönte, und ein gleißender Lichtblitz zuckte. Marrill schlug mit dem Kopf gegen eine der Säulen.

Sie zwinkerte ein paarmal, bis die Schmerzen nachließen. Coll und Remy hatten sich geduckt und hielten die Hände über den Kopf. Fin lag ihr gegenüber, praktisch am Rand der Plattform. Neben ihm drehte sich der Kristall im Kreis. Die Karte lag zusammengerollt und leer auf dem Boden.

»Was war das eben?«, fragte Remy.

Marrill schluckte hart. Sie kannte beides, das Quietschen der Scharniere und das gleißende Licht, von damals auf dem *Schwarzen Drachen*, als sie und Fin gegen das böse Orakel Serth gekämpft hatten. Serth hatte die Überallkarte in ein riesiges Tor verwandelt, das er mit der Legende, dem Schlüssel, öffnen wollte, damit die verlorene Sonne von Dzannin mit ihrem tödlichen Licht aufgehen und den Piratenstrom zerstören konnte.

Marrill spürte einen Knoten im Magen. Irgendwie hatten sie und Fin das Tor erneut geöffnet.

Langsam drehte sie sich um. Durch die Mauer hinter ihnen zog sich ein schmaler Spalt. In der Mitte des Spalts drehte sich eiernd ein Zahnrad. Ein Zahn war glatt abgeschnitten.

Fin rappelte sich auf und half Marrill aufzustehen. Als sie beide standen, wurde der Spalt breiter, und aus der Mauer lösten sich Stücke und fielen nach unten. »Nein, so was«, flüsterte Fin.

Ruhe war eingekehrt, das geschäftige Treiben der Stadt schien für einen Moment zum Stillstand gekommen zu sein. Dann ertönte ein Schrei.

»Sie haben die Mauer zerstört!«

Daraufhin versank alles im Chaos. Die drei Monervaner, die sich eben noch gestritten hatten, wer von ihnen der Höchste sei, sprangen von ihren Säulen und kletterten hastig die Leiter hinunter.

»Du bist der Höchste«, sagte die Frau mit der Fahne

und zeigte auf den kleinen Mann. »Also bist du für das Problem zuständig.«

»Ich?«, protestierte der Mann. »Du hast doch diesen tollen Baldachin!«

»Sie kommen!«, rief die zweite Frau und streckte den Arm aus.

Aus dem Turm auf der Mauer trat etwas aus, das wie Rauch aussah, aber schwerer war, deutlich mehr Masse hatte.

Die Ränder der Wolke krümmten sich, und Flügelschlagen war zu hören.

Marrills Herz klopfte wie verrückt in ihrer Brust. Die schwarze Wolke zog sich zusammen, prallte gegen die Mauer und floss daran hinunter wie ein geschmolzener Schatten. Geradewegs auf sie zu.

Sie konnten sich nirgends verstecken und hatten keine Zeit mehr, zu fliehen.

Die Monervaner drückten sich unter ihnen flach auf den Boden. Aber die Flatterlinge wollten nicht zu ihnen.

Sie wollten zu Marrill und Fin, den beiden Kindern, die die Mauer zerstört hatten. Fin hob die Legende auf, Marrill stopfte hastig die Karte in die Tasche. Dann wurde sie auch schon von schwarzen Leibern verschluckt.

Finger, zu denen keine Hände gehörten, strichen ihr über die Haut, und sie erschauderte. Erinnerungen drangen auf sie ein und nahmen sie in Beschlag.

Der König fuhr mit den Händen über seinen Wettgewinn, ein abgenutztes Stück Stoff voller Fusseln und Fransen, wie zerschlissen von Wind und Wetter und endlosen Jahrhunderten.

Der Zauberer der Morgendämmerung trat zu ihm. Eines seiner Augen war deutlich größer als das andere, stellte der König fest. »Der Mantel, den Ihr mir abgenommen habt, Herr, ist viel mehr als ein Stück Stoff. Er besteht aus zu Materie gewordenen Erinnerungen, den Erinnerungen der Dzane, meiner Brüder und Schwestern, die mir vorausgegangen sind. Er hat für mich, und nur für mich, eine große Bedeutung. Aber Wette ist wohl Wette. Ich bin hier, um erneut zu wetten, in der Hoffnung, dass ich dadurch wieder ganz werde.«

Der König schüttelte den Kopf. »Ich wette nicht mehr. Aber ich biete dir ein Tauschgeschäft an. Ich brauche deine Hilfe.«

Der Zauberer der Morgendämmerung verbeugte sich lächelnd. Er hatte schwarze Zähne, die an den Rändern hellblau schimmerten. »Was könnte ein nichtswürdiger Zauberer der Morgendämmerung für Euch tun, o mein König? Ihr habt die Endlosen Ebenen geeint, mir hingegen fällt nichts Besseres ein, als meine eigenen Kleider zu verwetten!«

Marrill wehrte sich gegen die Erinnerungen und klammerte sich an ihr Bewusstsein. Aber die Erinnerungen waren übermächtig. Nur noch am Rande bekam sie mit, wie ihre Füße vom Boden abhoben – ein Gefühl der Schwerelosigkeit. Und dann verlor sie sich in fremden Erinnerungen.

Kapitel 18

Die Stadt der brennenden Leitern

Die Flatterlinge schlossen sie ein, bis kein Licht mehr durchkam. Marrill verschwand vor Fins Augen in der wabernden Finsternis.

»He!«, rief Remy. »Nehmt eure … Hände … Finger weg … was auch immer, lasst Marrill einfach los!« Sie stürzte sich in die Masse der sich windenden Kreaturen.

Coll wollte sie festhalten. Im nächsten Moment war er ebenfalls verschwunden.

Auch Fin stürzte sich in das Gewimmel, um seine Gefährten zu befreien. Er glitt einfach zwischen den Flatterlingen hindurch. Offenbar bemerkten sie ihn genauso wenig wie alle anderen. »Marrill!«, rief er. »Coll! Remy!« Niemand antwortete. Er fuchtelte mit den Händen, damit die Kreaturen sich nicht auf sein Gesicht setzten, und sah gerade noch, wie Marrill in die Luft gehoben wurde. Er packte ihre Hand, aber sie zeigte keine Reaktion. Ihre Augen starrten blicklos ins Leere, ihre Lippen bewegten sich, aber kein Laut kam heraus.

Ohne zu zögern, schlang er ihr die Arme um die Hüften und klammerte sich an ihr fest. Die Flatterlinge trugen Marrill und ihn mit sich fort.

Es war nicht das erste und auch nicht das zweite Mal, dass Fin sich mittels einer Mitfahrgelegenheit aus einer schwierigen Situation befreite. Aber es war definitiv das erste Mal, dass er mit einem bewusstlosen Mädchen floh, das von einer Schar im Wesentlichen aus Fingern bestehender Geschöpfe getragen wurde. Er hoffte nur, dass sie Marrill nicht fallen ließen.

Die Säulen der Höchsten blieben unter ihnen zurück. Wenig später schwärmten die Flatterlinge über die Mauerkrone. Fin umklammerte Marrill noch fester. Vor ihnen kam der Turm der Flatterlinge in Sicht, dunkel und unheimlich, krumm und schief und voller Löcher wie ein Taubenschlag oder ein Wespennest.

Und ganz nah. Er brauchte nur loszulassen und würde nicht tief fallen. Wahrscheinlich bräuchte er nicht einmal seine Himmelssegel zu entfalten. In wenigen Augenblicken konnte er dort sein, am Eingang zum Siphon, zur Wunschmaschine. Dem Ort, an den die Karte sie geschickt hatte.

Das Ziel all seiner Wünsche war zum Greifen nah. So nah, dass es ihm körperlich wehtat.

Wenn er jetzt losließ, könnte er bewirken, dass man sich an ihn erinnerte.

Bei diesem Gedanken juckte es ihn in den Fingern. Ardent würde ihn mit einem munteren »Fin, mein

Junge!« begrüßen, wenn er an Deck kam. Coll würde ihm auf die Schulter klopfen und ihm von ihrem letzten Abenteuer erzählen. Der Tauknochenmann würde ihn an Bord hieven, wenn er auf dem Steg angerannt kam, und die Piratten würde nie mehr ohne ihn abfahren.

Aber dafür musste er die anderen im Stich lassen. Sie mussten dann allein mit den Flatterlingen zurechtkommen und mit dem, was auf der anderen Seite der Mauer lag.

Was hatte Slandy noch gleich gesagt?

Um zu bekommen, was du willst, musst du geben, was du hast.

In ihm drehte sich alles alles. Durfte er Marrill aufgeben, nur damit man sich an ihn erinnerte?

Er schloss die Augen. Was ihn in diesem Augenblick am meisten erschreckte, war, dass er sich der Antwort keineswegs sicher war.

Als er die Augen wieder öffnete, war die Gelegenheit verstrichen. Die Flatterlinge hatten die Mauer überquert. Er empfand eine Mischung aus Bedauern und Erleichterung.

Der erste Blick auf die andere Seite verstärkte allerdings das Bedauern. Die Funken und Rauchwolken hätten ihn warnen müssen. Denn die Ebene unter ihm stand in Flammen, so weit sein Blick reichte.

Das Feuer erstreckte sich bis zum Horizont und darüber hinaus. Es tobte über flaches Buschland und durch steile Schluchten mit verkohltem Gras, die durch die

Ebene schnitten, als hätte ein riesiger Karnelius seine Krallen hindurchgezogen. Es tobte auf sanften Hügeln und in steinigen Wüsten, verschlang Bäume, Büsche und endlose Grasflächen und veränderte wie der Piratenstrom ständig seine Gestalt.

An einer Stelle stiegen von den Flammen Funkenregen auf, die an die Schaumkronen von Wellen erinnerten. An einer anderen flackerten und schwelten sie wie die auslaufende Flut. Das Feuer verbannte alles, was es zu fassen bekam, ohne dass sein Hunger dadurch gestillt worden wäre.

Es reichte bis zum Fuß der Mauer, leckte an den Bauwerken, die sich dort duckten, und verschlang sie gierig.

Die Stadt auf dieser Seite war nicht annähernd so groß wie Monerva und auch nicht so schön. Statt aus marmornen Türmen und schimmernden Terrassen bestand sie aus einem Gewirr dunkler Häuser, aus dem halbfertige Treppen und schiefe Gerüste ragten. Von oben konnte Fin die Häuser nicht unterscheiden. Sie bildeten einen einzigen langgestreckten, formlosen Klumpen.

»Wenigstens sind wir nicht dort unten«, sagte er zu Marrill.

Noch bevor er zu Ende gesprochen hatte, tauchte der Schwarm von Flatterlingen mit einem schwindelerregenden Ruck nach unten ab. Sie flatterten noch einmal heftig mit ihren wie Finger geformten Flügeln, dann ließen sie die beiden Kinder los.

Durch den Rauch fielen Marrill und Fin in die Tiefe. Seit seinen ersten Tagen in Khaznot Quay hatte Fin keinen so plötzlichen Sturzflug mehr gemacht. Aber man stürzte nur einmal so ab. Beim nächsten Mal reagierte man schneller.

Blitzschnell schlang er die Beine um Marrills Hüften, streckte die Arme aus und zog an den Schnüren in den Ärmeln seiner Jacke. Seine Himmelssegel öffneten sich knatternd und konnten sich gerade noch mit Wind füllen, da prallten sie schon gegen das spitze Dach des höchsten Gebäudes.

Der Zusammenstoß war so heftig, dass Fin die Luft wegblieb. Zum Glück brach er sich nichts. Zusammen mit Marrill rutschte er das glatte Dach hinunter und auf das in der Tiefe unter ihnen tobende Feuer zu.

Rauch nahm ihm den Atem, Flammen leckten erwartungsvoll über den Rand des Dachs. Hitze schlug Fin entgegen, und der Schweiß strömte ihm übers Gesicht.

Er konnte nicht bremsen oder anhalten, sondern sich nur an Marrill festhalten und hoffen. In Erwartung des Endes schloss er die Augen.

Doch dann flachte das Dach ab, und sie wurden langsamer. Sie rutschen über den Rand und fielen hinunter, mitten in das flammende Inferno.

Fin hob die Arme schützend vors Gesicht und machte sich auf das Schlimmste gefasst. Als es nicht kam, öffnete er die Augen vorsichtig einen Spalt. Eben noch hatte hier alles lichterloh gebrannt. Jetzt sah es aus, als hätte das Feuer die Häuser irgendwie übersprungen und nur Rauch und eine flimmernde Hitze zurückgelassen.

Marrill setzte sich neben ihm auf, streckte sich und gähnte. »Vorsicht, diese Rohre brennen leicht«, murmelte sie.

»Marrill!« Er kroch zu ihr. »Alles in Ordnung?«

Sie starrte ihn einen Moment lang verständnislos an, als sei sie immer noch in Trance. Dann schüttelte sie den Kopf und runzelte verwirrt die Stirn. »Ja, äh, glaube ich zumindest.«

Fin stand auf und streckte ihr die Hand hin, um ihr aufzuhelfen. Sie griff danach, doch dann hielt sie inne, zog die Hand mit einem Ruck zurück und stand auf. »Du bist an allem schuld!«

»Ich?« Fin trat unwillkürlich einen Schritt zurück. Seine Überraschung über den Vorwurf schlug in Empörung um. »Warum *ich*?«

»Du hast das Tor geöffnet!«, rief Marrill wütend. »Du hättest fast die verlorene Sonne von Dzannin herausgelassen!«

Fin wollte nicht glauben, was er da hörte. »Wie bitte? Das war deine Schuld! Du wolltest mir doch die Legende entreißen, als ich sie verwendet habe.«

Marrill hob trotzig das Kinn. »Das wäre nicht nötig gewesen, wenn du Vernunft gezeigt und sie richtig verwendet hättest.«

Fins Wangen brannten. »Soll das ein Witz sein? Ich habe versucht, die Wunschmaschine zu finden, schon vergessen? Die suchen wir doch beide.«

Marrill kniff die Augen zusammen. »Aber ich könnte dort ohne die Hilfe eines Zauberers überhaupt nichts ausrichten, während du dich einfach heimlich reinschleichst und dir deinen Wunsch erfüllst.«

Wütend ballte Fin die Hände zu Fäusten. »Ich könnte die Wünsche von uns allen erfüllen«, sagte er.

»Meine Welt steht am Abgrund, Fin«, rief Marrill verzweifelt. »Ich kann nicht einfach nur hoffen, dass du dich vielleicht am Kapitän des Eisernen Schiffes vorbeimogeln kannst und meinen Wunsch auch erfüllst. Wir wissen doch nicht einmal, wie diese verdammte Maschine funktioniert!«

Fin hätte am liebsten auf dem Absatz kehrtgemacht und wäre gegangen. Sollte Marrill ihn ruhig vergessen. Er war ohne sie sowieso besser dran. Dann brauchte er sich nicht immer zu rechtfertigen und seine Pläne zu ändern, sondern konnte tun, was er wollte, gehen, wohin er wollte, und sich wünschen, was er wollte.

Wie schnell Freundschaft zu einer Last werden konnte! Es war unglaublich.

Aber wohin sollte er gehen? Der Boden war überall verbrannt und rauchte, für die Häuser galt dasselbe. Er wusste nicht einmal, wo er war. Und auch daran war Marrill schuld. »Ich hätte dich mit den Flatterlingen ziehen lassen sollen«, brummte er.

Sie sah ihn mit großen Augen an, und auf ihren Wangen erschienen zwei leuchtend rote Flecken. Sie wollte etwas sagen, zögerte und runzelte wieder nachdenklich die Stirn. »Moment, beim letzten Mal haben die Flatterlinge dich doch überhaupt nicht bemerkt. Warum haben sie dich dann diesmal auch mitgenommen?«

Fin trat verlegen von einem Bein auf das andere und zuckte mit den Schultern.

»Na ja, ich ... äh ... habe mich an dir festgehalten.«

»Du bist freiwillig mitgekommen?« Marrill klang überrascht.

»Ich hatte keine Zeit, über die Folgen nachzudenken.«

Marrill musste unwillkürlich lächeln. Dann kicherte sie. »Machen wir uns nichts vor, das ist sowieso nicht deine Stärke.«

Fin überlegte gerade, ob das wohl als Kompliment gemeint war, da ertönte über ihnen ein unterdrückter Aufschrei.

»Vorsicht!«

Er hob den Kopf. Coll kam das steile Dach heruntergerutscht, dicht gefolgt von Remy. Fin konnte ihnen nicht mehr ausweichen. Coll fiel auf ihn drauf und riss ihn und Marrill zu Boden.

Im nächsten Moment landete auch noch Remy mit einem dumpfen Laut auf ihnen. Es dauerte eine Weile, bis sie das Durcheinander aus Beinen und Armen entwirrt hatten. Sobald Remy die Arme frei hatte, wandte sie sich Marrill zu und umarmte sie. »Marigold Mae, lass dich bitte nie wieder von diesen komischen Fingerlingen entführen! Das kann ich deinen Eltern nie und nimmer erklären.«

Bei der Erwähnung ihrer Eltern biss Marrill sich auf die Lippen und senkte den Blick. »Tut mir leid«, murmelte sie.

Remy sah sich suchend um, entdeckte Fin, legte die Hand auf die Brust und ließ ein Geräusch hören, das verdächtig nach einem erleichterten Seufzer klang. »Das gilt auch für dich, Junge!«

Fins Wangen begannen wieder zu brennen, er hätte nicht sagen können, ob von den glimmenden Überresten des Feuers, weil Remy ihn ausschimpfte oder auch nur, weil sie sich an ihn erinnerte. Im Grunde war es ihm auch egal. Hauptsache, sie hatte sich wieder an ihn erinnert! Oder zumindest gewusst, dass es da noch jemanden gab.

»Äh, tut mir leid«, sagte er, nachdem er sich geräuspert hatte. Er runzelte die Stirn. »Also haben die Flatterlinge dich auch für den Riss in der Mauer verantwortlich gemacht, ja?«

Coll zeigte mit dem Daumen auf Remy. »Nein. Als diese Wesen Marrill entführten, nahm Remy mein Messer und stach damit auf die Mauer ein, bis sie zurückkehrten und auch uns holten.«

Remy klopfte sich mit dem Finger an die Schläfe und hinterließ einen Aschefleck. »Beste Babysitterin von

Arizona, schon vergessen? Niemand wird ohne mich über eine magische Mauer gezogen, solange ich auf ihn aufpasse.« Sie blickte sich um. »Es ist hier … hm … nicht besonders sauber.«

Ihre Umgebung machte tatsächlich nicht viel her, musste Fin zugeben. Sie waren am Ende einer Art Sackgasse gelandet, inmitten der Überreste verkohlter Häuser.

»Hier ist die Stadt der brennenden Leitern«, summte eine Stimme. »Und ihr seid hier nicht willkommen.«

Kapitel 19

Ein neuer Verbündeter (Flammen mögen seinen Namen tilgen)

Von einem Moment auf den anderen veränderte sich die Temperatur von »zu warm für langärmelige Hemden« zu »Backofenhitze im Hochsommer in Arizona«. Der noch in der Luft hängende Rauch brannte Marrill in den Augen. Jeden Moment, so schien es, konnte das Feuer wieder ausbrechen, und dann wären sie endgültig erledigt.

Zu allem Unglück schien auch noch ein Monster von Käfer den einzigen Ausgang der Gasse zu blockieren.

Marrill schluckte hörbar. Remy legte ihren Schützlingen die Hände auf die Schultern und schob sie hinter sich.

Coll trat vor und machte sich so groß wie möglich, aber das käferartige Geschöpf überragte ihn trotzdem noch um einen Meter. Sein glatter Panzer lief zu einer Art eckigem Schnabel zu, über dem ein einziges, rotes Facettenauge saß. Die rasiermesserscharfen Ränder seiner Deckflügel stießen klickend aneinander.

»Nach euch wird gesucht«, summte der Käfer unheilschwanger. »Und auf der Brennenden Ebene gesucht zu werden ist gefährlich.«

»Warum gesucht?«, wollte Coll wissen.

Die Flügel des Käfers klickten wieder. »Das weiß ich nicht. Ich weiß nur, dass die Wünsche eines Zauberers schwerer wiegen als die meisten anderen und dass die Stadt weiter brennen wird, bis nichts mehr von ihr übrig ist. Und dass die Wünsche des einen auch zu unseren Wünschen geworden sind, was die Gier des Feuers weiter anstachelt.«

Remy lehnte sich zurück. »Habt ihr das verstanden, Leute?«, fragte sie leise, fast ohne die Lippen zu bewegen.

Marrill schüttelte den Kopf. »Kein Wort.«

»Augenblick«, sagte Coll und ließ die Fäuste sinken, die er kampfbereit gehoben hatte. »Sagtest du ›Zauberer‹?«

»So ist es«, klickte der Käfer.

»Eher groß? Alt? Manchmal etwas zerstreut?«

»Möglich«, klickte der Käfer. »Ich kann euch ehrlich gesagt nicht auseinanderhalten.«

»Du musst uns zu ihm bringen«, verlangte Coll.

Der Käfer betrachtete den jungen Seemann eingehend. Marrill spürte, wie der Schweiß ihr den Nacken hinunterlief und die Bluse feucht an ihrem Rücken klebte. »Nein«, sagte der Käfer schließlich. »*Müssen* wir nicht. Das Feuer *muss* brennen. Es brennt, wo es kann. Wir sind Wasser, und wir fließen, wohin wir fließen.«

Und damit entfernte er sich in aller Ruhe durch die Gasse. Die auf dem Boden verstreute Glut erlosch, als er an ihr vorbeikam. Doch dort, wo die Kinder standen, waren die Flammen zurückgekehrt und leckten an geschmolzenen Gebäudeteilen. Schon bald würde ihre Umgebung wieder lichterloh brennen.

»Er klingt wie mein Yogalehrer«, murmelte Remy.

»Äh, bringt er uns jetzt zu Ardent?«, fragte Marrill.

Coll lockerte die Schultern. »Wir werden sehen«, sagte er und folgte dem Käfer.

Am Ende der Gasse angekommen, bekam Marrill die Welt auf dieser Seite der Mauer zum ersten Mal genauer zu Gesicht. Sie war zugegebenermaßen nicht sonderlich beeindruckt. Am Fuß der Mauer duckten sich verkohlte Behausungen wie Marshmallows, die über einem Lagerfeuer verbrannt, zusammengeklebt und als Klumpen auf den Boden gefallen waren. Hier und da ragten verkohlte Leitern in die Höhe wie vergessene Haare auf der Glatze eines alten Mannes.

In den meisten Überresten glomm noch Feuer, aus anderen Gebäuden schlugen Flammen. Dutzende der käferähnlichen Geschöpfe eilten daran vorbei, als mache das Feuer ihnen überhaupt nichts aus. »Wie überleben die hier?«

Coll blieb stehen und schlug mit der Faust gegen einen Balken. »Scheint Fadholz zu sein.«

»Und Fadholz brennt nicht?«, fragte Marrill.

Er hob die Schultern. »Feuer ist etwas Interessantes, Fadholz hingegen nur fad.«

Sie gingen Straßen entlang, die mit verkohlten Trümmern übersät waren, und kamen an so vielen zum Verwechseln ähnlichen, zusammengebackenen Gebäuden vorbei, dass Marrill nicht hätte sagen können, ob sie überhaupt vorwärts kamen oder im Kreis gingen. Endlich war die Stadt zu Ende, oder besser gesagt, sie verschmolz mit dem Boden, der von tiefen Rinnen aus schwarzem Gestein durchzogen war.

Am Rand einer solchen Rinne standen zwei Gestalten und blickten in die Ferne. Die linke trug einen purpurroten Mantel, und der durch das Feuer entfachte Wind blies ihr den Bart über die Schulter. Die andere war etwas kleiner und hatte lange Haare, die ihr den Rücken hinunterfielen. Die beiden hielten sich an der Hand.

Marrill grinste.

Ihr fiel beim Anblick der beiden Zauberer ein Stein vom Herzen. So faszinierend es gewesen war, Monerva kennenzulernen, inzwischen ging es um zu viel. Sie brauchte die Zauberer, um ihre Welt zu retten.

Auf dem Weg dorthin schlugen ihnen immer wieder Flammen aus den Felsspalten entgegen. Sie leuchteten wie das Wasser des Stroms und waren genauso tödlich.

»Wahnsinn«, beschwerte sich Remy, während sie vorsichtig über die rutschigen Felsen stiegen. »Ich habe mich gerade daran gewöhnt, ständig Angst vor Wasser und Höhen zu haben. Warum jetzt nicht auch noch vor Feuer?«

Sie näherten sich den beiden, und Coll rief einen Gruß. Ardent drehte sich um. Die Überraschung auf seinem Gesicht wurde zu Freude und dann zu Besorgnis. »Na, mit euch habe ich nicht gerechnet!«, rief er. »Was macht ihr hier?«

Coll setzte zu einer Erklärung an, aber Marrill fiel ihm ins Wort. »Es war alles ein Zufall«, sagte sie. Ardent sollte auf keinen Fall erfahren, dass Fin die Karte geklaut und sie um ein Haar die verlorene Sonne von Dzannin freigelassen und den Piratenstrom zerstört hätten. »Wir wollten eigentlich zu dem Turm auf der Mauer, aber … sagen wir einfach, es hat nicht geklappt.«

»Wie kommt ihr darauf, die Wunschmaschine könnte im Turm der Flatterlinge sein?«, fragte Ardent und sah sie misstrauisch an.

Marrill schluckte. »Äh … weil …« Sie wollte auf keinen Fall die Wahrheit sagen. Hilfesuchend sah sie Fin an, aber der trat einen großen Schritt zurück. Sie bedachte ihn mit einem finsteren Blick, dann wandte sie sich wieder an Ardent. »Wir haben einfach … geraten?« Sie kicherte nervös.

Zu ihrem Glück nickte Annalessa. »Am höchsten Punkt einer Stadt, in der sich alles um Höhe dreht – keine schlechte Schlussfolgerung.«

Marrill ließ erleichtert die Luft entweichen. »Es

stimmt zwar leider nicht«, fügte der Zauberer hinzu, »aber logisch gesehen leuchtet es ein.«

Sofort atmete Marrill die Luft wieder ein. Fin meldete sich zu Wort und sagte, was sie dachte: »Moment, was soll das heißen? Die Wunschmaschine befindet sich dort, das wissen wir sicher.«

Ardent lachte, und um seine Augen erschienen Lachfältchen. »Marrill, wo gabelst du immer diese sonderbaren Typen auf? Nein, mein Lieber, den ich ganz übersehen habe, im Turm der Flatterlinge befindet sich keine Wunschmaschine. Annalessa und ich haben auf unserem Ausflug über die Mauer dort haltgemacht, deshalb steht fest, dass der Turm leer ist.«

»Und auch, dass wir dort nicht wieder eingeladen werden«, fügte Annalessa hinzu.

Ardent hüstelte. »Je weniger darüber gesagt wird, desto besser«, murmelte er.

Marrill starrte die beiden wie betäubt an. Sie konnte es nicht glauben. Die Karte hatte … sich geirrt? Ihr Mut sank. Die Karte hatte sich in letzter Zeit verschiedentlich seltsam verhalten und sie einmal sogar verraten. Sie schluckte bei dem Gedanken daran, dass sie und Remy doch mit Hilfe der Karte nach Hause zurückkehren wollten. Wenn die Karte nicht zuverlässig war, was dann?

»Alles, was sich in diesem Turm befindet«, fuhr Ardent fort, »sind leerer Raum, ein merkwürdiger Geruch und eine Wolke alter Erinnerungen.«

Erinnerungen. Marrill wurde bei diesem Wort ganz schwach. Die Erinnerungen, die die Flatterlinge ihr gezeigt hatten, kehrten zurück und überwältigten sie …

Der Zauberer der Morgendämmerung stand in einem von Krähen bevölkerten, löchrigen Turm hoch auf der Grenzmauer. Auf der einen Seite sanken die letzten Reste der Endlosen Stadt in einen feuchten, stinkenden Morast, der von einem leuchtenden Gewässer umschlossen wurde, das nirgendwo hinführte. Auf der anderen Seite wurde das Königreich von einem rasenden Feuer verschlungen.

»Ihr seid der Preis, den ich zahle«, sagte der Zauberer zu den vielen Fransen seines zerschlissenen Mantels. Kein Lüftchen regte sich, keine Brise bewegte die tausend Finger. Doch die Finger bewegten sich trotzdem. Sie streckten sich, zuckten, wanden sich und legten sich übereinander. Dann stiegen sie alle zur gleichen Zeit in die Luft auf.

»Ich muss jetzt gehen«, sagte er. »Und eines Tages wird diese Mauer fallen. Passt bis dahin auf sie auf, und haltet das Feuer in Schach.«

Dunkle Schemen entfernten sich von ihm und hüllten ihn in eine Wolke ein, lebende Erinnerungen, die nie vergessen würden, die in alle Ewigkeit unweigerlich die Mauer bewachen würden. Flügelschlagend und kreisend trieben sie dahin. Zum ersten Mal schwangen die Flatterlinge sich in die Lüfte.

»Marrill?« Ardent legte ihr sanft die Hand auf die Schulter.

Marrill schüttelte den Kopf, um die Erinnerungen loszuwerden. Sie fragte sich, wie viele Erinnerungen die Flatterlinge ihr noch eingegeben hatten und wie viele sie verdrängte.

Doch jetzt hatten andere Probleme Vorrang.

»Nichts«, erwiderte sie. »Aber der Kapitän des Eisernen Schiffes ist schon hier.« Sie berichtete rasch, was sie von den Höchsten erfahren hatten: dass der Kapitän tatsächlich schon vor Jahren in Monerva eingetroffen war und den Siphon aktiviert hatte.

»Der Siphon ist gerade dabei, meine Welt in den Piratenstrom zu ziehen!« Sie spürte wieder den inzwischen vertrauten Knoten im Magen. »Deshalb konnte ich überhaupt nur hierher zurückkehren.«

Ardent drückte ihr die Schulter. »Alles wird gut, Marrill.«

Sie zog die Nase hoch und lächelte. Ihre Augen glänzten. Es tat gut, einen mächtigen Zauberer wie Ardent als Verbündeten zu haben.

»Trotzdem ist es eine schlimme Nachricht«, sagte Annalessa. »Wenn der Kapitän wirklich die Wassermenge erhöht hat, die dieser Siphon ansaugt, und der Siphon tatsächlich deine Welt im Visier hat, muss er inzwischen eine riesige Menge an Magie aufgenommen haben. Dann ist er demnächst auch bereit, den Wunsch des Kapitäns zu erfüllen. Und wenn so viel Magie zur

Verfügung steht, kann der sich praktisch alles wünschen. Wir wissen nicht, wie viel Zeit uns noch bleibt.«

Ardent hob die Hand. »Es gibt auch eine gute Nachricht. Wir haben die Mauer aus einem ganz bestimmten Grund überquert. Egal, was der Kapitän den Monervanern erzählt hat, es gibt den Salz-und-Sandkönig wirklich, und er lebt.«

Der Käfer, der sie hergebracht hatte, ließ bei der Nennung dieses Namens ein Zischen los, sagte aber nichts.

Marrill betrachtete den von Asche bedeckten Boden. »Und … was bedeutet das?«

Ardent verschränkte die Hände auf dem Rücken, wie er es immer tat, wenn er zu einem Vortrag ansetzte. »Nun, laut unseren Ermittlungen scheint der Salz-und-Sandkönig für den Bau dieses Siphons verantwortlich zu sein … wobei ihm der Zauberer der Morgendämmerung natürlich geholfen hat. Angenommen, wir finden den Zauberer nicht, was angesichts des Wesens der Dzane als sicher gelten kann, liegt der Schluss nahe, dass nur der Salz-und-Sandkönig weiß, wo diese Maschine sich befindet und wie man sie abstellen kann. Und er will ganz sicher nicht, dass sie jemand anders benutzt.«

Schweigen kehrte ein, während alle über Ardents Worte nachdachten. »Das heißt, der König ist womöglich unser Verbündeter«, erklärte Annalessa.

Ardent grinste, aber er klang ernst und entschlossen. »Vollkommen richtig.«

»Ich will ja nicht stören«, sagte jemand. Marrill zuckte zusammen. Es war Fin. Aus irgendeinem Grund hatte sie gar nicht mitbekommen, dass er neben ihr stand. »Aber vielleicht sollten wir das woanders besprechen, wo es nicht so heiß ist?«

Er zeigte hinter sich. Das wellenartig heranbrandende Feuer war stärker geworden. Es brach sich an den Rändern der Felsspalten und schleuderte Funken in die Luft wie Meeresgischt. Marrill musste daran denken, wie ihre Eltern sie in Puerto Rico einmal nachts an den Strand von Vieques mitgenommen hatten, um das im Wasser leuchtende Plankton zu beobachten. Plankton konnte einen allerdings nicht verbrennen.

»Vielleicht sollten wir gehen«, schlug Ardent vor.

»Habe ich gerade gesagt«, bemerkte Fin.

Annalessa wandte sich an den Käfer, der stumm an der Seite stand. »Lieber Käfer ... äh, ich glaube, ich weiß gar nicht, wie du heißt.«

»Rysacg«, antwortete der Käfer. Der Name begann mit einem brummenden Geräusch, gefolgt von einem Klicken und Knallen, und endete abrupt, ganz zu schweigen von einigen weiteren Lauten dazwischen. Marrill hatte so ihre Zweifel, dass ihr Mund diese Laute überhaupt zustande bringen würde. Sie wechselte einen unbehaglichen Blick mit den anderen, und Remy versuchte leise, mit den Lippen ein ähnliches Knallen zu erzeugen.

»Schön«, fuhr Annalessa fort, »aber man muss sich ja

nicht immer mit Namen anreden. Mein Lieber, wir müssen dringend etwas mit dem Salz-und-Sandkönig besprechen. Wo finden wir ihn denn?«

Rysacg zischte wieder, als der Name des Königs genannt wurde. »Der Salz-und-Sandkönig – Flammen mögen seinen Namen tilgen – lebt im öden Land in dieser Richtung.« Er streckte eine mit Klauen bewehrte Hand aus und zeigte auf das endlose Buschland vor ihnen. Marrill kniff die Augen zusammen, doch sie sah nur Flammen, Rauch und noch mehr Flammen.

»Aber seid gewarnt«, fügte der Käfer hinzu. »Ihr wollt ganz offensichtlich viel, das spüre ich, und das Feuer spürt es auch. Ihr müsst euer Verlangen unterdrücken, wenn ihr die Ebene überqueren wollt. Was ihr auf der anderen Seite vorfinden werdet, kann ich euch nicht sagen.«

»Komischer Vogel«, murmelte Remy.

Rysacg fuhr zu ihr herum. »Durch gedankenloses Verlangen hat der Salz-und-Sandkönig – Flammen mögen seinen Namen tilgen – die Ebene in Brand gesetzt. Er hat uns hinter der Mauer eingesperrt und das Volk der Ebenen geteilt, wie er es zuvor geeint hat. Wir haben gelernt, das Verlangen zu fürchten und den Salz-und-Sandkönig zu hassen. Flammen mögen seinen Namen tilgen.«

Ardent klatschte in die Hände. »Ich finde, diese etwas rätselhafte Bemerkung ist ein gutes Zeichen zum Aufbruch.« Er ging zum Rand der Felsrinne vor ihnen, von dem eine steile, in den schwarzen Fels gehauene Treppe in die Tiefe führte.

»Mir ist alles recht, was uns zum Strom zurückbringt«, murmelte Coll und folgte ihm. Er rieb sein Tattoo. Das verknotete Seil schlang sich inzwischen sogar mehrfach um seinen Hals. »Ich will von hier weg.«

Er hatte es kaum gesagt, da brach sich eine weitere Feuerwelle am Rand der Spalte hinter ihnen. Heiße Luft wehte sie an, eine Hitze, wie Marrill sie noch nie gespürt hatte. Sie schlug die Hände vors Gesicht, doch ohne der Hitze zu entrinnen.

Mit dem Wind kamen Funken geflogen. »Erinnerung-an-Regen«, summte Rysacg. »Es geht los.«

Marrill blieb keine Zeit, zu fragen, was losgehen sollte. Eine Flammenwand raste durch die Spalte auf sie zu. Gierig leckte das Feuer an den Seiten der Schlucht, als wären sie aus Zucker. Orangene, rote und blaue Flammen züngelten an der einen Seite hinauf und sanken an der anderen hinunter. Marrill wollte zur Stadt zurücklaufen, aber da hatte das Feuer schon den Rand der Spalte erreicht, schoss senkrecht zum Himmel hinauf und versperrte ihnen den Weg. Es näherte sich ihnen jetzt von zwei Seiten und verschlang alles, was ihm unterwegs in die Quere kam.

Annalessa sprang mit ausgebreiteten Armen darauf zu. Aus ihren Ärmeln fielen Schnee und Eis, die sich zu einer Wand auftürmten, doch löste sich die Wand in einer zischenden Dampfwolke auf, als die Flammen sie erreichten. Aufhalten konnte Annalessa das Feuer nicht.

Sie blickte mit besorgt gerunzelter Stirn über die Schulter. »Dieses Feuer wurde durch die alte Magie der Dzane entfacht«, rief sie Ardent zu. »Und nur die Magie der Dzane kann es löschen.«

Ardent durchsuchte die Taschen seines Mantels und zog vier Korkenzieher, ein halbes Dutzend Steine und einen Satz Messlöffel hervor. »Nein, nein, nein«, sagte er und ließ alles fallen. Die Flammen züngelten über den Boden und kamen immer näher.

Marrills Angst wuchs. Die Kraft des Feuers schien mit jedem Gedanken, mit jedem Herzschlag noch zu wachsen. Da fiel ihr ein, was Rysacg gesagt hatte.

Sie drehte sich hastig zu dem Käfer um, der ganz ruhig hinter ihr stand. »Was hast du gemeint, als du gesagt hast, das Feuer würde unser Verlangen spüren?«

»Das Feuer wird von Wollen und Verlangen angezogen«, sagte Rysacg. »Nur wer seine Wünsche unterdrückt, entkommt ihm.«

Marrill schluckte. Ihr Mund schmeckte nach Asche. »Wenn wir also nichts wollen, kann das Feuer uns nichts anhaben?«

»Es bleibt natürlich ein Feuer und ist sehr heiß.«

Fin trat vor. »Was sollen wir also tun, wenn es uns erreicht?«, fragte er.

»Unterdrückt eure Wünsche«, summte der Käfer, »und konzentriert euch darauf, dass ihr nichts braucht.

Dann rollt euch auf dem Boden zusammen. Euer Panzer wird euch schützen.«

»Aber wir haben keine Panzer!«, rief Remy.

Rysacg sah sie nacheinander an. »Ach so«, sagte er. »Dann solltet ihr wahrscheinlich weglaufen.«

Kapitel 20

Feuerflüchter entfliehen flink dem Feuer

»Aha!«, rief Ardent endlich. »Euch habe ich gesucht.« Er hielt zwei Schalen aus Bronze in der Hand. Fin betrachtete sie zweifelnd. Er wusste nicht, wie sie ihnen helfen sollten.

»Haltet Abstand«, sagte Ardent warnend. Er warf die Schalen hoch. Beide zogen eine Bahn aus Sand und Funken hinter sich her. Als sie auf dem Boden landeten, hatten sie ihre Gestalt geändert.

Sie waren gewachsen und hatten lange Beine bekommen.

»Die sehen aus wie Straußenbeine«, fand Marrill.

»Ich nenne sie Ardents Glorreiche Feuerflüchter«, erklärte Ardent stolz. Er hatte eine aus zwei Glasscheiben improvisierte Windschutzbrille aufgesetzt. »Abgekürzt AGF.«

»Schrecklicher Name«, warf Coll ein.

Ardent zuckte mit den Schultern. »Ich habe sie erschaffen, also darf ich sie auch benennen. Wenn der

Name dir nicht gefällt, bastle dir selbst ein magisches Transporttier.«

»Okay«, brummte Coll. Er wandte sich an die anderen. »Teilt euch zu gleichen Teilen auf die Feuerflüchter auf.«

Ardent hüstelte. »Auf die AGFs.« Aber Coll beachtete ihn nicht.

»Marrill, du und Rrrrück … sack«, – er schüttelte den Kopf –, »du und dein Käferfreund bildet zusammen mit Ardent eine Gruppe. Remy und ich tun uns mit Annalessa zusammen. Und jetzt los, bevor wir noch alle verbrennen.« Die Feuerflüchter tänzelten bereits unruhig, bereit, loszulaufen. Die Gruppen stiegen ein.

»He, wartet!«, rief Fin und fuchtelte mit den Armen. »Wo steige ich ein?«

Ardent lehnte über den Rand der Schale und musterte ihn kurz. Fin wartete darauf, dass Marrill etwas sagte – dass sie Ardent daran erinnerte, wer er war, wie sie es sonst tat. Als sie schwieg, wurde ihm wieder eng um die Brust, ein Gefühl, das er bereits allzu gut kannte.

Offenbar war sie drauf und dran, ihn ebenfalls zu vergessen.

»Hm«, sagte der Zauberer schließlich. »Na gut, dann steig ein. Du siehst aus, als würdest du leicht brennen, und solltest deshalb nicht allein hier zurückbleiben.«

»Besten Dank auch«, brummte Fin und stieg an Bord. Der Feuerflüchter setzte sich in Bewegung, noch bevor er ganz eingestiegen war. Er fiel in die Schale und landete neben dem Käfer, der ihn allerdings überhaupt nicht zu bemerken schien.

Nicht einmal Käfer nahmen ihn zur Kenntnis, dachte Fin traurig. Er sah Marrill neben Ardent knien, während die Feuerflüchter über die Ebene rannten. Der Zauberer drückte sich zur Seite und machte ihr Platz wie einem vollberechtigten Mitglied der Mannschaft.

Ihm wurde ganz weh ums Herz, wie immer, wenn er sich wünschte, so zu sein wie die anderen. Er wollte nicht ständig Angst haben müssen, dass Marrill ihn eines Tages auch vergaß, wie alle anderen in seinem Leben. Seine Sehnsucht nach einem Platz, an den er gehörte, war so groß, dass er es kaum aushielt.

Im selben Moment schoss neben ihm eine Fontäne aus Feuer aus dem Boden und ein Funkenregen ging auf ihn nieder. Die Feuerflüchter scheuten zur Seite, um den Funken auszuweichen.

»Wir müssen die Ebene so schnell wie möglich verlassen«, summte Rysacg. »Hier versetzen Wünsche und Verlangen das Blut in Wallung, und jetzt kocht es. Die Flammen können uns jeden Moment erreichen.«

»Aber wir sind auf allen Seiten vom Feuer eingeschlossen«, rief Marrill. »Wie kommen wir da durch?«

Fin schloss die Augen. Alles wurde von Wünschen gesteuert, hatte der Käfer gesagt. Und die Fontäne war explodiert, als er sich gerade etwas besonders dringend gewünscht hatte. Da hatte er eine Idee.

»Ich will nach Hause«, murmelte er. »Ich will meine

Mutter finden«, fügte er lauter hinzu. Die Flammen züngelten in seine Richtung.

»Was tust du da?«, fragte Marrill wütend.

Fin kniete sich hin und hielt sich am Rand der Schale fest. »Es geht hier um Wünsche«, erklärte er. »Sie ziehen das Feuer an. Und wenn das Feuer sich uns nähert, entfernt es sich von den anderen.« Er zeigte mit dem Daumen auf Annalessas Feuerflüchter. »Ich will einen Dreispitz, den ich auf der *Krake* tragen kann!«, rief er in die Flammen. »Und ein neues Päckchen Knetgummi, das man zum Schlösserknacken verwenden kann, am liebsten mit Prasselbeergeschmack. Das wäre jetzt wirklich wunderbar erfrischend!«

Es funktionierte. Die Flammen neigten sich in ihre Richtung und zogen sich gerade so weit vom Rand der Spalte zurück, dass dort eine schmale Schneise entstand, durch die der andere Feuerflüchter rennen konnte. Annalessa lachte triumphierend und ließ die Zügel knallen.

Über dem Knistern und Knacken der Flammen hörte Fin Remy rufen: »Ich will die Prüfung in Algebra bestehen! Oder noch besser, ich will nie mehr eine Prüfung machen müssen!«

Das Feuer änderte die Richtung und sprang hinter Annalessa her wie eine Katze hinter einer Schnur. Es entstand eine Gasse, durch die Fins Feuerflüchter laufen konnte.

Das Rennen war eröffnet. Nebeneinander rasten sie

an den gegenüberliegenden Rändern der Spalte entlang, und jede Gruppe äußerte lautstark ihre Wünsche. Das Feuer loderte am einen Rand hoch, dann verschwand es in der Rinne und erschien am anderen Rand, hin- und hergerissen zwischen den konkurrierenden Wünschen.

»Ich will Schuhe, die nicht nass werden!«, brüllte Fin.

Ardent kicherte. »Und ich wollte schon immer die Erstausgabe von Stapletons gesammelten Schriften über die besten Verfahren zur Herstellung von Wacholderschnaps inklusive aller Apokryphen, und das möglichst neuwertig.«

»Ich will neue Buntstifte, aber mit Minen, die nicht abbrechen!«, schrie Marrill.

»Wie wäre es mit einem neuen Paar doppelseitiger Entscheidungswürfel?«, stimmte Annalessa lachend ein.

Auch Coll meldete sich schließlich zur Wort. »Ein neues Schiffssteuerrad aus Bronze.«

Remy grinste. »Ein Auto, das keine Zähne hat!«

Und so machten sie weiter, und ihre Wünsche wurden immer absurder, bis sie die Stadt der brennenden Leitern, die Felsspalten und die Feuersbrunst schließlich hinter sich gelassen hatten. Sie bewegten sich jetzt über die eigentliche Ebene. Auch dort tobten überall Feuer, die womöglich noch schlimmer waren, aber sie hatten mehr Platz zum Manövrieren. Fin sank gegen den Rand der Schale und strich sich die schweißnassen Haare aus der Stirn.

»Auch kein schlechtes Abenteuer, was?«, rief er Marrill zu. »Wie auf dem guten alten Piratenstrom.« Marrill kniete weiter neben Ardent, und ihre Haare flatterten im Wind.

»Was?«, murmelte sie abwesend. Sie warf ihm einen kurzen Blick zu und runzelte die Stirn. Dann wanderte ihr Blick zu dem Käfer weiter. »Du hast gar nichts gesagt, als wir uns alle etwas gewünscht haben. Warum nicht? Hast du keine Wünsche?«

»Hier wünscht sich jedes Wesen und jedes Ding etwas«, summte Rysacg. »Mein Volk will die Mauer hinaufklettern, die Häuser wollen wieder aufgebaut werden, das Gras will wachsen, und das Feuer sucht nach Nahrung.«

»So habe ich die AGFs geschaffen!«, rief Ardent stolz. »Normalerweise würde ich nicht einfach so einen Gegenstand zum Leben erwecken, dazu ist die Verantwortung zu groß. Aber ich habe sofort erkannt, dass hier alles vor dem Feuer fliehen will. Deshalb brauchte ich den Schalen nur noch Beine zu geben!«

Rysacg klickte mit seinen Deckflügeln, und Fin sah, dass sich darunter gar keine eigentlichen Flügel verbargen. »Vollkommen richtig. Das ganze Land will genesen und seine Wunden heilen. Aber Wünsche können auch gefährlich sein. Sie können sich überhitzen und dann zerstörerisch wirken. Sie verschlingen alles, was sie an Nahrung finden, bis nur noch das Verlangen an sich übrig ist.«

Der Käfer zeigte mit einer Klaue in die Ferne. »Seht dort, das Feuer stirbt. Bald hat es alles verzehrt, was es zu verzehren gibt, und sich ausgebrannt. Das Gras wird rasch nachwachsen, und alles andere wird folgen. In ein paar Stunden wird die Ebene wieder zum Leben erwachen. Und noch ein paar Stunden später wird das Feuer zurückkehren.«

Fin betrachtete die verkohlte Wüste mit zusammengekniffenen Augen. Scheinbar endlos erstreckte sich die sandige Fläche vor ihm. Doch dann stutzte er. Was eben noch vollkommen leer gewesen war, schien plötzlich Gestalt anzunehmen, sich in etwas ganz anderes zu verwandeln. Er richtete sich auf und beugte sich über den Rand der Schale.

»Wow«, flüsterte er. »Seht ihr das auch?« Der Sand verformte sich zu Hügeln, Dünen und Tälern und dann zu noch ausgeprägteren Formen mit unnatürlich scharfen Kanten und Ecken. Die Wüste schien sich vor seinen Augen in eine von unsichtbaren Händen erbaute Sandburg zu verwandeln.

Die Landschaft nahm zunehmend Gestalt an, und auch das Material des Sandes änderte sich, verwandelte sich in weiche Erde, harten Stein und glatte Lehmziegel. Aus der Erde spross unversehens Gras, und Steine schichteten sich von selbst zu den baufälligen Mauern alter Gebäude auf.

»Die Stadt erneuert sich«, erklärte Rysacg. »Sie will ihre frühere Pracht wiederherstellen. Aber dieser

Wunsch ruft erneut das Feuer auf den Plan, und mit dem Feuer kommt die Zerstörung.«

Marrill hatte sich gedreht und lehnte mit bis zur Brust angezogenen Knien an der Krümmung der Schale. »Aber wie kann das Feuer zurückkehren?«, fragte sie. »Wenn es sich doch … ausgebrannt hat?«

Der Käfer klickte mit den Klauen, ein Geräusch, das so viel wie ein Kopfschütteln bedeutete, wie Fin inzwischen wusste. »Das Feuer brennt immer, mal mehr und mal weniger. Manchmal versteckt es sich – es glimmt im Boden weiter, oder die Steine sind noch so heiß, dass Dinge, die sie berühren, jederzeit in Flammen aufgehen können. Manchmal brennt das Feuer auch in einem alten Balken, einem Baum oder einer Mauer weiter, und man bemerkt es erst, wenn es wieder ausbricht. Und dann steht alles erneut in Flammen.«

»So ist das mit Wünschen.«

»Und wie überlebt der Salz-und-Sandkönig hier draußen?«, fragte Fin. »Hat er wie du einen Panzer?«

Rysacg zögerte. »Diese Frage hat noch nie jemand gestellt.«

»Aber bist du nicht neugierig?«, fragte Marill.

»Nein«, erwiderte der Käfer ruhig. »Ich will das nicht wissen.« Die Feuerflüchter rannten unterdessen weiter, und hinter ihnen tanzten spielerisch die Flammen.

Sie waren noch nicht sehr weit gekommen, da klickte Rysacg wieder mit den Flügeln. »Da«, sagte er, und streckte den Arm aus.

Die Feuerflüchter wurden langsamer. Auf der grasbewachsenen Ebene vor ihnen öffnete sich ein kahler Platz. An seinen Rändern lagen die Überreste von Segelschiffen. Fin musste an den Morast von Monerva denken. Nur dass es hier kein Wasser gab, sondern ausschließlich Sand.

Zwar hingen an den Masten noch Segel, die sich schlaff im Wind bewegten, aber Fin hatte trotzdem den Eindruck, dass die Schiffe schon uralt waren, sogar noch viel älter als die Schiffsgerippe im Sumpf von Monerva. Trotzdem kam ihr Aussehen ihm merkwürdig bekannt vor. Solche Schiffe waren ihm schon auf der Karte begegnet, als er seine Mutter gesucht hatte. Auch das Schiff des vergessbaren Mädchens in Tiefenstadt hatte so ausgesehen. Und die Schiffe hier trugen dasselbe Zeichen auf der Seite: den Drachen unter einem mit einem Gebirge gefüllten Kreis. Fin sprang aus dem Feuerflüchter, um besser sehen zu können.

»He, das Symbol kenne ich doch«, sagte Marrill und beugte sich über den Rand der Schale. »Es war auf dem Stoppschild in meiner Welt abgebildet und auch auf dem Obelisken im Trümmerarchipel.«

Rysacg summte aufgeregt. »Natürlich. Das ist das Siegel des Salz-und-Sandkönigs, Flammen mögen seinen Namen tilgen.«

Fin erstarrte. Die Schiffe, mit denen das vergessbare Mädchen und seine Mutter gefahren waren, hatten zu dieser Flotte gehört, davon war er überzeugt. Der Flotte des Salz-und-Sandkönigs. Sein Hals war wie zugeschnürt, und er schluckte mühsam. Sosehr er sich auch bemühte, er konnte sich keinen Reim darauf machen.

»Hier war einmal eine Bucht«, erklärte Coll. Er sprang aus seinem Feuerflüchter und half Remy und Annalessa beim Aussteigen. Dann nahm er eins der Schiffe genauer in Augenschein. »Der Strom muss hier entlanggeflossen sein, bevor er durch die Mauer abgeschnitten wurde. Hier sieht man noch das Salz am Rumpf kleben.« Er strich mit der Hand über die Planken und wischte das weiße Pulver an seiner Hose ab.

Marrill ging an Fin vorbei zu Coll, legte den Kopf in den Nacken und blickte zur Takelage hinauf. »Warum sind die Schiffe nicht verbrannt?« Sie blickte über die Schulter zu Rysacg, der bei den Feuerflüchtern zurückgeblieben war. »Kommt das Feuer nicht bis hier?«

»Auf dieser Ebene bleibt nichts vom Feuer verschont.« Der Käfer klickte mit den leeren Deckflügeln. »Warum es diese Schiffe nicht verbrannt hat, weiß ich nicht.«

Coll kratzte sich am Nacken. »Es handelt sich jedenfalls um Stromklipper, die aus Fadholz gebaut werden. Und Fadholz ist so langweilig, dass es keine Wünsche hat. Also brennt es auch nicht. Mir wird schon langweilig, wenn ich darüber spreche, verflixt.«

Sie gingen an den alten Schiffen vorbei, und Fin folgte ihnen. Dahinter öffnete sich ein kleiner Platz, in dessen Mitte eine aus rotem Lehm erbaute Hütte stand. Was auch immer der Zweck der Hütte gewesen sein mochte, einen König erwartete man hier jedenfalls nicht.

Ardent schien das nicht zu stören. »Dann wollen wir mal«, sagte er, ging über den kahlen Platz und klopfte mit den Fingerknöcheln an einige schiefe Bretter, die offenbar als Tür dienten. »Hallo?«, sagte er.

Stille folgte, und alle lauschten angestrengt auf eine Bewegung in der Hütte. Ardent räusperte sich. »Jemand da?«, rief er lauter.

Er hob gerade die Hand, um noch einmal zu klopfen, da flog die Tür knarrend auf. »Hämm?«, krächzte eine Stimme. Schon ihr Klang ging Fin durch Mark und Bein, aber als er den Sprecher erst sah, hätte er am liebsten Reißaus genommen.

In der Tür stand ein jämmerliches Geschöpf, krumm und bucklig und von Kopf bis Fuß in Lumpen gehüllt, die sogar einen Teil des krummen kleinen Schnabels bedeckten. Von seinem Gesicht waren nur die Augen durch einen schmalen Spalt zu sehen. Von Fins Platz aus sahen sie aus wie glühende Asche, die freilich schon fast erloschen war.

Fin empfand eine seltsame, Übelkeit erregende Mischung aus Entsetzen und Mitleid und sah an den Gesichtern der anderen, dass es ihnen ähnlich ging. Nur Ardent wirkte völlig unbeeindruckt. Er verbeugte sich schwungvoll.

»Sei gegrüßt. Ich bin der große Zauberer Ardent. Du hast vielleicht von mir gehört?« Ardent überragte den

Zwerg auch vornübergebeugt noch deutlich. Erwartungsvoll sah er ihn an.

Annalessa lächelte ein wenig. »Wie ich höre, hat sich an Ardents Selbsteinschätzung nichts geändert.«

Fin hätte schwören können, dass Ardents Ohrläppchen sich rosa verfärbt hatten, als er sich aufrichtete.

»Hämm?«, krächzte das Geschöpf wieder. Fin war sich nicht sicher, ob es nur schlecht hörte oder keinen anderen Laut hervorbringen konnte.

»Ich sagte, ich bin der große Zauberer Ardent!«, wiederholte Ardent. Er schrie fast. »Und wir wollen mit dem Salz-und-Sandkönig sprechen!«

»Hämm?«

Ardent stöhnte ungeduldig und legte die Hände trichterförmig an den Mund. »Weißt du, wo wir den Salz-und-Sandkönig finden?!«

Fin machte sich schon auf ein weiteres schrilles »Hämm?« gefasst, aber es blieb aus. Stattdessen folgte ein kurzes Schweigen und dann ein Geräusch, das man als Lachen deuten konnte. Es klang allerdings mehr nach dem erstickten Fauchen eines erlöschenden Feuers.

»Ich kenne ihn«, murmelte das Geschöpf. Es hob eine verbundene Hand, deren umwickelte Finger wie eine Art Klaue aussahen, und ahmte ein wenig spöttisch Ardents Verbeugung nach. »Weil ich nämlich der Salz-und-Sandkönig bin.« Das Geschöpf hob den Kopf. »Vielleicht hast ja du von mir gehört, hämm?«

Kapitel 21

Der Salz-und-Sandkönig

Marrill war sich nicht sicher, ob sie das richtig verstanden hatte. Dieser kleine, in Lumpen gehüllte Wicht sollte der Salz-und-Sandkönig sein? Der König, der die Endlosen Ebenen vereint, die Mauer gebaut und als Erster die Wunschmaschine benutzt hatte?

Sie musste zugeben, sie hatte etwas mehr Glanz erwartet. Mitleid stieg in ihr auf – wie tief der arme König gefallen war! Der Zauberer der Morgendämmerung hatte ihn hereingelegt, und anschließend hatten die wütenden Käfer ihn offenbar ins Exil auf der Brennenden Ebene geschickt und ihn dort sich selbst überlassen. Seinen Verbänden nach zu urteilen, hatte er es nicht leicht gehabt. Marrill wollte sich gar nicht vorstellen, wie oft er sich schon verbrannt hatte und was für Verletzungen sich unter den Lumpen verbargen.

Sie überlegte kurz, wie man sich in einer solchen Situation angemessen verhielt. Verbeugte man sich vor einem König? Machte man einen Knicks? Sie sah sich hilfesuchend nach den anderen um, aber die starrten den König nur an.

Mit Ausnahme von Ardent natürlich. »Besten Dank, wir wissen zu schätzen, dass du dir die Zeit nimmst, mit uns zu sprechen«, sagte er. »Wir sind auf der Suche nach Informationen und hoffen dabei auf deine Hilfe.«

Der Salz-und-Sandkönig sagte nur wieder »Hämm!«, und es klang mehr wie ein über eine Tafel scharrender Fingernagel als wie ein Wort. Marrill bekam unwillkürlich eine Gänsehaut und biss die Zähne zusammen.

»Wir hoffen auf deine Hilfe gegen einen sehr gefährlichen Feind, ein mächtiges Wesen unbekannter Herkunft, das den Piratenstrom mit einer schlimmen Katastrophe bedroht.« Ardent hob die Hand bis zum Rand seiner Mütze. »Dieser Feind ist etwa so groß und trägt einen gepflegten Bart und eine Rüstung.«

»Kenne ich, hämm«, sagte der Salz-und-Sandkönig. »Er wollte zum Siphon von Monerva.«

Marrill hielt die Luft an. »Habt Ihr ihm den Weg gezeigt?«

Der Salz-und-Sandkönig musterte sie streng. »Hämm«, knurrte er. »Warum nicht?«

Ardent räusperte sich. »Wir wüssten auch gerne, wo –«

»Kann euch nicht helfen«, erwiderte der König barsch, noch bevor Ardent zu Ende gesprochen hatte.

Annalessa trat vor und legte Ardent die Hand auf den Arm. »Lass mich das versuchen«, murmelte sie.

Sie wandte sich an den Salz-und-Sandkönig. »Ehrwürdigster König, wir müssen unbedingt diesen Siphon finden und verhindern, dass …«

Der Salz-und-Sandkönig schnitt ihr das Wort ab. »Du bist eine Zauberin, hämm?«

Annalessa nickte lächelnd. »Richtig.«

»Ich habe mich vorher falsch ausgedrückt«, fauchte er. »Ich wollte sagen, dass ich euch nicht helfen *will*, hämm? Ich arbeite nicht mit Zauberern zusammen. Ihr seid doch alle Gauner und Schwindler.«

Das war zu viel für Marrill. »Aber der Kapitän des Eisernen Schiffes ist doch auch ein Zauberer«, erwiderte sie. »Stimmt's?«

Der Salz-und-Sandkönig zuckte mit den Schultern. »Deshalb traue ich ihm ja auch nicht, hämm? Aber jemand musste zum Siphon, damit mein Wunsch in Erfüllung gehen kann. Jetzt brauche ich nicht mehr mit Zauberern zusammenzuarbeiten, also werde ich es auch nicht tun.«

Marrill konnte sich nicht mehr beherrschen. Kapierte er denn nicht, worum es hier ging, oder warum wollte er nicht helfen? »Aber wir müssen den Kapitän aufhalten, er ist ein Verbrecher!« Sie stampfte mit dem Fuß auf. »Er will die Eiserne Flut auslösen und den Piratenstrom zerstören.«

Der Salz-und-Sandkönig fixierte sie mit rötlich flackernden Augen. Marrill schluckte, wollte aber nicht so schnell klein beigeben. »Woher weißt du von dieser

Eisernen Flut?«, fragte er und kam einen Schritt auf sie zu.

Der Schweiß lief Marrill den Nacken hinunter. Die Hitze auf dem Platz war förmlich mit Händen zu greifen und lag wie Blei auf ihren Lungen. »Weil sie schon gekommen ist.«

Der Salz-und-Sandkönig legte den Kopf schräg. »Tatsächlich? Der Strom wurde zerstört, und ich habe es nicht bemerkt, hämm?«

Marrill sah die anderen an. Keiner schien scharf darauf zu sein, sich einzumischen. »Ich meine, sie ist noch nicht da, aber sie wird kommen, das wissen wir. Weil in der Vergangenheit Menschen von ihr gesprochen haben.« Sie hob ungeduldig die Hand. Wie sollte sie das erklären? »Und weil die Vergangenheit auch … die Zukunft ist.«

Marrill ließ die Schultern fallen. Sie merkte selbst, wie wirr sie klang. »Bitte.« Ihre Stimme brach, und sie biss sich auf die Lippen und unterdrückte krampfhaft die in ihr aufsteigenden Tränen. »Alles, was mir etwas bedeutet, ist in Gefahr. Ich muss den Siphon unbedingt stoppen.«

Der Salz-und-Sandkönig trat noch dichter vor sie und senkte die Stimme, so dass sie klang wie zischender Dampf. »Ich weiß, wie das ist – alles zu verlieren, was einem wichtig ist. Und ich weiß auch, wie es sich anfühlt, dafür verantwortlich zu sein – die ganze Last der Verantwortung auf den Schultern zu spüren.«

Erleichterung durchströmte Marrill, und sie atmete tief aus. Der König verstand sie! »Du hilfst uns also?«

Die Augen des Salz-und-Sandkönigs pulsierten hinter dem Gesichtsverband wie die Kohlen eines verlöschenden Feuers. Er streckte seine wie Klauen geformten Hände nach Marrills Händen aus und packte sie. Marrill musste sich zwingen, nicht zurückzuweichen oder die Hände wegzuziehen.

Die Hände des Salz-und-Sandkönigs waren heiß, ja mehr noch, die Berührung brannte geradezu auf ihrer Haut. »Ich weiß, wie das ist, wenn man sich etwas wünscht und wenn man etwas verliert. Aber noch besser weiß ich, wie es ist, hintergangen zu werden.«

Seine Worte klangen, als seien sie nur an Marrill gerichtet. »Ich spüre, wie dein Verlangen das Feuer ruft.« Sein ganzer Körper schien auf einmal orangefarben zu leuchten. Er ließ ihre Hände fallen und wich taumelnd zurück. »Ihr alle habt Wünsche, die so heftig brennen, dass sie euch verschlingen und blenden. Und täuschen.«

Sein Blick blieb auf Fin stehen. »Und du, was wünschst du dir?«

Fin sah ihn mit großen Augen an, überrascht, dass der Salz-und-Sandkönig ihn überhaupt bemerkt hatte. »Äh … ich … wie Marrill gesagt hat, ich will den Siphon stoppen.«

Der Salz-und-Sandkönig warf den Kopf zurück und lachte gackernd. Es klang wie das Knacken dürren Holzes im Feuer. »Deinen König kannst du nicht anlügen, das weißt du schon, hämm?«

Fin starrte ihn nur sprachlos an, und der Salz-und-Sandkönig lachte noch lauter. »Was verstehst du nicht? Dass ich dein König bin? Oder dass du gerade gelogen hast?« Er breitete die lumpenumwickelten Arme aus. »Beides stimmt. Hämm?«

»Ich …« Fin warf Marrill einen Blick zu, wandte die Augen aber sofort wieder ab. »Äh … habe nicht gelogen.« Seine Wangen waren knallrot angelaufen, und Marrill brauchte einen Moment, um zu begreifen, was das bedeutete.

Fassungslos starrte sie Fin an. Er hatte gelogen. Er wollte den Siphon gar nicht anhalten, obwohl sie beide wussten, dass Marrills Welt nur dadurch gerettet werden konnte. »Fin?«

Aber der Salz-und-Sandkönig war noch nicht fertig. Er marschierte zu Fin. »Du willst den Siphon nicht anhalten, weil du weißt, dass du nur mit seiner Hilfe erreichen kannst, dass andere sich an dich erinnern.« Er bohrte Fin eine Klauenhand in die Brust. »Weil du nicht begreifst, was für ein Geschenk du in dir trägst und wie wichtig diese Fähigkeit ist. Und was ich alles aufgeben musste, damit du imstande bist, zwischen Erinnerung und Vergessen zu wechseln.«

Marrill stockte der Atem. Fin starrte den Salz-und-Sandkönig mit offenem Mund an, und Marrill sah, dass seine Lippen und Hände zitterten.

»Ich weiß, wer du bist«, zischte der Salz-und-Sandkönig. »Ich weiß, *was* du bist. Hämm?«

Doch bevor er weitersprechen konnte, trat Ardent zwischen die beiden. »Genug mit diesem Quatsch«, sagte er mit einer wegwerfenden Handbewegung. »Sag uns jetzt, wo wir den Siphon von Monerva finden.«

Seine Stimme klang so scharf, dass Marrill erschauerte und vergaß, was der König soeben gesagt hatte. »Erinnere mich daran, dass ich den nie ärgere«, flüsterte Remy neben ihr.

Der Salz-und-Sandkönig lachte meckernd. »Eine Wegbeschreibung, hämm? Das willst du? Du armer, armer Zauberer. Du weißt ja gar nicht, wie verloren du in Wirklichkeit bist.« Er sah Marrill mit schräggelegtem Kopf an. »Vertrau nie einem Zauberer, und jetzt weißt du auch, warum nicht«, gackerte er. »Der Zauberer der Morgendämmerung hat den Siphon wirklich gut versteckt. Und nur zwei Leute kennen den Trick, wie man an ihn herankommt.« Er machte eine Pause. »Oder drei jetzt, wo ich es dem Herrn in Eisen mitgeteilt habe.«

»Ihr helft ihm, aber nicht uns?« Ardent schrie fast.

»Vielleicht habe ich euch ja schon geholfen, hämm?«, erwiderte der Salz-und-Sandkönig. »Es gibt alles doppelt. Dich und ihn! Den Zauberer der Morgendämmerung und mich! Und zwei Türen, Land und Meer!«

»Genug!«, brüllte Ardent so laut, dass Marrill zusammenzuckte. »Schluss mit den Spielchen.«

Der Salz-und-Sandkönig hüpfte von einem Fuß auf

den anderen. »Aber es ist doch jetzt ein Spiel, hämm? Die Figuren sind aufgestellt, die Züge bereits festgelegt. Und du« – er zeigte auf den Zauberer – »hast bereits verloren!«

Einen Moment lang passierte nichts. Dann ertönte ein seltsam saugendes Geräusch wie von einem Riesen, der einatmete. Oder genauer, wie von einem Riesen, der hustete, nur in umgekehrter Richtung. Aus den Ritzen in den Verbänden des Salz-und-Sandkönigs quoll Rauch.

Und plötzlich wusste Marrill genau, was als Nächstes passieren würde. Sie stürzte zu Ardent, packte ihn am Arm und riss ihn zur Seite. »Feuer kann auch versteckt brennen!«, rief sie.

Sie hatten erst zwei Schritte gemacht, da explodierte der Salz-und-Sandkönig und ging in Flammen auf.

Heiße Luft fuhr über sie hinweg, und Ardent zog Marrill hinter sich. »Lauf!«, befahl er und schob sie in Richtung der Schiffe, die in einem Ring um den leeren Platz lagen.

Marrill ließ sich das nicht zweimal sagen. Sie rannte, so schnell sie konnte, ohne darauf zu achten, dass die heiße Luft ihr bei jedem Atemzug die Kehle verbrannte. Vor ihr schlugen plötzlich Flammen aus dem Boden. Sie bremste schliddernd und schlug eine andere Richtung ein.

Aber auch dort versperrte ihr das Feuer den Weg. Flackernd und züngelnd sprang es vor ihr hin und her, fast wie ein Lebewesen, das ihr nachstellte. Und dann sah es auf einmal nicht mehr aus *wie* ein Lebewesen, sondern war *tatsächlich* eins: ein gewaltiger brennender Tiger mit einem Fell aus orangefarbenen Flammen und schwarzem Rauch und grün flackernden Augen.

Ein Schrei stieg in Marrill auf, und sie wäre am liebsten weggerannt. Aber wenn dieser Tiger sich so verhielt wie die echten Tiger, die sie mit ihren Eltern in Indien gesehen hatte, war Weglaufen die schlechteste Alternative.

Deshalb senkte sie den Blick und zog die Schultern hoch. »Ist ja gut«, murmelte sie und wich langsam zurück. Das Tier trottete um sie herum und brannte mit jedem Schritt heller.

»Marrill!«, rief eine Stimme hinter ihr. »Was machst du da? Lauf!« Der Feuertiger duckte sich. Bei jedem Zucken seines Schwanzes flogen Funken durch die Luft.

Dann sprang er. Marrill ließ sich auf den Boden fallen und schlug die Hände vors Gesicht. Das Geschöpf flog an ihr vorbei, und die Hitze des Feuers versengte die Härchen auf ihren Armen.

Keuchend lag sie auf dem Boden. Da stieg neben ihr ein dünner Rauchfaden auf. Ganz langsam richtete sie sich auf Hände und Knie auf und kroch rückwärts. Der Rauchfaden wurde dicker und begann sich zu winden wie ein Wurm.

Sie fuhr mit der Hand tastend über den Boden und suchte nach einer Waffe, fand aber nur verkohlte Holzstücke. Also musste sie sich damit behelfen. Sie packte mit jeder Hand eins.

Aus dem Rauchfaden schlugen unversehens Flammen, und er verwandelte sich in eine Schlange. Die Augen waren zwei glühende Funken, die Fangzähne orangefarbene Flammen. Die Schlange kam langsam näher. Marrill warf ein Holzstück auf sie und rannte los.

»Hier lang!«, rief eine Stimme. Durch den Rauch sah sie einen Jungen vor einem Schiffsrumpf kauern und ihr winken.

Sie rannte in seine Richtung. Unterwegs sprang sie über einen feuerspeienden Alligator und wich einem Schwarm brennender Fledermäuse aus. Das Feuer folgte ihr, leckte geradezu spielerisch an ihren Fersen und trieb sie weiter. Sie erreichte das Schiff, und der Junge schob sie zu einer Leiter. »Rauf!«, schrie er.

Sie steckte das andere Holzstück in die Tasche und kletterte hinauf. Auf Deck waren zu ihrer Erleichterung sämtliche Mannschaftsmitglieder der *Krake* versammelt. Alle waren leicht angesengt, aber niemand hatte ernsthafte Verbrennungen. Sie sah auch den Käfer, der sie geführt hatte, und die beiden Feuerflüchter. Sie standen so dicht nebeneinander, dass ihre Bronzeschalen immer wieder klirrend aneinanderstießen.

Über ihren Köpfen flatterten und knallten die alten Segel, um sie herum fraß sich das Feuer knisternd und knackend durch die grasbewachsene Ebene. Rauchschlangen stiegen vom Boden auf, und Augen aus grünem Feuer schlichen durch den Busch. Doch aus irgendeinem Grund blieb das Schiff verschont.

»Und jetzt?« Hustend wischte Marrill sich die vom Ruß schwarzen Hände an ihrer Bluse ab. Niemand schien eine Antwort darauf zu haben. »Könnt ihr das Feuer nicht einfach wegzaubern?«, fragte sie die beiden Zauberer.

Die Zauberer schüttelten die Köpfe.

»Dieses Feuer wurde vom Zauberer der Morgendämmerung entfacht«, sagte Ardent, »einem der größten Dzane. Und was die Dzane geschaffen haben, kann nur die Macht der Dzane zerstören, wie ihr wisst.«

Tränen der Enttäuschung und Angst traten Marrill in die Augen, und sie wandte sich ab. Hinter ihr stand neben den Feuerflüchtern vollkommen unbewegt und ruhig wie immer Rysacg. »Du hast wahrscheinlich auch keine Idee, oder?«, fragte sie.

»Ihr könntet versuchen, nichts zu wollen«, schlug er vor.

Marrill schnaubte nur verächtlich. Nichts zu wollen war vollkommen unmöglich, gerade jetzt, wo es um so viel ging. Sie musste ihre Welt und ihre Mutter retten und dann zusammen mit Remy wohlbehalten nach Hause zurückkehren. Außerdem wollte sie auf dem Strom bleiben und weiter Abenteuer erleben, und sie wollte, dass sie alles zugleich haben konnte.

Ihre Wünsche brannten so heiß in ihr, als hätte sie das Feuer geschluckt, das um sie tobte. »Alle wollen doch etwas«, rief sie unwillig und stampfte mit dem Fuß auf. Ein Feuerflüchter wich erschrocken vor ihr zurück und duckte sich.

Sie bekam Gewissensbisse. »Tut mir leid, mein Kleiner«, sagte sie schuldbewusst und hielt ihm die Hand hin. Dass der Feuerflüchter sich so erschreckt hatte, tat ihr in der Seele weh. Schließlich war er nur eine Art Tier und verstand nicht, was hier vorging. Marrill wünschte sich, er würde einfach wegfliegen und sie alle mitnehmen.

Das brachte sie auf eine Idee. »He, Ardent«, rief sie, »könntest du den Feuerflüchtern nicht Flügel zaubern?«

»Schon.« Der Zauberer nickte. »Aber die Flügel würden uns nichts nützen«, fügte er hinzu, bevor Marrill sich Hoffnungen machen konnte. »Vielleicht erinnerst du dich noch. Als du den Strom verlassen hast, habe ich dem Wind versprochen, dass ich ihn nie wieder um etwas bitten würde. Deshalb kann ich jetzt nicht von ihm verlangen, dass er meinen Schöpfungen beim Fliegen hilft.« Leiser fügte er hinzu: »Obwohl man doch denken könnte, dass der blöde Kerl zu Verhandlungen bereit wäre, aber nein.«

Wieder fuhr eine sengend heiße Bö über das Schiff, dass die Taue in Bewegung gerieten, und hüllte es in Rauch. Marrill begann zu husten und ihre Augen und Lungen brannten.

Sie mussten von hier verschwinden, und zwar schnell.

Ein Feuerflüchter stupste sie an, und sie streichelte

eins seiner Beine. Wenn er doch Flügel hätte! Flügel, die sie von hier wegtragen könnten. Die Segel über ihrem Kopf flatterten und knallten.

Da fügte sich in ihrem Kopf auf einmal alles zusammen. *Feuerflüchter, Flügel, Segel, heiße Luft, Fliegen.* Marrill kehrte in Gedanken zu einer Erinnerung aus ihrer Kindheit zurück. Mit ihrer Mutter war sie in einem Ballon über Coney Island in New York geflogen.

Ein Ballon flog mit heißer Luft! Sie weinte fast vor Erleichterung. »Ardent!«, schrie sie. Der gestresste Zauberer sprach gerade mit Annalessa über die Möglichkeiten einer manuell ausgeführten magischen Manipulation und strich sich über den mit Ruß bedeckten Bart. »Kannst du die Segel dieses Schiffes nicht mit den Schalen der Feuerflüchter verbinden?«

Der Zauberer sah sie fragend an. »Na gut, das könnte ich natürlich, aber ich weiß nicht, wie man mit einem AGF segelt ...«

Coll meldete sich zu Wort. »Das könnte ich übernehmen«, sagte er zuversichtlich. Er wandte sich an Marrill. »Wie genau sieht mein Schiff denn aus?«

»Das siehst du dann schon«, sagte Marrill. Rasch erklärte sie Ardent, was genau sie brauchte. Wie von einer magischen Hand abgeschnitten, lösten die Segel sich von den Masten, und Ardent formte daraus Ballons, die er mit Tauen an den beiden Feuerflüchtern befestigte.

»Heißluftballons?« Remy klatschte in die Hände. »Du

bist ein kleines Genie, Marrill Aesterwest. Okay, ich drücke bei den Mathehausaufgaben ein Auge zu. Dieses eine Mal.«

Wenig später führte Marrill die beiden Feuerflüchter vorsichtig zum Bugspriet des Schiffes – einen für Rysacg und einen für die anderen. Dann legte sie die Hände an den Mund und rief: »Ich will ein großes Glas Eiswasser! Ich will in den Mathehausaufgaben eine Eins! Ich will Urlaub in der Wüste aus Eis und Schatten machen!«

Die anderen fielen ein und riefen ebenfalls Wünsche. Sogar Rysacg brachte einen Wunsch zustande: »Ich möchte bitte nach Hause gehen.« Das Feuer unter ihnen toste, heiße Luft und Rauch füllten die Ballons.

Rysacg hob ab, langsam zuerst und dann immer schneller. Er winkte ihnen mit seiner Klaue zu. »Ich wünsche euch viel Glück!«, rief er. Die Flammen loderten auf, und Marrill hatte Mühe, ihren Ballon zurückzuhalten, während der Rest der Mannschaft einstieg.

Sie sprang als Letzte an Bord. »Ich will den Siphon finden!«, brüllte sie, um die Flammen anzufachen. »Und ich will meine Welt retten und meine Mom!« Hitze schlug ihr ins Gesicht, und sie spürte, wie ihr Ballon mit einem Ruck abhob.

Sie tat einen triumphierenden Schrei, der ihr jedoch im Hals steckenblieb, als Remy plötzlich in Panik ausrief: »Dein Begleiter!« Die Babysitterin stürzte zum Rand der Schale und brachte sie beinahe zum Kippen.

Coll hielt Remy fest und zog sie wieder hinein. Remy wehrte sich und streckte verzweifelt den Arm aus. »Wir können ihn doch nicht hierlassen!«, rief sie.

Marrill blickte verwirrt zurück. Tatsächlich, sie hatten einen Jungen vergessen. »Komm!«, rief sie ihm zu. »Schnell!«

Doch der Junge bewegte sich nicht. Er stand nur da und sah mit einem unendlich traurigen Gesicht zu, wie der Ballon immer höher aufstieg. Marrill konnte das nicht verstehen. Warum sprang er nicht?

»Was machst du da?«, rief sie.

»Ist schon gut, Marrill!«, rief er zurück. »Ich muss bleiben! Versuch du, den Siphon anzuhalten.«

Sie stiegen weiter auf. Einen Moment lang, einen kurzen Moment lang hätte Marrill noch springen, hätte sie zurückbleiben können und wäre es noch nicht zu spät gewesen, ihn zu retten.

Doch dann war dieser Moment verstrichen.

»Fin.« Ihre Lippen hatten das Wort unwillkürlich geformt, doch sie konnte nicht um alles in der Welt sagen, was es bedeutete.

Während der Ballon weiter aufstieg, meinte sie im trockenen Knistern des Feuers Gelächter zu hören. Und ihr fiel beim besten Willen kein Grund ein, warum sie überhaupt hätte springen sollen.

Kapitel 22

Eine Figur auf dem Spielbrett

Fin sah den anderen mit einem schlechten Gewissen nach. Er hatte sich so oft darüber beschwert, fast vergessen worden zu sein, und jetzt hatte er selbst entschieden, zurückzubleiben. Im Kopf hörte er immer noch Remys Stimme rufen: »Dein Begleiter! Wir können ihn doch nicht hierlassen.« Bei dem Gedanken, dass sie sich an ihn erinnert und sich seinetwegen Sorgen gemacht hatte, musste er lächeln. Zugleich tat ihm weh, was er *nicht* gehört hatte.

Nämlich, dass Marrill seinen Namen gerufen hätte. Gut, sie hatte gerufen, er solle sich beeilen. Sie hatte sich auch seinetwegen Sorgen gemacht.

Aber sie hatte sich nicht an ihn erinnert. Sie hatte ihn trotz ihres Versprechens im Grunde vergessen. Zorn stieg in ihm auf, ohne dass er sich dagegen hätte wehren können. Obwohl er wusste, dass sie nichts dafür konnte. Weil es eben so war. Weil er so war.

Er spürte einen Stich in der Brust. Deswegen hatte er

zurückbleiben müssen. Weil er eins mehr als alles andere wollte, mehr als alles, was die Wunschmaschine ihm geben konnte – nämlich verstehen, wer er war. Der Salz-und-Sandkönig hatte so getan, als könnte er ihm das sagen.

Fin sprang vom Schiff auf den Boden hinunter. Das Feuer bäumte sich sengend heiß vor ihm auf wie eine Flutwelle. Doch er hatte keine Angst – jetzt nicht mehr.

»Ich wusste, du würdest bleiben«, rief eine Stimme aus den knisternden Flammen.

»Du hast gesagt, du wüsstest, wer ich bin.« Fin schluckte und bekam den Hals voller Rauch. »Was ich bin.«

»Du bist meine Figur auf dem Spielbrett«, zischte das Feuer. »Ich bin dein König und herrsche über dich.«

Fin versteifte sich. Er war sich eigentlich ziemlich sicher, dass er keinen Chef hatte, von einem König ganz zu schweigen. Und absolut sicher, dass ein solcher Chef auf keinen Fall ein sprechendes Feuer war. »Niemand herrscht über mich.«

»Doch du trägst mein Siegel«, fauchte das Feuer.

Es juckte Fin in den Fingern – am liebsten hätte er den Armreif aus der Tasche gezogen und das Symbol näher betrachtet. Stattdessen ballte er die Hände zu Fäusten.

»Armer verlorener Soldat.« Das Feuer flackerte und wurde schwächer, und einen Moment lang meinte Fin in den Flammen eingesperrt die in Lumpen gehüllte Kreatur zu erkennen. »So verloren, dass du nicht siehst, was du hast.«

Fin hob trotzig das Kinn. »Ich bin nicht verloren«, protestierte er.

Das brennende Gras und das Holz knackten und knallten vor Lachen. »Nein? Sieh dich um. Du stehst mitten in einer Wüste, mitten im Feuer. Alleingelassen von allen, außer von mir.«

Das Feuer hatte nicht unrecht, wie Fin zugeben musste. Doch dann schüttelte er den Kopf. Das Feuer konnte gar nicht recht haben, weil Feuer eine Sache war. Und Sachen konnten nicht denken.

Andererseits konnte Feuer normalerweise auch nicht reden, was dieses Feuer aber ununterbrochen tat.

»Hör auf mit deinen Spielchen und sage mir, wer ich bin«, befahl Fin.

»Aber ist nicht alles ein Spiel? Ziehen wir nicht über das Brett und schlagen andere, um unseren Willen zu bekommen?«

»Kannst du eigentlich immer nur Fragen stellen?«, gab Fin zurück.

Eine Feuerzunge schnellte auf ihn zu und zerstob wenige Zentimeter vor seinem Gesicht in einem Funkenregen. Er wich erschrocken zurück und hielt sich die Hand an die Wange.

»Ich kann deine Wünsche lesen«, knisterte das Feuer. »Sie flackern über dein Gesicht und leuchten unter deiner Haut wie die in Flammen aufgehenden Seiten eines brennenden Buches. Aber verstehe eins: Dir ist nicht bestimmt, dass man sich an dich erinnert, sondern dass du mir dienst.«

Fin war mit seiner Geduld am Ende. Er hatte es gründlich satt, dass andere ihm etwas versprachen und ihre Versprechen dann nicht hielten. Der Salz-und-Sandkönig hatte so getan, als könnte er ihm sagen, wer er war. Marrill hatte versprochen, sich an ihn zu erinnern. Seine Mutter hatte versprochen, zu ihm zurückzukehren. »Mach doch, was du willst«, rief er unwirsch und wollte gehen.

Augenblicklich schoss um ihn eine Feuerwand in die Höhe. Der Schweiß brach ihm aus allen Poren, und er hatte Mühe, zu atmen, so heiß war der Rauch.

»Ich bin die Flamme, die ewig das Gras der Ebenen verbrennt!«, zischte und knackte es wie brennendes Holz. »Ich bin die Zunge, die ewig trinkt! Ich bestehe auf meinem Recht und meiner Bestimmung, über alles zu herrschen, was existiert!«

Die Flammen sanken zischelnd in sich zusammen. »Entschuldige. Ich habe als Feuer etwas … überdramatisch reagiert.«

»Ich wollte schon ›heißblütig‹ sagen«, fiel Fin unwillkürlich ein.

Der Salz-und-Sandkönig reagierte nicht, was Fin auch ganz recht war. Die Flammen knickten ein, glühten aber in der Asche weiter, die den Boden bedeckte. Und aus der Glut stieg die gebeugte Gestalt des Salz-

und-Sandkönigs auf. Seine Lumpen leuchteten rot. Er fixierte Fin mit seinem Blick. »Dreierlei hat der Zauberer der Morgendämmerung mir versprochen: erstens, meinen Willen zu einer Waffe zu schärfen.«

Der König breitete die Arme aus und hob sie langsam in die Höhe. Auf seinen Befehl sprangen Flammen aus dem Boden und wuchsen als tosende Feuersäulen himmelwärts. Einen Moment lang fühlte es sich an, als hätte die Welt von jeher nur aus Feuer bestanden. Fin hob die Arme vors Gesicht, um es vor der Hitze zu schützen.

»Zweitens«, fuhr der Salz-und-Sandkönig fort, »eine Armee von Soldaten, die niemand besiegen kann, und Spione, die niemand sieht.« Er ließ die Arme sinken, und die Flammen sanken zu Boden und nahmen flackernd die Gestalt von Männern und Frauen an. Auf ihrer Brust brannte ein Symbol: ein Drache unter einem mit Bergen gefüllten Kreis.

»Du bist ein Spion dieser Armee. *Meiner* Armee.« Der König kam einen Schritt näher. »Komm endlich und erfülle deine Pflicht.«

»Ganz bestimmt nicht«, erwiderte Fin. »Eigentlich bin ich ein Dieb, ein Meisterdieb, wenn du es genau wissen willst.« Er straffte sich stolz.

»Dieb und Spion, Spion und Dieb.« Der Salz-und-Sandkönig zuckte mit den Schultern. »Beides ist dasselbe – du bewegst dich ungesehen und unsichtbar, außer für mich.«

Zu Fins Ärger leuchtete das vollkommen ein. Ein

Spion und ein Dieb brauchten dieselben Fähigkeiten. Er schluckte und dachte über diese neue Erkenntnis nach. Er war also ein Soldat? In einer Armee, von deren Existenz er bisher nichts gewusst hatte? Hieß das, dass auch seine Mutter Soldat war? Und das vergessbare Mädchen ein Spion des Salz-und-Sandkönigs?

»Ich habe einen Auftrag für dich«, fuhr der Salz-und-Sandkönig fort.

Fin schüttelte den Kopf. Aufträge von einem außer Kontrolle geratenen Feuerball entgegenzunehmen kam ihm eher unklug vor. »Äh, nein danke …«

»Ich glaube, dieser Auftrag wird dir gefallen. Du sollst mich zum Siphon begleiten. Und wenn wir dort sind, helfe ich dir bei deinem Wunsch.« Dem Angebot folgte ein langgezogenes Zischen.

Fins Puls beschleunigte schlagartig, aber er wollte sich keine verfrühten Hoffnungen machen. Er wusste, dass er diesem Geschöpf nicht vertrauen durfte. »Aber du hast gesagt, du würdest uns nicht helfen.«

Das Feuer gackerte. »Ich sagte, ich würde den Zauberern nicht helfen, und das tue ich auch nicht.«

»Und ich wiederhole, dass der Kapitän des Eisernen Schiffes ein Zauberer ist«, sagte Fin.

»Genau deshalb brauche ich dich ja«, antwortete das Feuer. »Ich habe dem Kapitän geholfen, weil ich keine andere Wahl hatte. Jemand musste den Siphon hochfahren und sich etwas wünschen. Das ist der Preis, den der Zauberer der Morgendämmerung mir auferlegt hat.

Mein letzter Wunsch wird erst erfüllt, wenn ich jemand anderem einen Wunsch erfülle.«

Fin schlug sich mit der Hand an die Stirn. »›Um zu bekommen, was du willst, musst du geben, was du hast.‹ Das bezog sich auf deinen letzten Wunsch!«

»Es hätte so leicht sein können«, sagte der Salz-und-Sandkönig knisternd. »Und doch bin ich seit Ewigkeiten hier eingesperrt, nur mit verbitterten Käfern als Gesellschaft. Sie hassen die Maschine so sehr, dass sie sie nicht verwenden wollen, und mich hassen sie so sehr, dass sie mir den Tod wünschen. Als der Kapitän hier auftauchte, glaubte ich, das sei meine einzige Chance, die Dinge richtigzustellen. Aber jetzt habe ich eine Alternative. Du bist anders. Dich verstehe ich.«

»Ich höre«, sagte Fin.

»Der Kapitän des Eisernen Schiffes hat alles in Gang gebracht. Der Siphon sammelt in diesem Moment Kraft, und er tut das viel schneller, als sogar ich für möglich gehalten hätte. Jetzt müssen wir den Kapitän daran hindern, dass er den Siphon für seine zerstörerischen Absichten verwendet. Du wirst mein Spion sein und dich auf die Lauer legen. Und wenn die Zeit gekommen ist, sich etwas zu wünschen, werden wir dafür sorgen, dass es dein Wunsch ist, der in Erfüllung geht.«

Der Salz-und-Sandkönig kam noch näher. »Denk doch. Wenn meine Länder erst wieder vereinigt sind, werden wir auch meine Armee finden. Dein Volk, zu dem du gehörst.«

In Fins Brust regte sich etwas – ein Hoffnungsfunke. Er fuhr sich mit der Hand durch die schweißnassen Haare und dachte über das Angebot des Salz-und-Sandkönigs nach. Es bedeutete die Erfüllung all seiner Wünsche. Er wäre wieder mit seiner Mutter vereint und hätte ein Zuhause.

Und wenn sein Wunsch in Erfüllung ging, würden sich alle an ihn erinnern.

Doch sofort meldeten sich Zweifel und drohten der Hoffnung den Garaus zu machen. Was geschah dann mit Marrill? Hin und her gerissen biss er sich in die Wange. Wenn er dem Salz-und-Sandkönig half, bedeutete das womöglich das Ende von Marrills Welt. Allerdings verhinderte er zugleich auch, dass der Kapitän des Eisernen Schiffes den Siphon benutzte.

Vielleicht verhinderte er dadurch auch die Eiserne Flut, und deswegen war Marrill doch überhaupt zum Piratenstrom zurückgekehrt. So gesehen half er ihr, wenn er dem Salz-und-Sandkönig half.

Und alle hätten gewonnen!

Doch eine Frage nagte noch an ihm. »Wie … lautet dein dritter Wunsch überhaupt?«

Die in Lumpen gekleidete Gestalt sank wieder in die Glut, und eine Flamme loderte an der Stelle auf, an der sie gestanden hatte. »Ganz einfach. Dass meine Macht sich für alle Zeiten auf alle Welten erstrecken soll.«

Die Flamme verwandelte sich flackernd in einen Drachen, der eine dicke Rauchwolke ausstieß.

Kapitel 23

Der Turm der Flatterlinge

Wütend blickte Marrill auf die Brennende Ebene hinunter. Sie konnte nicht glauben, dass der Salz-und-Sandkönig sich geweigert hatte, ihnen zu helfen! Dabei hatte er durchaus verstanden, wie verzweifelt ihre Lage war und wie fatal die Folgen. Es war ihm nur einfach egal.

Sie knirschte mit den Zähnen. »Es muss doch eine andere Möglichkeit geben«, stieß sie grimmig hervor.

Remys Miene hellte sich auf. »Um deinen Begleiter zu retten?«

Marrill runzelte die Stirn. »Begleiter?« Sie schüttelte den Kopf. »Nein, um den Siphon anzuhalten.«

Remy machte ein langes Gesicht. »Ach so, das.« Sie seufzte lange und tief.

»Der weiß sich schon zu helfen«, sagte Coll und rutschte in der Schale neben Remy. »Er machte einen kompetenten Eindruck. Schließlich hat er uns ja auch gefunden. Er kommt bestimmt zurecht. Wer immer er ist.«

Marrill hielt sich am Rand der Schale fest. »Es gibt alles doppelt«, murmelte sie und versuchte sich zu erinnern, was der Salz-und-Sandkönig gesagt hatte. Sie sah die anderen an. »Was, glaubt ihr, hat er damit gemeint? ›Es gibt alles doppelt – zwei Türen, Land und Meer‹? Vielleicht, dass der Siphon ganz konkret zwei Türen hat?«

Coll zuckte mit den Schultern. »So würde ich es verstehen, vorausgesetzt ein verrückter Feuerball kann überhaupt etwas Sinnvolles äußern.«

»Vielleicht hat er gemeint, dass es eine Tür auf jeder Seite der Mauer gibt«, überlegte Marrill weiter. »Das würde doch einleuchten. Eine auf der Landseite und eine auf der Meerseite.«

Annalessa nickte. »Klingt logisch.«

Marrill kaute auf den Lippen. »Und der Salz-und-Sandkönig sagte, nur drei Menschen wüssten, wie man den Siphon überhaupt findet.«

»Richtig«, sagte Annalessa. »Einer davon ist der Kapitän des Eisernen Schiffes. Die anderen beiden sind wahrscheinlich er selbst und der Zauberer der Morgendämmerung.«

»Gut, der Kapitän scheidet aus – der hilft uns auf keinen Fall«, brummte Marrill. »Können wir den Zauberer der Morgendämmerung irgendwo finden?«

Ardent zog an einem der Seile, die zum Ballon hinaufführten, und ließ etwas heiße Luft ab, um ihren Aufstieg zu verlangsamen. »Ich fürchte, nein. Er ist wie alle Dzane schon vor langer Zeit gestorben. Zu diesem Schluss kommen zumindest alle, die etwas davon verstehen.«

»Alle außer Marravellio«, warf Annalessa ein.

Ardent machte eine wegwerfende Handbewegung. »Marravellio ist ein seniler Schwätzer mit einem Hang zum Drama. Ich sagte, alle, die etwas davon verstehen, und das schließt ihn aus.«

Remy richtete sich auf. »Habt ihr Zauberer nicht so eine Art magische Karte, die euch alles zeigt?«

»Ausgezeichnete Idee!«, sagte Ardent. Er klopfte sein Gewand ab und runzelte die Stirn. »Ich hätte schwören können, dass ich sie hier hineingesteckt habe ...«

Marrill schob heimlich die Hand in die Tasche und hoffte, die Karte herausholen zu können, ohne zugeben zu müssen, dass sie sie entwendet hatte. Doch als ihre Finger sich um das Pergament schlossen, fiel ihr ein, dass die Legende ja weg war. Und ohne sie war die Karte nutzlos.

Ihr wurde innerlich ganz heiß. Jetzt musste sie alles gestehen. Sie holte tief Luft. »Ich habe die Karte«, sagte sie leise. »Aber sie wird uns nicht helfen, weil ... ich die Legende verloren habe.«

Ardent sah sie überrascht an. »Wie bitte? Aber ich hatte ganz sicher beides ...«

»Wir haben die Karte genommen«, sagte Marrill rasch. »Wir dachten, es wäre nicht so schlimm ...«

»Wer ist ›wir‹?«, wollte Coll wissen.

Marrill machte den Mund auf, um zu antworten, aber es fiel ihr keine Antwort ein. »Äh … ich und … hm …« Sie hätte schwören können, dass da noch jemand gewesen war. Also drückte sie die Finger an die Schläfen und versuchte sich zu konzentrieren. Die Karte zu klauen klang nicht wie etwas, das sie allein gemacht hatte.

»Du und dein Begleiter?«, schlug Remy vor.

Marrill schnippte mit den Fingern. »Ja, genau. Ich und er.« Sie klang erleichtert.

»Ihr habt sie mir *geklaut*?«, fragte Ardent. Er klang nicht erfreut, sondern im Gegenteil tief enttäuscht.

Marrills Wangen liefen rot an. Tränen traten ihr in die Augen, und sie senkte den Kopf.

»Jetzt ist für so was keine Zeit, Ardent«, sagte Annalessa bestimmt. Sie kniete sich vor Marrill. »Was wolltest du denn damit machen, Marrill?«, fragte sie sanft.

»Den Siphon finden«, murmelte Marrill. »Wir haben sie gefragt, wo er ist, und sie zeigte uns den Turm der Flatterlinge. Deshalb sind wir zu ihm hinaufgestiegen. Aber ihr habt gesagt, die Wunschmaschine sei gar nicht dort …«

»Nein, ganz sicher nicht«, erwiderte Annalessa.

»Und wo ist die Legende?«, drängte Ardent. »Wo hast du sie zuletzt gesehen?«

Marrill schluckte. »Wir haben sie auf der Mauerkrone verwendet – und dabei versehentlich das Tor geöffnet. Und dann …«

»Das Tor geöffnet?!«, unterbrach Ardent sie.

Marrill wand sich vor Verlegenheit. »Es ist zufällig passiert.«

»Wie?«

»Ich weiß es nicht.« Ihre Stimme war kaum noch hörbar. »Ich habe mit jemandem gestritten und ... dabei muss es irgendwie passiert sein.«

In Ardent arbeitete es heftig. Wenn sie auf Deck der *Krake* gestanden hätten, wäre er vermutlich wütend auf und ab gegangen. Hier oben in ihrer kleinen Schale konnte er das nicht. »Das ändert alles.«

Marrill konnte die Enttäuschung kaum ertragen, die aus jedem seiner Worte sprach. Sie biss sich auf die Lippen, um nicht in Tränen auszubrechen, und ließ sich an den gekrümmten Rand der Schale sinken. Ein tiefer Schmerz erfüllte ihre Brust. Alles war plötzlich so schrecklich kompliziert und schwierig.

Zum ersten Mal schien ein Scheitern nicht nur wahrscheinlich, sondern unvermeidlich. Alles, was ihr wichtig war, stand auf dem Spiel, und sie hatte es vermasselt. Die Karte hatte sie falsch geführt. Sie hatte die Legende verloren, und jetzt würden sie den Siphon nie finden. Er würde weiter Wasser ansaugen und ihre Welt in den Piratenstrom ziehen, und alles, was ihr so vertraut war, würde in Stücke gerissen werden. Und dann würde der Kapitän seinen Wunsch aussprechen und die Eiserne Flut entfesseln.

Sie würde ihre Mutter nicht retten können und ihre Welt schon gleich gar nicht. Sogar der Piratenstrom –

ihre sichere Zuflucht und die Heimat ihrer Freunde – würde in der Eisernen Flut untergehen.

Letztlich hatte sie alle im Stich gelassen.

Tränen traten ihr in die Augen, und alles verschwamm. Sie wischte sie mit dem Saum ihrer Bluse weg und zuckte zusammen, so sehr stank die Bluse nach Rauch. Vorsichtig schnupperte sie an ihren Haaren. Alles roch nach Feuer, einschließlich ihrer Haut.

»Ich möchte einem so weisen und mächtigen Zauberer ja nicht reinreden«, brach Remy das Schweigen. »Aber fliegen wir nicht in die falsche Richtung?«

Marrill hob ruckartig den Kopf und blickte über den Rand der Schale. Tatsächlich, die Mauer entfernte sich von ihnen.

»Hmmm ...« Ardent blickte von dem Ballon über ihnen zu dem rasch zurückbleibenden Feuer hinunter. Er holte tief Luft, hob einen Arm und sagte: »Also gut, Wind, ich weiß, wir hatten unsere Meinungsverschiedenheiten, und ich weiß auch, dass ich zuletzt sagte, das sei das letzte Mal, aber diesmal meine ich es wirklich so: Ich bitte dich nur dieses eine allerletzte Mal – bring uns zur Mauer zurück.«

Einen Moment lang geschah nichts. »Sieht leider so aus, als sei der Wind immer noch sauer auf dich«, brummte Coll. Ardent verzog das Gesicht und ließ den Arm sinken.

»Vielleicht sollte ich es versuchen?«, erbot sich Annalessa.

Bevor sie das tun konnte, ertönte in der Ferne ein durchdringendes Heulen, das rasch näher kam und lauter wurde. Marrill spürte, wie ein Windstoß durch ihren Pferdeschwanz fuhr. Als Nächstes wurden ihre Haare angehoben und standen in Strähnen um ihr Gesicht. Der Ballon kam zum Stehen und trieb zur Mauer zurück.

Ardent lächelte zufrieden. »Sieh mal, ich wusste ...«

Er kam nicht dazu, den Satz zu Ende zu sprechen. Eine Sturmbö traf sie mit einer solchen Gewalt, dass Marrill die Luft wegblieb. Die bronzene Schale begann zu schwanken, und die Insassen fielen durcheinander. Die dem Wind zugewandte Seite des Ballons über ihnen hatte eine tiefe Delle.

Der Ballon raste über die Brennende Ebene auf die Mauer zu. Der Wind zerrte an ihnen und riss ihnen die Worte vom Mund, sobald sie etwas sagen wollten.

Sekunden später ragte die Mauer vor ihnen auf. Ein Ruck lief durch den Ballon, und sie flogen wie ein Geschoss himmelwärts. Marrills Magen folgte erst mit einiger Verzögerung.

Sie waren gleichsam ein Spielzeug im Maul eines Welpen, der durch den Garten sprang und sie hin und her schleuderte. Und dieser Welpe schien noch lange mit ihnen spielen zu wollen.

Sie wurden durcheinandergeworfen, und Arme, Beine, Ellbogen und Knie flogen durch die Luft. Die Schale stieg senkrecht vom Boden auf und kam der Mauer dabei so nahe, dass der arme Feuerflüchter praktisch daran hinauflief. Sie erreichten die Mauerkrone, und der Turm der Flatterlinge füllte Marrills Blickfeld.

Sie musste wieder an die Worte des Salz-und-Sandkönigs denken: Nur drei Personen wussten, wo der Siphon zu finden war. Der Kapitän und der Salz-und-Sandkönig würden ihnen nicht helfen, also blieb nur noch der Zauberer der Morgendämmerung. Doch der war, soweit bekannt, schon seit einer Ewigkeit tot.

Aber nicht seine Erinnerungen, dachte sie plötzlich. *Nicht die Erinnerungen der Dzane.* Die lebten in den Flatterlingen weiter.

»Natürlich«, flüsterte sie. Remy, die sich mit wehenden Haaren an den Rand der Schale klammerte, sah sie fragend an.

»Die Karte hat uns nicht falsch geführt, wir haben die falsche Frage gestellt!« Marrill musste schreien, um über dem Brausen des Windes gehört zu werden. »Wir haben gefragt, *wie* wir den Siphon finden können. Nicht *wo*. Und die Karte hat uns das gezeigt!« Sie deutete auf den Turm der Flatterlinge, der jetzt rasch näher kam.

Gleich würden sie daran vorbei- und auf den Sumpf hinausfliegen und wer weiß wohin noch.

Dann würden sie es nicht mehr rechtzeitig schaffen, den Siphon zu stoppen, so viel stand fest.

Marrill schwang ein Bein über den Rand. »Was tust du da?«, schrie Remy erschrocken und streckte die Hand nach ihr aus, aber zu spät.

Marrill hatte die Schale bereits losgelassen und fiel – ein schreckliches und zugleich überwältigendes Gefühl.

Die Spitze des Turms kam immer näher.

Marrill wurde rasch klar, dass sie aus zu großer Höhe abgesprungen war. Sie bekam zu viel Schwung und fiel zu schnell.

Der Aufprall würde sie töten. Bei diesem Gedanken begann ihr Herz zu rasen.

»Tu's für *mich*, Wind!«, hörte sie Annalessa rufen.

Ein weiches Luftkissen schloss sich um Marrill, hielt sie und verlangsamte ihren Fall. Mit der Schulter traf sie auf dem Spitzdach auf. Zappelnd rutschte sie die Dachschräge hinunter, und ihre Hände scharrten über die Dachziegel aus Schiefer.

Dann fiel sie wieder. Die Luft umschloss sie diesmal fester. Sie landete auf der Mauerkrone, und ihre Zähne schlugen aufeinander.

Einen Moment lang saß sie benommen und um Atem ringend nur da. Sie hatte überlebt.

Dann suchte sie den Himmel nach dem Ballon ab. Weit in der Ferne sah sie ihn langsam nach unten schweben. Dahinter türmten sich dunkle Gewitterwolken auf.

»Danke«, flüsterte sie, denn der kleinliche Wind hätte Annalessas Bitte genauso gut ignorieren können. Der Wind nahm das Wort von ihren Lippen ab, fuhr ihr noch einmal durch die Haare und verschwand. Mit den Flatterlingen musste sie allein zurechtkommen.

Sie stand auf. Ihre Beine zitterten immer noch vor Schreck. Als sie sich umsah, stieg für einen kurzen Moment Übelkeit in ihr auf. Auf der einen Seite der Mauer erstreckte sich bis zum Horizont die Brennende Ebene. Auf der anderen …

Ein Schauder überlief sie. Wellen schlugen an den Fuß der Mauer, und das Räderwerk lief auf Hochtouren. Von so hoch oben sahen die Schiffe und Stege wie auf dem Wasser schwimmende Streichhölzer aus. Marrill wusste, dass der Tauknochenmann und die Piratten auch mit noch schlimmeren Unwettern fertigwurden, aber der an Bord eingesperrte Karnelius tat ihr leid. »Wenigstens hat er den Griesgram als Gesellschaft«, sagte sie sich. So grantig die beiden auch sein konnten, sie würden sich umeinander kümmern.

Doch dann sah sie noch etwas anderes, und ihr Mut sank. »Was ist denn das?«

Einige Kräne am oberen Ende der Stadt waren gerade damit beschäftigt, ein Parkhaus mitsamt der darin geparkten Autos nach oben zu ziehen. Es folgte ein Riesenrad des alten Vergnügungsparks ganz in der Nähe ihres Hauses. Außerdem sah sie Riesenkakteen, blinkende Ampeln und eine Rolle rostigen Maschendrahtzaun. Immer mehr von ihrer Welt wurde in den Strom gezogen.

»O nein«, flüsterte sie. Mit pochendem Herzen ließ sie den Blick über das Getriebe wandern, auf der Suche nach einem Rad, das sich noch nicht drehte. Sie fand keins. Der Siphon lief schon fast mit voller Kraft.

Vielleicht kam sie bereits zu spät.

Bei diesem Gedanken wurde ihr ganz schwindlig, aber sie achtete nicht darauf und rannte auf der Mauerkrone zum Turm. Er hatte keine Tür. Vorsichtig zog sie sich durch eins der Löcher, mit denen seine Mauern übersät waren, und ließ sich drinnen hinunterfallen. Sie stand in einem großen, saalartigen Raum. Dort herrschte ein weiches Dämmerlicht, in dem alles aussah wie in einem alten Film. Marrill fühlte sich an die großen Taubenhäuser erinnert, die sie vor einigen Jahren zusammen mit ihren Eltern in französischen Schlössern besichtigt hatte.

Die runde Wand war aus Steinen aufgeschichtet und verengte sich oben zu einer Kuppel. Marrill ließ den Blick daran hinaufwandern und hielt den Atem an.

An der Decke des Turms hing eine schwarze Masse, deren Oberfläche brodelte wie die Unterseite einer Gewitterwolke.

Die Flatterlinge.

Zitternd holte Marrill Luft und überlegte, was sie als Nächstes tun sollte. Ob sie die Flatterlinge einfach nach dem Weg zum Siphon fragte? Aber wie würden sie darauf reagieren?

Doch dann hörte sie ein leises Geräusch, das nicht hierherzugehören schien, eine Art leises Klicken. Sie sah sich um, bis sie im Dunkel eine kleine Gestalt ausmachte, die vor ihren Füßen kauerte. Sie ging einen Schritt darauf zu, und die Gestalt bewegte sich.

Sie ging in die Hocke und konnte mit Mühe einen undeutlichen Umriss erkennen, wie von zwei mit den Rücken aneinanderhängenden Händen. Ein einsamer Flatterling.

»He du, Kleiner«, sagte sie leise. »Warum bist du nicht bei deinem ...« Sie suchte nach einem passenden Wort. »Rudel? Deiner Meute?«

Deinem Schwarm, dachte sie.

Der Flatterling kam näher, und ein Zittern durchlief ihn. Marrill erkannte sofort, was ihm fehlte. Einer seiner Finger stand in einem unnatürlichen Winkel ab, und die daran befestigte Haut des Flügels war eingerissen. Marrill holte scharf Luft. Der Flatterling war verletzt.

Sie hatte in ihrem Leben schon viele Tiere gerettet und wusste deshalb, dass ein Tier, das Schmerzen hatte, gefährlich sein konnte. Sie wollte sich gar nicht vorstellen, was das in einer Welt wie der des Piratenstroms bedeutete. Die Flatterlinge waren für sie ein Buch mit sieben Siegeln. Am klügsten wäre es gewesen, sie in Ruhe zu lassen.

Aber das brachte sie nicht übers Herz. Außerdem brauchte sie doch die Hilfe der Flatterlinge.

Also streckte sie die Hand aus, ganz langsam, um den Flatterling nicht zu erschrecken, und ließ ihn näher kommen. »Ist ja gut«, murmelte sie.

Vorsichtig streckte das Geschöpf einen Finger in Richtung ihres Handtellers aus und berührte ihn. Eine Gänsehaut überlief sie. Dann kam die Erinnerung –

langsam und stockend, wie ein Video aus dem Internet, das immer wieder nachladen musste.

Ein Schatten fiel über den Steinboden des Turms der Flatterlinge, dunkler, als ein Schatten eigentlich sein durfte. Er gehörte einem Mann in einem schwarzen, mit weißen Sternen geschmückten Gewand. Der Mann hob die Hand und löste mit zitternden weißen Fingern vorsichtig einen Flatterling aus der über ihm wabernden Masse.

Er hielt sich das Geschöpf vors Gesicht und achtete nicht darauf, dass es verzweifelt in seinen eisigen Fingern zappelte. Eine schwarze Träne lief über seine bleiche Haut, und er schluchzte genau ein Mal heftig auf. »Mädchen mit Flügeln. Ich wusste, du würdest kommen.«

Marrill wich taumelnd zurück und riss sich körperlich von der Erinnerung los. Sie hatte einen bitteren Geschmack im Mund, und ihr Puls dröhnte ihr in den Ohren. »Serth«, flüsterte sie.

Er lebte. Und er war hier, in Monerva.

Und nicht nur das, er hatte auch gewusst, dass sie um diese Zeit zu diesem Turm kommen würde. Er hatte sie direkt angesprochen und dafür gesorgt, dass diese Erinnerung zu ihr gelangte.

Aber wie konnte das sein? Serth war tot! Der Piratenstrom hatte ihn verschlungen.

Aber der Kapitän des Eisernen Schiffes war auch tot gewesen. Und jetzt lebte er und war in Monerva.

Sie schloss die Augen. Serth suchte ebenfalls nach der Wunschmaschine. Dafür hatte sie zwar keinen Beweis, aber sie zweifelte trotzdem nicht daran.

Annalessa hatte gesagt, der Siphon hätte sich bereits eine gewaltige Menge an Magie einverleibt. Vielleicht sogar so viel, dass er jeden beliebigen Wunsch erfüllen konnte.

Eine schreckliche Vorahnung beschlich Marrill. Sie wollte gar nicht daran denken, was Serth sich womöglich wünschte.

Kapitel 24

Alles will etwas

»Hier lang«, drängte der Salz-und-Sandkönig.

Das Feuer eilte über die dürre Ebene, und Fin folgte ihm. Gelegentlich flammte es auf und stieß dicke Rauchwolken aus, dann wieder wartete es glimmend auf ihn und erwachte erst wieder zum Leben, wenn er es eingeholt hatte. Einmal rannte es als Löwenrudel neben ihm her durch das hohe Gras, dann wieder war es ein Schwarm von Skorpionen, die nach seinen Füßen schnappten, wenn er zurückfiel.

Vor ihm stieg ein Hügel aus der grasbewachsenen Erde. Steine rollten ihn hinauf und schichteten sich zu den Mauern eines gewaltigen Bauwerks auf, Türme wuchsen wie Lanzen in die Luft.

»Ah, der Palast von Wasser und Land«, tönte es zischend aus dem Feuer. »Einst hat das alles mir gehört. Sieh nur, wie es danach strebt, seine frühere Pracht wiederzuerlangen. Wie oft habe ich es in meinem Wahn niedergebrannt!«

Fin rannte weiter. Als er an den äußeren Mauern ankam, wuchsen Torbögen aus der Erde, durch die man in die Eingangshalle gelangte. Ziegel ordneten sich vor seinen Augen zu weiteren Mauern und schlossen das gesprenkelte Sonnenlicht aus.

Er trat ein, und sofort wurde es kühler. Tief atmete er die frische Luft ein, die das Brennen in seinen Lungen linderte.

»Warte«, knurrte das Feuer hinter ihm. Er drehte sich um. Die Flammen hatten vor dem eben erst entstandenen Torbogen haltgemacht. »Nimm eine Laterne von der Wand«, befahl der König.

Fin sah sich um. Er hatte nirgends Laternen gesehen, nur einen Haken, an dem eine Laterne hätte hängen können. Da wirbelte vor seinen Augen Erde um den Haken und verwandelte sich in Rost. Aus dem Rost wurde sodann ein kleines eisernes Gehäuse. Von dessen Rändern tropfte geschmolzenes Glas und lief an den Seiten hinunter, bis an dem Haken genau das hing, was der König gesagt hatte: eine kleine Laterne, die er bequem an den Gürtel hängen konnte. Er griff danach.

»Und jetzt?«, fragte er. Er drehte sich zum Salz-und-Sandkönig um.

Im selben Moment schossen grell aufleuchtende Flammen geradewegs auf ihn zu. Ein Schreckensschrei entfuhr ihm, doch er hätte sich keine Sorgen zu machen brauchen. Die Flammen erstarben wieder und sanken in sich zusammen, bis nur noch ein kleiner Funke in der

Luft schwebte. Der landete schließlich in der Laterne und verwandelte sich in eine Kerzenflamme.

»Weiter, mein neuer Freund«, tönte die Stimme des Königs knisternd aus der kleinen Flamme. Fin warf einen Blick durch das Tor nach draußen. Die Brennende Ebene war schwarz verkohlt und leer. Vom Feuer war nichts übrig geblieben.

Den Anweisungen des Königs folgend, ging er durch den Palast. Zuerst links, dann rechts, dann wieder rechts und geradeaus. Durch gezackte Löcher in den Wänden drang Sonnenlicht. Die Löcher schrumpften zu Fenstern, die mit Glasscheiben zuwuchsen.

Sie durchquerten gewaltige Korridore und langgestreckte Säle, Galerien und weite Innenhöfe.

»Das war mein Bankettsaal, in dem Tag und Nacht Schmalzbraten über dem Feuer brieten«, sagte die Kerze in einem Raum, in dem aus Asche und Holzsplittern lange Tische aus dem Boden wuchsen. »Ah, hier haben wir gefeiert, nachdem ich die Endlosen Ebenen vereint und den Krieg des Elfundsechsunddreißigsten Jahrhunderts beendet hatte.«

Fin schlüpfte durch eine Tür und kam in eine Galerie mit einem mächtigen Deckengewölbe.

»Niemand hätte eine solche Heldentat für möglich gehalten.« Die Flamme brannte einen Moment lang heller. »Freudenprozessionen zogen zum Rollen der Trommeln und Schrillen der Pfeifen durch die Straßen. Die Einwohner des Königreichs tanzten tagelang.«

»War bestimmt eine schöne Party«, bemerkte Fin und blieb an einer Kreuzung zweier Korridore stehen. Die Flamme flackerte nach rechts, und er gelangte zu mehreren kleinen Räumen. Während er von Zimmer zu Zimmer eilte, wuchsen Tische aus der Asche. Auf die Tische legten sich Spielbretter, und in aus Holz geschnitzten Schalen versammelten sich Spielfiguren.

»Hier habe ich bei einer Partie Schnatterblatt den Mantel des Zauberers der Morgendämmerung gewonnen. Auch eine Tat, die niemand für möglich gehalten hätte. Er hat das Spiel nämlich selbst erfunden.«

»Du hast einen Dzane bei seinem eigenen Spiel geschlagen?«, fragte Fin.

Die Flamme lachte flackernd. »Vielleicht habe ich ja nicht ganz fair gespielt. Aber Wette ist Wette. Und ich habe ihm natürlich angeboten, den Mantel zurückzugeben. Zu einem bestimmten Preis.«

Fin schnaubte. »Einen Dzane übers Ohr zu hauen – das klingt nun aber wirklich ziemlich daneben.« Er wusste zwar nicht viel über diesen Zauberer, aber der Dzane hatte offenbar zu denen gehört, mit denen man sich lieber nicht anlegte.

Die Flamme in der Laterne schien förmlich zu tanzen. »Der Preis war durchaus maßvoll. Nur drei Wünsche.«

»Er hat den Siphon von Monerva also gebaut, um sie zu erfüllen«, überlegte Fin. So langsam ergab alles einen Sinn. *Das Vermächtnis des Salz-und-Sandkönigs.*

»Richtig. Ah, das Bad.« Sie kamen an einigen leeren

Becken vorbei, die kreisförmig um einen versiegten Brunnen angeordnet waren. Der König seufzte. »Es ist lange her, dass ich ein schönes Bad genommen habe.«

Nach einer halben Ewigkeit gelangten sie in einen großen Lichthof, von dem viele Gänge abzweigten. Üppiges Gras bedeckte den Boden, praktisch eine Wiese. Um sie rollten Steine nach oben und bildeten eine gewaltige Kuppel.

»Mein Privatgarten«, sagte der Salz-und-Sandkönig in seiner Laterne. »Jetzt ist es nicht mehr weit. Aber hier dürfen wir nicht verweilen. Das Gras ist schon ziemlich dicht.«

Fin betrat den weichen, grünen Teppich. »Was ist daran schlimm? Endlich mal etwas, das nicht verbrannt ist.«

Doch das Gras wuchs vor seinen Augen immer schneller. Zähe, gelbe Stängel schossen zwischen den zarten grünen Halmen in die Höhe und breiteten sich über den ganzen Garten aus. Sobald sie Hüfthöhe erreicht hatten, bogen sie sich und trieben leuchtend bunte Blüten hervor, die die Luft mit würzigen Düften nach Lavendel, Honigmelone, Minze und warmem Schokoladenkuchen schwängerten. Fin knurrte der Magen vor Hunger.

Einen kurzen Moment lang dachte er nicht mehr an das ganze verrückte Abenteuer, das er erlebte – den Trümmerarchipel, Monerva, die Stadt der Brennenden Leitern, dass Marrill ihn vergessen hatte und so weiter –, sondern genoss die Gegenwart in vollen Zügen. Er lachte überrascht auf, als eine Blüte sich öffnete und summend eine kleine Biene herausflog. Die Biene bestäubte eine andere Blüte. Weitere Knospen gingen auf und setzten Heuschrecken frei, die munter durch die frischen grünen Halme hüpften.

»Lass dich nicht täuschen«, flüsterte der König in seiner Laterne. »Das alles wurde durch dieselbe Magie geschaffen, die auch mich geschaffen hat. Geh weiter, bevor es schlimmer wird.«

»Mach ich ja schon«, versicherte Fin. »Wohin?«

»Blicke nach oben, und folge meinem Schwert«, sagte die Kerze.

Fin hob den Kopf. An der Decke, die sich soeben gebildet hatte, verzog sich eine Staubwolke und ein verblichenes, uraltes Deckengemälde kam zum Vorschein. Es füllte sich vor seinen Augen mit Farbe.

In der Mitte stand ein Mann mit erhobenem Schwert, ein stolzer Ritter oder siegreicher König. Er war vom Aussehen her weder Monervaner noch Käfer, sondern hatte eine olivfarbene Haut, schwarze Haare und gerundete Gesichtszüge wie Fin, als gehöre er demselben Volk an.

Um den gemalten König waren alle nur denkbaren Kreaturen versammelt, die mit Ehrfurcht oder Neid zu ihm aufblickten. Unter seinen Füßen waren in ein flatterndes Banner drei Worte geschrieben:

Alles will etwas

Fin betrachtete das Bild. Der König auf dem Gemälde wirkte so erhaben, so groß und so … lebendig. Überhaupt nicht wie das gebeugte Wesen, dem Fin auf dem kahlen Platz begegnet war. »Das warst also du?«

Die Laterne an seinem Gürtel wurde warm. »Folge meinem Schwert und bleibe nicht stehen«, sagte die Flamme warnend. »Beeil dich.«

Noch während der Salz-und-Sandkönig sprach, wuchs vor ihnen ein verholzter, brauner Grashalm aus dem Boden, der schon fast ein Ast war. An seiner Spitze sprang eine dicke Knospe auf, und eine gelbhäutige Eidechse kam zum Vorschein.

Sie sah sich kurz um, dann sprang sie von dem dicken Halm hinunter und verschlang einen Käfer und dann noch einen und noch einen, so schnell, wie sie nur konnte, als sei sie am Verhungern gewesen. In der Zwischenzeit krochen weitere Insekten hektisch summend aus Riesenblüten, die überall auf verzweifelt wachsenden Stängeln aufsprangen.

Der Garten verwandelte sich in kürzester Zeit in ein undurchdringliches Dickicht. Gräser wuchsen, Käfer summten, Echsen verschlangen wahllos alles. Was so schön angefangen hatte, war Fin auf einmal nicht mehr geheuer. Sogar die Düfte rochen penetrant süß. Nichts schien sich zu genügen oder genug zu haben.

»Was habe ich dir gesagt?«, knisterte die Kerze an seinem Gürtel. »Glaubst du, ich bin das Einzige auf dieser Ebene, das brennt? Beeil dich, geh!«

Die Worte rissen Fin aus seiner Benommenheit. Er blickte wieder zu dem Deckengemälde hoch und folgte der Schwertspitze zu einem Gang am hinteren Ende des Raums. »Da müssen wir durch«, sagte er, schob dicke Grasbüschel zur Seite und zwängte sich hindurch.

Im selben Augenblick hörte er ein Zischen und dann ein Knistern. Und dann das Fauchen eines auflodernden Feuers.

»Zu spät«, seufzte der König.

In der Mitte des Raums hüpfte eine rote Flamme von Stängel zu Stängel und zündete sie nacheinander an. Erschrocken wich Fin zurück. Die Brennende Ebene hatte sich erneut selbst entzündet. Und er stand gleichsam in einem Pulverfass.

Er rannte in den Gang hinein, und im nächsten Moment brannte das Dickicht hinter ihm lichterloh. Hitze hüllte ihn ein, und der kränklich süße Gestank hatte auf einmal einen verbrannten Beigeschmack. Er rannte weiter. Zwischendrin blickte er sich einmal kurz um. Die Flammen waren ihm dicht auf den Fersen.

»Tu was!«, schrie er. Der Gang senkte sich abrupt ab und führte mit jedem Schritt steiler nach unten.

»Was denn zum Beispiel?«, zischte die Kerze. Sie gelangten immer tiefer hinunter, und es wurde kalt wie in einem Keller. Die Wände waren feucht, aber unter Fins Füßen knackte und knirschte das trockene Gras.

»Keine Ahnung«, rief er und bog um eine Ecke und dann noch eine. Egal, wohin er ging, die Hitze folgte ihm auf dem Fuß. »Du solltest dich doch mit Feuer auskennen.«

»Na ja, *mir* tut es nichts«, bemerkte der König.

»Danke«, gab Fin zurück. »Das beruhigt mich ungemein.« Stoßweise atmend und mit angewinkelten Armen rannte er weiter. Vor ihnen mündete der Gang in einen größeren Raum.

»Wir sind fast da«, rief der König. »Aber nimm dich vor der Rauchgasexplosion in Acht!«

Rauchgasexplosion?, überlegte Fin.

Im selben Moment wurde die Luft mit einer solchen Gewalt nach hinten gesogen, dass er fast mitgerissen wurde.

Er drehte sich um.

Die orangenen Flammen sanken zu Boden, und eine Sekunde lang glaubte er, sie würden erlöschen.

Dann explodierte in einiger Entfernung ein Feuerball.

Fin schrie entsetzt auf und rannte weiter. Am Ende des Raums befand sich eine Tür. Sonst konnte er nirgends hin. Er prallte dagegen, fuhr herum und hob die Arme vors Gesicht, als könnte er sich dadurch vor dem Feuer schützen.

Aber die Flammen verbrannten ihn nicht. Die Hitze ließ sogar ein wenig nach, aus der betäubenden Backofenhitze wurde die unangenehme Hitze eines superheißen Tages.

»Bravo, gut gemacht!«, knisterte die Laterne. »Wir haben es doch noch geschafft!«

Fin öffnete die Augen. Vor ihm stand eine flimmernde Wand aus Feuer. Er selbst befand sich in einer Art kleinem Vorzimmer am Ende des Gangs. Die Wände waren auf allen Seiten mit Holzschnitzereien verziert, er hätte allerdings nicht sagen können, was sie darstellten, weil jeder Zoll vom Boden bis zur Decke mit einer dicken Schicht weißer und blauer Kristalle bedeckt war.

Vorsichtig streckte er die Hand aus und berührte einen davon. Er fühlte sich kühl und trocken an, und an Fins Fingerspitzen blieb eine dünne, weiße Staubschicht haften. Er schnupperte daran, dann leckte er an einer Fingerspitze. Salz. Das waren Salzkristalle.

Fin blickte hinter sich und sah seine Fußabdrücke im selben Salz, das auch den Boden bedeckte. Es endete unmittelbar vor der Feuerwand. Das Salz hielt das Feuer in Schach, wurde Fin jetzt klar. Wie es auch die Schiffe um den Platz des Salz-und-Sandkönigs geschützt hatte.

Am Rand der Feuerwand bewegte sich etwas. Fin kniff die Augen zusammen. In den tanzenden Flammen des orangefarben leuchtenden Vorhangs konnte er die Umrisse der Echse erkennen.

Sie setzte zum Sprung an.

Fin duckte sich und warf eine Handvoll Salz auf sie. Zischend erstarben die Flammen. Ein Luftstoß wirbelte die glimmenden Überreste durch den Raum, dann erloschen sie ganz.

»Sollte ich jetzt Mitleid haben?«, fragte sich Fin.

Er stopfte vorsichtshalber eine Hand voll Salz in seine Diebestasche.

»Deshalb musstest du mich tragen«, sagte der Salz-und-Sandkönig. »Der Zauberer der Morgendämmerung hat das veranlasst, genau wie er einen Preis darauf ausgesetzt hat, zu verhindern, dass mein Schicksal – nein, unser Schicksal sich erfüllt. Doch jetzt liegt der Siphon dank dir, mein getreuer Soldat, in Reichweite!«

»Alles kein Problem«, log Fin. Er wusste nur nicht, wen er belog – den König oder sich selbst.

Kapitel 25

TIEFER … Tiefer … tiefer

Der verletzte Flatterling schaukelte vor Marrill hin und her und versuchte verzweifelt zu fliegen. Das Bein, an dem Serth ihn gepackt hatte, hing schlaff herunter, die Haut war durch Erfrierungen entstellt. Serth hatte das Geschöpf so schwer verletzt, dass ihm nicht mehr zu helfen war.

Marrill war zwar nicht scharf auf eine weitere Erinnerung, aber der arme Flatterling drohte abzustürzen. Also streckte sie rasch den Arm aus, damit er darauf landen konnte. Unbeholfen kletterte er auf ihre Schulter. Sie wartete auf den Ansturm der nächsten Erinnerungen, aber er blieb aus. Stattdessen streckte der Flatterling ein Bein und klopfte damit behutsam an die nackte Haut ihres Halses. Eine Gänsehaut überlief sie.

Die Erinnerung war nur kurz und stammte glücklicherweise von ihr selbst – ein Schnappschuss von ihr und ihren Eltern, wie sie über einen besonders albernen Witz ihres Vaters lachten. Ihr wurde dabei ganz warm ums Herz, und die Kälte, die sie beim Gedanken an Serth überkommen hatte, wich. Sie lächelte. »Danke«, flüsterte sie.

Der Flatterling hatte kein Gesicht und entsprechend auch keine Mimik, aber er schmiegte sich an ihre Schulter wie ein Hund an das Bein seines Herrchens. Dabei achtete er darauf, dass er nur ihre Bluse berührte. Marrill stellte erleichtert fest, dass keine Erinnerungen übertragen wurden, solange er keinen direkten Kontakt mit ihrer Haut hatte.

»Kannst du mir helfen?«, fragte sie. »Ich muss den Siphon von Monerva finden. Vielleicht kannst du mir ja zeigen, wie ich zu ihm gelange.«

Der Flatterling zögerte, und Marrill wartete mit angehaltenem Atem. Wenn er ihr nicht helfen konnte oder wollte, war guter Rat teuer. »Du bist meine letzte Hoffnung«, flüsterte sie.

Der Flatterling streckte langsam sein Bein aus und klopfte damit seitlich an ihren Hals. Auf das, was sie jetzt sah, war sie überhaupt nicht vorbereitet.

Der Zauberer der Morgendämmerung vergewisserte sich durch einen Blick über die Schulter, dass niemand ihn beobachtete. Dann schlüpfte er durch eine unscheinbare Tür und eilte durch die weitverzweigten Katakomben des Palasts zu einer abgelegenen Kammer, in der das Kernstück seiner Schöpfung auf ihn wartete.

Wünsche waren zweischneidige Schwerter, das

wusste der alte Zauberer. Er war ein Dzane. Seine Brüder hatten Sterne am Himmel angezündet, die von ihrem Ruhm künden sollten. Jetzt leuchteten nur noch diese Sterne, ihre Schöpfer waren so gut wie vergessen.

Am Eingang der Kammer blieb der Zauberer stehen und trommelte mit seinen langen, blauen Fingern auf eine leere Kristallkugel. Es kam darauf an, immer beide Seiten zu sehen, dachte er. Einnahmen und Ausgaben, Kosten und Nutzen, Land und Wasser, Salz und Sand.

Die Kammer begann unter dem Gewicht der Stadt bereits zu sinken, wie der Zauberer es beabsichtigt hatte. Und sie würde in alle Ewigkeit weitersinken.

Der Siphon würde mit ihr begraben werden.

Der Flatterling zog sein Bein zurück, und von der Erinnerung blieb nur ein leiser Schauder zurück.

»Der Siphon ist unter Monerva begraben!« Marrill stand auf. »Ich muss einen Weg zu ihm hinunter finden!«

Sie ging auf das enge Loch zu, durch das sie in den Turm geklettert war, doch dann blieb sie stehen. Der Flatterling hockte noch immer auf ihrer Schulter. »Willst du nicht zu deinen Freunden zurückkehren?«, fragte sie mit einem Nicken in Richtung der wabernden Masse, die an der Decke des Turms hing.

Der Flatterling machte sich ganz klein und klammerte sich an ihren Ärmel. »Na gut«, sagte sie, »dann suchen wir zu zweit.«

Sie berührte ihn kurz und spürte eine Flut von Erinnerungen, die eine beruhigende Wirkung hatten.

Sie atmete tief aus. »Machen wir uns an die Arbeit.«

Draußen balancierte sie auf der Mauerkrone entlang.

Zum Glück waren die Höchsten von Monerva wieder zurückgekehrt. Sie stritten sich, und Talaba hatte ihren Baldachin vergrößert, um die anderen zu übertrumpfen. Er flatterte genau unter Marrill.

»Halt dich fest«, warnte sie den Flatterling. Dann sprang sie.

Sie hatte eigentlich gehofft, sie hätte sich inzwischen an das Gefühl gewöhnt, in die Tiefe zu stürzen, aber von wegen! Mit einem dumpfen Laut landete sie auf dem Baldachin und hörte, wie der Stoff riss. Der Baldachin gab unter ihr nach, und sie fiel auf die kleine gläserne Plattform und blieb am Fuß einer der Säulen liegen.

»Mein Baldachin!«, jammerte Talaba. »Damit hätte ich die Höchste sein können, und du hast es mir verdorben!«

»Ach, reg dich nicht auf«, schimpfte Necarib.

»Tut mir leid!«, rief Marrill. Sie stieg die eiserne Leiter und dann die gewundene gläserne Treppe zwischen den spitzen Türmen hinunter. Zu Fuß würde sie Stunden, wenn nicht sogar einen ganzen Tag brauchen, um bis zum Moderloch hinunterzusteigen, auch wenn die Stadt weiterhin so schnell sank.

Sie brauchte eine Abkürzung. Sie rannte über eine gläserne Brücke, sprang auf eine sinkende Treppe und gelangte in einen üppigen überhängenden Garten. Von dort blickte sie nach unten und wollte schon aufgeben. Da fiel ihr Blick auf ein vertrautes Schneckenhaus.

»He, Elle!«, rief sie. »Kannst du mich befördern?«

Ein dickes, grünes Schneckenseil sprang aus dem Gehäuse und flog auf sie zu. Die Spitze glitt über ihre Schulter und schlang sich um ihre Hüften.

»Nach unten, Elle!«, rief sie.

Seit ihrem Besuch der Kawarau Bridge in Neuseeland träumte sie vom Bungeespringen. Doch ihre Eltern fanden, sie sei dafür noch zu jung. Jetzt bot sich endlich die Gelegenheit. Sie streckte die Arme aus und juchzte übermütig, während die Stadt an ihr vorbeisauste.

»J
i
p
p
i
i
i
i
i
e
e
e
!
!
!«,

schrie sie und fiel
tiefer
tiefer
tiefer
tiefer.

In der Ferne sah sie, wie eine gewaltige Welle sich aufbäumte und auf die Mauer zuraste. Am Moderloch angelangt, hob die Welle die schwimmenden Stege und die noch seetüchtigen Schiffe an, darunter auch die *Krake*.

»Tauknochenmann!«, schrie Marrill, als das Schiff ihr auf der Welle entgegenkam. »Ich lande gleich!«

Ein Tau flog aus der Takelage geradewegs auf sie zu. Die Übergabe funktionierte einwandfrei. Elle ließ sie los, und Marrill flog wie eine Artistin am Trapez einen qualvoll langen Moment durch die Luft. Dann bekam der Tauknochenmann sie zu fassen.

»Danke, Elle!«, rief sie nach oben, in der Hoffnung, dass die Schnecke sie noch hörte. Der Tauknochenmann setzte sie behutsam auf Deck ab. Das grüne Schneckenseil winkte ihr kurz zu, dann verschwand es die Mauer hinauf.

Im selben Moment, in dem ihre Füße wieder festeren Boden berührten, spürte sie das Bein des Flatterlings an ihrem Hals. Eine Reihe von Erinnerungen durchströmte sie, die alle vor allem eins vermittelten: Erleichterung.

»An so wilde Flüge müsstest du inzwischen eigentlich gewöhnt sein!« Marrill kicherte, und der Flatterling verkroch sich wieder unter ihren Kragen.

»Danke, Tauknochenmann!«, rief Marrill und ruckte an dem Tau.

Sie war noch keine halbe Sekunde an Bord, da flog eine kleine Tür auf, die unter Deck führte, und eine orangefarbene Fellkugel raste über die Planken auf sie zu. Der Kater sprang, und Marrill fing ihn auf.

»He, du!«, rief sie und vergrub das Gesicht in Karnis Fell. Bei seinem rumpelnden Schnurren wurde ihr ganz warm ums Herz. Karnelius drückte den Kopf ungestüm gegen ihre Wange und schob sich so dicht an sie heran, wie es nur ging.

Sie schloss die Augen und hatte einen Moment lang das Gefühl, zu Hause zu sein.

Beim Gedanken an ihr Haus in Arizona spürte sie einen Stich in der Brust. Wann war es für sie zu einem *Zuhause* geworden, statt nur ein Ort zu sein, an dem sie wohnten, bis es ihrer Mutter wieder besserging? Hoffentlich war sie wieder dort, wenn ihre Eltern nach Hause kamen, dann würden sie gar nicht merken, dass sie weg gewesen war. Und hoffentlich gab es ihre Welt dann überhaupt noch.

Apropos zu Hause … Marrill sah sich auf dem Deck der *Krake* um. Fast überall lagen Sachen herum. Und die meisten davon waren ihr unangenehm vertraut. Neben einem Sammelsurium von Elektrogeräten lagen ein

Stapel von Sportartikeln und ein Haufen Weihnachtsschmuck. Bei jeder Welle rutschten die Sachen klappernd und scheppernd hin und her.

Der Griesgram ging schlurfend von Haufen zu Haufen, alle vier Arme voller Trödel. Als er sie sah, hellte seine mürrische Miene sich auf. »Wo warst du denn?«, fragte er.

Marrill erwiderte sein Lächeln. »Ich bin die Mauer hinaufgeklettert und habe nach dem Siphon –«

»Nicht du«, brummte der Griesgram ungeduldig. Er machte umständlich eine Hand frei und streckte sie nach Karni aus. Als Marrill ihn nicht hergeben wollte, begnügte er sich damit, den Kater unter dem Kinn zu kraulen. »Er mag nämlich keine Wellen«, teilte er ihr mit.

»Wo sind die anderen?«, fragte sie.

Der Griesgram zuckte mit den Schultern. »Die vergnügen sich vermutlich irgendwo. War nicht eingeladen. Wäre auch nicht gegangen. Ungehobelte Deppen.«

Marrill biss sich auf die Lippen und blickte suchend zum Himmel auf. In der Ferne meinte sie etwas aufleuchten zu sehen, einen Sonnenstrahl, der von der Bronzeschale des Feuerflüchters reflektiert wurde. Sie meinte auch zu erkennen, dass der Ballon tatsächlich nach Monerva zurückkehrte. Der Wind musste sehr wütend auf Ardent gewesen sein, wenn er ihn so weit ins Abseits geblasen hatte.

Sie überlegte, ob sie mit der Suche nach dem Siphon

auf die anderen warten sollte. Zwei Zauberer als Unterstützung zu haben erhöhte ihre Erfolgschancen beträchtlich. Andererseits war der Ballon noch ziemlich weit weg.

Sie schüttelte den Kopf. »Was sind das eigentlich für Sachen?«, fragte sie an den Griesgram gewandt.

Er beäugte sie misstrauisch. »Meine. Und glaub ja nicht, ich merke nicht, wenn etwas davon fehlt. Ein Teil wurde von den Wellen auf Deck gespült, einen Teil habe ich aus dem Wasser gerettet. Wenn man eine Stadt jahrelang ins Meer sinken lässt, geht mit ihr eine Menge Zeug unter. In den Katakomben liegen die interessantesten Dinge herum.«

Marrill erstarrte. »Sagtest du eben Katakomben?«

Karni richtete sich in ihren Armen plötzlich auf, und bevor sie es verhindern konnte, sprang er auf ihre Schulter. Der Flatterling kroch mit verzweifelten Verrenkungen an Marrills Schläfe hinauf.

Sie erschauerte, als die lebhaften Erinnerungen auf sie einstürmten. Serth stand vor einem Becken mit goldenem Wasser und hob einen Becher an die Lippen. Ardent beugte sich über einen Stoß Papier und kritzelte etwas, während Serth im Hintergrund tobte. Annalessa legte Ardent die Hand auf den Arm und wollte ihn in die warme Sonne ziehen.

Dann waren die Erinnerungen plötzlich verschwunden. Der Flatterling hatte sich in die Luft geschwungen und versuchte erfolglos, aufzusteigen. Karni drückte sich von Marrills Schulter ab, sprang ihm nach und landete zappelnd in einem Haufen alter Reifen.

Der Griesgram zog ihn heraus, zugleich fiel ein Tau aus der Takelage und blieb direkt vor dem Flatterling hängen. Dankbar hielt das Geschöpf sich daran fest.

Marrill räusperte sich und drehte mit dem Fuß ein Stoppschild um, das neben sie gerutscht war. Sie musste an die Botschaft denken, die sie überhaupt erst hierhergebracht hatte. Leider wusste sie immer noch nicht, wer sie geschickt hatte. Dieses Schild war jedenfalls vollkommen leer und gab ihr darauf keine Antwort.

»Also …«, begann sie vorsichtig, »wärst du denn bereit, mir zu zeigen, wie ich zu diesen Katakomben hinunterkomme?«

»Ungefähr so bereit, wie du bereit bist, dich um deine eigenen Sachen zu kümmern«, brummte der Griesgram. »Nämlich gar nicht.«

Marrill biss sich auf die Lippen. Sie musste da runter. Und wenn ihr jemand dabei half, war es leichter. »Und wenn ich dir sage, dass das Schicksal der ganzen Welt davon abhängt?«

Der Griesgram schien kurz zu überlegen, doch dann stellte sich heraus, dass er nur niesen musste. »Das war mir schon letztes Mal egal und dieses Mal genauso. Und das nächste Mal.«

Marrills Blick fiel auf einen Haufen Tennisschläger. »Ich könnte dir zeigen, wie man die verwendet«, schlug sie vor.

»Willst du dich damit schlagen, bis du bewusstlos bist?«, fragte der Griesgram.

Marrill ließ die Schultern sinken. »Na gut. Und wenn du dafür Karni versorgen darfst, während wir –«

»Einverstanden.«

Marrill sah ihn verdutzt an. »Okay … also … wie gelangt man in diese Katakomben?«

Der Griesgram lächelte nicht. Vielleicht konnte er das gar nicht. Aber seine Grimasse kam einem Lächeln ziemlich nahe und war deshalb besonders verstörend. »Die eigentliche Frage ist doch, wie lange kannst du die Luft anhalten?«

Marrill stand neben dem Griesgram im Rumpf eines uralten Schiffes und starrte zu einem mit Brackwasser gefüllten Loch hinunter. Das Wasser leuchtete nicht wie reines Stromwasser, doch ging ein matter Schein von ihm aus, der die nackten Balken des Wracks erhellte.

Wie der Griesgram diesen Ort gefunden hatte, wusste sie nicht. Das Schiff musste jedenfalls in einem alten Teil der Stadt gesunken sein, denn dem Griesgram zufolge führte unter dem Wasser ein gefluteter Tunnel geradewegs ins Herz der Katakomben.

»Woher weiß ich, dass das Wasser mich nicht in irgendeine Pflanze verwandelt?«

»Weil ich ein solches Glück nicht habe«, erwiderte der Griesgram. »Und wenn man einem Griesgram nicht vertrauen kann, wem dann?«

»Ich soll da einfach reinspringen?«

Aber der Griesgram hörte sie nicht mehr, weil er bereits gesprungen war. Er landete platschend im Wasser und verursachte eine Fontäne, die Marrills Beine nassspritzte. Sie zuckte zusammen, doch ihre Beine verwandelten sich nicht in zwei tanzende Eidechsen. Mit ihrer Hand berührte sie die Brusttasche, in der der Flatterling saß. Wenn sie die Welt retten wollte, hatte sie keine andere Wahl.

»Wird schon schiefgehen«, rief sie und sprang.

Für Brackwasser war das Wasser am Fuß der Mauer bemerkenswert klar. Marrill konnte den Griesgram vor sich sehen. Sie schwamm ihm hinterher und versuchte, nicht in Panik zu geraten, während der Druck auf ihre Lungen zunahm. Der Griesgram hatte zwar versichert, es sei nicht weit, aber als sie jetzt sah, wie mühelos er mit seinen vier Armen vorankam, kam ihr der Verdacht, dass sie vielleicht nicht dieselbe Vorstellung von »weit« hatten.

Sie meinte schon aufgeben zu müssen, da durchströmte sie auf einmal neue Zuversicht. Erinnerungen füllten ihr Bewusstsein: In Indonesien hatte sie mit ihrem Vater getaucht, in Alaska in einem eisigen See gebadet und in Colorado einen tosenden Fluss durchquert. Der Flatterling schickte ihr diese Erinnerungen und gab ihr Kraft. Sie zwang sich dazu, weiterzuschwimmen.

Vier Hände packten sie und zogen sie durch einen

kurzen Tunnel und an einer Klappe vorbei. Hinter ihr schloss der Griesgram rasch die Klappe, und das Wasser lief ab. Ein kühler Luftzug traf Marrill ins Gesicht. Würgend schnappte sie nach Luft.

»Danke«, sagte sie schließlich keuchend zum Flatterling. Mit einem Schauder durchlief sie eine Erinnerung: wie sie als kleines Kind einmal in der Sonne gelegen hatte. Vermutlich war das eine Art Gefühlsäußerung des Flatterlings, ähnlich wie das Schwanzwedeln eines Hundes.

Neben ihr knackte etwas, und plötzlich erhellte blaues Licht ihre Umgebung. Hoffnung und neue Kraft durchströmten sie, und sie blickte sich um.

Soweit sie sehen konnte, bestand die Decke lediglich aus nackten Balken, durch die man einige Wände sah. Der Boden bestand aus halb verrotteten Brettern mit klaffenden Löchern. »Das sind also die Katakomben?«, krächzte sie.

Der Griesgram lachte, dass es ihr in den Ohren dröhnte. »Das hättest du wohl gern«, sagte er und hielt einen blau leuchtenden Kristall in die Höhe – gefrorene Hoffnung. Wenigstens wusste sie jetzt, woher das Licht und ihre plötzliche Zuversicht kamen.

Der Griesgram wandte sich zum Gehen, und Marrill folgte ihm hastig, denn sie wollte nicht allein im Dunkeln zurückbleiben. Der Boden unter ihren Füßen gab knarrend nach. Sie zuckte zusammen und rechnete jeden Moment damit, dass er unter ihr einstürzte.

An einigen Stellen war das schon geschehen. Der Griesgram blieb an einer breiten Spalte zwischen zwei dicken Brettern stehen und hockte sich hin. »Hier geht's runter«, brummte er und verschwand auch schon. Das blaue Licht wurde schwächer, und Marrill war auf einmal ganz kalt.

Eilig stieg sie ihm hinterher. Sie durchquerten einen Raum nach dem anderen. Manchmal stiegen sie eine Treppe hinunter, dann wieder sprangen sie durch ein Loch im Boden. Das Ganze kam Marrill vor wie ein verschlungenes, dreidimensionales Labyrinth.

Keuchend versuchte sie, mit dem Griesgram Schritt zu halten. »Woher weißt du, in welche Richtung wir gehen müssen? Du weißt das doch, oder?«

Er tippte sich an die Stirn. »Glaub mir, wenn es hier was zu finden und zu holen gibt, dann finde und hole ich es.«

Das glaubte Marrill ihm durchaus. Trotzdem hatte sie Bedenken. »Wie tief sind wir hier?«

Der Griesgram polterte eine Reihe hoher Stufen hinunter. »Ich schätze, die Stadt sinkt seit etwa hundert Jahren – plus/minus tausend. Also … sehr tief.«

Marrill blickte auf und meinte förmlich zu spüren, was für ein Gewicht über ihr versammelt war. Das Gewicht vieler Generationen von Türmen und Häusern, das auf diesen halb verrotteten Balken lastete. Sie legte die Hand an einen davon, um sich zu vergewissern, dass er nicht gleich einstürzen würde.

Doch er erzitterte unter ihrer Berührung. Und das Zittern wurde immer stärker, bis sie in Panik die Hand zurückzog. Aus der Ferne kam ein Rumpeln, das rasch lauter wurde. »Äh ... das klingt aber gar nicht gut.«, brachte sie heraus.

Der Griesgram blickte zur Decke. »Ah, schon wieder diese Wackelei?« Er seufzte.

»Was ist das denn?«, fragte Marrill, nicht sicher, ob sie die Antwort wissen wollte.

»Bist du immun gegen Magie?«, brummte er. Der Lärm hinter ihnen wurde immer lauter, und die Wände begannen zu zittern.

Ihr Herz setzte vor Panik einen Schlag aus. »Nein. Du?«

Er zuckte mit den Schultern. »So lala.«

»Wie immun ist lala?«

»Wir werden ja sehen.« Er streckte den Arm aus. »In diese Richtung. Schnell!«

Er ging ihr voraus durch den Raum und zu einem großen Brunnen, in dessen Mitte ein Loch klaffte. »Durch dieses Loch gelangst du in die Kanalisation und zuletzt zu den Katakomben. Du musst ein paarmal nach links abbiegen und dann ein paarmal nach rechts.« Er machte eine Pause. »Es gibt auch falsche Abzweigungen, aber die würde ich an deiner Stelle nicht nehmen. Es sei denn, du magst Spinnenraupen?«

Marrill wusste zwar nicht, was das sein sollte, aber es klang nicht gut. »Nein danke.«

Der Griesgram brummte etwas. »Gute Entscheidung.« Er schob sie zu dem Brunnen.

»Und du? Kommst du nicht mit?«, rief Marrill.

»Nee. Jemand muss das Rohr verschließen, wenn du drin bist.« Er klopfte auf ein massives Brett Fadholz, das gerade groß genug war, um das Loch im Brunnen abzudecken. »Sonst hat das ja alles keinen Zweck.«

Marrills Hals war wie zugeschnürt, und ihr Herz hämmerte. »A-aber ...« Sie schluckte mühsam und umklammerte zwei fleischige Handgelenke des Griesgrams. »Was passiert mit dir?«

»Dasselbe wie mit allen Griesgrams, denke ich doch.« Er ließ zwei Hoffnungskristalle in ihre Hand fallen.

Das beantwortete ihre Frage nicht. »Und das wäre?«

Er zuckte mit allen vier Schultern, und bevor sie es verhindern konnte, hatte er schon das Fadholzbrett über die Öffnung geschoben. Um sie wurde es dunkel.

Sie schloss die Augen, um nicht zu weinen. Sie wollte daran glauben, dass er nach draußen zurückkehren konnte. Weil er doch so grantig war, dass sie ihm das zutraute. Wie auch immer, abgesehen vom Flatterling war sie jetzt mutterseelenallein.

Am liebsten hätte sie sich zusammengerollt, die Arme um die Knie geschlungen und geweint. Ihre Mutter sollte ihr mit der Hand über den Rücken streichen und ihr sagen, dass alles gut werden würde.

Aber die Zeit drängte. Die Räder drehten sich, und ihre Welt wurde in den Piratenstrom gesaugt.

Zitternd holte sie Luft und brach einen Hoffnungskristall auseinander. Sofort wurde ihr warm, ihre Zweifel und Ängste verflogen, und Zuversicht erfüllte sie.

Sie konnte und würde es schaffen.

Sie hielt den Kristall hoch, um in seinem Schein ihre Umgebung zu sehen. Sie stand genau am Schnittpunkt von sieben Rohren. Eins davon führte zu dem Brunnen über ihr hinauf, die anderen verzweigten sich in sechs verschiedene Richtungen.

»Ein paarmal nach links abbiegen und ein paarmal nach rechts und falsche Abzweigungen meiden.« Sie verstummte und sah sich um. Ein unbehagliches Gefühl beschlich sie. Es war so stark, dass nicht einmal der Hoffnungskristall es unterdrücken konnte.

»Jetzt bist du dran, Kleiner«, sagte sie zu dem Flatterling. »Hoffentlich erinnerst du dich an dem Weg zum Siphon.«

Kapitel 26

Der Siphon von Monerva

Immer tiefer drang Fin in die mit Salz verkrusteten Katakomben ein. Sie waren schon lange unterwegs, und er wusste weder, wie viel Zeit vergangen war, noch, was für eine Strecke sie zurückgelegt hatten. Seinem Gefühl nach konnten sie inzwischen an der Mauer angelangt sein.

»Hier links«, zischte die Kerze an seinem Gürtel. »Jetzt rechts und eine Weile geradeaus. Diese Wand ist in Wirklichkeit eine Tür und diese Tür eine Wand.«

»Wow, ihr wolltet wirklich nicht, dass hier irgendwer reinkommt, was?« Fin kratzte Salz von einer Falltür in der Mitte eines Korridors.

»Der Siphon kann Welten zerstören und Wünsche erfüllen«, sagte der Salz-und-Sandkönig. »Wir hätten auch einfach ›Bitte nicht anfassen‹ draufschreiben können, aber so erschien es uns klüger.«

Sie gingen weiter, und durch die Wände kamen gläserne Rohre, die mit leuchtendem Stromwasser gefüllt waren – pure Magie als Antrieb der Wunschmaschine. Fin schüttelte den Kopf. »Wie viel Magie braucht man, um einen Wunsch zu erfüllen?«

»Das hängt von der Größe des Wunsches ab«, antwortete der König. »Der Siphon hat schon so viel Magie angesaugt, dass es für die meisten Wünsche eines Sterblichen reicht. Nur für den Kapitän reicht es noch nicht. Sein Durst ist so groß wie meiner. Wenn der Strom nicht endlos wäre, würde er ihn aufbrauchen.«

Vor ihnen verbreiterte sich der Gang. Zum Flimmern in der Luft kam das gedämpfte Tosen eines entfernten Wasserfalls. Der ganze Korridor leuchtete golden.

»Wir sind gleich da«, sagte der König. »Wenn wir den Saal erreichen, sei bitte so leise wie möglich. Der Kapitän darf uns nicht bemerken.«

Fin holte mit einem Schauder Luft. Er spürte einen Schmerz in der Brust, den er nicht verstand. Eigentlich hätte er doch froh sein müssen – er war fast am Ziel! Gleich würde sein Wunsch in Erfüllung gehen.

Doch etwas fehlte: Marrill.

Er verspürte Reue. Vielleicht hätte er doch nicht auf der Brennenden Ebene zurückbleiben sollen. Marrill wünschte sich ihren Wunsch genauso sehnlich wie er sich seinen. Und er wollte, dass ihr Wunsch in Erfüllung ging, auch wenn sie ihn, ihren Freund, vergessen hatte.

Er schüttelte den Kopf, um den Gedanken wieder loszuwerden. Marrill hatte ihn vergessen! Wenn alles gutging, konnte er sich vielleicht auch für sie etwas wünschen. Wenn nicht, hatte er zwar bestimmt ein schlechtes Gewissen, aber dann war sie selbst schuld. Nicht er.

»Okay«, sagte er leise zu der Kerze an seinem Gürtel. »Ich bin bereit. Was jetzt?«

»Ich spüre das Verlangen, das der Kapitän ausstrahlt«, fauchte der König. Fin bemerkte, dass die Flamme ein wenig höher brannte als zuvor und auch ein wenig heller. »Es ist so stark, dass ich es kaum aushalte. Sein Wunsch ist fast erfüllt. Er hat seine ganze Aufmerksamkeit darauf konzentriert und wird dich deshalb nicht bemerken. Schleich dich rein, schnapp dir die Wunschkugel und wünsch dir rasch selbst etwas.«

Fin nickte. Hineinschleichen, klauen und wünschen. Der Salz-und-Sandkönig hatte recht – er war dafür wie geschaffen.

Geduckt betrat er einen großen, von einer Kuppel überwölbten Raum. Auf dem Boden lagen weiße Marmorplatten mit einem Drachen unter einem Kreis in rotem Onyx – dem Siegel des Salz-und-Sandkönigs. Nur dass der Kreis hier zu einem großen Becken vertieft war. Und die Berge darin waren die Wellen des magischen Wassers, das vom Piratenstrom eingesaugt wurde.

Darüber strömte fast wie in einem Spiegelbild das Wasser des Stroms kreiselnd durch einen großen, an der Decke hängenden Trichter aus Glas. Das Ganze sah aus wie ein riesiger, in der Luft schwebender Strudel.

Der Siphon von Monerva.

Sechs gewaltige, oben wie Strohhalme gebogene Rohre umgaben ihn, saugten das Wasser aus dem Becken darunter an und entließen es in den Trichter.

Staunend betrachtete Fin den Anblick, der sich ihm bot: das verschlungene Netz gläserner, mit Stromwasser gefüllter Rohre an der Decke, die sich drehenden Räder an den Wänden, welche das magische Wasser zu dem Trichter pumpten, und das Abbild des Siegels aus rotem Onyx auf dem Boden.

Das Kernstück der ganzen Anlage stand freilich in der Mitte des Raums. Dort lief das Wasser in immer engeren Spiralen zur Spitze des Trichters und tröpfelte von dort in einem hauchdünnen Wasserfaden in eine auf einem gläsernen Podest darunter liegende Kugel, die sich langsam füllte.

Das musste die Wunschkugel sein, dachte Fin.

Doch das Podest stand auf einer Plattform, die ihrerseits über dem Becken in der Luft hing und nur mit dünnen Messingstreben an den säulenartigen Rohren befestigt war. Den einzigen Zugang bildete eine steinerne Treppe, die vom Rand des Beckens hinaufführte. Und auf der obersten Stufe dieser Treppe stand mit dem Rücken zu Fin eine von Kopf bis Fuß in eine Rüstung gekleidete Gestalt und sah zu, wie die Glaskugel sich füllte: der Kapitän des Eisernen Schiffes.

Angst stieg in Fin auf, ohne dass er etwas dagegen hätte tun können. Obwohl er ja gewusst hatte, dass er den Kapitän hier antreffen würde, durchlief ihn bei seinem Anblick ein eisiger Schauer.

Er duckte sich in den Korridor, durch den er gekommen war, und schloss zutiefst verunsichert die Augen. Einen kurzen Moment lang überlegte er, ob er umdrehen sollte. Vielleicht hatte Marrill ja recht gehabt, und er brauchte Ardent tatsächlich.

Doch da loderte die Flamme in der Laterne an seinem Gürtel auf und riss ihn aus seiner Lähmung. »Die Maschine hat fast ihre volle Kraft erreicht«, zischte sie, fast unhörbar neben dem Tosen des durch die Rohre stürzenden Wassers. »Sie durchkämmt pausenlos den Strom und filtert die Essenz des Möglichen heraus. Schon jetzt könnte die Kugel die meisten Wünsche erfüllen. Wenn sie erst voll ist, wird fast alles möglich sein.«

Vorsichtig spähte Fin um die Ecke und betrachtete die gläserne Kugel unter dem Trichter. Während das durch die Rohre strömende Wasser golden schimmerte, leuchtete das Wasser in der Kugel wie geschmolzenes Metall. Das grelle, intensive Gelb tat fast schon in den Augen weh. Nur die schwarze Silhouette des Kapitäns verhinderte, dass Fin völlig geblendet war.

»Ich komme nicht an ihm vorbei«, flüsterte er. »Wenn ich die Treppe hinaufsteige, wird er mich auf jeden Fall bemerken. Jemand muss ihn ablenken.«

Die Laterne flackerte. Die Flamme war wieder gewachsen und drohte über die Einfassung zu schlagen. »Gib mir etwas zum Verbrennen«, befahl sie.

Zögernd riss Fin einen Streifen Stoff von seinem Hemd ab und hielt ihn der Flamme hin. Ein Funke stieg auf, landete darauf und begann zu glimmen, ohne richtig Feuer zu fangen.

»Leg den Fetzen auf den Boden«, befahl der König. »Dann geh zur Treppe und mach dich bereit, die Kugel zu packen und dir etwas zu wünschen.«

Fin schluckte. In Gedanken sagte er seinen Wunsch immer wieder vor sich hin. *Ich will, dass andere sich an mich erinnern.* »Ich soll also nur die Kugel nehmen und den Wunsch sagen?«, flüsterte er.

»Nur die Kugel nehmen und wünschen«, bestätigte das Feuer. »Den Rest überlass mir.«

Fin tat wie geheißen. Er legte den Stofffetzen mit dem glimmenden Funken am äußersten Rand des Saales auf den Boden, dann ging er so leise wie nur möglich hinein. Mit jedem Schritt wuchs seine Erwartung, dass der Kapitän sich gleich umdrehen und ihn entdecken würde.

Er war gerade an der Stelle angekommen, an der er sich seiner Meinung nach im Blickfeld des Kapitäns befinden musste, da brach am Eingang Feuer aus. Der Kapitän drehte sich ganz langsam um. Fin sah aus den Augenwinkeln seinen langen Bart, das einzig Menschliche an seinem Gesicht. Zwischen seinen spitzen eisernen Fingern zuckten knisternd rote Blitze.

Vom Feuer stieg dicker schwarzer Rauch auf, der von den Flammen nur einen matten, orangefarbenen

Schein durchließ. Die Wolke schrumpfte, und graue und weiße Schwaden verdichteten sich, bis eine in Lumpen gehüllte, bucklige Gestalt vor dem Kapitän stand. »Du wärst bereit, einen alten Mann niederzuschlagen, hämm?«

Fin sah seine Gelegenheit gekommen. Er rannte durch den Saal, ohne den in Eisen gekleideten Zauberer aus den Augen zu lassen. Jeder Schritt führte ihn näher an die goldene Kugel heran.

»Du hast nie viel geredet, hämm?«, fuhr der Salz-und-Sandkönig fort. »Das war ja auch gar nicht nötig. Ich spüre dein Verlangen, hämm? Und zwar so stark, dass ich mich kaum beherrschen kann …«

Fin blickte geradeaus. Nur wenige Meter entfernt ragte eines der gewaltigen Rohre auf. Eine daran befestigte Messingstrebe führte in einem Bogen durch die Luft zu der frei schwebenden Plattform hinüber. Wenn er das Rohr hinaufkletterte, konnte er mit Hilfe der Strebe zu der Kugel gelangen!

Er stand so kurz davor, seinen sehnlichsten Wunsch erfüllt zu bekommen, dass ihm ganz schwindlig wurde. Zugleich verspürte er eine unbestimmte Traurigkeit – als sei alles umsonst und als würde er trotzdem scheitern.

»Ich spüre etwas Kaltes«, hörte er den Salz-und-Sandkönig sagen. Es klang besorgt. »Etwas Kaltes, das nicht will, was es will … wie konnte ich das übersehen?«

Fin verdrängte die Stimme und schluckte seine Traurigkeit hinunter. Er musste sich jetzt konzentrieren – gleich war alles vorbei. Rasch kletterte er das Rohr hinauf, bekam die Strebe mit den Händen zu fassen und hangelte sich daran hinüber, ohne an das mit Stromwasser gefüllte Becken unter ihm zu denken. Wenn er in das Becken fiel, würde die reine Magie des Wassers ihn vernichten. Aber er wollte ja gar nicht hinunterfallen.

Im nächsten Moment kam er auf der Plattform an. Hell leuchtend hing die Kugel vor ihm, so hell, dass er das Gelb förmlich riechen, das Licht schmecken konnte. Er streckte die Hand danach aus. Angesichts der Nähe des Möglichen überlief ihn ein Kribbeln.

»Ach, Fin«, murmelte eine Stimme ihm gegenüber.

Er konnte ihren Besitzer durch das gleißende Licht nicht sehen.

Das brauchte er allerdings auch gar nicht. Er hätte nie gedacht, dass er die bebende Stimme je noch einmal hören würde, aber er hatte sie auch keineswegs vergessen. Ein nur allzu vertrauter Schauder lief ihm über den Rücken.

Eine bleiche Hand senkte sich herunter und umschloss die Wunschkugel. Ihr Besitzer trug ein schwarzes, mit weißen Sternen übersätes Gewand. Das Licht der Kugel fiel auf ihn und spiegelte sich in den nassen, schwarzen Tränen auf seinem Gesicht.

»Was man sich doch alles wünscht, obwohl man

weiß, dass die Wünsche nicht in Erfüllung gehen können«, flüsterte die kalte Stimme. Sie klang so traurig, Fin hatte ganz vergessen, wie traurig sie klang.

Und wie traurig er sich fühlte, wenn er sie hörte.

»Serth.« Seine Lippen bewegten sich wie von selbst, noch während er zu begreifen suchte, wie jemand, der eigentlich tot war, jetzt vor ihm stehen konnte. Er hätte nicht sagen können, ob das Gewicht, das ihn niederdrückte, wirklich war oder nur eingebildet, weil der Zauberer ihn erneut mit seiner schwarzen Magie infiziert hatte.

»Guten Tag, Fin«, sagte das Orakel. »Es tut mir so schrecklich leid, dich wiederzusehen.«

Kapitel 27

Endlich vereint

Marrill bog wie in Trance um eine letzte Ecke. Die mit Salz verkrusteten Säulen waren neu, alles andere dank der Erinnerungen des Flatterlings nur zu vertraut. Sie hatte jeden Schritt schon einmal gemacht, jeden Stein eigenhändig eingesetzt. Unmittelbar vor ihr lag der Saal der großen Maschine.

Der König hielt unwillkürlich die Luft an. Der ganze Raum vor ihm war mit weißem Marmor und Onyx ausgelegt, und in der Mitte befand sich ein großes, leeres Becken. Er lächelte, als er das vertraute Bild erkannte, das den Boden schmückte. »Mein Siegel«, murmelte er anerkennend.

An den Wänden drehten sich Räder, und gläserne Rohre pumpten den Stoff, aus dem die Wünsche waren, in einen gewaltigen gläsernen Trichter, der unter der Decke hing. Der König kam aus dem Staunen und Bewundern nicht heraus. Das alles gehörte ihm.

»Seht ihn Euch an«, sagte der Zauberer der Morgendämmerung. »Der Siphon von Monerva!«

Als Marrill sich dem Eingang des Saales näherte, erfüllte auf einmal tiefer Kummer ihre Brust und riss sie aus ihren geliehenen Erinnerungen. Tränen brannten ihr in den Augen. Sie kannte diesen Kummer, sie hatte allerdings vergessen, wie stark er war.

Serth war hier. Er lebte noch und war bereits beim Siphon eingetroffen. Wahrscheinlich hatte er von Anfang an hinter allem gestanden. Schließlich kannte er die Zukunft.

Sie dachte an die Karte in ihrer Gesäßtasche. Die Legende fehlte, aber das fiel nicht mehr ins Gewicht. Serth brauchte sie nicht mehr. Egal, ob mit oder ohne Karte und Legende, er konnte sich jetzt ganz einfach wünschen, dass die verlorene Sonne freikam und den ganzen Piratenstrom vernichtete.

Und wenn das geschah, spielte die Eiserne Flut auch keine Rolle mehr. Da hatten sie die ganze Zeit vor dem Kapitän Angst gehabt, obwohl er doch offenbar nur ein Handlanger war. Die eigentliche Gefahr ging von Serth aus.

Unwillkürlich sah sie in Gedanken, wie er mit zitternden Händen und einigen schwarzen Tränen eine Nachricht auf ein altes Stoppschild schrieb. Sie schluckte hart und drängte verzweifelt die Hoffnungslosigkeit zurück, die sie zu überwältigen drohte.

Der Flatterling an ihrem Hals kitzelte sie mit einem langen Finger, und sie bekam eine Gänsehaut. Dann hatte sie Erinnerungen, die sie schon kannte.

»Hör nicht auf ihn!«, rief Marrill mit vor Kälte brüchiger Stimme. Sie konnte nicht sehen, mit wem sie sprach. Es war, als hätte jemand mit nassen Fingern nach einer Tintenzeichnung gegriffen und die eine, entscheidende Stelle verwischt. Unter den Füßen spürte sie die schwerfälligen Bewegungen des Schwarzen Drachen.

Serths Kummer hüllte sie ein und versuchte, bis in ihr Innerstes vorzudringen. Sie spürte seine Finger wie Eiszapfen an der Haut, und sein Atem war der Nordwind an ihrem Hals.

Doch in ihr breitete sich Wärme aus. Eine Wärme, die das Eis schmolz, eine Hoffnung, die dem Kummer trotzte. Marrill wusste immer noch nicht, mit wem sie sprach, aber sie wusste, dass sie gemeinsam stärker waren als Kummer und Verzweiflung. Sie drückte den Daumen an die Brust, als ein Zeichen, gegen das das Orakel mit seiner Macht nie ankommen würde.

Marrills Herz hämmerte, und dieselbe Wärme, Kraft und Entschlossenheit wie in ihrer Erinnerung durchströmte sie. Sie hatte schon einmal erfolgreich gegen Serth und seinen alles überflutenden Kummer gekämpft und würde das jetzt wieder tun. Eine andere Alternative gab es nicht.

»Okay, ich schaffe das.« Sie straffte die Schultern. »Bist du bereit?«, fragte sie den Flatterling. Er rutschte von ihrer Schulter und kletterte in ihre Tasche. »Vielleicht nicht, aber egal. Wir gehen da jetzt rein.«

Auf alles gefasst, legte sie die Hand an die Tür zum Saal und drückte sie auf. Flammen rasten auf sie zu. Sie kamen von einem zweiten Eingang, in dem die brennende Silhouette des Salz-und-Sandkönigs stand.

Auf fast alles gefasst, verbesserte sie sich in Gedanken.

Sie wich zurück und hob schützend die Hände vors Gesicht, aber die Flammen galten nicht ihr, sondern rasten weiter durch den Saal und schlugen gegen eine in Eisen gehüllte Gestalt. Der Kapitän stand ganz ruhig in der Mitte des tobenden Infernos, einen Fuß am Rand eines großen Beckens, den anderen auf der Treppe, die zu der darüber hängenden Plattform hinaufführte. Seine schwarze Rüstung glühte vor Hitze, aber nicht einmal das unlöschbare Feuer der Brennenden Ebene war so heiß, dass es sie geschmolzen hätte. Marrill sah durch die Flammen die roten Blitze, die um den Kapitän zuckten.

Der gesamte Saal summte vor Hitze und Energie. Hinter dem Kapitän lag eine Kugel, die so gleißend hell war, dass Marrill den Blick abwenden musste. Die Wunschkugel.

Der Flatterling drückte sich tiefer in ihre Tasche. Marrill hätte am liebsten dasselbe getan, zwang sich aber, weiterzugehen. Serth sah sie nicht, doch der Kapitän und der Salz-und-Sandkönig waren miteinander beschäftigt und abgelenkt. Eine bessere Chance bekam sie wohl nicht.

Mit dem Rücken an der Wand und dem Blick auf den beiden Gegnern, eilte sie am Rand des Saales entlang. Jemand hatte ihr das beigebracht, aber sie hatte jetzt keine Zeit zu überlegen, wer.

Der Kapitän trat vor und drängte die Flammen zurück. Die Treppe war frei. »Pack die Wunschkugel! Los, schnell!«, befahl der Salz-und-Sandkönig, begleitet vom Knacken und Knistern des brennenden Holzes.

Marrill zuckte zusammen. Aber nein, er konnte unmöglich sie gemeint haben. Und es war ja auch egal. Wichtig war nur, zu verhindern, dass Serth und der Kapitän sich etwas wünschten und der Siphon ihre Welt zerstörte.

Sie löste sich von der Wand und rannte so schnell zum Becken, wie sie nur konnte. Ihre ganze Aufmerksamkeit war darauf gerichtet, dem Kapitän auszuweichen. Er stand so nahe, dass sie die Hitze spürte, die von ihm ausging. Sie flog förmlich die Treppe hinauf.

Und konnte gerade noch einen Zusammenstoß mit der eisigen Gestalt vermeiden, die auf der Plattform stand.

»Ein Mädchen mit Flügeln.« Serths Lippen zitterten, und schwarze Tränen rannen über sein totenbleiches Gesicht. »Es ist mir überhaupt nicht recht, dass du hier bist, wirklich überhaupt nicht.«

»Marrill!«, rief eine andere Stimme. Sie gehörte

einem Jungen in ungefähr ihrem Alter, mit olivfarbener Haut und einem Schopf schwarzer Haare. Er schien sie zu kennen, aber sie hatte keine Ahnung, woher.

»Lass sie in Ruhe«, schrie er und lief auf Serth zu. Das Orakel stieß ihn mit einem Schlenker der Hand zur Seite. Der Junge flog rückwärts und blieb gerade noch am äußersten Rand der Plattform liegen. Seine Füße hingen über dem mit Stromwasser gefüllten Becken. Marrill schlug das Herz bis zum Hals.

»Wo waren wir stehengeblieben?«, fragte Serth. Er wirkte verunsichert. Dann schnippte er mit seinen langen Fingern. »Ach ja, richtig! Du fängst an …« Sein Blick wanderte an ihr vorbei. »Da drüben.«

Er schnalzte mit den Fingern, und Marrill flog durch den Saal und prallte unsanft gegen die Wand. Benommen schüttelte sie den Kopf, um die Sternchen zu verscheuchen, die sie plötzlich sah.

»Marrill!«, hörte sie jemanden rufen. Im nächsten Moment spürte sie eine Hand auf dem Arm. »Bist du okay?« Es war der Junge mit den zotteligen Haaren. Irgendwie hatte sie ihn völlig aus den Augen verloren. Er rieb am Ärmel seiner Jacke, an dem Eis hing.

Sie stieß ihn weg, sprang auf und hob abwehrbereit die Arme, wie sie es Coll hatte tun sehen. »Wer bist du? Woher weißt du, wie ich heiße?«, fragte sie, jederzeit bereit, zuzuschlagen.

Das Leuchten in den Augen des Jungen erlosch, und sein Lächeln verging. »Ich bin Fin … dein Freund.«

Marrill schüttelte den Kopf und machte vorsichtshalber einen Schritt zurück.

Der Junge seufzte. »Lass uns später darüber sprechen. Jetzt müssen wir den Siphon anhalten, bevor die Kugel voll ist. Wir dürfen nicht zulassen, dass Serth oder der Kapitän sich etwas wünschen.« Er lächelte. »Du weißt schon, wir müssen das Böse besiegen und die Welt retten. Das Übliche eben.«

Ein Lächeln spielte um Marrills Mundwinkel. Sie wusste zwar nicht, ob sie diesem Jungen trauen durfte, aber im Moment hatte sie keine andere Wahl. »Und wie?«

Der Junge blickte zum Kapitän hinüber, der sich gegen das tosende Feuer des Salz-und-Sandkönigs wehrte. »Der König hat Stiefel aus Eisen. Du lenkst Serth ab, und ich klaue die Wunschkugel.«

Marrill kniff die Augen zusammen. Darauf fiel sie nicht herein. »Ach ja, du willst mir helfen? Dann lenke du Serth ab, und ich klaue die Kugel.«

Noch während sie sprach, kam plötzlich Wind auf. Gerade noch rechtzeitig hob sie die Hand schützend vor die Augen. Ein ohrenbetäubendes Brausen setzte ein, und gleißendes Licht erfüllte den Saal.

Das Feuer, das alles eingehüllt hatte, war verschwunden, nur einige Flämmchen züngelten noch über Boden und Wände. Mehr war nicht vom Salz-und-Sandkönig übrig geblieben.

Dann stand Serth vor ihnen.

»Oje«, murmelten die Kinder.

Eine überwältigende Trauer stieg in Marrill auf, eisige Klauen langten nach ihrem Herzen. Sie spürte, wie der Flatterling in ihrer Tasche zitterte.

»Endlich vereint«, sagte Serth mit einem Schluchzen. Er wischte sich mit dem Rücken seiner bleichen Hand über die tränenden Augen. »Ist alles so, wie du gehofft hast, mein kleiner, verlorener Junge? Oder hast du inzwischen eingesehen, dass du den anderen egal bist?«

Der Junge neben Marrill zuckte zusammen, und seine Schultern sanken unter dem Gewicht von Serths Worten nach unten. Er fiel auf die Knie, und Tränen traten ihm in die Augen.

In Marrill regte sich Mitleid – niemand hatte es verdient, so schreckliche Lügen aufgetischt zu bekommen. Sie ballte trotzig die Hände zu Fäusten. »Jeder hat jemanden, für den er wichtig ist!«

Serth wandte sich ihr zu. Sie holte scharf Luft und verschränkte die Arme über der Brust, als könnte sie das irgendwie schützen.

»Ach wirklich?«, fragte er. Er legte den Kopf schräg, und schwarze Tränen rannen ihm am Kinn entlang. »Gilt das auch« – er schluchzte auf – »für mich?«

Marrill wollte etwas antworten, aber es fiel ihr nichts ein. Dann spürte sie, wie der Flatterling sich in ihrer Tasche bewegte. Er streckte einen Finger heraus und berührte sie am Arm. Sofort stieg eine Erinnerung in ihr auf.

Das Orakel hockte weinend in einer Ecke, hatte die Arme um die Beine geschlungen und wiegte sich vor und zurück. »Drachen und Strudel … nein, Strudel und Drachen …«

Annalessa kniete sich neben Serth. Es brach ihr das Herz, ihn so zu sehen. Er war doch immer so stark gewesen und hatte gelacht, wenn alle die Hoffnung verloren hatten. Sie überlegte, ob sie ihm womöglich die Last abnehmen konnte.

Unschlüssig hielt sie die Hand über seine Schulter. Ihn zu berühren würde weh tun. Seit er vom Wasser des Stroms getrunken hatte, war schon die kleinste Berührung unerträglich.

»Ist kaputt, ist kaputt«, murmelte er. »Krähe als Trost, Licht durch Wasser.«

Sie legte ihm trotzdem die Hand auf die Schulter. Die Kälte schmerzte wie eine Erfrierung. »Ist ja gut«, flüsterte sie. »Wir finden eine Lösung, wie wir dir helfen können.«

Marrill riss sich von der Erinnerung los. »Du bist für Annalessa wichtig«, sagte sie. »Annalessa will dir helfen.«

Serth schwieg einen Moment. Eine dicke schwarze Träne hing zitternd an seinem Lid, dann löste sie sich und lief ihm über die Wange. »Dann sag mir, wo sie ist«, flüsterte er.

Trauer und Einsamkeit setzten Marrill zu, aber sie

wehrte sich dagegen. »Sie wäre hier, wenn du es zulassen würdest. Und Ardent auch.«

Serth lachte, ein stockendes, keuchendes Lachen. »Dass er hier auch mit drinsteckt, war mir von Anfang an klar.« Er fuhr mit den Fingern durch die Luft. »Aber du weißt ja, wie es ist, wenn man vor denen wegläuft, die einen lieben.«

Ein Junge, den Marrill nicht kannte, stand plötzlich neben ihr. »Hör ihm nicht zu, Marrill! Er will in deinen Kopf eindringen. Er hat schon einmal unrecht gehabt und jetzt wieder.«

Serth streckte die Hand auf, ohne den Jungen zu beachten. Ein langer, schwarzer Fingernagel strich ganz leicht über Marrills Wange und hinterließ eine Spur eisiger Kälte. Serth fasste sie am Kinn. »Willst du wirklich nach Hause zurückkehren?«

Die Tränen, die ihr über die Wangen liefen, verwandelten sich in Eis. »Ja«, flüsterte sie mit klappernden Zähnen. Die Antwort klang sogar in ihren Ohren lahm.

Serth schüttelte traurig den Kopf. »Aber du hast doch alles darangesetzt, von dort zu fliehen.«

»Ich bin nicht geflohen«, protestierte sie. »Ich ... ich bin gekommen, weil die anderen mich brauchten.«

»Brauchten sie dich oder du sie?«

»Lass gefälligst Marrill in Ruhe!«, rief jemand. Der Junge fasste Marrill an der Hand und zog sie von Serth weg. Sie hatte schon wieder vergessen, dass er überhaupt da war.

»Hör mir zu«, sagte er. »Ich bin ein Freund, du erinnerst dich nur nicht an mich. Aber bevor du es wieder vergisst, glaubst du, wir können irgendwie verhindern, dass diese beiden« – er blickte von Serth zum Kapitän – »die Welt zerstören?«

Marrill blickte zum Kapitän, der vor dem Siphon stand. Er war von einem Kraftfeld umgeben, das knisterte wie statisch aufgeladen. Auf seinen Befehl strömte das Wasser des Piratenstroms schäumend und brodelnd in den Trichter über ihren Köpfen und tropfte über den Rand.

Der Siphon arbeitete so schnell wie nie zuvor. Marrill musste die beiden aufhalten, bevor sie ihre Welt zerstörten! Zwar kannte sie diesen Jungen nicht und wusste auch nicht, ob sie ihm vertrauen konnte, aber allein konnte sie den Kapitän und Serth nicht bezwingen.

Sie brauchte seine Hilfe.

»Ja.« Sie nickte. »Du hältst Serth auf, und ich renne zur Wunschkugel.«

Doch Serth entfernte sich bereits von ihnen. Er wimmerte dabei leise. »Bemüht euch bitte nicht«, sagte er zu ihnen. »Mein Freund«, rief er zum Kapitän hinüber, »zeig ihnen, dass sie sich gar nicht erst zu bemühen brauchen.«

Der Kapitän des Eisernen Schiffes blickte von der Plattform zu ihnen hinunter. Der Blick seiner kalten, blauen Augen hinter der gesichtslosen Maske schien geradewegs durch Marrill hindurchzugehen. Er bewegte ruckartig die Hand, ein Blitz zuckte auf und durchtrennte das Röhrenwerk an der Decke. Stromwasser regnete um die Plattform herunter, so dass Marrill und Fin sie nicht mehr sehen konnten.

Serths Mund verzerrte sich zu einem Zwischending zwischen Lächeln und Grimasse. Dann trat er, als sei nichts dabei, durch den Vorhang aus leuchtendem Wasser.

Marrill sah ihm erschrocken nach, darauf gefasst, dass er gleich explodieren und sich in einen Schwarm Fische verwandeln oder zumindest dämonisch aufheulen würde. Doch nichts dergleichen geschah. Er war durch das Wasser gegangen, als wäre es völlig harmlos.

Verzweiflung überkam Marrill. Ein Regen aus reiner Magie schnitt sie vom Herzen des Siphons ab.

»Was soll ich bloß tun?«, flüsterte sie.

Neben ihr räusperte sich jemand. »Du meinst, was sollen *wir* tun. Kleiner Tipp: Wenn du mich nicht ganz vergisst, während du darüber nachdenkst, wäre das schon hilfreich. Ich heiße übrigens Fin.«

»Aber wir können nichts tun«, sagte Marrill. »Wir können die beiden nicht aufhalten. Das Wasser versperrt uns den Weg.«

Der Junge schüttelte den Kopf. »Das behauptet Serth, aber ich werde nicht auf ihn hören. Es muss eine Möglichkeit geben, es gibt immer eine. Ich … weiß nur noch nicht, welche.«

Marrill blickte unverwandt auf den Siphon. Sie konnte von ihrem Platz aus durch den Wasservorhang verschwommen die Umrisse des Kapitäns erkennen, ein dunkler Schatten, auf dessen Befehl der Strom sich immer schneller in die Rohre ergoss.

»Vielleicht könnten wir die Maschine zerstören«, dachte sie laut, obwohl sie wusste, dass das unmöglich war. »Aber das geht nicht. Was die Dzane geschaffen haben, kann nur von den Dzane zerstört werden.« Ihre Knie drohten einzuknicken, und sie spürte in der Brust eine klaffende Leere.

Sie hatte versagt und weder ihre Mutter noch ihre Welt retten können. Stattdessen war sie nur vor den Problemen weggelaufen und hatte gehofft, sie könnte sie wegwünschen. Aber so leicht ging das eben nicht.

»Ich hab's!«, sagte jemand leise, und sie hob den Kopf. Neben ihr hockte ein Junge. »Was die Dzane geschaffen haben!« Er langte in eine Tasche an seinem Gürtel und zog einen wie eine Sonne geformten Kristall heraus. »Und du hast die Karte.«

Marrill wich ein wenig vor ihm zurück. »Woher hast du den?«

»Spielt das eine Rolle?«, fragte er zurück. »Wir können damit das Tor öffnen.«

Alles Blut wich aus Marrills Gesicht. »Soll das ein Witz sein?«

»Nein. Wir wissen doch schon, dass wir es können. Weißt du noch, auf der Mauer von Monerva? Wir haben das Tor versehentlich geöffnet, und es hat die Mauer gesprengt!«

Marrill kniff die Augen zusammen. Woher wusste der Junge das alles? Er war doch gar nicht dabei gewesen. Andererseits hatte er nicht unrecht. Das Licht der verlorenen Sonne hatte die Mauer gesprengt und sogar ein Zahnrad abgetrennt.

»Vertrau mir.« Die Stimme des Jungen klang geradezu verzweifelt.

Marrill sah ihm tief in die Augen. Irgendwie hatte sie das Gefühl, dass sie ihn kannte. Vielleicht war er doch auf der Mauer dabei gewesen.

Da fiel ihr plötzlich etwas ein, das Remy gesagt hatte. *Da ist noch ein Kind. Dein Begleiter, Marrill, dein Begleiter.*

Sie packte den Jungen so schnell an der Hand, dass sie selbst überrascht war. Sie musste ihrem Instinkt vertrauen. Und der sagte, dass sie dem Jungen vertrauen konnte. Dass er ein guter Mensch war.

»Gut«, sagte sie, »dann machen wir das.«

Kapitel 28

Sonnenaufgang

Erleichterung breitete sich in Fin aus. Auch wenn Marrill sich nicht an ihn erinnerte, war er ihr doch nicht ganz egal, und sie vertraute ihm instinktiv. Sie konnten trotzdem zusammenarbeiten.

Serth heulte hinter dem Wasservorhang triumphierend auf. Das Wasser strömte noch schneller herein. Fin sah, wie gelegentlich Teile aus Marrills Welt durch die Rohre gespült wurden und sich in der magischen Strömung verwandelten. Er hatte keine Ahnung, wie viel Zeit ihnen noch blieb, aber es war jedenfalls nicht viel.

Marrill hielt die Karte in der Hand und zögerte noch kurz. »Okay«, sagte sie dann. »So schrecklich es ist: Wenn wir es tun wollen, bringen wir es hinter uns!« Sie entrollte die Karte mit einer Bewegung des Handgelenks, breitete sie auf dem Boden aus und kniete sich davor.

Fin kniete sich mit der Legende in der Hand neben sie. Er schob die Finger zwischen die Strahlen der Kristallsonne und senkte sie in Richtung Karte. Augenblicklich spürte er, wie das Pergament summend zum Leben erwachte.

»Warte noch«, sagte Marrill, bevor er das Pergament mit dem Kristall berührte. Er sah auf und erwiderte ihren Blick. »Ich erinnere mich zwar nicht an dich, aber ... danke.«

Fin lachte. »Wenn du dich an mich erinnern würdest, würdest du mir Vorwürfe machen, weil ich dich überhaupt in diese Lage gebracht habe«, sagte er zu seiner eigenen Überraschung. Normalerweise fühlte er sich nicht verantwortlich, wenn es nicht sein musste. Dann berührte er die Karte mit dem Schlüssel.

Die Karte erzitterte, und ihre Oberfläche wellte sich wie damals auf der Mauer. Nur dass sie das Tor diesmal öffnen *wollten*. Die Tinte wurde dicker, das Pergament änderte seine Form und begann zu wachsen. Eine Linie teilte es in zwei Hälften. Die Arme der Kristallsonne streckten sich und wurden zu Griffen.

Dann war das Tor vollständig. Flach lag es vor ihnen auf dem Boden und starrte sie an.

»Wenn wir es öffnen, sprengen die Strahlen die ganze Decke weg«, gab Marrill zu bedenken. »Dann werden auch die restlichen Rohre zerstört und das Wasser des Piratenstroms regnet auf uns herunter.«

»Und verwandelt uns womöglich in Wombats«, vollendete Fin den Gedanken. »Sieht so aus, als müssten wir uns doch etwas mehr überlegen, als ich dachte.«

Marrill nickte. Unter ihrem Blick wurde Fin ganz warm. Wenigstens sah sie ihn zum ersten Mal wieder richtig an.

Marrill ging zum oberen Ende des Tors, kniete sich daneben und schob die Finger unter den Rand. »Es ist immer noch so leicht wie Papier!« Der Lärm des Stroms in dem Trichter über ihnen schwoll zu einem ohrenbetäubenden Brausen an. »Halte dich bereit, es zu öffnen.«

Fin packte den Griff. »Bereit.« Er hielt das Tor seitlich mit den Händen, während Marrill es hochhob, bis es fast senkrecht stand.

»Okay«, sagte Fin. »Dann los.«

Er riss an dem Griff des Tors und spürte, wie er sich unter seinen Händen bog. So leicht es gewesen war, das Tor hochzuheben, es zu öffnen schien fast unmöglich. Fin stemmte sich mit den Füßen gegen den Boden und zerrte mit aller Kraft.

Das Tor knarrte, und einige Lichtstrahlen fielen hindurch. Metall verbog sich unter ihnen, Stein schmolz, und Glas löste sich einfach auf.

»Schieb es noch etwas höher!«, dirigierte Fin. Er versuchte, das Tor mit der einen Hand zu drehen, während er es mit der anderen weiter aufrecht hielt. Es fühlte sich unter seinen Fingern an wie Bronze und Blei. Die Haut kribbelte ihm.

Das Licht der verlorenen Sonne fiel auf das Räderwerk des Siphons und wurde davon in alle möglichen Richtungen reflektiert. Jeder kleine Strahl bohrte ein

Loch in die umliegenden Wände. Fin wurde es eng um die Brust, als hätte die stählerne Faust des Kapitäns ihn gepackt. Sein Plan schien nicht zu funktionieren.

Der Verzweiflung nah, wollte er schon aufgeben, überzeugt, dass nicht einmal das Licht der reinen Zerstörung der Maschine des Zauberers der Morgendämmerung etwas anhaben konnte, da ertönte ein durch Mark und Bein gehendes Kreischen. Das erhitzte Metall glühte.

Fin zog noch stärker am Tor, damit mehr Licht hindurchfallen konnte.

Und unter dem Ansturm der Strahlen erlahmte die Wunschmaschine, die so lange Widerstand geleistet hatte, und gab zuletzt auf. Räder lösten sich aus ihr heraus und kollerten über den Boden. Rohre platzten in einem Funkenregen und verschwanden. Dann riss auch eine der großen Messingstreben kreischend auseinander. Eine zweite folgte.

Zweier Stützen beraubt, sackte die Plattform im Herzen der Wunschmaschine ab und kippte zur Seite. Durch das unvermindert herunterregnende Stromwasser hindurch konnte Fin erkennen, wie Serth und der Kapitän schwankend versuchten, das Gleichgewicht zu halten. Er lächelte grimmig. Diese Entwicklung hatte das Orakel nicht vorausgesehen.

Er zog wieder am Tor und richtete die Strahlen der verlorenen Sonne auf eine weitere Strebe. Das tödliche Licht schnitt sie durch und fräste ein Loch in die Decke dahinter, durch das man wer weiß wohin gelangte. Die Plattform neigte sich noch stärker zur Seite, und die Wunschkugel wackelte auf ihrem Podest wie ein an einem dünnen, goldenen Faden baumelndes Pendel.

»Schnell jetzt!«, schrie Serth über dem Lärm. Er hatte die Arme seitlich ausgestreckt, um nicht umgerissen zu werden. Über ihnen ertönte ein tiefes Rumpeln.

Rote Blitze fuhren durch die Luft. Der Kapitän hob die Hand und drängte die Flut, schneller zu kommen. Die andere Hand streckte er zu Fin und Marrill aus.

Alles bewegte sich wie in Zeitlupe. »Mehr nach rechts!«, brüllte Fin. Ein langer, grausamer Finger richtete sich auf ihn. Gleich würden sie beide tot sein.

Er riss das Tor weiter auf, ohne sich darum zu kümmern, wie viel tödliches Licht er freisetzte. Ein gleißender Lichtstrahl fuhr durch den Vorhang aus Stromwasser und traf den Kapitän des Eisernen Schiffs mitten in die Brust. Einen Augenblick lang stand der Geist in Eisen nur da und starrte in die verlorene Sonne von Dzannin, als könnte er sie allein durch seinen Willen bezwingen.

Dann ging sein weißer Bart in Flammen auf. Seine schwarze Rüstung glühte zuerst rot, dann weiß. Seine Stiefel begannen an den Rändern zu schmelzen und zogen ihn nach hinten. Als er einen Schritt auf die Kinder zu machen wollte, rutschte er aus, stürzte rückwärts und fiel über den Rand der Plattform in das mit Stromwasser gefüllte Becken darunter.

»Einer weniger!«, brüllte Fin triumphierend. »Serth, jetzt bist du dran!«

Doch Serth schüttelte nur wehmütig den Kopf und trat absichtlich in die Strahlen, als wollte er, dass sie ihn trafen.

»Was macht er da?«, schrie Marrill hinter dem Tor. »Spinnt der?«

Die Strahlen der verlorenen Sonne prallten auf die porzellanweiße Haut des Orakels, flossen darüber und schienen förmlich in seinen Körper einzusinken. Der Laut, der sich ihm entrang, war weder ein Lachen noch ein Weinen, weder ein Schmerzensschrei noch Siegesgeheul, sondern eine Mischung aus alledem. Fin überlief ein Schauder, und er spürte einen Knoten im Magen.

»Geh auf, Sonne von Dzannin!«, rief Serth. »Beleuchte meinen Weg!« Er trat zwischen das Tor und die fast volle Wunschkugel.

Fin sah Marrill verunsichert an. »Ich mache das Tor noch weiter auf!« Er hängte sich mit seinem ganzen Gewicht daran. Das Tor knarrte, gab nach und schwang ganz auf. Das volle Licht der verlorenen Sonne fiel in den Saal und blendete Fin.

»Erfülle mich mit deiner Kraft!«, schrie Serth. Die Strahlen der Sonne sammelten sich auf dem bösen Zauberer, als sauge er sie in sich hinein.

»Oje«, murmelte Fin. In gleißendes Licht getaucht, stieg das Orakel die steinerne Treppe herunter und kam näher. Der Siphon hinter ihm lag in Trümmern. Nur noch schartige Eisenstücke und zerbrochenes Glas waren von ihm übrig. Einige letzte Tropfen fielen in die Wunschkugel, dann versiegte der Strom.

Sobald die Kugel keine Magie mehr sammelte, fiel sie aus der Luft, kollerte die Treppe hinunter und rollte durch den Saal. Serth schenkte ihr keine Beachtung. Als er auf der untersten Stufe ankam, stürzte die ganze Plattform ächzend in das Becken darunter.

»Seht die Macht der Zerstörung!«, rief Serth wild. Das Licht der verlorenen Sonne umgab ihn mit einer Art Heiligenschein. Die Luft knisterte, der Stein rauchte unter seinen Schritten.

Fin wechselte einen Blick mit Marrill. Seine eigene Panik spiegelte sich in ihren Augen. Er schluckte mühsam. »Das war wohl nichts.«

Kapitel 29

Eine Frage des Blickwinkels

Serth hob einen Finger. »Zurück!«, kreischte Marrill. Sie zerrte die Karte schwankend nach rechts. Ihr neuer Freund duckte sich rasch dahinter, und ein Lichtstrahl verfehlte ihn nur knapp.

Von wegen das Tor schließen, dachte Marrill. Das wollte das Orakel offenbar gar nicht.

Serth kam langsam und stockend immer näher. Die Sonnenstrahlen waren gleichsam ein Seil, an dem er sich mit den Händen entlangzog. Zum Tor. Und dahinter zu ihnen.

Hilflosigkeit überkam sie. Die verlorene Sonne konnte Serth nicht töten, genauso wenig wie das Wasser des Stroms. Gleich würde er bei der Karte sein, die verlorene Sonne herausholen und den Strom zerstören. Niemand konnte ihn besiegen.

Und sie war ganz allein.

Jemand zog an ihrem Ärmel. Ein Junge – *der* Junge – sah sie grimmig an. »Kämpfe gegen die Traurigkeit,

Marrill«, sagte er. »*Einen* angeblich unbesiegbaren bösen Zauberer haben wir heute schon unschädlich gemacht. Wir dürfen jetzt nicht aufgeben. Wir können es schaffen!«

Marrill verdrängte mühsam ihre Angst und straffte sich. Doch Serth war schon fast bei ihnen angelangt. Mit jedem Schritt ließ er einen brennenden Krater auf dem Boden zurück. Ströme von Kraft umspielten ihn.

»Wir schaffen es gemeinsam«, wiederholte Marrill. Sie holte tief Luft. Sie war ja doch nicht allein. Zu zweit blickten sie Serth von beiden Seiten des Tors entgegen.

Beiden Seiten. Sie musste an den Zauberer der Morgendämmerung denken. Man musste die Dinge immer von beiden Seiten betrachten. *Kosten und Nutzen, Einnahmen und Ausgaben.*

Natürlich! Sie musste das Tor *von der anderen Seite* betrachten. Weil ein Tor ja in zwei Richtungen funktioniert.

»Man kann in beiden Richtungen durch das Tor gehen«, flüsterte sie. »Die verlorene Sonne kann herauskommen …«

»… aber Serth kann auch hineingehen!«, rief der Junge aufgeregt. »Marrill, du bist genial!«

Die Zeit wurde knapp. Serth war nur noch wenige Schritte von ihnen entfernt und hatte bereits die Hände gehoben. Das Ende war nah. »Es soll sich die Prophezeiung endlich erfüllen!«, rief er.

»Geht nicht«, stöhnte der Junge. Seine Stimme ging

in Serths Geschrei und dem Lärm der kaputten Maschine fast unter. »Wir können ihn nicht berühren, weißt du noch? Deshalb können wir ihn auch nicht durch das Tor stoßen!«

Marrill hatte die eisige Kälte von Serths Berührung schon gespürt und wusste, dass der Junge recht hatte. Der Rahmen des Tors wackelte in ihrer zitternden Hand.

Doch dann fiel ihr etwas anderes ein – die Karte bestand doch aus Pergament. Sie lachte. »Doch, wir können das!«, sagte sie. »Das Tor zu öffnen mag schwer sein, dafür lässt es sich kinderleicht bewegen!«

»Tritt hervor, Gestirn der Zerstörung!«, rief der schwarze Zauberer. Er war nur noch Zentimeter entfernt und streckte die Finger nach der Toröffnung aus, bereit, die verlorene Sonne von Dzannin herauszuziehen und die Welt zu vernichten.

Marrill fing den Blick des Jungen auf. »Auf drei?« Obwohl sie keine Ahnung hatte, wer der Junge war, wusste sie doch, dass sie beide an dasselbe dachten. *Eins*, formten ihre Lippen.

Der Junge bückte sich und packte das untere Ende des Tors. Sie tat dasselbe.

»Tritt hervor, du Ende aller Zeiten!«, schrie Serth.

ZweidreiJETZT!, rief sie stumm.

Genau gleichzeitig hoben sie das Tor hoch, zogen es nach vorn und stülpten es über Serth wie ein Netz über einen Schmetterling. Der Zauberer schrie erschrocken auf, als das Tor über ihn hinwegglitt.

Gemeinsam stemmten die beiden sich gegen die Torflügel, um sie zu schließen, bevor Serth entkommen konnte. Tödliches Licht schoss aus dem schmaler werdenden Spalt. Jemand stieß von der anderen Seite dagegen und trieb sie zurück. Doch sofort warfen sie sich erneut mit aller Kraft gegen die beiden Flügel.

Mit einem Knall ging das Tor endlich zu.

»Schnell, zieh den Schlüssel heraus!«, rief der Junge. Marrill ergriff den Kristallknopf und zog verzweifelt daran. Serth hämmerte von der anderen Seite gegen das Tor, dass die Flügel erzitterten. Wenn es wieder aufging und nur ein einziger Strahl herausdrang, würde er Marrill spalten.

»Mach schnell!«, schrie der Junge.

»Gleich …«, keuchte Marrill. »Geschafft!«

Sie taumelte zurück, den losen Kristallschlüssel in den Händen. Vor ihren Augen verging das Tor zu Tinte und Pergament. Das Hämmern verstummte, und Marrill sank auf die Knie. Ihr Herz raste.

Die Karte rollte sich auf dem Boden zusammen. Fußabdrücke, die sich in den roten Onyx im Siegel des Salz-und-Sandkönigs gebrannt hatten, markierten die Stelle, an der das meressianische Orakel zuletzt gestanden hatte – auf dem Rücken des Drachen. Zu hören waren nur noch das Rauschen des Wassers, das Ächzen der zerstörten Maschine und das Knistern einiger letzter Flammen.

Marrill betastete mit der Hand vorsichtig ihre Tasche

und vergewisserte sich, dass dem Flatterling nichts passiert war. Sie spürte, wie er sich unter dem Stoff bewegte, und streichelte ihn beruhigend.

Der Saal mit der Wunschmaschine lag in Trümmern. Von oben tropfte Stromwasser und verwandelte den Stein in Musik. Über den verkohlten Boden und die verbrannten Räder züngelten Flammen. Eins der gewaltigen Rohre war in Längsrichtung gespalten und lehnte an der Wand. Marrills Blick wanderte entlang der Spur des Orakels zu der Treppe, die zum Herzen des Siphons von Monerva hinaufführte. Von der Plattform, auf der einst Wünsche in Erfüllung gegangen waren, war nichts mehr übrig. An der Decke hingen noch einige verbogene Metallteile.

»Haben wir es geschafft?«, fragte der Junge. Er wendete die Karte in den Händen hin und her und betrachtete sie misstrauisch.

Marrill hörte ihn kaum. Denn über dem Tropfen der Rohre und dem leisen Knistern der Flammen war ein seltsam anschwellendes Geräusch zu hören, ein Blubbern und Brodeln wie von Wasser, das gleich kochen wird. Das Geräusch kam aus dem mit Stromwasser gefüllten Becken.

Marrill zwang sich, aufzustehen. Ganz langsam, Schritt für Schritt, ging sie auf das Becken zu. An seinem Rand angekommen, machte sie sich auf das Schlimmste gefasst. Der Kapitän des Eisernen Schiffs war in das Becken gefallen, und sie hatte automatisch angenommen, dass er für sie keine Gefahr mehr darstellte. Doch er hatte den Piratenstrom schon einmal überlebt.

Vorsichtig beugte sie sich über den Rand und spähte ins Wasser.

Blubbernd stieg das Wasser von unten auf, wie Lava in einem Vulkan kurz vor der Explosion. Eine solche Explosion wäre schon schlimm gewesen, aber etwas anderes war noch schlimmer.

Nämlich die schwarze Lache, die sich auf der Wasseroberfläche ausbreitete.

»Nein!«, rief Marrill erschrocken. »Nein!«

»Was ist?«, rief jemand hinter ihr. »Es ist schlimm, ja? Sag mir, dass es schlimm ist, dann kann ich mir den Rest ausmalen.«

Wieder stieß das Becken einen blubbernden Rülpser aus. Der sanfte goldene Schimmer des Stroms hatte sich verflüchtigt, und an seine Stelle war der matte, harte Glanz von Eisen getreten.

Der schwarze, metallische Glanz kroch an den Wänden des Beckens hinauf und überzog alles, was er berührte. Das schwarze Wasser stieg langsam im Becken an, und Marrills Angst wuchs. Die Verse aus dem »Zwiegespräch des Knülle Grütz« fielen ihr ein:

Und hab gesehn, wie nähert sich mit schleichend Schritt
Die schrecklich EISERN FLUT,
die mich will reißen mit.

»Das ist die Eiserne Flut!«, schrie sie. »Lauf!«

Sie rannte zum Eingang des Tunnels und wich unterwegs verschiedenen mit Stromwasser gefüllten Pfützen aus. Panik stieg in ihr auf. Sie hatte den Eingang gerade erreicht, da schoss vor ihr eine Flammenwand aus dem Boden und trieb sie zurück.

»Noch nicht«, kommandierte eine knackende und knarzende Stimme.

Marrill wandte sich von der sengenden Hitze ab. Die kleinen Flämmchen, die in den Trümmern des Saales glommen, loderten überall auf, und heiße Luft sprang sie förmlich an. Ihr war, als stünde sie plötzlich wieder in der Wüste.

Ihr Blick fiel auf die leuchtende Wunschkugel, die zur Wand gerollt und dort liegen geblieben war – der kostbarste Gegenstand des ganzen Stroms, ausrangiert und vergessen.

Flammenfinger züngelten daran hinauf, umfassten die Kugel und hoben sie in die Luft empor. Rauch hüllte sie ein. Dahinter erschienen die Umrisse einer Gestalt. Die Gestalt kam näher. In den Händen trug sie die Wunschkugel.

Doch die blau glühenden Augen des Mannes blickten nicht auf Marrill. Sie blickten zu einem fremden Jungen, der neben ihr stand. Der Junge sah sie an und dann wieder die brennende Gestalt des Salz-und-Sandkönigs.

»Zuerst sprich deinen Wunsch aus«, befahl der König

und hielt ihm die Kugel hin. »Anschließend werden wir gemeinsam gehen, mein Soldat. Und dann gehört uns der ganze Piratenstrom.«

Kapitel 30

Das Vermächtnis des Salz-und-Sandkönigs

Fin starrte die gelb leuchtende Kugel an. Sie war fast voll. Und wenn der Salz-und-Sandkönig recht hatte, reichte das für jeden Wunsch, den Fin sich nur ausdenken konnte.

Jeder beliebige Traum konnte, würde in Erfüllung gehen. Er brauchte nur die Kugel zu nehmen und zu wünschen. Seine Handflächen wurden feucht, und seine Finger zitterten vor Verlangen, die Kugel zu ergreifen.

»Wir müssen von hier weg!«, rief Marrill und zog an seinem Hemd. Das Wasser im Becken brodelte. Flüssiges Eisen schwappte gegen den Rand und drohte auf den Marmorboden überzulaufen.

»Worauf wartest du?«, fauchte der Salz-und-Sandkönig und hielt ihm die Kugel hin. »Wünsch dir was, dann kannst du jederzeit gehen.«

Fin sah Marrill an. Ihr Gesicht verriet ihm, dass sie ihn immer noch nicht erkannte. Obwohl sie gerade erst erneut gemeinsam Serth besiegt hatten, erinnerte sie sich nicht an ihn und würde sich wohl nie mehr an ihn erinnern.

Das schmerzte ihn noch mehr als damals ihre Rückkehr in ihre Welt. Damals hatte sie ihn wenigstens nicht vergessen. Doch jetzt … jetzt stand sie neben ihm, und er war trotzdem ein vollkommen Fremder für sie.

»Sprich deinen Wunsch aus, und du kannst das ändern«, zischte der Salz-und-Sandkönig, der seine Sehnsucht las. »Wünsche, und alle werden sich an dich erinnern. Wünsche, und man wird dich *kennen.*«

Wie er sich danach sehnte. Deshalb war er ja überhaupt hierhergekommen. Und doch zögerte er, kurz vor dem Ziel.

»Wenn du dir etwas wünschen willst, dann jetzt.« Marrill seufzte. Tränen waren ihr in die Augen getreten, und ihre Unterlippe zitterte. »Ich … *wir* müssen von hier weg. Meiner Welt kann nichts mehr passieren, zumindest vorerst nicht. Mehr Wünsche stehen mir wohl nicht zu.«

Fin schluckte. Sollte er sich nicht jetzt etwas wünschen? Musste er das nicht? Er versuchte sich Marrills Blick vorzustellen, die Blicke der anderen, wenn sie ihn erkennen würden, doch es gelang ihm nicht. Stattdessen musste er an Marrill denken, die neben ihm stand. Die Marrill mit Tränen in den Augen, die ihrer kranken Mutter nicht helfen konnte.

Vielleicht konnte er nur durch Wünschen erreichen,

dass man sich künftig an ihn erinnerte. Aber vielleicht ging es auch noch anders. Schließlich wusste er inzwischen im Grunde ja auch, woher er kam. Und er hatte eine Spur, die ihn womöglich zu seiner Mutter führte. Vor wenigen Tagen hätte er dafür noch alles gegeben.

»Deine Leute sind meine Armee«, erinnerte ihn der Salz-und-Sandkönig. »Wünsche, und wir finden sie gemeinsam. Wünsche, und du wirst endlich wissen, wohin du gehörst!«

Das Wasser im Becken wallte erneut auf, und flüssiges Eisen lief über den Marmorboden. Fin musste sich entscheiden.

Ungeduldig schüttelte er den Kopf. Er musste sich etwas wünschen, Marrill würde das auch wollen. Er streckte die Hand nach der Kugel aus. Wenn Marrill sich an ihn erinnern könnte, würde sie das Beste für ihn wollen, genau wie er umgekehrt für sie.

Bei diesem Gedanken erstarrte er. Er wollte gar nicht, dass sein Wunsch in Erfüllung ging. Nicht auf Kosten von Marrills Wunsch. Freunde nahmen doch Rücksicht aufeinander, sorgten füreinander, egal, was sonst noch war.

Er holte tief Luft, dann drückte er die leuchtende Kugel Marrill in die Hand. »Wünsch du dir was.«

Sie sah ihn überrascht an. »Ich? Wieso? Du kennst mich doch gar nicht.«

Er lächelte, obwohl ihre Worte ihm weh taten. »Doch, ich kenne dich. Du erinnerst dich nur nicht daran. Wir waren einmal beste Freunde.« Er blickte an ihr vorbei zu dem Becken. Die Flut kam unaufhaltsam näher. Alles, was sie berührte, verwandelte sich in Eisen. »Aber du musst dich beeilen«, fügte er hinzu.

»Es ist egal, wer sich etwas wünscht«, fauchte das Feuer. »Ihr könnt mich beide befreien.« Die blau flackernden Augen wandten sich von Fin ab und Marrill zu.

»Krankheit umgibt dich«, zischte der Salz-und-Sandkönig. Seine Stimme war wie Rauch, der von einem nassen Holzscheit aufstieg. »Wünsch dir was, und deine Mutter wird wieder gesund sein. Das ermögliche ich dir. Mein Soldat hat seinen Wunsch an dich abgegeben. Sprich deinen Wunsch aus, aber beeil dich!«

Marrill holte scharf Luft und starrte die Wunschkugel unverwandt an. Das Feuer des Salz-und-Sandkönigs wurde immer heißer, und Schweiß trat ihr auf die Stirn.

Fin trat unruhig von einem Bein auf das andere. Die näher kommende Flut machte ihm Angst. »Vergiss nicht, dir die Rückkehr nach Hause zu wünschen«, erinnerte er Marrill und zwang sich zu einem Lächeln. »Ach, und formuliere deinen Wunsch möglichst genau! Du weißt, wie spitzfindig Zauberer sind, wenn es um Worte geht. Und bei Wünschen sicher noch viel mehr.«

Marrills Lippen zitterten, und ihre Mundwinkel bogen sich nach oben. »Du bist wirklich ein guter Freund. Es tut mir leid, dass ich mich nicht an dich erinnere.«

Fin blickte auf seine Füße. Dazu konnte er wirklich nichts sagen. Das war eben sein Schicksal.

Marrill schob ihre Hand in seine, dann straffte sie sich und holte zittrig Luft. Fin wartete darauf, dass sie ihren Wunsch aussprach.

»Ich wünsche mir auch nichts«, erklärte sie.

»Was?«, rief Fin erschrocken. »Aber Marrill, deine Mutter …«

»Nein.« Marrill schüttelte den Kopf. »Ich wäre keine gute Freundin, wenn ich dir deinen Wunsch wegnehmen würde.«

Fin war vollkommen durcheinander und hatte keine Ahnung, was er darauf antworten sollte. »Aber … ich habe ihn dir überlassen.«

Sie zuckte mit den Schultern. »Dann gebe ich ihn dir zurück.«

»Aber du erinnerst dich nicht einmal an mich«, protestierte er.

Sie drückte seine Hand. »Aber ich vertraue dir.«

»Genug!«, brüllte der Salz-und-Sandkönig. Flammen schlugen in einer Welle über sie hinweg und hüllten sie ein. Die Hitze drohte sie bei lebendigem Leibe zu kochen. »Einer von euch wünscht sich jetzt etwas!«

Wind kam auf, fachte die Flammen an und verwandelte sie in eine Schlange aus Feuer, die sich immer enger um Marrill und Fin schlang.

»Seit Jahren warte ich auf diesen Augenblick. Eine Ewigkeit habe ich immer wieder mein eigenes Land verbrannt, weil ich die Macht nicht abgeben wollte, die *ihr* so beiläufig in Händen haltet. Und die ganze Zeit war ich in diesem Gefängnis meiner Welt eingesperrt und dazu verflucht, mein Schicksal nicht erfüllen zu können!«

Fin und Marrill wichen taumelnd zurück und schlugen die Hände vors Gesicht. Aber sehr weit konnten sie nicht zurückweichen. Hinter ihnen näherte sich die Eiserne Flut. Metallene Zungen krochen über den Boden, der augenblicklich zu kaltem Eisen erstarrte. Ein roter Blitz stieg mit einem ohrenbetäubenden Donnerschlag aus dem Becken auf.

»Aber jetzt bin ich bereit«, zischte die Feuerschlange. »Ich bin ein freigebiger, großzügiger König. Ihr bekommt, was *ihr* wollt, und ich bekomme, was ich will. Gemeinsam werden wir den Piratenstrom erobern! Wünscht euch was und *setzt mich frei*!«

Fin tastete nach seiner Diebestasche, holte ein wenig von dem Salz heraus, das er dort verstaut hatte, und warf es auf das sie bedrohende Feuer.

Das Feuer wich heulend zurück, kam aber schon im nächsten Moment fauchend wieder näher. Fin kippte alles Salz aus der Tasche in seine Hand und zeichnete damit um Marrill und sich einen Kreis auf den Boden. Die Flammen stürmten dagegen an und wurden zurückgeworfen.

Fin tat einen kurzen Seufzer der Erleichterung. Zwar hatten sie nicht viel Zeit gewonnen, weil die Eiserne Flut rasch stieg, aber wenigstens konnten sie kurz überlegen, ohne gegrillt zu werden.

Er sah Marrill an. »Die Sache ist so: Wenn wir uns etwas wünschen, setzen wir den König dadurch frei. Und mir wird allmählich klar, dass das überhaupt nicht gut wäre.«

Marrill nickte. »Ganz meine Meinung. Aber was tun wir dann?«

»Etwas wünschen!«, kreischte der Salz-und-Sandkönig. Seine Flammen bäumten sich entlang der Kreislinie auf.

Fin schluckte und sah zwischen den lodernden Flammen und dem sich ausbreitenden Eisen hin und her. Wenn sie sich nichts wünschten, saßen sie in der Falle und waren so gut wie tot. Wenn sie sich aber etwas wünschten, setzte das den Salz-und-Sandkönig frei. Dann war niemand vor ihm sicher, und bestimmt würde er sie alle verbrennen, wie er es mit den Grenzenlosen Ebenen getan hatte.

Das durften sie nicht zulassen, auch wenn es bedeutete, dass sie von der Eisernen Flut verschlungen wurden.

»Nein«, sagte er entschlossen. »Wir wünschen uns nichts.«

»Aber ihr müsst doch etwas wollen!«, schrie der König. »Jeder will doch etwas.«

Marrill sah Fin an, und er bemerkte die Trauer in ihren Augen. Sie verzichtete auf die Chance, das zu bekommen, was sie wollte. Ob sie dieselbe Trauer in seinen Augen sah?

Doch dann lächelte sie. »Nein«, sagte sie zu den Flammen. »Ich denke, wir kommen auch so zurecht.«

»Aber danke«, fügte Fin hinzu.

»Aber danke?«, wiederholte das Feuer höhnisch und schlug bis zur Decke hoch. Die Flammen leckten an den Überresten der Kuppel und erhitzten die mit Stromwasser gefüllten Rohre.

Obwohl das Salz die Flammen auf Distanz hielt, war die Hitze unerträglich, und die Kinder drohten bei lebendigem Leibe gebraten zu werden. Ein Krachen ertönte, doch der Salz-und-Sandkönig schien es in seiner Wut nicht zu hören.

»Ihr kommt eben nicht zurecht«, schimpfte er. »Ihr seid verzweifelt und auf Hilfe angewiesen. Ich spüre euer Verlangen, ich spüre es, und es ist so stark, dass ihr es kaum ertragt. Lasst es heraus! Gebt ihm nach! Wünscht euch, was ihr wollt! Ihr müsst euch etwas wünschen!«

»Pst!«, zischte Marrill und verdrehte die Augen in Richtung Decke. »Sieh dir mal die Rohre an.«

Fin blickte nach oben. Die Rohre unmittelbar über den züngelnden Spitzen der Flammen waren mit einem Netz feiner, schwarzer Risse bedeckt. Während der König tobte, leckten die Flammen an dem Glas, die Risse wurden breiter, und dünne Fäden weißen Dampfes traten aus.

»Wasser dehnt sich aus, wenn es sich in Dampf verwandelt«, flüsterte Marrill. »Und wenn es kocht, sprengt es die Rohre!«

»Wenn wir es also ganz stark erhitzen …« Fin verstummte und sah Marrill vielsagend an.

»… können wir die Rohre zum Platzen bringen!«, sprach sie den Gedanken zu Ende.

Fin grinste. »He, Feuerteufel«, rief er. »Ich habe eine Idee. Vielleicht solltest du eine Maschine bauen, mit der du dir wünschen kannst, dass wir uns etwas wünschen wollen!«

Die Flammen schlugen tosend immer noch höher und leckten an den Rohren über ihren Köpfen. »Mach dich bereit, in Deckung zu gehen«, flüsterte Marrill. Sie zeigte mit dem Daumen auf ein gewaltiges halbrundes Stück Glas auf dem Boden, das die verlorene Sonne von einem senkrechten Rohr abgesprengt hatte. Fin nickte.

»Ihr werdet euch jetzt etwas wünschen!«, tobten die Flammen. »Ihr könnt nicht widerstehen! Ich spüre doch, wie stark euer Wunsch ist!«

Ein Feuerstoß versengte Fin die Augenbrauen. Er überlegte kurz, ob es vielleicht doch keine so gute Idee war, ein Geschöpf aus Feuer zu provozieren.

Aber wann hatte er sich je von so etwas einschüchtern lassen?

Er konzentrierte sich mit jeder Faser seines Wesens auf einen einzigen Gedanken: nämlich die Hoffnung, dass der Salz-und-Sandkönig für immer hier eingesperrt bleiben würde. »Du spürst, dass ich mir etwas wünsche? Was wünsche ich mir denn?«

Die Luft wurde noch heißer und drohte ihn zu verbrühen. Das Feuer knackte wütend. Er hatte gerade das Gefühl, es nicht mehr auszuhalten, da platzte ein Rohr. Genau über dem Salz-und-Sandkönig.

Leuchtendes Wasser sprudelte heraus und regnete auf das Feuer. Die ersten Tropfen verkochten sofort zu Dampf. Die Flammen hielten kurz inne, und Fin und Marrill nutzten die Pause, um rasch hindurch- und zum Glasstück zu laufen und darunterzukriechen. Von oben prasselte immer mehr Wasser herunter, und der Salz-und-Sandkönig kreischte, zischte und knallte.

Durch das Glas verfolgten sie, wie die Flammen zurückwichen und sich verzweifelt gegen den Regen zu behaupten suchten, bis nur noch die kleine, bucklige Gestalt übrig war, die sie auf der Ebene kennengelernt hatten. Die Sintflut des magischen Wassers ließ nach, und die letzten Tropfen kühlten die geschmolzene Oberfläche des Salz-und-Sandkönigs weiter ab, bis sie nur noch schwach glühte.

»Feuer … versteckt sich.« Seine Stimme war so schwach wie das Zischeln einer ersterbenden Flamme. »Verlangen … kann einschlafen, aber es stirbt … nie. Eines Tages werdet ihr einlenken und euch etwas wünschen. Und wenn ihr das tut … werde … ich … frei … sein …«

Vom Salz-und-Sandkönig war nur eine Skulptur aus Asche übrig geblieben. Ansonsten hatte das Feuer keinerlei Spuren hinterlassen. Vorsichtig kroch Fin aus ihrem Versteck und näherte sich der Statue.

Alles Leben war aus ihr gewichen. In den mattgrauen Augen brannte keine Glut, der Leib strahlte keine Wärme aus. Fin streckte die Hand aus. Im selben Moment, in dem er die Statue berührte, löste sie sich in eine Aschewolke auf.

An der Stelle, an der der König gestanden hatte, lag nur noch eine leuchtende Kugel aus geschmolzenem Licht: die Wunschkugel. Fin bückte sich und nahm sie auf. Er spürte ein warmes Pulsieren in seiner Hand. Es kostete ihn nur einen Gedanken, und er war der Junge, an den alle sich erinnerten, statt der Junge, den alle vergaßen.

Der Junge, an den Marrill sich erinnerte.

Er schüttelte den Kopf und richtete sich wieder auf. »Hier«, sagte er und hielt ihr die Kugel hin.

Marrill erschauerte. »Behalte du sie.«

Er nickte und steckte sie in seine Diebestasche. Dann machte er sich auf den Weg zum Ausgang. »Wir müssen gehen.«

»He«, rief sie. Ihre Stimme klang irgendwie anders. Er drehte sich um.

Sie stand lächelnd hinter ihm und hatte den Daumen an die Brust gedrückt. Ihr gemeinsames Zeichen für »Freund«.

»Danke, Fin.«

Und ehe Fin noch etwas sagen konnte, hatte sie die Arme um ihn geschlungen.

Kapitel 31

In der Falle

Marrill drückte Fin an sich, so fest sie konnte. Gefühle der Schuld und der Reue stiegen in ihr auf. Sie hatte ihrem besten Freund wehgetan.

Und sie hatte keine Ahnung, wie sie ihn um Verzeihung bitten sollte. Sie wusste nicht einmal, ob sie verdient hatte, dass er ihr verzieh.

Ein tiefes Ächzen ließ den Saal erzittern. An den Wänden taten sich Risse auf. Trümmer des Siphons stürzten in das Becken, und eine Welle geschmolzenen Eisens schwappte über die Ränder.

Der halbe Saal hatte sich schon in Eisen verwandelt. Und das Eisen breitete sich rasch aus. »Wir müssen uns wirklich beeilen.« Fin wandte sich der Tür zu, durch die Marrill gekommen war, aber sie hielt ihn zurück.

»Nicht in diese Richtung«, erklärte sie. »Dort geht es nicht weiter – die Katakomben stehen unter Wasser.« Sie verdrängte den Gedanken an den Griesgram und was womöglich aus ihm geworden war. »Wir müssen den Weg nehmen, den du gekommen bist.«

Doch Fin schüttelte bereits den Kopf. »Der führt uns nur zur Brennenden Ebene zurück, und wir wären auf der falschen Seite der Mauer. Außerdem brennt es dort, wie du weißt.«

»Aber hier können wir jedenfalls nicht bleiben!«, beharrte Marrill. Die Eiserne Flut breitete sich immer weiter aus und überzog den Marmorboden mit einer schwarzen Schicht. Erneut ächzte der Saal, und ein Riss zog sich die Wand hinauf und weiter durch die Kuppel.

Die verlorene Sonne hatte einen zu großen Schaden angerichtet. Bald würde der Saal einstürzen. Wenn sie dann noch hier waren, würden sie von den Trümmern begraben werden. Im besten Fall.

»Die Brennende Ebene ist unsere einzige Möglichkeit!« Marrill wollte Fin zur anderen Tür ziehen, aber er wehrte sich. Er sah sich prüfend um, dann lächelte er.

Es war ein vertrautes Lächeln, ein Lächeln, das die beiden allerdings schon oft in Schwierigkeiten gebracht hatte. »Wie steht's mit Klettern?«

»Fin ...«

Doch zu spät, er war bereits losgerannt. Er kletterte über einen heruntergefallenen Balken und sprang auf ein Stück Mauer, das sich langsam in Eisen verwandelte. In wenigen Augenblicken würde vom Stein nichts mehr übrig sein.

Von dort streckte er Marrill die Hand hin. »Du hast mir vorhin vertraut«, erinnerte er sie.

»Weil ich mich nicht an dich erinnert habe!«, protestierte sie. »Ich wusste es nicht besser!«

Er wackelte mit den Augenbrauen. »Wahrscheinlich eine gute Entscheidung.« Trümmer der Kuppeldecke begannen sich zu lösen und herunterzufallen. Er wurde wieder ernst. »Ich werde nicht zulassen, dass dir etwas passiert, Marrill.«

Marrill ließ die Luft entweichen, die sie angehalten hatte. »Hoffentlich bereue ich das nicht.« Sie wich dem sich ausbreitenden Eisen aus.

Fin lachte. »Ach, irgendwann bestimmt.« Er sprang auf ein geborstenes Zahnrad und kletterte ein heruntergestürztes Mauerstück hinauf. »Der zweite Sprung ist ein wenig heikel«, rief er nach hinten. »Achte darauf, dass du das Gewicht nach vorne verlagerst.«

Marrill tat, wie geheißen, und unterdrückte einen Schrei, als sie mit dem Fuß ausrutschte und fast im Eisen landete. Wieder erzitterte der Saal, und weitere Risse öffneten sich an den Wänden. Doch Marrill hielt den Blick auf Fin gerichtet und folgte seinen Anweisungen, bis sie ganz oben an der Kuppel angelangt waren.

Fin kroch durch ein Loch, das die verlorene Sonne in den Stein gefräst hatte, und zog Marrill nach. Von hier hatten sie einen hervorragenden Blick auf die durch den Saal kriechende Eiserne Flut.

Das Metall bewegte sich wie eine Flüssigkeit, nahm

aber keinen Raum ein. Es breitete sich nur in der Fläche aus und überzog alles, was es berührte. In der Mitte des Saales quoll weiter schwarzes Wasser aus dem Becken. Die Eiserne Flut schien sich zusammen mit dem Wasser auszubreiten.

»Und jetzt?«, fragte Marrill keuchend.

»Da hinauf.« Fin streckte die Hand aus. Marrills Mut sank. Über ihnen ragte ein ganzer Wald von Rädern auf. Einige davon waren kaputt, viele hatten Risse und kein einziges bewegte sich.

»Woher wusstest du, dass wir hier herauskommen?«, fragte sie und sah sich sprachlos um.

»Ich wusste es nicht«, erwiderte er. Er ging zu einem Rad und begann zu klettern. »Aber das gehört hier alles zu einer großen Maschine. Ich dachte mir schon, dass es irgendwie zusammenhängt.«

Marrill spürte, wie sich in ihrer Tasche etwas regte. Der Flatterling huschte auf ihre Schulter und klopfte sanft an ihren Hals. Vor ihrem geistigen Auge stieg ein erinnertes Bild auf, so schnell, dass sie vor Schreck fast das Gleichgewicht verloren hätte. Sie grinste, als sie erkannte, um was es sich handelte: einen Grundriss. Der Flatterling zeigte ihr den Weg nach draußen. »In diese Richtung«, sagte sie zu Fin und streckte die Hand aus.

Fin wendete sich in die angegebene Richtung, und sie folgte ihm und setzte jeden Fuß genauso wie er. Er zog sich über den Zahn eines Zahnrads, sprang zu einem anderen Rad hinüber und kletterte weiter.

Marrill musste an das denken, was soeben im Saal passiert war. Fin hatte sich nichts wünschen wollen und den Wunsch ihr überlassen.

»Warum hast du dir nichts gewünscht?«, fragte sie und sprang auf ein geborstenes Zahnrad. »Warum hast du die Gelegenheit nicht einfach genutzt?«

Fin passierte eine heikle Stelle und streckte die Hand aus, um ihr zu helfen. »Weil Freunde das nicht tun.« Es klang so selbstverständlich, dass sie wieder Gewissensbisse bekam. Wie hatte sie ihn vergessen können?

Sie räusperte sich und zeigte auf einen Spalt hoch über ihnen, durch den die Sonne schien. »Wir müssen da hinauf – aber halte dich eher rechts. Ach ja, und meide die silbernen Räder.«

Bei Fin wirkte alles so mühelos, das Klettern, Springen und Abfedern. Als sei er in diesem verrücktesten Klettergarten der Welt aufgewachsen.

Nur dass dieser Klettergarten dabei war, einzustürzen. Ständig lösten sich über ihnen irgendwelche Trümmer und fielen nach unten. Das Rad, auf dem Marrill stand, erzitterte und begann sich zur Seite zu neigen.

Hastig eilte sie weiter und sprang von einer einstürzenden Plattform zur anderen, ohne genau hinzusehen, wo sie jeweils aufkam. Scheinbar ewig kletterten sie höher und höher. Marrill wies die Richtung, Fin überlegte, wie sie am besten hinkamen.

Schon bald taten ihr Arme und Beine weh, und sie hatte das Gefühl, dass sie nicht mehr lange durchhalten konnte. Im Dunkeln unter ihr stieg die Eiserne Flut langsam, aber stetig an.

Doch dann ein letzter, zappelnder Sprung, und die Öffnung war in Reichweite. Marrill drückte sich von ihrem Sims ab und bekam den Rand mit den Fingerspitzen zu fassen. Sie hing mit den Füßen in der Luft, ihre Arme zitterten und drohten abzurutschen.

Da erschien über ihr ein Gesicht, und Hände ergriffen ihre Unterarme. Vor Schreck ließ sie los, aber die Hände hielten sie fest. Sie hätte fast aufgeschrien. Erst dann erkannte sie den weißen Bart und die rote Mütze.

»Marrill«, rief Ardent erleichtert. »Du bist es! Ich hatte die Hoffnung schon fast aufgegeben!« Und mit einem Ruck zog er sie durch das Loch, in dem ursprünglich ein Zahnrad gesessen hatte, und auf die andere Seite der Mauer.

Marrill schmiegte dankbar ihre Wange an den Flatterling, der auf ihrer Schulter saß. Der Flatterling setzte noch eine Flut erleichterter Erinnerungen frei, dann ging er unter Marrills Kragen in Deckung.

Im nächsten Moment landete Fin außer Atem neben den beiden und schlug Marrill auf den Rücken. »Gut geklettert. Das war knapp!« Marrill sank mit dem Rücken an die geborstene Mauer und strahlte über das Kompliment.

Ardent betrachtete die beiden kopfschüttelnd. »Wirklich, Marrill Aesterwest, du lernst an den seltsamsten Orten Freunde kennen.«

Ein Beben lief durch die Mauer. »Aber wir müssen gehen«, fügte er hinzu. Er verstummte und blickte an Marrill vorbei durch das gewaltige Loch, das in der Mauer klaffte. Marrill hörte sogar von hier oben das leise Knistern und Knacken, mit dem der Stein sich in Eisen verwandelte, und das Plätschern der steigenden Flut, die in den Piratenstrom überzulaufen drohte.

»Beim Gefieder des Phönix, was ist da unten passiert?«, fragte der Zauberer.

»Äh ... also wir haben den Siphon zerstört und dadurch die Eiserne Flut ausgelöst«, stotterte Marrill. »Und die steigt jetzt ganz schnell!«

Ardent wurde aschfahl im Gesicht. »Ach du meine Güte«, sagte er nur. Sein Blick wanderte von dem Loch in der Mauer zum Strom hinaus. »Ach du meine Güte.«

Sie standen auf einem seitlich geneigten Rad nicht weit über dem Moderloch. Um sie herrschte Chaos. Der Grund dafür war unschwer zu erkennen. Ein gewaltiger Riss lief die Mauer hinauf und spaltete sie in zwei Hälften. Käfer krabbelten von der anderen Seite hindurch und schlossen sich den Monervanern an, die in Scharen von oben herunterkamen. Die Stadt fiel auseinander.

Auf den Anlegestegen drängten sich die flüchtenden Einwohner und kämpften um Plätze auf den wartenden Schiffen. Ihre Schreie und das Rumpeln der bebenden Mauer erfüllten die Luft.

»Na prima«, sagte Fin leise.

»Ja, sieht so aus, als hätte die Strömung sich umgekehrt.« Ardent zeigte auf die Flotte von Schiffen, die den Hafen bereits verlassen hatten und auf einen riesigen Strudel am Horizont zuhielten. In nächsten Augenblick traf ein Schiff am Rand des Strudels ein und … verschwand einfach.

»Moment, was ist da gerade mit dem Schiff passiert?«, fragte Marrill.

»Annalessa spricht von der ›Grenze‹«, erklärte der Zauberer, »der Stelle, an der die Blase, in der Monerva sich befindet, endet und es zum Strom zurückgeht. Bisher konnte man diese Grenze aufgrund der Anziehungskraft des Siphons nur in einer Richtung passieren. Jetzt scheint die Richtung sich umgekehrt zu haben. Offenbar brauchen wir nur loszufahren und kehren von selbst zum Strom zurück.«

»Dann sollten wir das tun«, meinte Fin. »Wie die anderen. Wir sollten so schnell wie möglich von hier verschwinden.«

Ardent nickte. »Dein neuer Freund hat recht.« Und ohne ein weiteres Wort betrat er einen sinkenden Balken, ließ sich davon zum Hafen hinuntertragen, stürzte sich in die Menge und drängelte in Richtung der *Krake*. »Beeilt euch!«, rief er den anderen zu. »Wir brauchen überhaupt keine Angst zu haben, aber trotzdem, *beeilt euch!*«

Marrill schob sich hinter ihm durch das Gewühl. Die gesamte Einwohnerschaft Monervas bevölkerte die Docks und versuchte, aus der zum Untergang verurteilten Stadt zu fliehen. Überall lichteten Schiffe die Anker und fuhren in Richtung der Grenze hinaus. Marrill biss sich auf die Lippen und blickte über die Schulter. Das Loch, durch das sie und Fin geflohen waren, wurde auf einmal ganz dunkel. War das Eisen oder ein Schatten?

»Seht dort, die Mauer!«, brüllte eine Stimme.

Tatsächlich, die Finsternis breitete sich immer weiter in alle Richtungen aus, nach oben und nach unten. Sie überzog Balken aus Fadholz und die Zähne der Räder.

»Die Eiserne Flut«, flüsterte Marrill.

»Die Eiserne Flut?«, wiederholte eine andere Stimme und dann noch eine. In Windeseile verbreitete die Nachricht sich unter den Anwesenden. Schon bald war sie in aller Munde. Eben noch hatte niemand von der Eisernen Flut auch nur gehört. Doch jetzt, wo sie wie eine Krankheit über die Oberfläche der Mauer wuchs, würde niemand sie je wieder vergessen.

»Die Eiserne Flut kommt!«, rief eine Frau. »Ihr müsst sie aufhalten!« Marrill hob mit einem Ruck den Kopf und schluckte. Sie kannte diese Stimme! Sie drängte sich in die entsprechende Richtung und stieß mit einer hochgewachsenen Monervanerin zusammen, die in der einen Hand einen Frosch hielt und in der anderen eine lange, ziemlich ausgefranste Fahne an einer Stange.

»Haltet die Eiserne Flut auf, bevor sie sich über den Hafen hinaus ausbreitet und – ups«, stöhnte Talaba, als Marrill mit ihr zusammenstieß. »He, pass doch auf, wohin du …« Der Frosch sprang aus ihrer Hand. »Halt, komm sofort wieder her, du kleiner …« Sie rannte ihm hinterher.

Marrill sah ihr verdutzt nach. »Jetzt ist keine Zeit für Gespräche mit den Einheimischen«, sagte Ardent und zog sie weiter. Unmittelbar vor ihnen führte ein Steg auf die *Krake*. Ardent schob Marrill hinauf.

»Marrill! Und der Begleiter!« Remy flog ihnen entgegen, zog Marrill und Fin mit jeweils einer Hand an sich und umarmte die beiden stürmisch. »Ich habe mir solche Sorgen um euch gemacht! Wenn wir das überstanden haben, verlange ich von deinen Eltern eine Gefahrenzulage.« Sie scheuchte die beiden eifrig vollends an Bord.

Ardent marschierte finster entschlossen über das Hauptdeck. »Coll, wir setzen Segel«, befahl er. Seine Stimme klang kalt und ausdruckslos. »Wir warten nicht mehr.«

Coll beugte sich grimmig über das Steuerrad. Auf seiner Stirn standen Schweißperlen. »Endlich«, keuchte er und rieb sich den Hals. Über ihm sprangen die Piraten die Rahen entlang, lösten Knoten und hissten die Segel.

»Es geht ihm nicht gut«, sagte Remy leise. »Er will nicht sagen, was los ist, aber ich habe den Eindruck, er muss so schnell wie möglich von hier weg.«

»Das gilt für uns alle«, sagte Fin, der unverwandt auf die Mauer blickte. Aus der Spalte, durch die sie gekommen waren, tröpfelte schwarzes Wasser. Alles, was mit ihm in Berührung kam, verwandelte sich in stumpfes Eisen. Und als das Wasser die Wellen des Stroms am Fuß der Mauer erreichte, breitete es sich noch schneller aus. Ein Frösteln überlief Fin.

»Ach, sieh mal an, die Eiserne Flut«, schnaubte der Griesgram hinter ihnen. In seiner Armbeuge kauerte Karnelius. »Und ich dachte, die vielen tausend Geschichten über ihre Existenz würden sich zuletzt doch noch als Märchen herausstellen.«

Marrill lief zu ihm und umarmte ihn heftig. »Griesgram! Du konntest fliehen! Du lebst!«

»Ja, aber jetzt, wo ich dich sehe, tut mir das schon fast leid«, knurrte der alte Stänkerer und schob sie mit zwei Händen von sich weg. Doch wenn Marrill es nicht besser gewusst hätte, hätte sie schwören können, dass eine dritte Hand sie freundschaftlich tätschelte.

Der Moment hielt nicht lange an. Das Geschrei wurde immer verzweifelter. Käfer, Monervaner und die verschiedensten anderen Geschöpfe drängten angesichts des unaufhörlich näher kommenden Eisens verzweifelt auf bereits volle Schiffe, die daraufhin zu kentern drohten. Ein Ruck lief durch die *Krake*, und Marrill verlor das Gleichgewicht. Die Segel über ihr füllten sich, und das Schiff entfernte sich langsam von den mit Flüchtlingen überfüllten Stegen.

»Halt!«, schrie Marrill. Coll steuerte das Schiff mit unbewegter Miene in Richtung des offenen Wassers. Sie konnte nicht glauben, dass er die anderen einfach ihrem Schicksal überließ. »Was machst du da? Wir können noch nicht abfahren! Wir müssen etwas tun.«

Coll sah Ardent an. »Du hast gesagt, ich soll Segel setzen«, krächzte er. Er holte mühsam Luft und zerrte mit den Fingern an dem Tattoo, das sich um seinen Hals geschlungen hatte. Es sah aus wie die Schlinge eines Henkers.

Annalessa schnippte mit den Fingern. Die Segel fielen in sich zusammen und flatterten nutzlos im Wind. Marrill hatte gar nicht bemerkt, dass die Zauberin ebenfalls an Deck gekommen war. »Marrill hat recht, Coll. Wir dürfen diese Leute nicht einfach im Stich lassen.«

Coll sah Ardent an. »Bitte«, keuchte er. »Ich kann nicht …« Das Tattoo um seinen Hals schien sich immer fester zuzuziehen. Er taumelte und sank schweratmend auf die Knie.

»Coll!« Remy rannte zu ihm und half ihm, sich zu setzen. Sie legte ihm die Hand auf den Rücken und stützte ihn, während er um Atem rang. »Tut was!«, rief sie, an die beiden Zauberer gewandt.

Ardent sah sie gequält an. »Wir können nichts tun. Die Taue, die ihn binden, sind sehr stark. Wenn er sich zu lange an einem Ort aufhält, dann … dann passiert das. Und außerhalb der Zeit hier festzusitzen ist noch schlimmer.« Er kniete sich neben Coll und packte ihn fest am Unterarm. »Die anderen haben recht, Coll, wir müssen die Eiserne Flut stoppen, bevor wir von hier verschwinden«, sagte er leise. »Kannst du noch so lange durchhalten?«

Coll kniff die Augen zusammen und nickte. »Ja«, keuchte er. »Es muss gehen.«

Ardent strich ihm über den Kopf. »Ich danke dir, alter Freund«, flüsterte er. Dann stand er wieder auf und wandte sich den anderen zu. »Wir müssen die Leute von hier fortbringen, bevor die Eiserne Flut sie erfasst. Und anschließend müssen wir selbst verschwinden, solange die Strömung es noch ermöglicht.«

Er zeigte auf das Eisen, das bereits die Hälfte der Mauer bedeckte. Schwarzes Wasser spritzte auf die Stege, und die Flut schwoll mit jedem Moment weiter an. »Denn sonst sitzen wir hier womöglich in alle Ewigkeit fest.«

Kapitel 32

Die Eiserne Flut

Vor Fins Augen ergoss die Eiserne Flut sich über die Mauer und verwandelte alles, was sie berührte, in Metall. Nichts war vor ihr sicher. Sie bedeckte Gärten und Terrassen, Kräne und daran hängende Gebäude.

Neben Fin stand Annalessa und fuchtelte mit den Händen. Mit jeder Handbewegung erwachten die Segel eines anderen Schiffs zum Leben. Auf der Flucht vor dem unaufhaltsam näher kommenden Verhängnis verließen die letzten Schiffe das Moderloch.

Als die *Krake* durch das seichte Ufergewässer steuerte, bedeckte das Eisen bereits die Enden der Anlegestege. Ein mattschwarzer, sich immer schneller ausbreitender Schimmer überzog Holz und Wasser

»Es hat keinen Zweck«, murmelte Annalessa, an niemanden gerichtet. »Wenn die Schiffe rechtzeitig die Grenze erreichen, können sie zwar in ihre eigene Zeit entkommen. Aber die Flut wird ihnen auf den Fersen folgen.«

Ein Gedanke regte sich in Fin, aber er konnte ihn noch nicht formulieren, obwohl er ihn geradezu körperlich zu spüren meinte. »In ihre eigene Zeit ...«, murmelte er. »Wenn sie rechtzeitig die Grenze erreichen ...«

Dann fiel es ihm plötzlich ein, und er klatschte in die Hände. »He!«, rief er. »Haben wir nicht etwas vergessen?« Annalessa hob verwirrt die Augenbrauen. »Ich meine jetzt nicht mich. In den alten Legenden fliehen die Seeleute doch immer vor der Eisernen Flut, aber die Flut selbst hat sich noch nie auf dem Piratenstrom gezeigt.«

Die Zauberin legte den Kopf schräg und strich mit einem langen Finger über ihr energisches Kinn. »Stimmt. Vielleicht weil sie sich ebenfalls dorthin zurückgezogen hat, woher sie kam. Also vermutlich durch die Öffnung, durch die der Kapitän und das Eiserne Schiff hereingekommen sind, oder genauer in die Zeit, in der das geschah.«

Fin schnippte mit den Fingern, um Annalessas Aufmerksamkeit zu halten. »Genau, *vermutlich.* Aber wenn das nicht stimmt? Die Eiserne Flut begann doch in Monerva, mit dem gemeinsamen Auftritt des Kapitäns, des Stromwassers und auch der verlorenen Sonne. Sie könnte zu jeder ... beliebigen Zeit heraussickern. Aber was, wenn das doch nicht geht? Weil sie die Grenze bisher auch nie erreicht hat?«

Annalessa schnippte genauso mit den Fingern wie Fin. »Natürlich!« Sie lachte. »Monerva war über das hereinströmende Wasser immer mit dem Strom verbunden. Jetzt hat die Strömung sich umgekehrt, aber bald wird sie ganz zum Erliegen kommen, und die Verbindung zwischen Monerva und dem Strom wird abbrechen. Wenn wir verhindern können, dass die Eiserne Flut vorher entkommt, ist sie hier eingesperrt!«

Sie ging aufgeregt auf dem Deck der *Krake* auf und ab, und Fin hatte Mühe, mit ihr Schritt zu halten. »Nur wie stellen wir das an …«, murmelte sie.

Ein großes monervanisches Schiff fuhr an ihnen vorbei. Fin meinte Talaba im Krähennest zu sehen. Sie stand und reckte ihre Fahne zum Himmel. »Sie will immer noch die Höchste sein«, sagte er kopfschüttelnd. »Darauf baut sie bis zum Schluss.«

»Gute Idee«, rief Annalessa, »bauen! Wir könnten etwas bauen, um die Eiserne Flut aufzuhalten …«

»Eine Mauer!«, riefen Fin und Annalessa gleichzeitig.

Die Zauberin stupste Fin mit dem Finger auf die Nasenspitze. »Ach du meine Güte, an dich erinnert man sich ja gar nicht«, sagte sie plötzlich. »Es tut mir schrecklich leid, dass ich dich bestimmt schon oft vergessen habe. Ganz zu schweigen von den vielen Malen, die ich dich noch vergessen werde. Aber jetzt wollen wir diese Eiserne Flut aufhalten.«

Fin rannte zum Bug und rief Marrill und Ardent. Der Zauberer sah ihn an wie einen Fremden. »Mann«, murmelte Fin, »Annalessa kapiert wirklich viel schneller als du.« Rasch erklärte er, wie sie die Flut aufhalten wollten.

»Vielleicht können wir die Monervaner ja bitten, uns zu helfen«, meinte Marrill.

»Und dann bauen wir einen Damm, der die Flut aufhält!«, rief Fin.

Marrill sah ihn strahlend an, und er erwiderte ihren Blick sichtlich geschmeichelt.

»Tolle Idee, Fin! Ich weiß auch schon, wen wir fragen können.« Sie ließ den Blick suchend über die Schiffe wandern. Dann legte sie die Hände trichterförmig an den Mund. »Elle!«

Die Schnecke hockte auf dem Heck eines plumpen Kahns, der sich unter ihrem Gewicht gefährlich neigte. Auf Marrills Zuruf warf sie ein Schneckenseil, das sich um den Mast der *Krake* schlang und die beiden Schiffe zusammenzog.

»Na, wer ist denn da?«, sagte eine vertraute Stimme. Slandy lehnte sich über die Reling und winkte. »Sieh doch, liebe Brendel, das ist das Mädchen, von dem ich dir erzählt habe, die von der Party. Mädchen von der Party, darf ich dir Brendel vorstellen, meine Herrin!«

Marrill begrüßte Brendel mit einem Nicken, dann wandte sie sich wieder Slandy zu. »Wir brauchen eure Hilfe«, erklärte sie. »Wir wollen mit Hilfe der Hubschnecken eine Sperre bauen, um die Eiserne Flut aufzuhalten.«

Brendel formte mit dem Mund ein andächtiges »Oh«. »Wir bauen wieder? Dann können wir uns vielleicht den höchsten Platz sichern, was, Slandy?«, sagte sie.

»Ich glaube, darum geht es nicht, Brendel«, sagte Slandy. »Aber ich weiß schon, was die wollen. Machen wir, Fräulein. Wenn wir helfen können, sag mir einfach, wie und wo, und wir erledigen es. Nicht wahr, altes Haus?« Sie fuhr mit der Hand über Elles Gehäuse.

Slandy und Brendel gaben Marrills Bitte rasch an die anderen Schiffe weiter. Die meisten Monervaner reagierten ähnlich wie Brendel. Der Gedanke an ein Bauwerk weckte ihr Konkurrenzdenken. Eine ganze Reihe von Schiffen, die Schnecken beförderten, boten sofort freiwillig ihre Hilfe an und versuchten sich gegenseitig mit der Behauptung auszustechen, sie könnten mehr und schneller Baumaterialien sammeln als die anderen. Was zunächst wie eine sichere Lösung ausgesehen hatte, verwandelte sich in Windeseile in kleinliches Gezanke.

»Es geht doch gar nicht um die Höhe«, protestierte Fin, aber die Monervaner hatten schon angefangen, Trümmer zu freistehenden Säulen aufzuschichten, zwischen denen großen Lücken klafften. Die Eiserne Flut breitete sich unterdessen im Wasser noch viel schneller aus als über die Mauer. Fin zog verzweifelt die Schultern hoch.

»Nein«, stöhnte Marrill, »wie können wir verhindern, dass jeder nur der Höchste sein will? Sie sollen ihre Kräfte doch zusammenlegen.«

»Vielleicht kann ich behilflich sein?«, summte eine Stimme neben der *Krake*. Fin beugte sich über die Reling. Ein sonderbarer Anblick erwartete ihn: Auf dem Wasser stand eine große Messingschale auf vier Straußenbeinen, an deren Füßen provisorische Skier befestigt waren. In der Schale stand ein schwarzer Käfer, der die Arme in die Hüften gestützt hatte und in einer mit Klauen besetzten Hand lose die Zügel hielt.

»Wenn ihr wollt, könnten meine Brüder und ich den Monervanern helfen, sich auf die Arbeit zu konzentrieren. Schließlich sind wir Käfer darin geübt, Wünsche zu unterdrücken.« Sein glänzender Schnabel blieb völlig ausdruckslos, aber in seinem roten Facettenauge meinte Fin ein selbstzufriedenes Glänzen zu erkennen.

Er lächelte erleichtert. »Wunderbar!« Die Käfer verteilten sich unter den Monervanern. »Hört alle zu! Wir müssen zusammenarbeiten. Baut in die Breite, nicht nach oben! Das Schiff, das die Anweisungen der Käfer am besten befolgt, ist …« Er überlegte angestrengt. »Äh … das allerbeste. Was wirklich noch besser ist, als Höchster zu sein.«

»Wir wissen das, denn wir haben den Salz-und-Sandkönig kennengelernt«, fügte Marrill hinzu. Die Monervaner waren beeindruckt und begannen aufgeregt zu tuscheln.

»… und getötet«, versicherte Fin leiser den Käfern, die Zwitscherlaute von sich gaben. *Oder wenigstens so gut wie*, fügte er in Gedanken hinzu. Die Käfer machten sich beruhigt an die Arbeit.

Es war wirklich erstaunlich, was die Monervaner zustande brachten, sobald sie unter dem Einfluss der Käfer nicht mehr wie verrückt miteinander konkurrierten. Mit ihren doppelten Gesichtern entdeckten sie jede Menge Trümmer, die die Schnecken dann zu ihrem Bestimmungsort transportieren konnten. Schon bald wurde die letzte Lücke in der Mauer geschlossen, und die Eiserne Flut konnte die sumpfartigen Ausläufer des Piratenstroms nicht mehr erreichen.

Heiseres Triumphgeheul stieg von den Schiffen auf. Einen langen Moment sah es so aus, als sei die Flut aufgehalten worden. Doch dann erschien ein schwarzer Fleck in der Sperre. Das Eisen breitete sich weiter aus und erfasste nach und nach auch die neue Sperre wie zuvor schon die Stadtmauer. Dann kam es wieder mit dem Wasser in Berührung und breitete sich noch schneller aus.

Die Eiserne Flut war nicht gestoppt.

Fin ließ die Schultern fallen. »Wir konnten sie nicht aufhalten«, seufzte er entmutigt. Das Triumphgeheul war verstummt.

Doch Marrill wollte noch nicht aufgeben. »Vielleicht ist das auch gar nicht nötig«, rief sie. »Überleg doch: Die Eiserne Flut breitet sich im Wasser viel schneller aus. Wenn wir weitere Sperren errichten, können wir sie vielleicht so lange aufhalten, bis die Strömung zum Erliegen gekommen ist und die Grenze sich schließt. Baut also alle weiter!«

Die Monervaner und die Käfer machten sich wieder

an die Arbeit und errichteten eine zweite Barriere aus Trümmern und anschließend eine dritte. Während die Tapfersten weiterbauten, legten andere Schiffe bereits ab und traten die Fahrt zur Grenze an. Annalessa und Ardent trieben sie dem Horizont entgegen – Annalessa ließ den Wind blasen, Ardent schob die Wellen hinter ihnen her.

Doch ohne die Hilfe der abgefahrenen Schiffe rückte die Flut schneller vor, als die Monervaner sie aufhalten konnten. Sie war bereits bei der zweiten Mauer angekommen, bevor die dritte fertiggestellt war. In kürzester Zeit hatte sie sich hindurchgefressen und das Wasser wieder erreicht. Mit angehaltenem Atem beobachtete Fin, wie ihre Ausläufer gegen die dritte Mauer schlugen.

»Schneller!«, rief Brendel. »Du, Schnecke, füge dieses Teil da drüben ein! Und du, Necarib! Du sollst die Trümmer nicht sammeln – gib das Fenster nach vorn weiter. Und ja, den komischen Sockel auch!«

»Zügelt euren Ehrgeiz«, mahnte Rysacg. »Konzentriert euch auf eure Tätigkeit, nicht auf eure Wünsche.«

»Wir haben kaum noch Material und niemanden mehr, der es einsammeln könnte«, gab Slandy zu bedenken.«

Fin sah sich um. Abgesehen von den Schiffen Slandys und Rysacgs war nur noch die *Krake* übrig. Die anderen hatten alle die Grenze erreicht und waren durch den Strudel verschwunden. Da bemerkte er noch etwas anderes: Der Rand des Trichters, durch den das Wasser kreisend verschwand, schien plötzlich zu wackeln. Und die Mündung des Trichters, des einzigen Ausgangs aus Monerva, wuchs und schrumpfte abwechselnd wie der Schlund eines hungrig nach Essen rufenden Vogeljungen. Zugleich schien das hinunterwirbelnde Wasser immer wieder kurz zu stocken.

Fins Herzschlag dröhnte ihm in den Ohren. Die Grenze brach zusammen. Sie mussten schleunigst aufbrechen, sonst saßen sie für immer hier fest.

Annalessa war offenbar zu einem ähnlichen Schluss gelangt. »Los, Ardent«, rief sie. »Lass uns die Mauer noch ein letztes Mal stützen.« Sie stemmte die Füße in den Boden und breitete die Arme aus. Ein loses Stück Mauer war auf einmal wieder fest mit dem Rest verbunden.

»Mach ich doch schon längst«, erwiderte Ardent und zog die Hände mehrmals ruckartig durch die Luft. Jedes Mal sprang ein im Wasser treibender Gegenstand auf die Mauer hinauf – ein weiteres Hindernis, das die Eiserne Flut auf ihrem Weg zum Wasser überwinden musste.

»Wir haben für euch getan, was wir konnten«, rief Slandy vom Bug ihres Schiffes. »Jetzt müssen wir leider fahren!«

»Es war so schön, euch kennenzulernen«, fügte Brendel hinzu.

Marrill winkte ihnen. »Leb wohl, Brendel, leb wohl, Slandy. Danke für alles. Passt gut auf Elle auf!«

Ardent fuhr mit der Hand durch die Luft, und eine Welle erfasste das Schiff der Monervaner und schickte es in Richtung Strudel.

Das Schiff des Käfers hielt auf der anderen Seite. »Ich muss leider auch los«, summte Rysacg. »Wir sind euch zu großem Dank verpflichtet, weil ihr die Mauer eingerissen und uns mit unseren verlorenen Verwandten vereint habt. Und weil ihr im Unterschied zu den Monervanern euer Verlangen beherrschen konntet.«

Fin winkte ihm zu, obwohl er wusste, dass der Käfer ihn wahrscheinlich gar nicht bemerkte. Ardent machte wieder seine Handbewegung, und im nächsten Moment war auch Rysacg verschwunden.

Damit kämpfte die *Unternehmungslustige Krake* allein gegen die Eiserne Flut, die Monerva verschlungen hatte. Von der Mauer war nur noch eine löchrige, schwarze, von eisernem Wasser umspülte Ruine übrig. Die Türme der Höchsten ragten starr und schwarz in die Luft, und die ganze sinkende Stadt war zum Stillstand gekommen.

Die beiden Zauberer mobilisierten ihre letzten Kräfte, um die Barrikade gegen die Flut aufrechtzuerhalten. Remy packte Marrill an den Schultern, während die Wellen auf der anderen Seite immer höher stiegen. Um sie wurden Trümmer der Stadt und Teile von Marrills Welt zur Mündung des stockenden Strudels getrieben.

»Ardent«, keuchte Coll, »der Wellengang wird zu unregelmäßig. Wir müssen fahren!«

Annalessa ließ die Hände sinken und fasste Ardent an den Armen. »Wir haben getan, was wir konnten«, sagte sie. »Lass uns gehen, mein Lieber.«

Der Zauberer biss sich auf die Lippen. Fin spürte, dass er unbedingt bis zum letztmöglichen Augenblick ausharren wollte. Und in diesem letzten Augenblick erschien es Fin, als halte allein Ardents Wille noch die Macht auf, die die Eiserne Flut gegen die Mauer trieb.

Doch endlich ließ auch der die Arme fallen und nickte. Coll tat einen hörbaren Seufzer der Erleichterung und riss das Steuerrad herum. Die *Krake* wendete. Die Barriere hinter ihnen ächzte.

Sie wurden rasch schneller. Krachend brach der Bug der *Krake* durch die Wellen und nahm Kurs auf den schrumpfenden Strudel – und auf zu Hause.

Kapitel 33

Der Kreis schließt sich

»He, sieh mal!« Remy streckte die Hand aus, als sie sich dem Strudel näherten. »Schwimmt da nicht Zeug von zu Hause?«

Marrill sah einen abgefahrenen Reifen durch das Wasser treiben und daneben einen verrosteten alten Zugwaggon. Ein paar Dutzend Meter davon entfernt dümpelte der leere Laden der Rosebergs aus dem verlassenen Einkaufszentrum.

»Ich finde es wirklich ungerecht, dass diese Sachen alle noch mehr oder weniger heil sind, während mein Auto wahrscheinlich irgendwo bei einem Piraten als Trophäe an der Wand hängt«, brummte Remy missmutig.

»Es gibt verschiedene Strömungen«, erklärte Annalessa. »Da eure Welt unmittelbar an der Grenze liegt, wurden diese Gegenstände vermutlich von einer davon erfasst.«

»Was passiert damit?«, fragte Marrill.

»Sie werden genauso wie die Schiffe durch den Strudel gezogen.« Annalessa zuckte mit den Schultern. »Nach allem, was wir wissen, müssten sie an den Ort zurückkehren, von dem sie kommen, als sei nichts passiert.«

»Moment.« Remy stand auf. Alle Farbe war aus ihrem Gesicht gewichen. »Heißt das, auch wir können nach Hause zurückkehren? Würde dieser Laden uns in unsere Welt mitnehmen, wenn wir in ihm drin wären?«

Annalessa legte den Finger an die Nase und dachte nach. Marrills Herz begann vor Aufregung zu klopfen. Sie hatte gar nicht daran gedacht, dass die Rückkehr nach Hause so leicht sein könnte.

»Theoretisch wäre das möglich«, sagte Annalessa endlich. »Wir wissen, dass alles in die Zeit zurückkehrt, aus der es stammt. Aber wir haben immer angenommen, dass es an einen bestimmten Ort transportiert wird, nämlich zum Trümmerarchipel. Doch dieser Laden ist direkt zu eurer Welt unterwegs. Es ist also einigermaßen wahrscheinlich, dass ihr mit ihm nach Hause zurückkehren könntet, auch wenn schwer zu sagen ist, *wann* ihr dort eintreffen würdet.«

Marrill musste sich an der Reling festhalten. Es bestand die Möglichkeit, nach Hause zurückzukehren! Aber wie konnten sie sicher sein? Wenn Annalessa sich irrte, würden sie am Ende noch wie Hunde durch das Wasser des Piratenstroms paddeln.

Sie starrte zum Laden der Rosebergs hinüber, der an ihnen vorbeitrieb. Im Laden bewegte sich etwas. Sie kniff die Augen zusammen. Wenn sie es nicht besser gewusst hätte, hätte sie schwören mögen, dass ein Frosch über das Regal hüpfte.

Dann begriff sie plötzlich, und sie hielt die Luft an. Es handelte sich um den Sprechfrosch – den Frosch, der vor wenigen Minuten Talaba entlaufen war. Denselben Frosch, den sie vor wenigen Tagen im Kanal in der Nähe ihres Hauses gefunden hatte.

Oder besser finden würde.

Sie schloss die Augen. Ardent hatte recht. Das mit der Zeit war wirklich kompliziert.

Aber es spielte keine Rolle, *wann* der Frosch nach Arizona gekommen war. Entscheidend war, dass er überhaupt nach Arizona gekommen war. Denn das bedeutete, dass sie das auch konnte. Es stimmte also: Sie konnte mit dem Laden der Rosebergs nach Hause zurückkehren.

Ihr Zuhause war nur wenige Meter entfernt.

»Der Sprechfrosch ist damit nach Arizona gekommen«, sagte sie. »Also können wir das auch.«

Remy sah sie mit aufgerissenen Augen an. »Das heißt also, dass wir …« Sie biss sich auf die Lippen und blickte zu Coll hinüber, der immer noch keuchend am Steuerruder lehnte. Sie schluckte. »… jetzt gehen sollten.« Sie rührte sich nicht.

Marrill betrachtete den verlassenen Laden mit einem seltsam leeren Gefühl. Ja, sie würde nach Hause zurückkehren, und ihre Eltern würden gar nicht mitbekommen, dass sie überhaupt weg gewesen war. Aber ihre Mutter würde trotzdem noch krank sein. Nichts würde sich geändert haben.

»Und könnten wir wieder zurückkommen?«, fragte sie gepresst.

Ardent und Annalessa wechselten einen Blick. »Keine Ahnung«, sagte Annalessa.

Marrill nickte. »Und wenn ich nicht jetzt gehe … kann ich es dann später noch tun?«

Erneut wechselten die beiden Zauberer einen Blick. »Keine Ahnung«, wiederholte Annalessa.

Ardent räusperte sich. »Ihr müsst euch schnell entscheiden, bevor der Laden in den Strudel eintaucht.«

Marrill warf Fin einen Blick zu. Er hatte die Arme verschränkt und die Schultern gestrafft und wartete auf das unvermeidliche Lebewohl. Mit den Augen zwinkerte er etwas weg, das verdächtig nach Tränen aussah. Marrill spürte einen Stich in der Brust.

Dann trat er zu ihr und hielt ihr die gelbe Wunschkugel hin. »Da, nimm – wünsch dir, dass deine Mutter gesund wird.«

Marrill starrte die Kugel an. Die Versuchung war fast übermächtig. Aber sie durfte nicht, das Risiko war zu groß. Sie schüttelte den Kopf. »Denk dran, was der Salz-und-Sandkönig gesagt hat: Wenn wir uns etwas wünschen, wird er befreit, und der ganze Strom könnte in Flammen aufgehen.«

»Marrill?«, rief Remy, die zum Achterdeck hinaufgestiegen war und die Hand auf Colls Arm gelegt hatte. »Es ist Zeit. Wenn wir zurück wollen, müssen wir jetzt gehen.«

Marrill sah Fin an. Er räusperte sich und wies mit dem Kinn auf den schwimmenden Laden, der sich stetig dem Rand des Strudels näherte. »Du musst dich beeilen.« Doch als sie zur Reling gehen wollte, streckte er die Hand aus und hielt sie zurück. »Warum hast du dich unten in den Katakomben eigentlich plötzlich wieder an mich erinnert?«

Marrill schluckte. Sie hat sich diese Frage auch schon gestellt. Inzwischen glaubte sie die Antwort gefunden zu haben. »Als wir uns ganz am Anfang zum ersten Mal begegnet sind, habe ich mich an dich erinnert, weil ich spürte, dass du mich brauchst«, sagte sie. »Dann habe ich dich vergessen, weil das nicht mehr so war.« Sie brach ab. »Nein, stimmt nicht. Ich habe dich vergessen, weil ich für selbstverständlich gehalten habe, dass du da bist, so war es.«

Sie kaute auf den Lippen. »Aber jetzt … jetzt erinnere ich mich an dich, weil du mir wichtig bist. Weil ich dich nicht vergessen kann, egal, was passiert, egal, was du tust oder was ich tue. Du bist mein bester Freund.«

Fin erwiderte ihren Blick. »Das hast du früher auch schon gesagt«, erinnerte er sie.

Marrill senkte den Kopf. »Ich weiß. Ich habe es für selbstverständlich gehalten, dass du mein Freund bist. Das war falsch.«

Fin wandte den Blick ab. Dann sah er sie wieder an. »Mir ging es genauso«, gestand er. »Meine Wünsche waren mir wichtiger als du. Und das soll nie wieder passieren.« Seine Stimme versagte. »Aber ... woher wissen wir, dass es diesmal anders ist?«

Marrill hätte ihn zu gern beruhigt. Aber woher sollte sie das wissen? Sie hatte ja keine Ahnung, was der Grund dafür war, dass man Fin so leicht vergaß.

Sie konnte nur sagen, was ihr Herz erfüllte. »Wir wissen es nicht.« Sie hob die Schultern. »Aber ist das bei Freunden nicht immer so? Man kann nur darauf vertrauen, dass sie für einen da sind.«

Fin überlegte. »Das ist ziemlich beängstigend.«

Marrill spürte, wie ihr Mund sich zu einem Lächeln verzog. »Stimmt.«

»Tust du mir einen Gefallen?«, fragte Fin. Sie nickte, ohne zu zögern. »Zeichnest du ein Bild von mir, wenn du nach Hause kommst, wie du es letztes Mal für die anderen getan hast? Damit du dich auf jeden Fall an mich erinnerst?«

Marrills Hals war wie zugeschnürt. »Ich zeichne hundert Bilder«, sagte sie.

Fin lächelte, und sie rechnete schon mit einer witzigen Bemerkung. Stattdessen sagte er nur: »Danke.«

Marrill holte tief Luft und sah sich nach Karnelius um. Sie war schon einmal in dieser Lage gewesen. Kurz davor, alles zurückzulassen und nur Erinnerungen mitzunehmen. Serth hatte recht gehabt, dachte sie. Sie war nicht nur zum Piratenstrom zurückgekehrt, um Fin und den anderen zu helfen. Sie war auch vor dem Gedanken weggelaufen, dass sie ihrer Mutter nicht helfen konnte.

Doch jetzt war sie hier, auf dem Piratenstrom, in dem die Magie floss wie Wasser. Und wo Wünsche von Maschinen erfüllt wurden. Wo sonst sollte sie Hilfe für ihre Mutter finden?

Aber warum ging sie dann?

Während sie noch verzweifelt schwankte, kam der Flatterling, den sie ganz vergessen hatte, aus ihrer Tasche gekrochen und huschte über ihren nackten Arm. Sofort erfüllte sie eine Flut von Erinnerungen. Einige an zu Hause, andere an den Strom, wieder andere an eine längst vergangene Zeit, an ein kleines, goldfarbenes Geschöpf mit einem Bart, das ungeheuer, ja unglaublich mächtig war, aber zugleich unvorstellbar einsam. An den Zauberer der Morgendämmerung, den letzten seiner Art, der eine Maschine gebaut hatte, die Wünsche erfüllen konnte. Wünsche für die Freunde, die er zurückgelassen hatte.

Marrill rieb die Hände an ihrer Hose. »Weißt du was?«, sagte sie. »Ich mache etwas noch viel Besseres: Ich gehe gar nicht.«

Fin öffnete den Mund, und Marrill hob die Hand. »Wenigstens jetzt noch nicht.« Sie zeigte mit dem Daumen auf den Laden. »Den da eingerechnet, hatte ich jetzt schon zwei Mal die Gelegenheit, nach Hause zurückzukehren. Das kann ich auch in Zukunft noch. Und wenn ich gehe, dann ohne Reue, dass ich den Menschen, die ich liebe, nicht helfen kann.«

Sie grinste und legte Fin die Hände auf die Schultern. »Wenn ich nach Hause zurückkehre, werde ich ihnen helfen können.« Ihre Entschlossenheit wuchs, je länger sie sprach. »Und ich werde nicht zulassen, dass du wieder vergessen wirst. Wir geben weder meine Mutter noch deine auf. Wir werden deine Mutter finden, gemeinsam. Deshalb bleibe ich.«

Fin wandte den Blick für einen Moment ab. Sie merkte, wie er um Fassung rang. Sie sollte nicht sehen, dass er kurz davor stand, in Tränen auszubrechen. Also tat sie so, als bemerke sie nichts.

»Dann kehre ich auch nicht nach Hause zurück«, rief Remy.

»Aber Remy –«, protestierte Marrill.

Das ältere Mädchen fiel ihr ins Wort. »Wie gesagt, der besten Babysitterin von Arizona geht kein Kind verloren.« Ihr Blick wanderte zu Coll und sofort weiter. Auf ihren Wangen erschienen zwei rote Flecken. »Außerdem habe ich vielleicht meine eigenen Gründe, warum ich bleiben will.«

Ein breites Grinsen erschien auf Marrills Gesicht. Als sie sich wieder Fin zuwandte, drückte der ihr die Wunschkugel in die Hand. »Okay«, sagte er, »aber behalte die.« Er sah sie unverwandt an und zwinkerte. »Dann weißt du wenigstens, dass du nach Hause fahren kannst, wenn es ganz schlimm kommt.«

Sie schlang die Arme um ihn. »Danke, Fin«, flüsterte sie ihm ins Ohr.

»Ach, wie herzig«, rief der Griesgram spöttisch. »Ich wusste doch, dass bei entsprechendem Bemühen zumindest eine von euch hier einen Freund abschleppt. Aber jetzt hört mit dem Herumkuscheln und Cheerleadern auf und bringt uns bitte schön von hier weg, ehe die Welt untergeht.«

»Ich habe es doch schon gesagt«, erwiderte Remy scharf, »ich bin keine –« Bevor sie zu Ende sprechen konnte, neigte sich das Deck, und sie suchte verzweifelt nach einem Halt.

Der Griesgram hatte recht. Der Wellengang wurde immer heftiger, und der vor ihnen gähnende Strudel wackelte, als könnte er jeden Moment in sich zusammenfallen. Hinter ihnen breitete sich das Eisen auf der Oberfläche der dritten Mauer aus. Wenn sie nicht entkommen konnten, bevor die Grenze sich auflöste, saßen sie hier fest.

Doch Ardent gab immer noch nicht den Befehl, in den Strudel hineinzufahren. Er hatte die Stirn besorgt gerunzelt. Und plötzlich begriff Marrill auch, warum.

Sie wandte sich an Annalessa. »Wenn alles dorthin zurückkehrt, wo es herkam, was wird dann aus dir?«

Annalessa sah Ardent mit einem tränenfeuchten Blick an. »Ich werde auf mein Schiff und in meine Zeit zurückkehren.«

»Also zurück in die Vergangenheit«, sagte Fin, und

sie nickte. Er runzelte die Stirn. »Aber du kennst jetzt die Zukunft. Kannst du sie also verändern?«

Ardent trat zu Annalessa und nahm ihre Hand. »Du kannst das – die Zukunft ändern.« Aus seiner Stimme klang ein solcher Kummer, dass es Marrill ganz weh ums Herz wurde. »Kehre zurück, und besuche mich wieder«, drängte er. »Und dann höre ich auf dich, versprochen.«

Annalessa lachte leise, aber es war kein heiteres Lachen. »Aber das geht nicht, Ardent. Weil ich es nicht getan habe. Meine Zukunft ist bereits deine Vergangenheit. Was ich getan habe, steht unverrückbar fest, und niemand kann es mehr ändern.«

Die *Krake* fuhr an den Rand des immer kleiner werdenden Strudels. Hinter ihnen knackte die letzte Mauer unter dem Ansturm der Eisernen Flut. »Leute!«, rief Remy, einer Panik nah. »Sie kommt! Und Coll kriegt kaum noch Luft!« Sie kniete sich neben ihn. Er rang um Atem und griff sich immer wieder verzweifelt an den Hals.

Ardent presste die Lippen zusammen, bis sie in seinem Bart verschwanden. »Tauknochenmann«, befahl er tonlos. »Fahr uns da rein.« Taue strafften sich, die Segel füllten sich mit Luft, und der Bug der *Krake* richtete sich auf die Mitte des Strudels.

Annalessa legte Ardent die Hand an die Wange. »Leb wohl, Ardent Schwirlquirl.«

Ardent legte seine Hand auf ihre. »Ich werde immer nach dir suchen, Annalessa. Und ich werde dich wiedersehen, und wenn sich der ganze Piratenstrom gegen mich verschwört.«

Die *Krake* berührte mit dem Bugspriet schon fast das Zentrum des Strudels, da trat Annalessa lächelnd ganz dicht vor Ardent, als wollte sie ihn küssen. Doch bevor ihre Lippen sich berühren konnten, verschwand sie.

»Meine Sachen!«, rief der Griesgram. »Was passiert mit meinen ganzen Sachen?!« Als die *Krake* in den Strudel eintauchte, begann der Trödel, den er gesammelt hatte, zu verschwinden. Der Griesgram stürzte sich auf die letzten Teile, in dem verzweifelten – und sinnlosen – Versuch, sie zu retten. Karni lief hinter ihm her und schlug mit der Tatze nach einigen losen Stücken, die über Deck kollerten und sich in Luft auflösten.

Marrill begann zu lachen, doch das Lachen blieb ihr im Hals stecken, als ein achteckiges Metallschild über das Deck schlidderte und unmittelbar vor ihren Füßen liegen blieb.

Fast schon in Trance hob sie es auf und drehte es um. STOPP, sagte das Schild in weißen Buchstaben auf einem leuchtend roten Untergrund.

Marrill überlegte kurz, ob sie eine Nachricht an ihre Eltern daraufschreiben sollte. Dass sie sich keine Sorgen zu machen brauchten. Dass sie zum Piratenstrom zurückgekehrt war und nach Hause kommen würde, sobald sie ein Mittel gefunden hatte, ihre Mutter zu heilen. Das Deck unter ihren Füßen kippte nach vorn, und die *Krake* stürzte vornüber in die Tiefe. Die Zeit drängte. Hektisch durchsuchte sie ihre Taschen und zog das Stück Holzkohle heraus, das sie auf der Brennenden Ebene eingesteckt hatte.

Und da wusste sie auch schon, was sie schreiben wollte. Dieselben Worte, die sie überhaupt erst hierher geführt hatten:

Weil das die Wahrheit war, nur nicht so, wie sie damals geglaubt hatte. Sie wurde gebraucht, um die Eiserne Flut aufzuhalten, aber nicht nur deshalb. Auch Fin brauchte sie, als Freundin, die ihm half, seine Mutter zu finden. Und wenn sie ehrlich war, war es auch für sie selbst wichtig, hier zu sein.

Sie hatte gerade das Siegel des Salz-und-Sandkönigs fertiggezeichnet, da tauchte auch das Heck des Schiffes in den Strudel ein. Kurz bevor sie ganz darin verschwanden, warf Marrill das Stoppschild in die Luft. Es würde seinen Weg nach Hause finden.

Kapitel 34

Versprochen ist versprochen

Begleitet von einem Juchzer Fins, raste die *Krake* durch den wirbelnden Trichter aus Wasser, machte eine scharfe Kehrtwendung und schoss wieder nach oben. Hinter ihnen stürzte der Tunnel ein, was eine gewaltige Flutwelle auslöste. Doch Fin machte sich deshalb keine Sorgen. Sie hatten so viele Abenteuer überstanden, dass diese Welle ganz bestimmt nicht das Ende war.

Das brodelnde Wasser vor ihnen wich einem wolkenlos blauen Himmel. Die Welle erfasste sie von hinten, hob sie hoch und trug sie aus dem Strudel. »Wow!«, juchzte er. »Wow!«

»Alle Mann auf ihre Plätze!«, rief Coll.

»Fliegende Inseln voraus!«, rief Ardent. Sie durchquerten das Herz des Trümmerarchipels.

»Meine Sachen!«, jammerte der Griesgram. »Warum ausgerechnet sie? Warum nicht die Cheerleaderin!«

»IIIICH BINNN KEIIIINE CHEEEEERLEADERIN!!!«, brüllte Remy.

Die *Krake* ritt weiter auf der magischen Welle, die durch die zertrümmerten Inseln fegte. Einige davon verschwanden und verwandelten sich in einen Schwarm Schmetterlinge und den Geruch von Butter auf einem warmen Brötchen. Dann endlich verebbte die Welle, und das Schiff trieb auf einer ruhigen Wasserfläche dahin. Vom Strudel war nichts mehr zu spüren.

Fin machte sich auf rote Blitze und ohrenbetäubenden Donner gefasst, aber nichts davon trat ein. Der Himmel über ihm blieb wolkenlos blau, der Strom war eine endlose, leere Wasserfläche. Kein anderes Schiff war zu sehen. »Aber das Eiserne Schiff war doch da, als wir durch den Strudel gefahren sind. Wenn wir zur selben Zeit zurückgekehrt sind, in der wir gefahren sind …« Er verstummte.

Marrill sprach den Satz für ihn zu Ende. »Wo ist es dann?«

»Äh, sind wir nicht froh, dass es nicht da ist?«, fragte Remy. »Und ihr habt doch gesagt, ihr hättet diesen eisernen Typen mit der tödlichen Sonne unschädlich gemacht.«

Fin und Marrill wechselten einen Blick. »Haben wir ja auch, nur …«

Coll trat zu ihnen und holte tief Luft. Sein Tattoo schlang sich nicht mehr um seinen Hals, sondern um seinen Arm. »Jetzt sind wir erst mal sicher. Genießen wir die Ruhe, solange sie anhält.«

Der Kapitän hatte recht. Fin setzte sich müde hin,

doch Marrill fiel über ihn her und trommelte ihm auf die Brust, und er musste gleichzeitig ächzen und lachen. »Hurra!«, rief sie. »Wir haben es geschafft!«

Im nächsten Augenblick ließ sich auch noch Remy auf die beiden fallen. »Ich fasse es nicht, dass du mich dazu gebracht hast, hierzubleiben, Fräulein!«, schimpfte sie. »Wenn wir nicht rechtzeitig zu meiner Prüfung zurück sind, kannst du dich auf was gefasst machen.« Sie klang allerdings keineswegs unglücklich.

Karnelius ließ ein zufriedenes Schnurren hören, und Marrills Flatterling saß auf der Reling in der Sonne und streckte froh die Finger. Sogar Coll lachte. Er lachte so laut, dass die Flüsterlianen am Heck das Lachen aufnahmen und über den ganzen Strom verbreiteten.

Fin merkte erst nach einer Weile, dass Ardent als Einziger außer dem Griesgram nicht lachte. Der Zauberer stand am Bug und starrte bekümmert zum Horizont.

Fin stand auf und ging zu ihm. Ständig vergessen zu werden hatte immerhin einige wenige Vorteile. Manche Leute öffneten sich Fremden gegenüber leichter. Und Ardent sah so aus, als müsste er mit jemandem reden.

»Du findest sie bestimmt«, sagte Fin leise und trat neben ihn.

Ardent seufzte. »Ich weiß nicht.«

Fin hatte ihn noch nie so müde gehört. »Aber warum denn nicht?«

»Weil sie mich noch nie gefunden hat.« Ardent zuckte mit den Schultern. »Entweder weil sie mich nicht finden will oder weil etwas passiert ist und sie mich nicht finden kann.«

Fin überlegte. »Vielleicht wartet sie nur darauf, dass du von Monerva zurückkehrst. Vielleicht wollte sie sich nicht in das einmischen, was dort passieren würde.«

Ardent lachte, aber es klang nicht froh. »Du meinst, dass sie wie Serth die Zukunft kennt und entsprechend handelt.«

»Du darfst die Hoffnung jedenfalls nicht aufgeben.« Fin hätte fast gelacht. Wie oft hatte er sich selbst daran erinnern müssen.

Ardent schwieg so lange, dass Fin schon glaubte, er hätte ihn vergessen. Doch dann sagte er: »Als ich sie mit Hilfe der Karte finden wollte, war die Karte ganz leer.« Seine Stimme klang so gefühlslos, dass Fin ein kalter Schauder überlief.

»Was bedeutet das?«, fragte er.

Ardent umklammerte die Reling mit beiden Händen. »Ich weiß es nicht. Aber ich habe ihr versprochen, ich würde auf dem ganzen Strom nach ihr suchen, und genau das werde ich auch tun.« Damit ging er in Richtung seiner Kajüte.

Fin starrte auf die Dellen, die Ardents Finger auf der hölzernen Stange der Reling hinterlassen hatten.

»Ardent?«, rief er ihm nach, denn eines lag ihm noch auf dem Herzen.

Der Zauberer drehte sich um und sah ihn abwesend an. »Hm?«

»Wir wissen doch immer noch nicht, wer der Kapitän des Eisernen Schiffes war, oder? Und warum er Serth geholfen hat?«

Ardent seufzte. »Nein. Wenn überhaupt, dann wissen wir jetzt noch weniger als am Anfang.« Er schüttelte ernst den Kopf, kehrte zu Fin zurück und starrte auf den Strom hinaus. »Aber auch das will ich ändern. Bisher wollte ich es gar nicht wissen, es konnte von mir aus eins der Geheimnisse bleiben, die der Piratenstrom bewahrt. Aber das hat sich geändert.«

»Serth hat ihn einen alten Freund genannt«, bemerkte Fin.

Ardent nickte, überlegte kurz und trat von der Reling zurück. Sein runzliges Gesicht wirkte entschlossen. »Dann ist der Kapitän vermutlich auch ein alter Freund von mir.«

Fin sah ihn überrascht an. »Wie bitte? Du kennst ihn auch?«

»Er ist ganz offensichtlich ein sehr mächtiger Zauberer«, erklärte Ardent. »Ein Zauberer dieses Formats und gleichzeitig ein alter Freund von Serth? Da kommen nur wenige in Frage, und sie gehörten alle zu den Zauberern von Meres, wie Serth, Annalessa und ich.«

Ardent machte eine kurze Pause. »Sonst gab es nicht viele, wie du dir denken kannst. Obwohl ich keine Ahnung habe, wie einer von ihnen sich in diesen Kapitän verwandelt haben könnte. Aber wir waren alle damit beschäftigt, die Geheimnisse des Piratenstroms zu erforschen … sieh nur, was das mit Serth gemacht hat …« Er verstummte, und es folgte ein unbehagliches Schweigen.

Fin wartete einen Augenblick, überzeugt, dass der Alte ihn vergessen hatte. Er wollte sich gerade leise davonmachen, da seufzte Ardent. »Ich habe so ein Gefühl, dass diese Sache noch lange nicht ausgestanden ist.« Er blickte weiter übers Wasser. »Ich werde nicht den Fehler begehen zu glauben, die meressianische Prophezeiung hätte sich erledigt.«

Fin schluckte. Er würde über diese Worte noch nachdenken müssen, aber nicht jetzt. Nicht an diesem herrlichen Sonnentag, nachdem sie die Mächte des Bösen besiegt und sowohl Marrills Welt als auch den Piratenstrom gerettet hatten. Das mussten sie jetzt feiern.

»He, Begleiter«, rief Remy hinter ihm. »Was stehst du da vorne herum?«

»Ja, Fin«, fiel Marrill ein. »Komm wieder zu uns!«

Selbst Coll drohte ausnahmsweise einmal nicht damit, ihn als blinden Passagier ins Schiffsgefängnis zu werfen.

Bevor Fin übermütig zu den anderen zurückrannte, sah er sich noch einmal um. Der Strom glänzte in der Sonne wie mit Diamanten übersät, ein endloses, von Horizont zu Horizont reichendes Meer der Möglichkeiten. Und jetzt würde er es gemeinsam mit seiner besten Freundin erkunden.

Er hätte sich nichts Schöneres wünschen können.

Danksagung

Die Mauer von Monerva zu besteigen war ein langes und aufregendes Abenteuer. Es brauchte ein starkes Team und eine sichere Hand, um bis ganz nach oben zu kommen, und viele weitere Helfer, um zu verhindern, dass wir gleich wieder abstürzten.

Unser tiefster Dank gebührt Deirdre Jones dafür, dass sie ständig über uns gewacht hat und uns nicht fallen ließ, egal, wie hoch die Mauer schien oder wie schnell wir abrutschten. Ein ganz besonderes Dankeschön auch an die einzigartige Victoria Stapleton, zweifellos eine Zauberin der höchsten Ordnung (wenn auch bescheidener als die meisten Zauberer, die wir kennen). Weiterer Dank geht an Andrew Smith, Kristina Aven, Jenny Choy, Emilie Polster, Annie McDonnell und alle anderen bei Little, Brown Books for Young Readers und Orion Children's Books für die Bereitstellung der für die Reise nötigen Ausrüstung.

Natürlich ist Klettern immer leichter, wenn man fliegen kann. Wir sind der wunderbaren Merrilee Heifetz auf ewig dankbar, der immer dann Flügel wachsen, wenn wir abzustürzen drohen. Ebenfalls danken möchten wir Sarah Nagel, Cecilia de la Campa und dem ganzen Team von Writer's House für ihre tatkräftige Unterstützung.

Ohne die Phantasie von Tod Harris und die ruhige Hand seiner Frau Rachel wären wir blind für die wundersamen Geschöpfe und Orte des Piratenstroms gewesen. Red@28th stellte ein willkommenes Basislager zur Verfügung, und unsere Bergsteigerkameraden versorgten uns mit notwendigen Ratschlägen, klugen Hinweisen und Freundschaftsdiensten. Wir danken Kate Sullivan, Rose Brock, Sarah MacLean, Beth Revis, Diana Peterfreund, Ally Carter, den Leuten von Bat Cave und den Leuten von FDWNC für ihre fortgesetzte Hilfe und ihre Nachsicht wegen der vielen ausgelassenen Mittagspausen. Und natürlich unterstützen unsere wunderbaren Familien uns nach wie vor auf unseren Expeditionen, egal, wie weit wir gehen und wie fern das Ziel ist.

Und zuletzt, aber vor allem danken wir unseren unerschrockenen Lesern. Ohne Brennstoff gibt es kein Feuer und ohne mitfühlende und -leidende Leser keine Geschichten. Danke, dass ihr mit uns geklettert seid. Der Blick von der Mauerkrone ist so viel schöner, wenn ihr neben uns steht!

Fins und Marills Abenteuer ist noch nicht zuende.
Halte Ausschau nach Band 3:
›Map of Magic – Das Rätsel des leuchtenden Orakels‹!

Band zwei der Jugendbuch-Trilogie zum Bestseller-Game ›Assassin's Creed‹

Owen ist auf der Suche nach Beweisen, dass sein Vater zu Unrecht zum Tode verurteilt wurde. Die Spur führt ihn ins alte China des Jahres 1259 – in die Zeit der Mongolenkriege! Auch hier gerät Owen in die Fehde zwischen der Bruderschaft der Assassinen und den Templern. Kann er Griffin, der ihm seine Hilfe anbietet, wirklich trauen? Muss Owen sich den Assassinen anschließen, um am Ende die Unschuld seines Vaters zu beweisen …?

Matthew J. Kirby
An Assassin's Creed Series.
Last Descendants.
Das Grab des Khan
Aus dem Amerikanischen
von Achim Stanislawski
Band 0331

Das gesamte Programm gibt es unter
www.fischerverlage.de

fi 8-0331 / 1